Sur l'auteur

Lori Lansens a écrit des scénarios à succès avant de réaliser une entrée fracassante sur la scène littéraire en 2002, avec son premier roman *La Ballade des adieux*, publié dans treize pays. Née et élevée à Chatham dans l'Ontario, Lori Lansens vit maintenant à Los Angeles avec son mari et ses deux enfants.

LORI LANSENS

LES ÉGARÉS

Traduit de l'anglais (Canada)
par Lori Saint-Martin et Paul Gagné

10/18

DENOËL

Cet ouvrage a précédemment paru sous le titre :
Mountain Story aux Éditions Denoël.

Titre original :
The Mountain Story

Éditeur original :
Knopf Canada, Toronto
Édition française publiée en accord avec Lori Lansens c/o
The Bukowski Agency Ltd.,
Toronto, avec la collaboration de l'agence Anna Jarota, Paris.
Publié en accord avec les éditions Alto.

ISBN 978-2-264-07224-5
Dépôt légal : mars 2019

Pour
Max et Tashi
et
Addam, Andrew, Chloe et Nathan

Cher Daniel,

Il faut avoir vécu un peu pour apprécier une histoire de survie. C'est ce que j'ai toujours soutenu et je me suis promis que je te raconterais la mienne dès que tu serais en âge de l'entendre. C'est une histoire qui ne convient pas à un enfant, mais justement, tu n'es plus un enfant. Aujourd'hui, tu es plus vieux que je ne l'étais lorsque je me suis égaré dans la montagne sauvage.

Cinq jours là-haut par un froid glacial, sans nourriture, sans eau et sans abri. Cette partie de l'histoire, tu la connais, comme tu sais que j'étais en compagnie de trois inconnues et que nous n'en sommes pas tous sortis vivants. Les événements survenus dans cette montagne ont changé ma vie, Danny. Le récit que je m'apprête à te faire va changer la tienne.

Il est difficile de déterminer à quel moment un fils est prêt à entendre la vérité sur l'auteur de ses jours. Le soir où tu as reçu ton diplôme de premier cycle du secondaire, j'ai bien failli t'en parler ; après, j'ai été tenté de le faire au moment de ton quatorzième anniversaire, du suivant, et chaque année depuis.

Tu as le droit de savoir, et pourtant, c'est plus compliqué que ça n'en a l'air. Pour comprendre la montagne, tu dois savoir ce qui s'est passé avant.

Tu te souviens de la tournée des universités que nous avons faite, le printemps dernier ? Sur une sombre route de gravier, non loin de Bloomington, j'ai évité de peu une collision avec un cerf. Tu te rappelles que je tremblais tellement que j'ai dû m'arrêter dans un relais routier ? Il s'en était fallu de peu, mais le cerf était indemne, et tu ne comprenais pas pourquoi j'étais aussi secoué. Plus tard, j'avais retrouvé mon calme et nous rentrions à la maison par l'autoroute quand tu m'as demandé si j'avais déjà tué – par accident ou intentionnellement. Bref, tu m'as tendu une perche dans un contexte idéal – c'est toujours dans la voiture que nous avons eu nos meilleures discussions.

Tu étais prêt. Pas moi. Ce soir-là, j'ai compris que je ne te raconterais jamais toute l'histoire – du moins pas face à face. Devant toi, je me serais senti obligé de réviser, de censurer, de mentir, n'importe quoi pour t'éviter de souffrir. Mais à quoi bon raconter seulement la moitié de l'histoire ? Ou, pire, une histoire qui ne soit vraie qu'à moitié ?

J'écris donc à la place. J'ai noté l'histoire telle qu'elle m'est venue parce que, m'a-t-il semblé, c'était la solution la plus honnête. Elle est plus longue que je ne l'avais escompté, et aussi plus courte, en un sens. Pourquoi avoir choisi le moment de ton entrée à Indiana State ? Plus vieux, tu comprendras que, malgré les apparences, il n'y a pas de bon ou de mauvais moment. Il y a un moment, point final. Quoi qu'il en soit, il vaut mieux que tu lises cette histoire là-bas, à l'université. Pour l'assimiler, tu auras besoin de temps. Et d'un peu de distance.

Le jour où je me suis égaré avec les autres – ce jour fatidique de novembre – marquait l'anniversaire de l'accident de Byrd. L'année avait été mauvaise et je croyais que les choses ne pouvaient pas aller plus mal. Puis Frankie, mon père, s'est soûlé, le soir d'Halloween, et il a tué un jeune couple avec sa voiture. Mon meilleur ami n'était plus là et mon père était en prison pour homicide involontaire. J'étais tout seul – personne à informer de mes projets. Je n'aurais pas voulu parler de mon expédition en montagne, remarque. Et pour cause. Par cet après-midi froid et gris, celui de mon dix-huitième anniversaire, j'avais décidé de grimper jusqu'à Angel's Peak et de faire le grand saut.

Personne ne connaît cette partie de l'histoire. Même pas ta mère.

Malgré le passage des années, les autres randonneuses m'ont accompagné, à leur manière, après que nous nous sommes perdus. Elles ont marché à côté de moi quand je promenais les chiens, me tenaient silencieusement compagnie lorsque je lisais dans mon lit et me chuchotaient des indications à l'oreille quand je cherchais mon chemin. Elles n'ont pas cessé de regarder par-dessus mon épaule pendant que je tapais ces pages. Je vais regretter de ne plus être hanté par elles.

Quand tu étais petit, tu m'étudiais, dans mes moments de silence, et tu me demandais si je pensais à la montagne. C'était presque toujours le cas. Tu me demandais si j'en rêvais. Oui. D'ailleurs, j'en rêve encore – en particulier maintenant. Parfois, je me réveille en panique. Parfois, je me réveille en regrettant mes vieux amis.

Ta mère a toujours répété qu'elle préférait ne pas connaître les détails sanglants. Pourtant, nous savions elle et moi que le jour viendrait. Lorsque tu auras terminé, elle devra lire ce récit, elle aussi. Il y a si longtemps que je la garde en cage, l'histoire de la montagne, que je crains qu'elle ne meure en pleine nature. Ta mère préférerait qu'elle soit déjà morte.

Voilà, Danny. N'oublie pas, pendant ta lecture, notre devise familiale : « Ça va donner un grand coup. »

Je t'aime,

Papa

AVANT

La maison où j'ai grandi, dans Old Dewey Road, se trouvait au milieu de beaucoup d'autres semblables, des constructions de plain-pied recouvertes, comme elle, de bardeaux, dans le secteur le plus ancien et le plus sinistre de Mercury ; envahie par la puanteur de la plus importante usine de transformation de déchets animaux du Michigan, elle était si près de la voie ferrée que, au tremblement des murs, je savais distinguer les trains de passagers des trains de marchandises. Un an et demi après l'accident de ma mère – *accident* était le mot que nous utilisions –, mon père a profité d'une brève période de sobriété pour peindre toute la maison, l'intérieur comme l'extérieur, d'un bleu mat et foncé. Un bleu de noyé. En hommage, a dit Frankie, à Glory. Elle aimait le bleu.

Selon Frankie, j'étais trop jeune – quatre ans seulement – lorsqu'elle est morte pour avoir de vrais souvenirs de ma mère, mais il se trompe. Glory Elizabeth Truly. Dans mon souvenir préféré, elle porte une robe blanche soyeuse à manches chauve-souris – une robe que je n'ai jamais vue en photo. Debout devant le miroir d'une coiffeuse, elle sourit à notre reflet ; derrière nous, il y a une autre glace dans laquelle je découvre que nous sommes infinis.

— *Toujours*, dis-je.

Ma mère magnifique rit et me traite de petit futé avant de me couvrir le visage de bisous et de me faire tournoyer dans ses bras. Je nous entrevois à chacune des rotations. Dans cette robe blanche, Glory a l'air d'un ange.

Ce sont surtout des souvenirs du matin que je garde de ma mère : elle se prépare à partir pour l'école (institutrice en maternelle), tandis que Frankie (entrepreneur) dort à l'étage. Nous parlons à voix basse pendant qu'elle maquille son joli visage et vaporise ses boucles de laque au parfum de citron. Avant de franchir la porte, elle se retourne, me sourit et pose sa main sur son cœur, sa façon de me dire que je reste près d'elle, même quand elle n'est pas là.

Après sa mort, Frankie s'est fait tatouer son prénom sur l'avant-bras – *Glory* – dans un arc-en-ciel qui s'incurve au-dessus du mot *Toujours*. J'ai longtemps pensé que le tatouage aurait sonné plus vrai si on y avait lu : *Glory Jadis*, *Glory Brièvement* ou, mieux encore, *Désolé, Glory*.

D'aussi loin que je me souvienne, je n'ai jamais appelé Frankie autrement que par son prénom. Il résonnait dans mes oreilles, hurlé d'une voix le plus souvent pâteuse par les inconnus qui allaient et venaient dans la maison bleue saturée de fumée. Des hommes claquaient les portes et cassaient des bouteilles. Des femmes que je ne connaissais pas préparaient des repas que je refusais de manger. Des enfants que je n'avais jamais vus jouaient avec des jeux de société qui n'étaient pas à moi. Un jour, Frankie m'a lancé un paquet de chewing-gums et m'a dit d'un ton sévère :

— Partage avec tes sœurs.

En me retournant, j'ai aperçu, assises derrière moi sur le canapé, deux rouquines au visage couvert de taches de son que je ne connaissais ni d'Ève ni d'Adam.

Glory Toujours ? Elle était âgée d'à peine vingt-cinq ans (Frankie avait une bonne dizaine d'années de plus qu'elle) quand elle est morte. J'ai hérité du sourire de ma mère, m'a-t-on dit ; pour le reste, je suis tout le portrait de mon père, et j'ai ses cheveux foncés. Après une leçon sur l'immigration, en deuxième année, j'ai interrogé Frankie sur mon ascendance. Il m'a répondu que la famille de Glory était venue d'Angleterre quand elle était bébé et que ses parents, tous deux médecins, étaient morts de cause naturelle avant que ma mère ait terminé ses études universitaires. Frankie était d'avis qu'il ne leur aurait pas plu. C'est dire que, si l'un des parents de Glory avait vécu plus longtemps, je n'aurais peut-être pas vu le jour.

À propos de sa famille à lui, Frankie a hésité. Comme moi, il préférait garder le secret sur son passé.

— Du côté de mon père, nous avons été des Trulino jusque dans les années 1930, puis mon grand-père a décidé d'adopter un nom aux sonorités plus américaines. D'où Truly. D'où aussi la grosse dispute dans la famille et notre établissement dans le Michigan. Du côté de ma mère, nous sommes canadiens-français et cris. Une fois, mes cousins du Québec sont venus nous rendre visite. Des types sombres et maigres. Des durs. C'est ce qui explique que j'avance sans bruit. Je préfère aller pieds nus.

Devant notre maison bleue, il y avait une galerie en cèdre à moitié pourrie d'où, enfant, je m'élançais en criant « Je suis Batman ! » ou « Je suis Superman ! », la serviette qui me tenait lieu de cape flottant derrière moi. Un jour, l'ayant perdue, je m'étais contenté de crier : « Je suis… MOI ! » Frankie avait tapé sur la table du plat de la main en hurlant par la fenêtre :

— Quelle arrogance ! Avec une attitude comme celle-là, Wolf, on peut se rendre à Cleveland ! À Cleveland, aller-retour !

Son intention était-elle de m'encourager, de me narguer ou de me réprimander ? Aucune idée. Toute ma vie durant, mon père m'a laissé dans l'incertitude absolue.

Un jour de printemps, l'année de mes treize ans, Frankie s'est levé de table et, comme si la mort tragique de ma mère remontait à dix jours et non à dix ans, a annoncé :

— Le moment est venu de nous rapprocher de notre famille.

— Quelle famille ?

— Nous déménageons en Californie. Cet été.

— OK.

— Nous habiterons chez Kriket en attendant de retomber sur nos pieds.

Je n'avais jamais vu la Californie ; Frankie non plus. Je n'avais jamais rencontré sa sœur Kriket (Katherine) et, à ma connaissance, ils n'avaient jamais été proches.

Frankie avait dû s'attirer des ennuis à Mercury, une dette qu'il était incapable de rembourser, peut-être, à moins qu'il ait couché avec la femme, la petite amie, la sœur ou la mère de quelqu'un. Qui aurait cru que les femmes céderaient aux charmes d'un veuf au chômage vêtu d'un tee-shirt sale commémorant un concert ? Pourtant, il se trouvait toujours de jolies filles pour caresser du doigt l'arc-en-ciel du tatouage, *Glory Toujours*, de Frankie.

— Je dégage des phéromones comme ce n'est pas permis, m'a-t-il dit un jour en agitant les mains sous ses aisselles pour m'encourager à respirer un bon coup.

Nous avons décidé de partir vers la maison de Kriket dans le désert californien à la fin juillet. Interrogé sur le sort de la petite maison bleue, Frankie est demeuré vague. (Plus tard, il m'a avoué l'avoir jouée et perdue.) Tel un bulldozer, il a ramassé les articles de toilette de Glory – la laque au parfum de citron, l'onguent sur ordonnance contre l'eczéma, le décongestionnant, encore inentamé, pour ses allergies printanières – sur la tablette sacrée de la salle de bains où ils reposaient et les a jetés sans cérémonie.

— Là où on va, on n'aura pas besoin de tout ça, Wolf, a-t-il dit.

Je me suis demandé pourquoi nous en avions besoin là où nous étions.

Enfant, je passais beaucoup de temps à la bibliothèque municipale de Mercury. Frankie m'y envoyait emprunter des livres, sa façon à lui d'obtenir des services de gardiennage gratuits. Comme les autres membres du personnel, la bibliothécaire en chef, Mlle Kittle, une brune un peu coincée, me tolérait à peine. Je les comprends, d'ailleurs. Je volais des beignets dans les salles de réunion des vieux, je laissais les tablettes en désordre et je passais beaucoup trop de temps dans les toilettes. Pourtant, j'aimais la bibliothèque. J'aimais les livres. J'aimais en particulier la plantureuse Mlle Kittle et son odeur de baies.

Quelques semaines avant notre départ pour le désert, Mlle Kittle m'a pris au dépourvu en m'appelant dès mon arrivée.

— Wolf Truly !

Mlle Kittle avait changé : ses joues étaient plus roses, elle avait mis du brillant à lèvres et ses abondants cheveux foncés tombaient en boucles sur ses épaules. Pour une fois, elle n'avait pas l'air fâchée contre moi, nouveauté qui m'a déboussolé.

— J'ai quelque chose pour toi, Wolf, a-t-elle dit.

C'était la première fois qu'elle m'adressait la parole.

— OK.

— J'ai entendu dire que vous déménagiez à Santa Sophia.

De près, ses yeux étaient encore plus jolis.

— Ma tante Kriket habite là-bas, ai-je expliqué.

— C'est ma ville natale, a dit Mlle Kittle. Mon père y vit encore. J'y vais tous les étés.

— La Californie, c'est loin du Michigan.

J'avais les joues brûlantes.

— Je suis venue ici pour m'occuper de ma grand-mère. Je m'ennuie du désert.

— Je vais m'ennuyer de l'hiver, moi.

— Ah ! s'est-elle écriée en brandissant l'index.

Elle a glissé la main sous le comptoir et en a sorti un livre gros et lourd.

— Tu n'auras pas à t'ennuyer de l'hiver.

— Non ?

— Tu auras la montagne, a-t-elle dit en me tendant le volumineux ouvrage intitulé *La Montagne dans le désert*.

En voyant la couverture – une photo aérienne d'une cime granitique bordée de pins –, j'ai compris que la montagne détenait la clé de mon destin. Les éléments surgissaient des pages à la façon d'un déjà-vu en 3D : le sommet culminant à trois mille mètres, mère des Transverse Ranges, des centaines de kilomètres de nature sauvage, le terrain de chasse d'une bande d'Amérindiens d'Agua Caliente, l'habitat des mouflons, des lions de montagne et des serpents à sonnette, avec des précipitations dix fois plus abondantes que dans le désert en contrebas, des pluies torrentielles au printemps et à l'automne, des tempêtes de neige en hiver. Bref, un endroit dont je n'avais jamais entendu parler, mais que j'avais le sentiment d'avoir déjà visité.

— Tu dois monter jusqu'au sommet, a dit Mlle Kittle.

— C'est assez haut, non ?

— On fait la majeure partie du trajet à bord du téléphérique, a-t-elle dit en allant à la fin du livre pour me montrer une photographie pleine page. Ça monte presque à la verticale. Regarde.

Elle disait vrai.

— Ce téléphérique t'emmène de Desert Station – le climat du Mexique – à Mountain Station – le climat du nord du Canada – en moins de vingt minutes. Des palmiers aux sapins.

— Super.

— De là, tu peux monter jusqu'au sommet. Je l'ai fait seulement une fois, a-t-elle avoué. C'était très nuageux.

— Dommage.

— J'essaierai peut-être encore cet été quand j'irai voir mon père à Palm Springs, a-t-elle dit.

— Vous devriez.

— Peut-être que vous aurez envie de m'accompagner, ton père et toi. Frankie, c'est ça ?

Elle a rougi.

Oh non, ai-je songé. Comme Frankie ne mettait jamais les pieds à la bibliothèque, j'avais du mal à imaginer où ces deux-là avaient pu se rencontrer.

— Oui, Frankie, ai-je confirmé.

— Tu sais de quel côté habite ta tante ?

— Verdi Village, ai-je dit.

Il me semblait vaguement avoir entendu Frankie prononcer ces mots.

— Ça me dit quelque chose. Je crois que c'est un quartier résidentiel clôturé.

J'ignorais tout des clôtures.

— La plupart d'entre eux ont leur propre terrain de golf.

Verdi Village n'avait pas de terrain de golf. Ni de clôtures. Ni de piscines scintillantes. Ni de courts de tennis. Ni de fontaines décoratives. Ni même de rues pavées, tant qu'à y être. Santa Sophia était une minuscule agglomération au milieu du désert, composée principalement de quartiers protégés, destinés aux nantis. Au-delà des centres commerciaux de style Mission, des bougainvillées fuchsia, des terre-pleins centraux en granulat blanc et des cactus en fleur, des milliers de personnes habitaient, de l'autre côté de la voie ferrée désaffectée, un parc de maisons mobiles qui s'étalait sur cinq kilomètres carrés de terres durcies par le soleil et dépourvues d'arbres. Par trois fois, il avait été saisi par la justice.

Les premières maisons mobiles double largeur, avec leur toit incliné en aluminium, étaient délabrées, mais au moins elles avaient l'eau courante et l'électricité, contrairement à la deuxième strate d'habitations qui s'étendait derrière – des maisons mobiles nées des germes d'Airstream, de Coachmen et de Four Winds. Plus loin encore, des vagabonds avaient érigé, au petit bonheur, un assemblage de cabanes et de taudis où avaient échoué des réfugiés économiques, des malades mentaux et des motards. Les gens du coin appelaient cet endroit Tin Town, la ville de fer-blanc.

Dans ces logis étroits grandissaient des enfants précoces qui avaient vu trop de choses trop tôt, mais qui, hélas, semblaient apprendre trop peu et trop tard. Il faisait une chaleur infernale à Tin Town – la ville détenait le record de l'État pour le nombre de journées où il faisait plus de trente-huit degrés Celsius. Je sens encore dans mes narines l'odeur des corps mal lavés, des saucisses frites et refrites, de la fumée de cigarette et de la merde de chat ; j'entends le mécontentement, semblable au grésillement d'une mauvaise réception radio. Surtout, je le sens, lui, le vent qui s'engouffre dans le col San Gorgonio, récure la terre et nourrit les bosquets d'éoliennes bordant les routes du désert.

À deux mille cinq cents mètres d'altitude, on distingue ces rubans de tiges blanches et droites. On a une sacrée vue, de là-haut.

LE PREMIER JOUR

La nuit précédant mon départ pour Angel's Peak, je n'ai pas fermé l'œil. J'ai pourtant traîné au lit jusqu'à midi. Enfin levé, j'ai enfilé des vêtements pratiques et les chaussettes de laine bien chaudes que Byrd m'avait offertes pour Noël, deux ans plus tôt. J'ai noué les lacets de mes bottes de randonnée pour la première fois depuis un an et j'ai agrippé mon sac à dos, accroché à une patère à côté de la porte. Après un moment d'hésitation – geste qui me hanterait longtemps –, je l'ai remis à sa place : n'ayant plus besoin du couteau suisse, des rations alimentaires, de l'eau et des couvertures, je me suis dit qu'il serait bête de les gaspiller.

Adossé au mur de Desert Station, en attendant d'effectuer ce que je croyais être mon dernier trajet jusqu'en haut de la montagne, j'ai pris un instant pour observer la foule. Les trois randonneuses en compagnie desquelles je me suis perdu en ce jour d'automne m'étaient inconnues, mais pour des raisons diverses, je les avais remarquées avant que nos destins s'entrecroisent. Nola. Vonn. Bridget.

Nola, avec ses yeux bleus expressifs et ses cheveux argentés bien coiffés, est passée devant moi, affublée d'un poncho rouge sang, et j'ai songé que ce truc rouge lustré devait être visible depuis l'espace. Elle portait de bonnes bottes de randonnée et un sac à dos noir et tenait dans ses mains délicates un guide en lambeaux. Je l'ai prise pour un des accompagnateurs qui animent des randonnées de courte distance dans la Wide Valley, au pied de Mountain Station.

Première personne à prendre place dans la cabine qui nous ferait passer des broussailles du désert à la végétation alpine, elle s'est assise près d'une fenêtre, d'où elle pourrait admirer le désert. Certains aiment voir où ils vont, d'autres d'où ils viennent. Elle m'a surpris en train de l'épier. Gêné, je me suis retourné.

Vonn est montée dans la cabine à la suite d'un groupe de jeunes et j'ai cru qu'elle voyageait avec eux. Plus tôt, je l'avais aperçue dans la boutique de souvenirs, où elle feuilletait des livres sur l'histoire des Amérindiens. C'était une jeune femme magnifique avec des cheveux noirs et un teint foncé, des pommettes saillantes et des hanches pleines. Elle portait un pantalon kaki, une vareuse bleue et des tongs vert lime, signe, à mes yeux, qu'elle n'entendait pas partir en randonnée.

Mon père, Frankie, répétait qu'il existe deux types de personnes : celles qui remarquent les autres et celles qu'on remarque. Selon lui, j'appartenais à la première catégorie et lui à la seconde. Frankie aurait considéré Vonn comme exotique, étiquette qu'on accole volontiers aux personnes dont l'origine ethnique ne saute pas aux yeux. Pour ma part, j'aurais soutenu que cette fille était biraciale – caucasienne et latino-américaine, caucasienne et afro-américaine ou latino-américaine et afro-américaine. Ayant choisi une place devant la fenêtre qui faisait face au désert, elle tournait le dos à ses compagnons.

Bridget est montée dans la cabine quelques secondes avant la fermeture des portes et s'est faufilée jusqu'au centre, sa queue-de-cheval blonde et haut perchée oscillant à chacun des mouvements de sa tête séduisante. D'une maigreur inquiétante, elle était enveloppée de multiples couches de lycra et portait un blouson molletonné bien chaud, serré à la taille, et des chaussures de sport visiblement hors de prix. Lorsqu'elle s'est étirée pour agripper le poteau, je me suis senti obligé de me déplacer.

Elle trimballait un sac de sport en filet bleu où j'ai remarqué un porte-monnaie, trois bouteilles d'eau et trois barres de céréales dans leur emballage argenté. Je l'ai prise pour une étudiante jusqu'à ce qu'elle se tourne vers moi en souriant, et alors j'ai vu les yeux bleu acier d'une femme qui arrivait à la fin de la trentaine. Je l'ai peut-être contemplée un peu trop longtemps.

C'était un téléphérique double voie à va-et-vient : une cabine descendait la montagne pendant que l'autre remontait. Le système reposait sur plus de quarante-trois kilomètres de câbles suspendus à cinq énormes tours ancrées dans le versant rocheux de la montagne. À chacune des tours, la cabine, effectuant une transition, oscillait comme un manège de foire pendant une minute ou deux – plus longtemps en cas de forts vents. Les passagers réagissaient vivement, surtout ceux qui en étaient à leur première expérience. À l'approche de la première tour, je me suis bien accroché. La femme à la queue-de-cheval venait tout juste de déboucher une de ses bouteilles d'eau. Une néophyte, de toute évidence.

Le conducteur que, par chance, je n'avais pas reconnu, a annoncé au micro :

— Nous arrivons à la première tour. Cramponnez-vous, mesdames et messieurs.

Il a marqué une pause théâtrale.

— Ça va donner un grand coup.

— Que veut-il dire ? a demandé la femme blonde.

— Tenez-vous bien, ai-je répondu.

Mes paroles ont été enterrées parce que, au même moment, la cabine, après un violent choc sonore et une secousse brusque, s'est mise à osciller follement. La femme a crié, renversé son eau et perdu pied sur le sol glissant.

Lui prenant le coude pour l'empêcher de tomber, j'ai dû lui laisser croire que son sort m'importait.

Lorsque la cabine, stabilisée, a poursuivi son ascension dans les nuages gris et clairsemés, le regard de la femme a croisé le mien.

— On se connaît ?

— Je prends souvent le téléphérique.

— Pour ma part, c'est seulement la deuxième fois. La première, j'avais pris un sédatif. J'ai tout oublié.

J'ai détourné les yeux dans l'espoir de mettre fin à la conversation.

— J'ai l'impression de vous avoir déjà vu quelque part.

— Non.

— Je ne peux pas regarder en bas. Je suis tellement sujette au… Comment dit-on, déjà ?

— Vertige, ai-je répondu sombrement.

— Ça va recommencer ?

— Oui.

De l'autre côté de la cabine, un petit garçon s'est mis à pleurer. Pas parce qu'il avait le mal des hauteurs ni parce que les balancements lui avaient flanqué la trouille. Il chialait à cause des nuages qui le privaient de sa vue du désert. J'ai vu la femme au poncho rouge sang lui tendre ses jumelles. Elle a indiqué une échancrure dans les nuages par où il pourrait apercevoir, au loin, les monts Santa Rosa. Le garçon a souri et la femme lui a rendu son sourire.

À côté de moi, la blonde ne lâchait pas le morceau.

— Le vertige… J'ai moins peur de tomber qu'envie de sauter. Vous ne trouvez pas ça *bizarre*, vous ?

— Si, ai-je admis.

Quand elle s'est retournée pour balayer la cabine des yeux, sa queue-de-cheval m'a effleuré le menton et inondé de son parfum, mélange de bergamote et de gingembre, qui a suscité en moi un plaisir troublant.

— Je ne crois pas que je remonterai ici sans avoir pris quelque chose au préalable.

Pendant que l'ascension se poursuivait, j'ai humé la brise que laissaient entrer les fenêtres ouvertes. J'ai reconnu les notes piquantes de la sauge.

— C'est affreux d'avoir peur, a dit la femme en riant pour cacher sa nervosité.

Elle avait raison.

Mon attention s'est tournée vers la fille à la peau foncée et aux tongs vertes qui, assise au fond de la cabine, semblait me regarder fixement. Je ne savais pas comment interpréter son intérêt ou son expression. Elle paraissait en rogne. Je ne voyais pas pourquoi.

Par habitude, je me suis tourné vers Byrd pour lui demander son avis. Une centaine de fois, au cours de l'année ayant suivi son accident, je m'étais tourné vers lui. J'avais décroché le téléphone dans l'intention de l'appeler. Byrd était plus que mon meilleur ami. C'était mon seul ami. Mon *frère*. Nous avions tout en commun. Jusqu'à la même date d'anniversaire. Dans ma tête, j'ai murmuré : *Joyeux anniversaire, Byrd*.

La femme a secoué sa queue-de-cheval et ouvert les yeux pour jeter un coup d'œil par la fenêtre.

— Avec ce brouillard, on ne voit rien, de toute façon. C'est un mal pour un bien.

— Ouais, ai-je dit.

— Est-ce qu'on peut acheter de l'eau là-h…

Elle a poussé un nouveau cri : nous étions arrivés à la tour suivante.

Plus nous grimpions, plus l'air était frais. Je détectais le parfum de térébenthine des pins et de zinc refroidi des sédiments, celui de la vie marine, des os, des racines, des graines pulvérisées, anciennes odeurs qui évoquent avec éloquence des pertes de toutes sortes. J'ai cherché à bloquer le bavardage nerveux de la femme. Sans succès.

— Hier soir, j'ai triché. Je m'entraîne pour un triathlon, mais j'ai bu une margarita en mangeant. J'ai envie de me tuer. Je suis vraiment déshydratée. Une bouteille ne suffira pas. On arrive bientôt ?

Me retenant de la corriger – car je voyais bien qu'elle avait en réalité trois bouteilles d'eau dans son sac de sport en filet –, j'ai répondu :

— Vous pourrez en acheter à la boutique de souvenirs.

— Je m'appelle Bridget.

Sa façon de m'étudier ne me plaisait pas du tout.

— Vous êtes sûr que nous ne nous connaissons pas ? Vous êtes de la région ?

— J'en suis certain.

— J'ai grandi à Cathedral City, à quelques kilomètres d'ici, mais j'habite maintenant à Golden Hills. Vous connaissez ? Près de la côte ? Et Malibu, vous connaissez ?

— Non.

— Je viens encore souvent dans le désert. Ma mère a une copropriété à Rancho Mirage. J'ai songé à revenir par ici, mais j'ai rencontré quelqu'un. Je suis heureuse.

Bridget n'avait pas l'air heureuse. Je me suis demandé si je pouvais m'avancer vers la sortie.

— Il est agent immobilier. C'est lui qui m'a vendu ma maison de style colonial à flanc de montagne. Nous nous entraînons ensemble. Pour le triathlon. Il est plus jeune que moi. Beaucoup plus jeune. Mais ça ne fait rien. Jusqu'à ce que la femme prenne de l'âge. Quand arrive-t-on à la prochaine tour ?

— Bientôt.

Cramponnée au poteau, elle a désigné d'un geste ma casquette de base-ball.

— Mon deuxième mari venait du Michigan. De Grosse Pointe. Il aimait bien les Tigers de Detroit, lui aussi.

— Voici la tour, ai-je dit en la montrant du doigt.

Bridget a crié lorsque la cabine a effectué la transition. Quand les oscillations ont enfin cessé, elle était presque en larmes.

La prenant en pitié, j'ai dit :

— Les deux suivantes secouent moins.

J'ai remarqué que la fille aux tongs semblait avoir mal au cœur. Pourvu qu'elle ne vomisse pas dans la cabine, me suis-je dit. À l'approche de la tour suivante, elle a resserré sa prise sur le poteau, les yeux rivés sur le sol. Un coup de vent nous a secoués violemment. Bridget a hurlé de nouveau. D'autres l'ont imitée.

Le cri de Bridget résonnait encore dans ma tête lorsque nous avons enfin atteint le quai de Mountain Station. Attendant avec impatience l'ouverture des portes, je me suis enfui sans jeter un regard derrière moi. À peine si je l'ai entendue crier :

— Au revoir !

Après avoir semé les autres touristes, j'ai ralenti en m'enfonçant dans les bois. J'ai été soulagé de constater que l'épais brouillard se posait à faible altitude : le nombre de randonneurs serait limité. Qui se donne la peine d'effectuer une ascension raide et pénible sans la promesse d'une vue spectaculaire ? Le trajet, je crois, parle à notre caractère, et le panorama, à notre âme.

Le ciel s'assombrissait tandis que je marchais au milieu des imposants conifères, enjambais des rivières de pierres lisses comme des pavés, longeais les massives parois rocheuses que la nature avait artistement disposées çà et là, à grands gestes aléatoires. Je me dirigeais vers le sentier sauvage qui traversait une petite prairie puis remontait vers une colline. Des marches découpées dans le roc menaient à l'étroit promontoire de six ou sept mètres que Byrd et moi surnommions Angel's Peak.

Normalement, j'aimais marcher d'un pas vif. Ce jour-là, cependant, je haletais, soufflais, traînais avec difficulté mon poids mort prématurément en songeant non pas à la fin de moi, mais bien à la somme de moi – à tous les avant et à tous les après qui m'avaient conduit jusque-là.

Avant de se soûler avec de la tequila de premier choix le soir d'Halloween et de perdre la maîtrise de sa Gremlin sur une route sombre en plein désert, mon père, Frankie, avait été un homme audacieux qui buvait comme une éponge. *Après*, il s'était converti en détenu et deux jeunes gens avaient perdu la vie.

Au lendemain de la tragédie d'Halloween, Frankie a brièvement séjourné à l'hôpital. Il n'a pas voulu m'y recevoir. Une infirmière m'a dit qu'il refusait de lire les mots que je lui laissais. Au bout de deux ou trois jours, on l'a emmené, les menottes aux poings.

J'ai pris l'autocar jusqu'à la prison, mais là encore, Frankie a refusé de me voir. Depuis, il n'a pas essayé de me joindre. Après l'accident de Byrd, j'étais déjà au bord du gouffre. Frankie m'a poussé dans le vide.

J'ai décidé de mettre fin à ma vie le jour de mon anniversaire. Dans mon esprit tordu, c'était une sorte d'hommage à Byrd et à ma mère. La montagne était le cadre tout indiqué et Angel's Peak constituait le lieu symbolique par excellence. J'ai commencé à compter les jours à partir d'Halloween. Au bout d'une semaine, puis de deux, j'ai entendu dire que Lark Diaz serait de retour à Santa Sophia pour le week-end : elle serait demoiselle d'honneur au mariage d'une amie.

Lark Diaz n'a jamais été ma copine, mais c'était la fille de mes rêves et, à l'idée de la revoir, j'ai senti un regain d'optimisme. J'ai imaginé des retrouvailles chargées d'émotion et mis au point une centaine de scénarios qui, tous, se terminaient par un baiser. Le jour de son arrivée, Lark a refusé de prendre un seul de mes appels. J'ai pourtant téléphoné chez son père une dizaine de fois. Elle n'était pas là lorsque j'ai frappé à sa porte. Elle a tout fait pour m'éviter jusqu'à ce que, le jour des noces, je parcoure à vélo les vingt kilomètres qui me séparaient de l'église.

De loin, je l'ai vue. Perchée sur le rebord de la gloriette érigée sur la colline qui dominait les jardins de l'église, elle arborait une volumineuse robe longue de couleur verte. Ses cheveux foncés étaient remontés sur sa tête, sa nuque et ses épaules dénudées. Au mépris de la prudence, je me suis approché par-derrière.

— Lark !

Elle ne s'est pas retournée. Mais à la façon dont son dos s'est raidi, j'ai compris qu'elle m'avait entendu.

La gloriette trônait plus haut que moi. Des caisses de matériel s'entassaient derrière et me bloquaient le chemin.

— Tu as reçu mes lettres, Lark ?

Elle est restée assise sans bouger.

— Tu les as lues ?

Ma voix avait de drôles d'intonations, même à mes oreilles.

Elle a secoué la tête.

— Pas grave. Je voulais juste que tu saches… Lark ?

Elle a de nouveau secoué la tête.

— Je t'aime ! ai-je crié, mon cœur battant dans mes oreilles. Je t'aime !

Lark est descendue du rebord de la gloriette avant de se retourner pour me faire face. Du même coup, elle s'est décalée sur la gauche, révélant quelques dizaines d'invités qui, réunis sur la pelouse, m'observaient avec pitié.

— Wolf, a-t-elle dit simplement.

Sa voix a résonné contre le mur de l'église, au loin. Le micro posé près d'elle était allumé et avait répercuté mes propos à la cantonade.

L'accident de Byrd. L'emprisonnement de Frankie. Le fiasco avec Lark. J'avais l'impression tenace de pisser le sang : je laissais une traînée écarlate et poisseuse le long des éboulis qui, au-delà d'un bosquet de pins rabougris, me conduiraient au sentier envahi par la végétation d'Angel's Peak.

Tout à coup, une branche épineuse de *chinquapin* s'est accrochée au nylon de mon parka et, en me détournant pour détacher ma manche du buisson, j'ai eu la surprise de voir au loin, au milieu des arbres, la fille aux tongs vertes, qui s'avançait furtivement. Pendant une fraction de seconde, j'ai eu l'immodestie de croire qu'elle me poursuivait, moi, rare félin des montagnes. Je me suis demandé pourquoi elle faisait de la randonnée avec des chaussures aussi ridicules et où étaient passés ses amis du téléphérique.

Byrd et moi croisions très peu de randonneurs solitaires. Parfois, les ornithologues sortaient seuls, mais ils s'aventuraient rarement en dehors de la Wide Valley. Ils repéraient plutôt un endroit en marge d'un sentier et s'asseyaient sur une souche ou une chaise pliante en toile, avec leurs jumelles et leur thermos de soupe de tomate, dans l'espoir qu'un de leurs semblables, en route vers le sommet, s'arrêterait pour faire un brin de conversation. Byrd et moi nous arrêtions toujours. Nous avions plus en commun avec les ornithologues vieillissants qu'avec les garçons de notre âge.

M'enfonçant dans un raccourci à travers bois, j'ai grimpé sur des rochers et des souches. La forêt était silencieuse et la fille avait disparu. Je me suis dit que, vaincue par ses chaussures, elle était rentrée à Mountain Station ou qu'elle avait retrouvé les amis avec qui elle avait pris le téléphérique. J'étais toutefois distrait par la montagne : le parfum de caramel au beurre des pins de Jeffrey m'assaillait les narines, des fauvettes et des mésanges venaient me souhaiter la bienvenue. Je n'étais pas monté là-haut depuis l'accident de Byrd et, en songeant à nos retrouvailles, j'ai frissonné de honte.

Un pic à tête blanche a salué mon approche à coups de bec et j'ai vu un chardonneret danser sur la branche noueuse d'un acajou de montagne. Du côté des pins à sucre, un second oiseau chantait. Je me suis demandé s'ils avaient eu vent de mes intentions et espéraient me dissuader d'agir.

Gravissant quelques marches de quartz aux veines noires, j'ai respiré un parfum de lavande, porté par une brise vigoureuse venue de l'est. La lavande pousse dans la montagne, mais pas aux plus hautes altitudes – du moins, je n'en avais encore jamais senti ici. C'est ce phénomène inusité qui m'a incité à lever la tête et à balayer les arbres du regard. J'ai alors aperçu un volumineux objet de couleur rouge – la femme au poncho rouge sang – qui se déplaçait à une distance périlleuse du sentier principal.

À l'abri d'un buisson, je l'ai vue porter ses jumelles à ses yeux. J'ai d'abord cru qu'elle s'était égarée. Puis je me suis dit qu'elle était sans doute une ornithologue chevronnée qui s'accordait une petite halte. Quant à moi, j'avais rendez-vous avec Angel's Peak. Que la femme au poncho rouge se débrouille toute seule.

Puis, derrière elle, les branches d'un groseillier cireux ont frissonné et j'ai eu la surprise de voir émerger la blonde à la queue-de-cheval. La femme plus âgée était peut-être guide, en fin de compte. Bridget a bu à même une des bouteilles d'eau qu'elle trimballait dans son sac bleu en filet, tandis que son aînée a sorti une gourde jaune cabossée de son sac à dos.

La vue de cet objet m'a coupé le souffle. Byrd avait la même gourde – je la lui avais achetée à la boutique de souvenirs du téléphérique. Mon estomac s'est serré quand j'ai entendu, même à cette distance, le bouchon en métal grincer sur les filets du goulot. Sans réfléchir, je me suis élancé entre les arbres.

Bridget, en me voyant, a crié :

— Tiens, salut ! Hou ! Hou !

J'ai pressé le pas et fait la sourde oreille en cherchant du regard la direction d'Angel's Peak. Dans mon souvenir, il se trouvait à gauche de la péniche en granit devant moi, entre les deux énormes rochers érodés par le vent. J'ai assez vite trouvé les rochers, mais quelques gros buissons de stérasote avaient envahi le sentier. J'étais complètement déboussolé : impossible de les contourner, impossible de les traverser. Je suis resté un moment immobile, piqué par les odeurs volatiles des vastes buissons qu'intensifiait le brouillard qui nous enveloppait peu à peu. Puis le vent a soulevé l'odeur de camphre jusqu'à mes narines et j'ai éternué à répétition.

En tendant la main vers le couteau dans mon sac à dos, certain de pouvoir me frayer un chemin, je me suis souvenu que j'avais laissé couteau et sac à dos à la maison.

Sans doute la femme au poncho m'a-t-elle entendu éternuer, car elle s'est mise à crier :

— Jeune homme ! Jeune homme !

Je me suis retourné dans l'espoir de repérer le jeune auquel elle faisait référence. En fait, c'était à moi qu'elle s'adressait. J'étais grand comme Frankie et large d'épaules depuis que je m'étais mis à soulever des haltères dans ma chambre en écoutant de la musique Motown à tue-tête. J'avais hérité des goûts musicaux de mon père.

J'ai essayé de l'ignorer, mais elle a insisté.

— Jeune homme, s'il vous plaît ! Nous avons besoin d'aide !

— Vous vous êtes écartées du sentier ! ai-je crié en m'avançant vers le duo.

— Je cherche un lac, Secret Lake.

Elle a parcouru du regard les bois paisibles.

Secret Lake nous appartenait, à Byrd et moi.

— Il ne figure pas sur la carte des sentiers, ai-je dit.

— Oui, je sais, a répondu la femme plus âgée.

— Peu de gens connaissent son existence, ai-je ajouté en m'approchant.

— Oui, je sais.

Sous le poncho, elle portait un épais manteau sur un lourd col roulé. De près, l'odeur de lavande était plus prononcée. Elle a dû me voir renifler.

— Oh, a-t-elle dit en riant. C'est ma lavande.

Elle a sorti un petit sachet de la poche de son manteau.

— Je l'ai toujours avec moi. Elle empêche les moustiques d'entrer quand je suis à la maison et les éloigne quand je suis dehors.

C'était la première fois que j'entendais cette perle de sagesse concernant les propriétés insectifuges de la lavande, mais l'idée ne m'a pas semblé trop farfelue.

— Comment se fait-il que vous connaissiez Secret Lake ?

Joggant sur place au milieu d'un lit d'aiguilles de pin tout près, sa queue-de-cheval sautillant d'absurde façon, Bridget a pris son pouls.

— Il faut qu'on y aille, a-t-elle décrété.

— Mon mari a découvert le lac. Une fleur rare pousse sur son rivage. C'est pour cette raison qu'il n'est pas répertorié.

— Ah.

Je ne lui ai pas dit que je connaissais l'existence du phlox de montagne, une espèce menacée.

— On ne doit pas piétiner une plante en voie de disparition.

— Exactement.

— Je suis venue ici plein de fois, a expliqué la femme. Seulement, c'est mon mari qui nous guidait. Il ne se perdait jamais.

— Vous n'êtes pas du tout dans le bon coin.

— C'est ce que je me disais, a fait Bridget.

— Comment le sais-tu ? a poliment demandé la femme plus âgée. Tu n'es jamais montée jusqu'ici.

— Mon sixième sens, a répondu Bridget. Les mauvaises *vibrations*.

Je m'impatientais.

— Rebroussez chemin, puis obliquez vers le nord, juste un peu à l'est, et reprenez le sentier. Suivez-le sur environ un kilomètre, grimpez le léger escarpement à l'ouest du petit poste de rangers, puis descendez au milieu des chênes noirs.

— Je connais le poste des rangers, a dit la femme.

— Traversez le ruisseau et, derrière les gros rochers, du côté nord, vous allez trouver une formation rocheuse.

Je n'ai pas ajouté que mon ami Byrd surnommait cette formation phallique géante le *Circunsisco Gigantesco*.

— Elle ressemble à une… tour. Vous ne pouvez pas la manquer. C'est à environ un kilomètre de là.

— La *tour* ! C'est elle que je cherchais ! Je me disais justement que nous aurions déjà dû la voir.

— Direction nord-est à travers le petit pré, puis par-dessus les énormes rochers et droit devant en contournant la petite crête. Compris ?

— Oui, a-t-elle répondu d'un air incertain en jetant un coup d'œil à sa compagne.

Aucune des deux n'avait retenu quoi que ce soit. J'ai montré le ciel boudeur.

— Secret Lake est à presque trois kilomètres d'ici, en terrain accidenté, et il fera noir dans quelques heures. Vous devriez peut-être remettre ça à un autre jour.

Deux corneilles noires, au plumage lisse et soyeux, se sont perchées sur une branche. À leur façon de croasser, comment ne pas croire qu'elles nous lançaient un avertissement ? Les nuages étaient si bas et si lourds que lorsque les oiseaux se sont envolés à tire-d'aile, nous les avons perdus de vue avant même qu'ils atteignent la cime des pins.

— Pourquoi ne nous guiderais-tu pas, toi ? a lancé Bridget. Tu connais le chemin.

— Oui, pourquoi pas ? s'est exclamée la femme plus âgée. On te paiera. Bien sûr qu'on te paiera.

Elle a ouvert son énorme sac à dos noir.

Outre le portefeuille, j'y ai vu un chandail de laine blanc kitsch, comme on en porte à Noël, et un gros pot de beurre d'arachides. Je me suis demandé si elle projetait d'appâter des animaux pour les prendre en photo – Byrd et moi l'avions fait, je l'avoue honteusement –, mais je n'ai pas vu d'appareil.

Elle a agité un billet.

— Vingt dollars. C'est tout ce que j'ai. Je t'enverrai un chèque. Quel est ton taux horaire ?

Je n'ai pas pris le temps de lui expliquer que je n'étais pas guide de montagne. Je me suis contenté de secouer la tête en bredouillant :

— Désolé.

Sans un regard derrière moi, je me suis remis à avancer au milieu de la végétation.

Mais j'ai une fois de plus buté sur les buissons de stérasote qui obstruaient le sentier d'Angel's Peak. Au milieu d'une rafale d'éternuements, j'ai commencé à arracher les branches à mains nues en me maudissant d'avoir laissé mon sac à dos sur la patère, à côté de la porte.

Des rires, un gloussement familier de baryton, m'ont figé sur place, et j'ai entendu Byrd m'appeler par mon nom – *Wilfred.* Ce n'était pas la première fois que j'entendais la voix de Byrd portée par le vent, chuchotée derrière un refrain ou m'interpellant dans les ténèbres. En le cherchant des yeux, j'ai vu les deux femmes qui allaient dans la mauvaise direction.

Bridget entraînait la femme au poncho rouge à gauche de l'endroit que je leur avais indiqué, tout droit vers un précipice camouflé par un mince rideau de manzanitas et de sauge.

Je me suis précipité entre les arbres en criant :

— Hou ! Hou ! Ce n'est pas par là ! Hou ! Hou !

Le vent enterrait ma voix.

— HOU ! HOU !

Par chance, elles ont fini par m'entendre et s'arrêter. Le temps de les rattraper, j'étais à bout de souffle.

— De l'autre côté. Le *nord*. Là, vous vous dirigez vers l'*ouest*.

— Elle a oublié sa boussole, a expliqué Bridget en levant les yeux au ciel.

Je ne les ai pas emmenées voir le précipice à travers les arbustes. J'aurais peut-être dû.

La femme plus âgée m'a regardé d'un air penaud.

— À gauche ou à droite, s'il te plaît ?

— Vous devriez plutôt rentrer à la station. Pourquoi ne pas revenir demain et partir un peu plus tôt ?

— Je te double tes honoraires, a dit tout bas la femme plus âgée.

— Je ne suis pas…

— Je te les triple ! Trois fois ce que tu demandes normalement. Je vais te poster un chèque à mon retour, dès ce soir. Tu peux compter sur moi.

— Je ne veux pas de chèque.

— Ton prix sera le mien.

— Pourquoi ne pas revenir demain ?

— Il faut que ce soit aujourd'hui, a insisté Bridget.

— C'est mon anniversaire, a dit la femme. Mon anniversaire de mariage. Il faut que ce soit aujourd'hui.

Son expression et l'absence d'un homme à ses côtés m'ont laissé croire que son mari était décédé depuis peu.

— Pendant quarante ans, nous sommes montés ici tous les ans pour célébrer notre anniversaire.

Bridget a soupiré. Avec compassion ou impatience ? Je n'aurais su le dire.

— Sans toi, nous risquons de nous perdre, a poursuivi la femme. Tu ne voudrais quand même pas avoir ça sur la conscience ?

Elle avait raison. Je ne voulais pas avoir ça sur la conscience. J'avais hérité de ma mère une dose d'ADN suffisante pour avoir un certain sens moral. (Mon père n'était pas particulièrement porté sur l'altruisme.) Comment aurais-je pu dire non ? Comment m'extirper de cette enveloppe charnelle si, avant de tirer ma révérence, je refusais un appel à l'aide ?

— Je vais vous conduire à Secret Lake, mais je ne reste pas. Vous allez devoir rentrer toutes seules à Mountain Station.

— Ta mère t'a bien élevé, a dit la femme plus âgée en souriant. Je m'appelle Nola Devine.

— Bridget, m'a rappelé la femme à la queue-de-cheval.

Trop irrité pour leur répondre, je les ai contournées en pressant le pas et en faisant de mon mieux pour ignorer Bridget, qui bondissait de rocher en rocher comme un cerf.

J'ai ramené les femmes au-delà des fleurs sauvages entre deux floraisons, puis sur la rivière grise que formaient les rochers au milieu des pins à sucre. Je me souviens d'avoir été légèrement intrigué par le lien entre

Poncho rouge et la maigrichonne Bridget, mais pas au point de les interroger à ce sujet. Je ne voulais pas courir le risque de me laisser entraîner dans une autre conversation, je suppose.

Pendant que nous fendions les buissons, Nola chantait doucement. Je ne me souviens pas de l'air. Stevie Wonder, je crois. J'aimais bien le trémolo de sa voix, sa façon d'escamoter et de trafiquer les paroles. Elle m'a fait penser à Frankie, qui avait l'habitude de chanter à tue-tête les pièces Motown que diffusait la radio de la cuisine, en massacrant les paroles. J'ai fredonné mentalement, puis je me suis arrêté, de crainte qu'un souvenir attendrissant de mon père ne fasse fléchir ma résolution de me rendre à Angel's Peak.

J'ai levé la main pour intimer le silence à Nola.

— Il faut éviter de troubler les animaux.

— Il ne faut pas plutôt faire du bruit dans la forêt ? a demandé Nola. Pour tenir les ours à distance ?

— On ne risque pas de voir des ours par ici, madame Devine.

Mais il y avait des lions de montagne, me suis-je dit, sans oublier les lynx et les coyotes.

Mon ami Byrd a une fois de plus surgi dans mes pensées ; nous étions redevenus des garçons, engagés sur le sentier de Secret Lake.

— Il y a des ours ? ai-je demandé à Byrd lorsque nous sommes montés pour la première fois à bord du téléphérique de Palm Springs, un peu avant mon quatorzième anniversaire. Des mouflons d'Amérique ? Tu as déjà vu un lion de montagne ?

Le téléphérique s'est ébranlé et, en voyant la terre s'éloigner, j'ai senti mon ventre se serrer, et Byrd (à ce stade, nous étions amis depuis seulement quelques jours) est devenu une silhouette qui se découpait contre le désert blanc comme l'os.

Je n'ai pas pu cacher mes tremblements lorsque le conducteur s'est penché sur le micro grésillant pour nous prévenir des oscillations imminentes. En regardant l'ombre de la cabine glisser sur les moraines hérissées de chênes nains, j'avais une conscience aiguë du fait que seul un câble de quinze centimètres nous retenait au-dessus du granit dentelé.

À la première tour, j'ai crié. Byrd a ri si fort qu'il a failli dégueuler. Les autres passagers ont aussi laissé entendre des gloussements et de gros rires. Même le conducteur. Même le vieil homme à lunettes assis à côté de nous.

À l'approche de la tour suivante, j'ai surpris le vieillard qui m'observait à travers ses verres épais et se délectait du spectacle de ma terreur. Je me suis cramponné au poteau, les yeux fermés. Nous avons atteint la tour. J'ai trouvé mon équilibre. Je n'ai pas crié. Byrd m'a donné une tape fraternelle dans le dos. Le vieil homme a soufflé sa déception.

Par la fenêtre ouverte, j'ai senti la brise fraîchir. C'était l'odeur du Michigan : conifères et terre froide, rochers humides et raisins verts. À la troisième tour, j'ai serré le poteau encore plus fort ; par la suite, j'ai à peine remarqué les secousses. Je me suis alors tourné face à la paroi rocheuse : je voulais voir l'endroit où j'allais plutôt que celui d'où je venais.

Au milieu de la montagne, avant la zone subalpine, l'odeur piquante du camphre m'a fait éternuer à répétition. Byrd a souri en me voyant me pencher pour renifler discrètement l'épaule du vieillard.

— Ce que tu sens, c'est la stérasote, a-t-il dit. Je te montrerai, là-haut. Cette plante n'a pas d'odeur quand elle est sèche, mais mouillée, ellc pue le médicament.

J'ai éternué de nouveau.

En contrebas, j'ai remarqué une casquette de base-ball accrochée à la branche d'un arbre mort et j'ai enfoncé la mienne – à l'effigie des Tigers de Detroit – sur ma tête. J'y tenais beaucoup.

— Quelqu'un a perdu sa casquette, ai-je dit.

Byrd a baissé les yeux.

— C'est celle de Jack, a-t-il dit en secouant la tête. Elle est là depuis des années.

— Elle est tombée de la cabine ?

— Pas exactement, a-t-il répondu à voix basse en montrant le versant à pic de la montagne. Un jour, Jack a raté le dernier téléphérique – il avait marché plus loin qu'il aurait dû –, la nuit tombait et il a paniqué en se rendant compte que Mountain Station était fermée. Jack était un randonneur expérimenté, jeune et en bonne forme physique. Il s'est dit qu'il réussirait à descendre en restant entre les tours pour éviter de se perdre. Mais il avait sous-estimé l'inclinaison de la pente et il a fini par se laisser glisser, centimètre par centimètre, en s'appuyant sur ses talons. En gros, il a glissé jusqu'en bas du versant que tu as sous les yeux.

— Mais il est presque vertical.

— Exactement. À peu près à cette hauteur-ci, son pantalon et son caleçon ont disparu, à cause du frottement, et il a eu le cul en sang. Les semelles de ses chaussures ont disparu, elles aussi, et il a usé ses talons jusqu'à l'os. Il a glissé toute la nuit, encore pendant six heures. En bas, il a perdu connaissance dans un buisson. Il y a laissé son cul en entier – sans blague, on lui a fait des greffes de peau pendant des années, mais elles n'ont jamais pris, et il ne peut absolument plus s'appuyer sur sa fesse gauche. Je te le montrerai. Il se tient dans un café voisin du musée et s'installe comme ceci.

Il m'a fait une démonstration.

— La morale, c'est qu'il ne faut pas se fier à son instinct ?

— C'est juste une histoire. Ce qui est fait est fait, et maintenant, je te raconte le tout, a ajouté Byrd en souriant. Je n'aime pas les morales.

À la station, nous sommes descendus de la cabine d'un bond et nous avons gagné en sautillant les terrasses panoramiques, éblouis par le vaste désert blanc et la ligne de démarcation floue qui le séparait du ciel bleu. Palm Springs scintillait à nos pieds. Au loin, les vergers d'éoliennes nous saluaient. Bien au-delà de la ville tentaculaire, une bande de poussière marquait la frontière entre Santa Sophia et Tin Town. En plissant les yeux, Byrd a montré le sud-est.

— Tu vois, là-bas ? C'est la mer de Salton.

J'ai alors vu, tel un mirage, le lac de papier pâle situé à une centaine de kilomètres. J'étais étourdi, à cause de l'air raréfié.

— Il y a cent ans, le fleuve Colorado est sorti de son lit et a inondé ce bassin. Hop ! Un lac est apparu. Un centre de villégiature a poussé autour, puis le lac a commencé à s'assécher, l'eau est devenue salée et les gens sont partis. C'est une ville fantôme. Un lac fantôme. De vieilles caravanes à moitié ensevelies dans la vase, du matériel de camping, des voitures rouillées. Tu crois aux fantômes ?

— Non, ai-je menti. Et toi ?

— Seulement à ceux que j'ai vus de mes yeux.

Pour Byrd, le désir d'escalader les montagnes était une manifestation du syndrome du « roi du château ». L'ascension était un acte chargé de symbolisme.

— La vue qu'on a du sommet est absolument incroyable, a-t-il dit.

— En route !

— Il est trop tard, mon vieux. Et tu n'es pas assez en forme.

— Je suis très en forme.

— Tu es très informe, oui.

Depuis un certain temps, j'étais soumis à un régime de junk food et de fumée secondaire. Byrd n'avait donc peut-être pas tort.

— Ce n'est pas à trois petites heures de marche ? Je m'en sens capable.

— Le sommet est seulement à mi-chemin, m'a rappelé Byrd. Et puis tu ne peux pas grimper avec des chaussures de sport bon marché achetées dans une pharmacie. Il te faut des bottes. Être bien chaussé, c'est la priorité absolue. Tu n'as donc encore rien appris ? Sans blague ? À cette période de l'année, il y a des tempêtes : tu as besoin de vêtements chauds superposés et de bonnes bottes. Sous la pluie, les rochers sont glissants. Sans parler de la neige… Pas en juillet ni en août, mais quand même – il faut éviter les engelures, crois-moi. On devrait trouver un meilleur nom pour cette saloperie. Un nom qui t'inciterait à la plus grande prudence.

— Nécrodigitite, ai-je lancé.

— Nécrodigitite ! a répété mon ami en souriant.

Il aimait jouer avec les mots.

— Suis-moi.

— On grimpe au sommet ?

— Non. Ailleurs. C'est un lieu secret.

Cette première fois, avec Byrd, j'ai gravé dans ma mémoire le trajet de Secret Lake. Nous avons franchi d'un bond un étroit ruisseau, pataugé dans les herbes d'un pré circulaire, escaladé un amas de rocs granitiques mouchetés avant de redescendre de l'autre côté, nous avons dépassé le *Circunsisco Gigantesco*, gravi une petite *mesa*, puis des cairns écroulés et les champs de roches siliceuses qui crépitaient. Nous avons abouti dans une oasis magique, débordante de vie sous le soleil d'après-midi. Je n'aurais pas été surpris de voir des lutins danser au milieu des pins ou des fées chevaucher les vagues d'herbe à cerf. La lumière était différente, diffuse et onirique, et le lac frissonnait de vie.

— Secret Lake, a indiqué Byrd. Il ne figure pas sur les cartes.

— Super, ai-je soufflé.

Byrd s'est arrêté, puis, bien campé dans l'herbe à cerf, il a fermé les yeux et m'a ordonné de l'imiter.

— Les plaques bougent. Tu le sens ?

— Je pense que oui.

— Selon mon oncle Harley, il faut un don pour déceler le mouvement.

— J'ai senti quelque chose.

Je ne voulais surtout pas que Byrd me croie dépourvu de ce don.

Ensuite, il m'a entraîné vers un bosquet de buissons bas et épineux, chargés de fleurs blanches, du côté ouest du petit lac ovale.

— C'est une espèce en voie de disparition, m'a-t-il expliqué. Le phlox de montagne. C'est pour le protéger que le lac ne figure pas sur les cartes. Ici, il y en a partout, alors regarde bien où tu mets les pieds.

Il n'aurait pas pris un air plus grave pour me prévenir de la présence de mines terrestres.

— Comment sais-tu tant de choses ?

— Mon oncle m'a appris tout ce qu'il sait. Et il sait tout, a-t-il ajouté.

Après, il m'a indiqué une plaque de granit longue et lisse d'où nous avons pu observer l'eau. Avant que nous nous installions, Byrd m'a fait voir le gouffre périlleux, au bout. Encore un endroit où j'ai avantage à regarder où je mets les pieds, me suis-je dit. Les imprudents ne font pas de vieux os par ici.

Observant les ondulations des eaux de Secret Lake dans l'air frais et raréfié, nous avons bu à même la vieille gourde à motif camouflage de Byrd, au goulot tout bosselé. Elle avait un goût métallique. J'ai décidé de lui offrir une gourde neuve – le matin même, Frankie, mû par sa culpabilité de père déplorable, m'avait refilé cinquante dollars, une partie de la somme qu'il avait gagnée la veille au poker – lorsque nous serions de retour à Desert Station. J'avais aperçu un énorme rayon de gourdes jaunes dans la boutique de souvenirs. Pas une seconde je n'ai songé que le geste pourrait sembler peu viril ou être mal interprété.

— Dommage que nous n'ayons pas de jumelles, ai-je dit.

— J'en ai. Je les apporterai la prochaine fois. Il nous faut aussi un bon appareil photo. Les clichés d'animaux rapportent pas mal d'argent. J'ai seulement un vieux Polaroid.

Nous avons vu quelques écureuils se disputer dans les herbes hautes. Au milieu des pins, l'aigle royal, l'épervier de Cooper et le pic à tête blanche sont demeurés invisibles jusqu'à ce que Byrd me les indique d'un geste. En me penchant, j'ai détecté une odeur – celle des coyotes – que ma mémoire olfactive a aussitôt associée à un désastreux voyage de camping que j'avais fait avec mon père à Traverse City, quand j'avais huit ans.

En me tournant dans sa direction, j'ai aperçu deux de ces chiens sauvages, galeux et efflanqués. Rien à voir avec les chiots grassouillets auxquels nous avions lancé des saucisses au terrain de camping. Byrd les a vus, lui aussi – au-delà des buissons de sauge, les animaux nous rendaient notre regard. L'un d'eux a reniflé l'air et plissé les yeux avant de se lécher le museau. Puis son comparse et lui ont disparu dans l'escarpement.

— *Los Coyotes*, a déclaré Byrd en souriant. Mon peuple.

— Le mien aussi, je suppose, ai-je dit.

Byrd m'a vu regarder la bosse dans la chaussette qui recouvrait son mollet gauche. Souriant de toutes ses dents, il en a sorti un couteau suisse d'une taille respectable.

— Super, ai-je dit. À quoi ça sert ?

— À quoi ça sert ?

— Qu'est-ce que tu fais avec ce couteau ?

— Tout. Je coupe du petit bois, j'ouvre des boîtes de conserve et je dépiaute des lapins.

— Tu dépiautes des lapins ?

Je n'arrivais pas à décider si j'étais impressionné ou dégoûté.

— Je pourrais, a-t-il répondu.

Il m'a prouvé que son couteau était aussi tranchant qu'une lame de rasoir en prélevant une fine tranche de l'ongle de son pouce.

— Tu as déjà tué quelque chose avec ton couteau ?

— Au besoin, j'en serais capable, a juré Byrd.

— Si tu crevais de faim ?

— Si je crevais de faim. Ou si un animal agonisait. Si un oiseau se cassait une aile.

— Tu tuerais un oiseau qui s'est cassé l'aile ?
— Évidemment.
— Avec un couteau ?
— À mains nues, au besoin.
— J'en serais incapable.
— Mais non, a-t-il répondu. Tu ferais ce qu'il faut.

Nous avons dû travailler pendant des mois à la station-service (où le tuteur de Byrd, son oncle Harley Diaz, m'avait embauché) pour gagner de quoi nous offrir l'appareil photo, le trépied et les accessoires qui, du moins nous l'espérions, feraient notre fortune et notre renommée en tant que photographes animaliers. Au cours des journées que nous avons passées à Secret Lake, Byrd et moi avons pris des centaines de clichés. Parfois, nous nous relayions derrière l'objectif, mais le plus souvent, c'était moi le photographe. Byrd, lui, débusquait les cibles et tenait le journal où nous consignions nos observations : des cerfs par centaines, dix-sept mouffettes rayées (ou dix-sept fois la même mouffette rayée), seize gaufres, soixante-treize renards nains, un campagnol (du moins, c'est ce que nous avons cru), des tamias rayés, des souris sylvestres et des rats des bois par centaines, des dizaines de grands ducs d'Amérique, d'aigles royaux, de buses et de faucons, une centaine de pics-bois, de grives, de geais, de tangaras jaunes, sans oublier une chevêchette naine, des pinsons, des étourneaux et ainsi de suite.

Un jour, alors que nous nous attardions sur le rocher plat au bord de Secret Lake, Byrd a entendu une sorte de cliquètement, semblable à celui d'un arroseur de jardin. Il a désigné, sous une fontaine d'armoise, un énorme crotale du Pacifique Sud enroulé sur lui-même. J'ai failli pisser dans mon pantalon lorsque la créature longue de deux mètres a ouvert toute grande sa gueule et que j'y ai vu le bout de la queue d'un rat des bois s'agiter avant de disparaître. Je ne voulais surtout pas que Byrd me voie trembler. Il semblait si intrépide. S'il tenait à réaliser un gros plan, j'étais son homme.

Nous sommes descendus du rocher prudemment, sans bruit.

— Il faut le photographier la gueule ouverte, a déclaré Byrd calmement.

Je me suis avancé, un centimètre tremblant à la fois, puis j'ai soulevé l'appareil et cadré la bête. J'allais appuyer sur le déclencheur lorsqu'elle a secoué sa queue et fait tinter sa cascabelle. J'ai laissé tomber l'appareil et j'ai couru entre les hautes herbes du petit pré.

Quand j'ai enfin cessé de crier assez longtemps pour reprendre mon souffle, j'ai entendu le rire de Byrd répercuté par les rochers. Il hurlait de rire, comme s'il venait d'assister au spectacle le plus drôle du monde. Puis, frappé par le comique de la situation, j'ai ri de bon cœur, moi aussi.

En moyenne, nous passions une vingtaine d'heures par semaine là-haut, parfois davantage, et jamais nous n'avons croisé un autre être humain au bord de Secret Lake, sauf la nuit mémorable où nous avons réussi à convaincre deux étudiantes de nous y accompagner.

Je me suis dit que ce jour-là, il y a un an, Byrd, les filles et moi avions raté de peu Nola et son mari venus y célébrer leur anniversaire de mariage.

Le jour où nous nous sommes perdus, j'ai guidé Nola et Bridget au milieu des pins, en proie à un malaise croissant. Je n'avais aucune envie de revoir Secret Lake. Aux yeux de Nola, l'endroit distillait une douce nostalgie ; pour moi, c'était le lieu d'un crime.

Je marchais d'un pas vif, mais Bridget et sa queue-de-cheval parvenaient à me suivre sans difficulté.

— Nous sommes en haute altitude ?

— Deux mille cinq cents mètres, plus ou moins.

— Peut-on être malade à cette altitude ou faut-il escalader l'Everest pour se trouver mal ?

— Oui.

— À cette altitude ? a-t-elle demandé pour m'obliger à préciser.

— Même plus bas.

— Étourdissements ? Nausées ?

— Oui.

— Je ne sens rien. Il faut croire que l'air raréfié me convient.

Tout, chez Bridget, était raréfié, sauf ses cheveux et peut-être ses lèvres. Pas étonnant que l'air de la haute montagne lui aille à merveille.

Loin derrière, Nola haletait, mais elle ne m'a jamais demandé de ralentir. Appréciant son courage, j'ai inventé un prétexte pour m'arrêter et lui permettre de reprendre son souffle.

— Ce n'est plus très loin, ai-je dit.

— Je pourrais marcher toute la nuit ! a crié Bridget dans le vent qui se levait.

Les endorphines. Respirez un bon coup et vous serez accro à la montagne jusqu'à la fin de vos jours.

Ayant précédé mes compagnes au bas d'une petite côte, je me suis immobilisé pour admirer le paysage. La beauté sauvage de la montagne s'étalait devant nous : du roc, des forêts, les mêmes dégradés de couleurs s'étirant sur des kilomètres. Soudain, j'ai eu peur que les deux femmes ne se perdent sur le chemin du retour.

— J'espère que vous avez bien étudié le chemin.

— J'ai un bon sens de l'orientation, a déclaré Bridget.

Nola, s'arrêtant pour respirer, a promené son regard sur le roc marbré et les forêts hérissées.

— Magnifique, a-t-elle soupiré.

Bridget a soulevé son poignet pour consulter sa montre avant de se rappeler qu'elle n'en portait pas.

— Il commence déjà à faire noir, a-t-elle constaté.

En effet. Les nuages s'avançaient vers nous, mais selon mon expérience, ils risquaient d'être emportés tout aussi soudainement. Pourtant, les tempêtes éclair n'étaient pas rares en cette saison. Comment, en cas d'orage ou, pire, de tempête de neige, pourrais-je abandonner les deux femmes au bord du lac ?

— Il serait étonné de constater que je suis venue sans lui, a déclaré Nola à brûle-pourpoint.

— Il se servait sûrement d'une boussole, a dit Bridget. Le sentier n'est pas balisé.

— Je pense qu'il nous observe en ce moment même, a dit Nola. Je parie qu'il a rigolé en nous voyant partir du mauvais côté.

— Il aurait pu nous indiquer le chemin, alors. Par où, maintenant ? a demandé Bridget en nous devançant.

— Au-dessus des rochers, là-bas, ai-je répondu avec un geste de la tête.

— Heureusement que nous nous sommes arrêtées au bon moment, a dit Nola. Nous avons failli te rater.

C'était vrai. En marchant vers Secret Lake, je me suis souvent demandé ce que je faisais en compagnie de ces inconnues. J'ai de nouveau ralenti pour permettre à Nola de nous rattraper.

Haletante, elle a lancé :

— Décidément, il faut que je me remette en forme.

— Ça, je te l'ai dit il y a un an déjà, a lancé Bridget.

Nola a accepté la bouteille d'eau mais pas la barre de céréales que Bridget avait sorties de son sac en filet bleu.

— Je n'ai pas fini de digérer mon dîner, a-t-elle affirmé.

Remarquant que je n'avais pas d'eau, Bridget m'a proposé une de ses bouteilles. J'ai décliné son offre d'un geste et elle a paru soulagée.

— Comment se fait-il que tu n'aies pas de sac à dos ? a-t-elle demandé.

— Ce n'est pas exactement le genre d'article qu'on oublie, a renchéri Nola.

— Restons concentrés, ai-je répliqué en m'élançant de nouveau dans le brouillard léger.

Sentant le besoin de faire ses preuves, Bridget m'a suivi pas à pas et elle a continué à bavarder jusqu'au repère indiquant le chemin de Secret Lake.

Je me suis arrêté, adossé à un arbre.

— Voici la tour, ai-je dit en désignant l'imposante et phallique formation rocheuse qui se dressait quelques mètres plus loin.

À en juger par le rougissement des joues de Nola, elle et son mari donnaient sans doute un autre nom au rocher.

— C'est plus facile à partir d'ici.

— Je crois que je me souviens, maintenant, a dit Nola.

— D'accord, mais saurez-vous retrouver le chemin du retour ? ai-je demandé.

— Oui, a répondu Nola avec hésitation.

— Sans problème, a promis Bridget.

Harcelés par un vent de dos, nous avons traversé un pré légèrement enfoncé et contourné une colline formée par un éboulis. Une brise soufflait sans cesse sur la montagne, mais ce jour-là, le vent était vif, violent. Plus nous approchions de Secret Lake, plus j'étais agité. Je m'en suis voulu d'avoir sauté le dîner avant de me rappeler que je n'avais pas l'intention de vivre jusqu'au soir.

Près du lac, j'ai humé l'eau immobile, les rochers recouverts de lichens, le phlox de montagne menacé et l'enchevêtrement de raisins sauvages et amers du côté sud, au-delà des roseaux. Sous nos pas, le sol vibrait. M'arrêtant pour respirer à fond, j'ai senti une sorte d'accélération. Le sentiment d'être tout près, de trembler au bord de quelque chose de mystérieux et d'explosif.

Une fois de plus, j'ai attendu Nola, tandis que Bridget bondissait de rocher en rocher, tête baissée, regardant où elle posait les pieds. Puis le temps s'est arrêté : devant Bridget voltigeait un dense essaim d'abeilles. Avant que j'aie pu la prévenir, elle s'y est enfoncée.

— Non ! a lancé Nola.

Trop tard. Prise d'assaut par les abeilles inquiètes, Bridget a ouvert la bouche toute grande et a poussé un cri perçant. Elle tournait en rond en tentant d'écraser les insectes et secouait la tête dans tous les sens sans cesser de hurler. Je me suis rendu compte que sa queue-de-cheval lustrée, agissant comme un filet, avait emprisonné quelques insectes. Plus les abeilles bourdonnaient, plus Bridget criait.

C'est là que tout a commencé.

Bridget s'est mise à courir. Les abeilles coincées dans sa queue-de-cheval bourdonnaient férocement et elle a cru que c'était tout l'essaim qui la pourchassait. Elle a donc poursuivi sa course folle, grimpant sur des rochers, sautant par-dessus des arbres renversés, fonçant du côté sud-ouest de la montagne, secteur que je ne connaissais pas du tout. Elle s'est engagée dans un passage entre deux énormes blocs de granit escarpés avant de franchir d'un bond un ruisseau de montagne, de s'engager dans une dense forêt de genévriers et de sapins argentés, de se laisser glisser le long d'un escarpement composé de sédiments friables et d'escalader maladroitement les rochers dressés au sommet d'une autre colline. Je la suivais en criant :

— Bridget ! Bridget ! BRIDGET !

Je l'ai pourchassée ainsi pendant cinq ou six minutes qui m'ont paru durer une bonne heure, puis, en regardant derrière moi, j'ai aperçu le poncho rouge accroché dans un buisson, à l'endroit où Nola était tombée. Je ne pouvais pas suivre une femme en abandonnant l'autre. Je me suis donc dirigé vers Nola, mais elle a crié :

— Suis-la ! Elle risque de se perdre !

J'ai discerné un mouvement du coin de l'œil et, à ma grande confusion, j'ai vu l'adolescente aux tongs vertes qui fonçait vers nous à travers les broussailles. D'où sortait-elle, pour l'amour du ciel ?

Je me suis une fois de plus lancé aux trousses de Bridget. Tandis que je gravissais des rochers, ses cris se répercutaient sur les parois rocheuses et me désorientaient.

Puis les hurlements ont cessé.

— Bridget ? BRIDGET ? ai-je appelé.

En me retournant, j'ai aperçu Nola, vêtue de son poncho rouge, la fille aux tongs vertes sur ses talons. Je les ai laissées me rattraper. Nous étions tous à bout de souffle. Ensemble, nous avons aperçu Bridget dans la brume devant nous. Elle piétinait ce que, horrifié, j'ai pris pour un chat blond.

— Ma… tombée !

— C'est quoi, ce bordel ?

Voilà tout ce que j'ai trouvé à dire en me rendant compte que c'était la queue-de-cheval, un truc détachable, et non un mammifère mort, qui gisait dans la poussière à ses pieds.

Les joues de Bridget étaient maculées de mascara noir, ses cheveux blonds et courts hérissés dans tous les sens. Elle se tenait la nuque en criant :

— Je me suis fait piquer ! Piquer !

Nola a obligé la femme paniquée à s'asseoir sur un rocher.

— Où ça ?

Bridget a montré son cou.

— Le dard est encore à l'intérieur !

Les piqûres d'abeille font un mal de chien, mais en général, la douleur cuisante se dissipe assez rapidement.

— Ça ne va pas durer, ai-je dit.

— Je suis *allergique* ! a hurlé Bridget.

Soudain, j'ai compris sa terreur.

— Ça va mal, a noté Nola.

La fille aux tongs vertes s'est mise à fouiller dans le sac en filet de Bridget.

— J'ai oublié mon EpiPen dans ma valise, a lancé Bridget, toute tremblante.

— Doux Jésus ! s'est écriée Nola. En tout cas, je ne vois pas de dard.

— Mon cou, a répondu Bridget, en proie à l'hyperventilation.

— Respire, a ordonné Nola.

Drôle de recommandation à faire à une femme dont la gorge, en raison du choc anaphylactique, se contractait.

— Où ça, sur ta nuque ?

Bridget a indiqué un endroit, la respiration sifflante.

Nola a examiné la zone.

— Pas de dard. Aucune trace de piqûre.

À cause du manque d'air, le visage de Bridget virait au violet.

— Là, a-t-elle râlé en montrant de nouveau l'endroit où elle croyait s'être fait piquer.

— Pas de dard, a répété Nola. Respire. *Respire.*

La fille aux tongs vertes a jeté un coup d'œil elle aussi, mais en vain. Pour ma part, je ne voyais pas en quoi l'endroit où Bridget avait été piquée était si important. Elle n'avait pas son EpiPen. Sa gorge allait se refermer et Mountain Station était à presque deux kilomètres de marche.

— Je ne vois rien, a dit Nola. Rien du tout.

Bridget a laissé entendre un sifflement théâtral.

— Au milieu !

— Rien.

L'irritation de Bridget semblait atténuer sa réaction allergique.

— Regarde sous mes cheveux !

Nola a consacré un moment à cette tâche.

— Tu n'as pas été piquée, à mon avis.

— Je te dis que si, a insisté Bridget.

— Tu respires plutôt bien, ai-je souligné.

— C'est vrai, a confirmé Nola.

Bridget se frottait la nuque en faisant la moue.

La fille silencieuse a croisé mon regard.

Pendant un bref instant, je me suis interrogé sur sa présence, ses drôles de manières.

— J'ai été piquée ! a juré Bridget.

— Nous devrions rebrousser chemin, ai-je dit à Nola. Au cas où il s'agirait d'une réaction différée.

— Voilà ! s'est exclamée Bridget. C'est une réaction différée.

Le brouillard formait désormais une sorte de soupe visqueuse qui estompait la ligne de démarcation entre la terre et le ciel.

— Une vraie purée de pois, a constaté Nola.

Je ne tarderais pas à comprendre que Nola avait l'habitude de débiter des évidences.

— Tu es sûr de pouvoir trouver le chemin ? a demandé Bridget.

Orgueil démesuré, je te présente Wolf Truly.

— Certain, ai-je dit en me remettant en route.

La voix de Bridget s'est élevée au milieu des nuages grumeleux.

— Je ne vois *rien*.

Des racines d'arbres noueuses serpentaient entre les pierres glissantes. Nous nous cognions les orteils ou nous prenions les talons ici et là. Avec ses tongs, l'adolescente traînait de la patte, mais compte tenu de ce handicap, elle avait le pied remarquablement sûr. J'ai respiré son parfum : réglisse rouge et savon Dove.

— Nous sommes dans de beaux draps, on dirait, a lancé Nola en riant pour cacher son inquiétude.

— Comment tu t'appelles, déjà ? m'a demandé Bridget à travers le brouillard. J'ai oublié ou tu ne nous l'as pas dit ?

— Wolf, ai-je répondu.

— Pardon ?

— Wolf.

— Wolf ? Je ne crois pas que j'aurais oublié un prénom pareil. *Wolf.*

— Wolf ? a répété Nola. Tu as bien dit que tu t'appelais Wolf ?

— Un diminutif de Wilfred. Wilfred Truly.

— Tu ne devrais pas plutôt t'appeler Wilf ?

— Seulement Wolf, ai-je insisté. C'est comme ça que m'appelait ma mère. C'est ce que tout le monde dit. Wolf.

La fille aux tongs vertes ne s'est pas présentée, n'a pas tenté de communiquer avec nous de quelque façon que ce soit. J'ai songé qu'elle était peut-être muette.

— Nous devons trouver le chemin du retour, a déclaré Nola. Avant la tombée de la nuit, a-t-elle ajouté inutilement.

Devant une sorte de croisement, je me suis arrêté pour humer l'air dans l'espoir de flairer le sentier du retour, mais je ne sentais que le sachet de lavande de Nola, la transpiration au parfum de gingembre de Bridget et le savon de l'adolescente.

— Par où ? a demandé Bridget.

— Le lac est de ce côté, ai-je répondu en indiquant la direction.

Nous avons marché en silence pendant près d'une heure, escaladant des rochers, franchissant des cols de granit et un peuplement d'épais pins blancs. Nous avons dépassé le bosquet de chênes verts. Pas de glands. Que des coquilles abandonnées par les rats et les écureuils. Je transpirais malgré la température de plus en plus basse. À un moment donné, je me suis rendu compte que nous avions amorcé une légère *descente*. Or le sentier de Secret Lake aurait dû présenter une petite *montée*. Je me souviens de m'être dit qu'il s'agissait simplement d'un autre chemin, d'un raccourci qui finirait par nous ramener plus haut. C'est donc moi qui les ai guidées. Que cela soit bien clair.

Nola avait les joues rougies par le froid. Bridget a remonté la fermeture Éclair de son sweat-shirt et la capuche sur ses cheveux blonds en bataille avant d'enfiler son deuxième manteau. La muette grelottait malgré sa vareuse et je me suis surpris à tressaillir d'une douleur empathique à la vue de ses orteils écarlates dans les tongs vertes.

Ayant trouvé un rocher auquel m'adosser, j'ai retiré mes bottes, puis mes chaussettes de randonnée thermales, cadeau de Noël de Byrd. J'ai tendu ces dernières à la fille en articulant silencieusement (et stupidement) les mots *Prends-les*. Elle a refusé en secouant la tête.

— De toute façon, nous serons rentrés avant qu'il fasse trop froid, a annoncé Nola avec conviction. Mais c'était un beau geste, Wolf. On t'appelle Wilfred, des fois ?

J'ai songé à ma tante Kriket. J'ai pensé à mon père. J'ai pensé à mon ami Byrd.

— Non.

Tout au long de notre laborieuse progression, le vent dansait dans les arbres, grondait les geais chahuteurs.

— Par ici, ai-je dit.

Dans la montagne, le temps est parfois trompeur et décevant, au même titre que la fille que j'avais cru aimer. Il bouge et se contracte, rebondit et se réverbère, couche avec des professeurs d'université et dédaigne le vrai amour. Nous avons marché en silence pendant ce qui m'a semblé un très long moment avant de nous arrêter pour reprendre notre souffle et faire le point.

— Je crois que nous sommes déjà passés par ici, a dit Bridget. Tu as indiqué cette tour. Tu te souviens ? Elle ne devrait pas être de ce côté ?

Plus loin, en nous engageant dans une courte descente, nous avons été surpris par de petits cailloux épars. Mais nous avons glissé sur seulement un mètre ou deux, et aucun de nous n'a perdu pied.

— Les choses auraient pu tourner *beaucoup* plus mal, a déclaré Nola.

Par accident, mon regard a croisé celui de la muette. Blanchissant d'un coup, elle a eu un haut-le-cœur et s'est penchée pour vomir dans les buissons. J'ai fait de mon mieux pour ne pas me sentir coupable de cette réaction.

Comme Nola et Bridget, j'ai regardé l'échine arquée de la fille se soulever. Nola a fait mine de s'avancer, mais Bridget l'a retenue en attrapant un pan de son poncho rouge. Je n'ai jamais prétendu comprendre les femmes, ni alors ni maintenant, du reste. Je me suis dit qu'elles savaient déterminer quand l'une des leurs préférait qu'on la laisse seule.

— Ça va ? a demandé Nola.

La fille s'est essuyé la bouche avec la manche de son manteau en hochant la tête – elle n'était donc pas sourde. Après s'être relevée, elle est venue me rejoindre à l'avant du groupe.

Bridget a échangé un regard avec Nola et nous avons marché jusqu'à un autre embranchement au milieu de la végétation dense.

— Je me demande quelle heure il est, a lancé Bridget en croisant les bras sur sa poitrine.

Selon mes estimations, il était un peu plus de 16 heures. Dans une heure, il ferait nuit noire dans la montagne, et Nola et moi étions les seuls à être vêtus pour affronter le froid. Je ne m'étais pas donné la peine de vérifier les prévisions météorologiques à la station, mais je savais que, en cette période de l'année, seul un gros coup de chance nous éviterait la pluie ou même la neige.

— Avançons, ai-je dit.

Nous avons fait encore un bout de chemin sur le granit strié, le quartz moucheté et gelé, bercés par les lamentations de Bridget.

— J'ai tellement froid. On ne pourrait pas aller un peu plus vite ? Ils sont si glissants, ces cailloux.

Je me rendais compte que la fille silencieuse chaussée de tongs vertes ne pouvait pas aller plus vite. Quant à Nola, elle donnait déjà son maximum, vu son âge. Nous avons continué notre progression sur les pierres pendant encore une quinzaine de minutes. Nous aurions dû nous trouver au bord de Secret Lake, mais plus rien ne me semblait familier. Ou plutôt tout l'était : au milieu du brouillard, on voyait partout les mêmes pins épineux. Les mêmes pierres inégales.

— Vous entendez ? a demandé Bridget. On dirait une chute d'eau.

Nous percevions tous le rugissement d'une chute, illusion auditive pour laquelle la montagne était célèbre.

— Le vent, ai-je répondu. C'est le vent.

— Ça vient de là-bas, a insisté Bridget en montrant le côté gauche.

— C'est le vent, ai-je répété.

— On dirait pourtant bien une chute, a confirmé Nola.

— On dirait, oui.

— Les touristes sont sans doute par là, non ? a demandé Bridget. Près de la chute. On ne devrait pas essayer de la trouver ?

— Il n'y a que Corazon Falls par ici, ai-je répliqué. À dix kilomètres – au fond du canyon. Et il n'y a pas de sentier. Venez. Nous devons rentrer à Mountain Station.

Un hibou a ululé dans les arbres et le son nous a figés sur place. Il était plus tard que je le croyais. Quand nous nous sommes arrêtés dans une petite clairière pour reprendre notre souffle, j'ai essayé de garder mon calme, mais je savais que nous étions perdus. Je ne m'étais encore jamais égaré. Du moins pas dans cette nature sauvage.

Le hibou a ululé de nouveau. J'ai eu la certitude qu'il s'agissait d'un signe – de Byrd ou de Dieu –, d'un avertissement.

— On ne peut pas aller plus loin, ai-je dit. Marcher dans le noir, c'est du suicide. Nous devons trouver un abri.

— Tu rigoles ? a lancé Bridget en se raidissant. Tu veux dire que nous sommes coincés ici pour la nuit ?

— Pas de problème. Ça ira.

— Oh mon Dieu, oh mon Dieu.

Nola lui a serré le bras.

— Une nuit. Tu tiendras bien une nuit.

La fille aux tongs vertes n'a rien dit, mais j'ai vu qu'elle avait peur. Bridget a reniflé et j'ai cherché en vain des mots de réconfort. J'étais surtout contrarié qu'elle ait couru pour fuir les abeilles.

Nous avons regardé autour de nous, à la recherche d'un refuge convenable dans le brouillard. En l'absence de surplomb rocheux ou de grotte, nous nous sommes rapidement mis d'accord : pour attendre la fin de cette nuit froide, nous ne trouverions pas de meilleur abri qu'un gros arbre déraciné, tout près.

Se penchant pour nettoyer l'endroit où elle comptait s'asseoir, Bridget, surprise de voir des cohortes de scarabées aller et venir autour d'un tunnel creusé dans la terre, a poussé un cri à glacer le sang. En s'éloignant à reculons des insectes grouillants, elle a provoqué un éboulement ; les pierres ont dévalé le dénivelé voisin, plus profond et plus à pic que je ne l'avais d'abord cru.

Aucun de nous n'ayant envie de partager sa couche avec des scarabées, nous avons décidé de pousser l'arbre loin de leur nid. Nola a suggéré une surface plane, en haut de la colline, près de manzanitas qui bloqueraient le vent. De concert, nous nous sommes penchés pour faire rouler l'arbre, mais nous luttions contre la gravité et, sous nos pieds, les cailloux étaient instables. En soufflant et en grognant, nous avons réussi à déplacer le tronc de quelques mètres à peine. Bridget ayant déclaré que les insectes étaient encore trop proches, nous avons recommencé.

C'est arrivé si vite. (Combien de fois un homme en proie au regret prononce-t-il ces mots ?)

Nous remontions ce foutu tronc le long de la pente… et puis nous sommes tombés, perdus dans un kaléidoscope de rochers et de poussière ocre et de manzanitas et de sauge, transportés par des pierres rondes qui ont déboulé lourdement au milieu du limon et des broussailles avant de heurter le sol avec un bruit sourd.

C'est arrivé si vite.

Meurtris et hébétés, nous nous sommes relevés en essayant de recouvrer nos esprits et de nous repérer, au milieu des rochers, de la terre et des arbustes déracinés qui avaient dissimulé le bord de la falaise.

Nola, celle d'entre nous qui avait atterri le plus loin, a toussé et crié :

— Tout le monde va bien ?

J'ai répondu par l'affirmative et Bridget aussi. La fille n'a rien dit, mais j'ai constaté qu'elle était tombée à l'extrémité d'un buisson de symphorine et qu'elle ne semblait pas grièvement blessée.

Sans crier (signe encourageant, m'a-t-il semblé), Bridget, toujours cachée à notre vue, a pleurniché :

— Oh mon Dieu. Oh mon Dieu.

— Et vous, Nola, ça va ?

— Très bien ! a-t-elle répondu. Je me suis juste fait mal au poignet !

Dans le crépuscule, j'ai jeté un coup d'œil à l'endroit d'où nous étions tombés. C'était un miracle que nous nous en soyons tous tirés indemnes. Un vrai miracle.

En me retournant, j'ai vu la fille se traîner les pieds jusqu'à un gros rocher et j'ai constaté, à ma grande stupeur, qu'elle n'avait pas perdu ses tongs vertes. Elle avait une petite coupure sur la joue et un nouvel accroc à sa vieille vareuse. Sinon, rien.

— Ça va ?

Elle a hoché la tête au moment où Bridget émergeait entre deux gros rochers. Son pantalon de lycra était déchiré aux genoux et elle avait des égratignures sur les mains et la joue.

— J'ai perdu mon sac de sport, a-t-elle dit. Avec les barres de céréales et l'eau.

— On va les retrouver demain matin, ai-je promis.

Portant la main à ma tête pour ajuster ma casquette de base-ball, j'ai constaté qu'elle avait disparu. Ma casquette des Tigers de Detroit ! Je me suis pris à espérer qu'on la retrouverait, elle aussi.

— J'ai encore mon sac à dos ! s'est écriée Nola d'un ton triomphant en surgissant enfin entre des buissons enchevêtrés. Mais j'ai perdu mes jumelles. Je les avais autour du cou.

— À la lumière du jour, tous ces objets vont refaire surface.

Puis Nola a soulevé un bras, aussi ahurie que nous de voir un éclat d'os saillir de son poignet droit.

— Nola, ai-je dit tout doucement.

Je craignais qu'elle s'évanouisse.

— Oh, pour l'amour du ciel !

Elle a roulé les yeux, comme si elle avait renversé du café sur son chemisier et s'en voulait de sa maladresse. Elle a bougé et l'os s'est transformé en fontaine de sang.

Bridget a poussé un cri avant de détourner la tête.

La fille a bondi.

— Il faut envelopper son avant-bras. Quelqu'un a un foulard ?

Pas muette, donc. En fouillant dans mes poches, j'ai déniché un bandana noir fripé. Je l'ai tendu à la fille et je l'ai vue remettre en place les os du poignet fracturé de Nola avant de nouer le bandana autour de la blessure. Nola s'est mordu la lèvre pour s'empêcher de crier. Elle a dû souffrir le martyre.

La fille maintenait la pression, mais Nola saignait à profusion et, bientôt, le bandana a été trempé. Mon cœur s'affolait, car j'étais conscient de la vitesse à laquelle une vie peut s'éteindre.

— Ce n'est pas idéal, comme situation, a laissé tomber Nola.

— Il nous faut d'autres bandages, a dit la fille. Et une attelle.

— Qu'est-ce qu'il y a dans ton sac à dos ? a demandé Bridget sans se retourner.

— Mon chandail de Noël, mais je ne crois pas qu'il ferait l'affaire, a répondu Nola. J'enlève mon col roulé ?

— Non, avons-nous répondu d'une même voix.

Vite, j'ai commencé à me déshabiller. Je sentais les yeux des femmes peser sur moi pendant que je retirais mon manteau, mon sweat et ma chemise à manches longues, révélant finalement le tee-shirt à l'effigie de Bob Seger que j'avais emprunté à Frankie ce matin-là, en préparant mon corps pour l'enterrement. Conscient que j'allais laisser voir mon tatouage à des inconnues, je me suis retourné pour ôter le tee-shirt. Je me suis rhabillé, puis, non sans plaisir, j'ai déchiré le vêtement de Frankie en bandelettes, que j'ai tendues à la fille.

Bridget a balayé du regard la nature sauvage de plus en plus sombre et, à pleins poumons, a crié :

— AU SECOURS !

Le son, répercuté par les rochers, est revenu vers nous avant d'être emporté par le vent.

— Ne gaspille pas tes forces, lui ai-je dit. Avec ce vent, personne ne nous entend. Il faudra attendre qu'il se calme.

Tandis que la fille enroulait les bandelettes de tissu autour du poignet de Nola, j'ai exploré les environs immédiats. Parmi les rochers, j'ai découvert une alcôve peu profonde, de forme carrée, qui nous offrirait une certaine protection contre le vent.

— Par ici ! ai-je lancé. Il y a un abri !

Nous nous sommes installés dans la grotte – plutôt un simple renfoncement, en fait. La fille a terminé d'entortiller les pansements de fortune autour de la blessure de Nola, puis a fabriqué une attelle avec de petites branches. Par chance, Nola ne s'était pas cassé la cheville ou, pire, la hanche.

— Je pense que tu as arrêté le saignement, ai-je dit à la fille.

La blessure de Nola traitée, nous avons tenté de nous mettre à l'aise dans l'espace exigu. Nola s'est tassée contre la fille, elle-même face à moi, et Bridget à mon côté. Nous nous touchions tous les quatre, d'une façon ou d'une autre. Tout à coup, le froid s'est abattu sur nous, telle une couverture.

— Vous avez senti ça ? a demandé Nola à voix basse, comme si elle voulait éviter que l'air l'entende.

La température a baissé de plus de dix degrés en une fraction de seconde.

J'ai sorti de ma poche mes épaisses chaussettes de laine grises et je me suis penché pour les poser dans les mains de la fille. Elle a serré mes doigts en signe de remerciement avant de les enfiler sur ses pieds nus, raidis.

— Nous allons mourir de froid, a déclaré Bridget.

— Nous sommes seulement en novembre. Il ne fera pas si froid, ai-je menti.

Avec son bras valide, Nola a cherché dans son sac son chandail supplémentaire.

— Mets-le, a-t-elle murmuré en glissant entre les mains de la fille le paquet de laine rêche.

— Ce sont de bonnes chaussettes, mais tes orteils sont encore froids, ai-je dit en changeant de position pour qu'elle puisse glisser ses pieds sous ma chemise à manches longues.

Après un moment d'hésitation, elle m'a laissé guider ses pieds glacés sous le tissu, contre ma peau nue. Malgré les chaussettes, j'ai été saisi par le contact de ses orteils gelés sur mes mamelons.

— Brrr, ai-je fait.

— Merci, a-t-elle répondu.

J'ai senti Nola et Bridget échanger un regard dans le noir.

Le vent s'est levé et a envahi notre abri en rugissant. Nous nous sommes serrés les uns contre les autres. J'ai retiré mon blouson en duvet et je l'ai drapé sur les épaules de Bridget.

— Nous allons le partager, ai-je dit.

— Je meurs de froid, a-t-elle dit.

— Personne ne va mourir de froid, ai-je répliqué.

— Wolf… a commencé Nola pour changer de sujet. Je n'ai jamais rencontré de Wolf. J'ai connu une Cat. Et aussi un Bear. Il s'appelait Barry, en réalité, mais on le surnommait Bear. Je ne sais pas comment on l'écrivait.

— Essayez de garder votre main en l'air, ai-je dit. Appuyez-la sur votre genou. Pour réduire l'enflure.

— Tu conserves ton sang-froid en temps de crise, a observé Nola.

J'ai été tenté de lui dire que c'était grâce à mon intervention que nous en étions là. Si nos chemins ne s'étaient pas croisés, les femmes seraient au fond d'une crevasse ou perdues dans un autre secteur de la montagne. Ou peut-être auraient-elles renoncé à trouver le lac et seraient-elles rentrées à Mountain Station. Si nous ne nous étions pas croisés, je ne serais plus de ce monde, moi.

Je me suis alors rendu compte que le désespoir qui pesait sur moi depuis l'accident de Byrd – sentiment que l'incarcération de Frankie avait exacerbé – avait disparu dans la chute, en même temps que le sac de sport de Bridget et la casquette des Tigers. Comme si un interrupteur avait été mis en position « arrêt », ou plutôt « marche ».

Réchauffée par mon corps, la fille a agité les orteils.

— Tu t'appelles comment ? ai-je demandé.

— Vonn, a-t-elle répondu.

Vonn.

La présence de Vonn parmi nous était déroutante, tout autant que l'était le peu de cas que les deux autres femmes faisaient d'elle. J'ai serré ses pieds avec force pour me prouver qu'elle était bien réelle.

— Tu sais allumer un feu, Wolf ? a demandé Nola.

— Vous avez des allumettes ou un briquet dans votre sac à dos ? ai-je demandé.

— Je ne fume pas, hélas, a répondu Nola avec sincérité.

— Pour la première fois de ma vie, je voudrais avoir un fumeur à mes côtés, a dit Bridget en claquant des dents. Je donnerais n'importe quoi pour être fumeuse.

— Tu ne pourrais pas frotter des branches l'une contre l'autre ou un truc du genre ? a insisté Nola.

Je ne savais pas faire du feu sans flamme à la lumière du jour ; j'y arriverais encore moins dans le noir. De toute façon, le temps était trop humide.

— Pas de petit bois sec, ai-je répondu.

— Je croyais que tu étais guide de montagne. D'abord, nous nous perdons à cause de toi. Et tu n'es même pas fichu de faire du feu ? a déclaré Bridget d'un ton désobligeant.

— Ce n'est pas à cause de lui que nous nous sommes perdus, a rappelé Vonn.

— Satanées abeilles ! a lancé Nola.

Vonn a soupiré et Bridget l'a aussitôt prise à partie.

— J'aurais dû faire quoi, à ton avis ? Les laisser me *piquer* ? Sans EpiPen ?

Vonn a ouvert la bouche, puis l'a refermée.

— Tu acceptes de l'argent pour guider des gens sans avoir les compétences requises… Sans le moindre sens de l'orientation. Sans connaissance des techniques de survie. À mon avis, c'est de la publicité mensongère.

— D'accord.

Bridget poursuivait sur sa lancée.

— Quel est ton plan, monsieur le montagnard ?

Monsieur le montagnard. J'ai cru entendre un ricanement derrière une plaque de pierre.

— Vous avez entendu ? a demandé Bridget.

Elle aussi avait entendu.

— Écoutez.

Elle a attendu que nous obéissions.

— On dirait les chutes, de nouveau.

— En montagne, on ne doit pas se fier à ses oreilles. On entend des choses : des chutes d'eau, des avions, des voix. C'est seulement le vent. Peu importe ce que tu crois entendre, je t'assure que c'est le vent.

Le vent, justement, a changé de direction d'un coup. En nous tournant face à lui, nous avons étiré le cou pour voir le lourd couvert nuageux se soulever. Devant nos regards ébahis, la vallée est apparue, avec toute l'étendue étincelante de la ville, des centaines et des centaines de mètres plus bas, jusqu'aux minuscules lumières des éoliennes, au loin.

— Palm Springs ! a annoncé Nola.

Bridget a indiqué un point distant, au nord-est.

— Là-bas, regardez ! On dirait un joyau. Qu'est-ce que c'est ?

C'était Tin Town, la ville de fer-blanc. Celle-là, c'était la meilleure. Nous n'étions pas perdus, en fin de compte.

— Nous ne sommes pas perdus ! s'est écriée Bridget.

Nola a ri.

— Quel soulagement ! Nous n'aurons qu'à descendre, le matin venu.

— Pas vraiment, ai-je répondu. Je suis presque convaincu qu'il s'agit du canyon du Diable.

— Nous n'aurons qu'à descendre dans ce canyon, alors, a répondu Nola. Ça nous fera une bonne histoire à raconter.

— Ce n'est pas si simple, ai-je dit.

— Nous allons aboutir à l'endroit où on sert des déjeuners ! s'est-elle exclamée en montrant les lumières.

— Nous ne pouvons pas passer par là, ai-je insisté.

— Qu'est-ce que tu veux dire ?

— Nous ne pouvons pas descendre de ce côté, madame Devine. Nous allons devoir remonter là d'où nous sommes tombés.

— Ne sois pas ridicule, a répliqué Nola. C'est trop à pic pour moi, avec ma patte cassée. D'ailleurs, nous risquons de nous perdre encore ! Nous savons précisément où nous sommes ! C'est de la folie ! Pourquoi monter pour mieux redescendre ?

— Il ne s'agit pas exactement de descendre. Nous voulons plutôt *sortir* d'ici, ai-je expliqué. Je sais que c'est contraire à votre instinct.

— Je me fie toujours à mon instinct, a dit Nola.

— Moi aussi, a renchéri Bridget. Je suis clairvoyante.

La fille a eu une sorte de haut-le-cœur. Vestige de la balade en téléphérique, ai-je supposé.

— Il y a sûrement un sentier qui mène à Palm Springs, a insisté Nola. Je suis certaine que nous le trouverons.

— Croyez-moi, madame Devine. Il s'agit d'un dédale de canyons encaissés et de rochers escarpés. Vous réussiriez peut-être à descendre, mais sûrement pas à remonter, et il est impossible de se rendre jusqu'à Palm Springs de cette façon.

— Pourtant, tout laisse croire qu'on pourrait simplement descendre, a insisté Nola.

Je me suis rappelé le randonneur dont m'avait parlé Byrd.

— Un jour, il y a longtemps, un certain Jack a raté le dernier téléphérique pour redescendre. En constatant que Mountain Station était fermée, il a paniqué, tout seul dans le noir.

— Jack Mazlo ? a demandé Nola. Tu veux parler de Jack Mazlo ?

— Vous connaissez Jack Mazlo ? C'est une sorte de légende, non ?

— Oui, je suppose.

— Je ne connais pas Jack Mazlo, moi, a dit Bridget.

J'ai raconté aux femmes sa descente le long du sentier du téléphérique, qui n'avait rien d'un sentier.

Après, Bridget a soupiré.

— Au moins, on a fini par le trouver. Pauvre homme. Au moins, il a survécu.

— Mais non, a dit Nola.

— Bien sûr que si, ai-je lancé.

— Je connaissais Jack Mazlo, a répliqué Nola. Il est mort cette nuit-là, Wolf.

— Quoi ?

— Il est mort cette nuit-là.

— Non, ai-je dit. On l'a trouvé dans un buisson, près de la première tour. Il fréquente le café. Il s'assoit comme ça.

J'ai incliné ma hanche.

— Tu l'as déjà vu ? a demandé Nola.

— Non, en fait.

— Qui t'a raconté cette histoire ?

— Un type qui sait tout sur la montagne.

— Jack était mort quand on l'a trouvé. On a déduit qu'il était resté là pendant deux jours avec une jambe fracturée. Personne ne pouvait le voir à cause de l'épaisse végétation et personne ne pouvait l'entendre à cause du téléphérique.

— Il n'a pas été secouru…

Je m'efforçais de digérer l'affreuse vérité.

— Il avait seulement vingt-six ans.

— Si jeune, a laissé tomber Bridget.

— Jack et Janice Mazlo. Lorsque nous avons quitté l'Ohio pour nous établir à Cathedral City, nous étions voisins. Ils avaient un fils de quatre ans. Little Jack. J'ai entendu dire que sa femme était rentrée au Texas avec le garçon. Je ne sais pas ce qu'est devenu Little Jack.

— Elle est horrible, cette histoire, a dit Vonn.

J'en voulais à Byrd de m'avoir menti.

— Je préfère ta version, a dit Nola en se penchant pour me serrer le bras dans le noir. Ce petit garçon privé de son père… Ça m'a brisé le cœur.

Elle m'a fait penser à Frankie et j'ai été perturbé par l'élan de nostalgie que j'ai ressenti pour mon père, malgré ses défauts.

Frankie n'était pas le père du siècle, mais une fois ou deux, il avait été l'homme de la situation. Un jour, il avait distribué des crèmes glacées au chocolat à tous les voisins après avoir poursuivi le marchand dans son camion pour recouvrer une dette. Je n'avais pas été peu fier de manger la mienne juché sur ses épaules.

Dans l'obscurité d'une chaude nuit de juillet, Frankie et moi avons quitté Mercury, dans le Michigan, pour Santa Sophia, nos maigres possessions entassées dans notre Gremlin verte à hayon nouvellement acquise.

Après seulement un pâté de maisons, nous avons senti une horrible odeur et imaginé qu'une souris morte s'était coincée dans une fente du système de refroidissement : l'odeur, en effet, était plus prononcée lorsque la climatisation fonctionnait. Frankie, parce qu'il fumait, n'avait rien remarqué en prenant possession de la voiture. Un mauvais départ, en somme.

Les rues étaient paisibles et, devant la bibliothèque, je me suis retourné pour admirer les imposants conifères qui flanquaient l'allée. Je me souviens de m'être rappelé la prédiction de Mlle Kittle : l'hiver ne me manquerait pas. J'ai tenté d'imaginer la montagne dans le désert, tandis que Frankie, en fredonnant une mélodie empreinte de regret, se tortillait sur la banquette en vinyle déchiré, clignait rapidement des yeux et tapait sur le volant avec l'alliance qu'il portait toujours.

Je ne savais pas s'il regrettait la somme qu'il avait versée pour la Gremlin puante ou sa vie en général, mais j'étais relativement certain que son agitation s'expliquait par les « aspirines » qu'il avait gobées un peu plus tôt. Des amphétamines ayant pour but de le garder éveillé, sans doute. Peut-être aussi regrettait-il de les avoir prises.

Nous avons quitté la maison dans Old Dewey, les vitres baissées, avec le projet de passer une semaine sur la route. J'ai proposé de marquer notre arrivée en Californie par un rituel : prendre le téléphérique, dès le premier jour, et gravir les centaines de mètres qui nous sépareraient encore du sommet.

— Pas question de prendre le téléphérique. Faut l'escalader à pied, cette salope ! s'est écrié Frankie en tapant du plat de la main sur le tableau de bord.

— Tu ne devrais pas traiter de *salope* une montagne nommée d'après une sainte.

— Je suis pas superstitieux, Wolf, a dit Frankie en se dirigeant du mauvais côté de la ville.

— Croyant, tu veux dire, l'ai-je corrigé.

— Je me comprends, a lancé Frankie en mettant son clignotant à droite, puis à gauche, sans effectuer le moindre virage. On va monter comme des hommes, jusqu'au sommet.

— C'est super haut, je pense.

— Il paraît que la vue est géniale, a dit Frankie. C'est le genre de chose qu'un père doit découvrir avec son fils.

Contrairement à la plupart des adolescents, j'étais séduit par l'idée d'escalader une montagne avec mon père. De faire n'importe quoi avec lui, en fait.

— Le premier jour.

— Le premier jour. On partira l'après-midi pour voir le soleil se coucher, a dit Frankie.

— D'accord, Frankie, mais dans le livre, on dit que l'ascension prend toute la journée. Et seulement à partir de Mountain Station. Et qu'il ne faut pas s'y risquer à moins d'être dans une forme splendide.

— Je suis solide comme un roc, a-t-il affirmé en succombant à une quinte de toux.

J'ai dû tenir le volant pendant qu'il crachait du mucus dans un linge trouvé par terre.

— Tu devrais peut-être arrêter de fumer.

Il s'est essuyé le nez avec sa manche en s'efforçant de se concentrer sur la route.

— Je me suis laissé affecter, a-t-il déclaré. Je me suis laissé affecter, Wolf. J'en ai bavé, ces derniers temps. J'ai beaucoup souffert. Connu beaucoup de déceptions. Beaucoup de chagrins.

C'était la vérité.

— Le monde me donne pas c'qu'y me faut. Tu comprends ?

Je comprenais.

Il s'est mouché de nouveau.

— Faut que je me reprenne en main.

— En effet.

Mon acquiescement l'a irrité.

— C'est pour ça qu'on déménage. De saines habitudes de vie. En plein c'qu'y me faut. Le soleil, les orangers et les citronniers, les olives et les avocats de la Californie. Cette merde prolonge ta vie de trente ans, au minimum.

Ce qui m'a le plus troublé, c'est le visage de Frankie : au moment où il prononçait ces mots, il doutait d'avoir envie de vivre encore trente ans.

Lorsqu'il a proposé que nous nous arrêtions brièvement chez un ami dont la maison, a-t-il soutenu, se trouvait sur notre chemin, j'ai protesté, mais faiblement. La vérité, c'est que j'aurais préféré être ailleurs que dans la Gremlin nauséabonde avec mon père surexcité qui reniflait et tapait sur le volant.

La maison de ferme où habitait l'« associé » de mon père, Warren, se trouvait à quinze minutes de route de la maison bleue d'Old Dewey et, officiellement, à l'intérieur des limites de Mercury.

— Tu es sûr que c'est une bonne idée ? lui ai-je demandé pendant que nous gravissions lentement les marches de la galerie.

Des champs du voisin montait une odeur de bétail robuste et piquante. En la respirant à pleins poumons, j'ai été saisi de voir apparaître, dans la lumière de la galerie qui s'est mise à clignoter au-dessus de nos têtes, un homme minuscule arborant une barbe broussailleuse, une robe de chambre pour femme turquoise et des bottes de cow-boy maculées de boue. J'avais beau le dominer de sept ou huit centimètres, il a tout de suite flairé ma peur.

Warren nous a entraînés dans un long couloir où nous avons dû raser le mur pour éviter les cartons et les journaux empilés. J'ai été pris d'éternuements incontrôlables.

— Dis à ton gars d'arrêter de se comporter comme un trou du cul, a ordonné le type.

— Un peu de respect, toi, m'a lancé mon père.

Il m'a intimé l'ordre d'attendre dans la cuisine, où des tomates pourrissaient dans un panier posé près d'un cendrier. Respirant par la bouche, j'ai regardé mon père suivre la robe de chambre bleue jusqu'au bout du couloir poussiéreux.

Pendant que je m'efforçais de discerner les champs retournés et le pré assombri qui s'étendait au-delà, le vent a secoué les carreaux de la fenêtre. Ma mère me manquait. Tout d'un coup, j'ai eu la sensation de la quitter en quittant Mercury. Le froid de la nuit s'infiltrait sous la porte, attisant mon malheur.

Fidèle à mon habitude, j'avais songé à me munir d'un livre. Très jeune, j'avais compris que nous ne quitterions jamais la maison bleue pour aller à une partie des Tigers ou des Lions, à la plage municipale, à la patinoire, au parc aquatique ou dans un autre parc, au zoo ou au cinéma, ni même au centre commercial ou à l'épicerie. Nous nous arrêterions plutôt devant une maison, parfois un petit bureau, dans une ruelle ou sur un parking, et Frankie disparaîtrait pendant une heure, voire plus longtemps. Sans livre, j'étais tout seul ou, pis encore, seul avec les enfants d'autres personnes, avec la femme soûle d'un autre homme, une sœur triste ou une secrétaire aigrie ou, dans certains cas, seul dans l'obscurité.

J'ai ouvert mon roman, mais j'ai eu du mal à me concentrer à cause du bruit qui provenait de l'endroit où Frankie et Warren s'étaient retirés pour causer affaires. J'ai entendu Frankie vociférer et Warren s'énerver. La discussion s'est prolongée pendant près d'une demi-heure. Le silence, lorsqu'il est enfin tombé, était assourdissant.

Après un moment de paralysie, je me suis aventuré dans le couloir. J'ai trouvé mon père effondré par terre dans une chambre, à côté d'un tas de draps sales. La fenêtre du fond était ouverte et, dans le clair de lune, j'ai vu Warren traverser le champ creusé d'ornières en serrant un oreiller contre sa robe de chambre. Il se dirigeait vers la forêt dense qui se dessinait au loin. Jusqu'où irait-il ? Pourquoi l'oreiller ? Pourquoi la forêt ? Que diable se passait-il ?

Me laissant tomber à genoux, j'ai soulevé la lourde tête de mon père. Ses cheveux étaient plus rêches que dans mon souvenir et son cou plus musclé que je l'avais imaginé. Depuis combien de temps ne l'avais-je pas touché ? *Des années*, peut-être ?

Enfant, je m'asseyais sur ses genoux, je respirais son odeur (Camel à bout filtre et, les bons jours, savon Irish Spring) et j'écoutais battre son cœur en suivant, du bout de mon ongle crasseux, les contours de son tatouage d'arc-en-ciel *Glory Toujours*.

— Qu'est-ce qu'elle aimait faire encore ? demandais-je.

Et Frankie me parlait de l'affection de ma mère pour les livres et les bibliothèques, les arcs-en-ciel, les friperies et la confection de gâteaux. Elle aimait mieux remonter dans le temps que se projeter dans l'avenir. Aucun détail n'était trop insignifiant : « Glory adorait les bonbons à la menthe poivrée. Elle en avait toujours une petite boîte dans son sac. » Je me suis rappelé la boîte et le parfum des bonbons.

Au moment où j'immobilisais la tête dodelinante de mon père et palpais son cou à la recherche de son pouls, la vitre s'est remise à cogner contre le châssis. Une odeur d'urine me brûlait les narines, et j'ai failli crouler sous le poids du soulagement en sentant la flaque tiède sous mon genou. Puis j'ai paniqué de plus belle en me rendant compte que le jet d'urine que laissait échapper Frankie ne prouvait pas qu'il était vivant. En réalité, je ne savais pas quels liquides corporels les cadavres pouvaient libérer.

J'ai allongé mon père par terre en inclinant sa tête pour dégager ses voies respiratoires, puis je me suis penché sur lui, comme sur le mannequin du cours de biologie. Après avoir couvert sa bouche avec la mienne, j'ai soufflé fort pendant trois secondes, puis j'ai marqué un temps d'arrêt avant de recommencer. Je me suis rendu compte que j'avais oublié de lui pincer le nez. La séquence des gestes m'échappait. J'ai soufflé encore. Et si j'étais en train de le suffoquer ? J'ai senti ses dents, perçu le goût de sa salive. Il avait mangé du fromage au souper. J'ai réprimé un haut-le-cœur. Une fois de plus, j'ai cherché un pouls.

C'est drôle, tout de même, les détails qui vous reviennent en mémoire : une poêle à frire remplie de mégots sur la table de chevet, des taches brunes sur le mur – du sang ou peut-être du café –, des poils de chien sur la couverture à carreaux, un soutien-gorge blanc et sale accroché à une patère près de la porte, comme un objet qu'on ne doit pas oublier en sortant. Rien d'illégal, sauf peut-être la crasse. Sans doute Warren avait-il emporté ses articles de contrebande dans une taie d'oreiller. Jusqu'où irait-il, vêtu d'une robe de chambre pour femme ?

L'horloge se payait ma tête. Pourquoi un type comme Warren avait-il besoin d'une horloge ? J'ai posé l'oreille contre la poitrine de Frankie. À mon grand soulagement, j'ai détecté, faibles et inégaux, les battements de son cœur. Réagissant aussitôt, j'ai crié son nom en le giflant. Il avait le teint cendreux.

Évidemment, c'était le moment d'appeler l'ambulance. J'avais entrevu un téléphone dans la cuisine et j'y suis retourné à toute vitesse. Gauchement, j'ai saisi le combiné, puis je l'ai reposé et saisi de nouveau avant de le remettre à sa place. Si je faisais venir une ambulance, la police s'en mêlerait. À supposer que Frankie s'en sorte, il irait en prison ou dans un centre de désintoxication. Quant à moi, je finirais dans une *famille d'accueil*, comme dans mes pires cauchemars.

Revenant à mon père, j'ai remarqué le vent qui s'engouffrait par la fenêtre et charriait la puanteur du fumier. Pendant un moment, je suis resté debout devant Frankie, puis je lui ai assené un violent coup de pied à la jambe. Il n'a pas bronché. J'ai récidivé. Je l'ai frappé une autre fois, plus fort, et il m'a surpris en hoquetant. Comme si son moteur s'était enrayé, Frankie a toussé et crachoté avant de recommencer à respirer. Cette nuit-là, je crois bien avoir sauvé la vie de mon père en essayant de l'achever pour abréger mes propres souffrances.

J'ai aidé Frankie à se mettre en position assise. Puis il a penché la tête et a vomi sur mon jean. En lui flattant le dos, j'ai été pris d'une irrésistible envie de le protéger. Des années plus tard, je comprendrais : c'était de l'amour paternel. Qu'un enfant éprouve de tels sentiments pour son père ou sa mère est moins étrange que tu ne pourrais le croire. J'ai essuyé la bouche de Frankie avec une serviette en papier qui traînait par terre. Pour une fois, sa confusion ne m'a pas paru amusante. J'ai caressé sa joue rugueuse en lui disant que j'étais désolé, sincèrement désolé, et que tout irait bien. C'était la vérité, du moins la première partie. Il semblait indécis : en se réveillant, avait-il remporté un prix ou subi une cuisante défaite ? J'ai résisté à la tentation de lui dire que je l'aimais. J'ignore pourquoi.

— OK ?

— Ouah… Ouah…

J'ai d'abord cru qu'il signifiait un inconfort.

— Tu as mal ?

— Warren ? La robe de chambre bleue ?

Frankie a cligné des yeux. La mémoire lui revenait.

— Il a cru que tu étais mort.

— Ouah.

— Moi aussi.

Frankie s'est assis.

— Tu as appelé une ambulance ?

La question avait beau être simple, la réponse traduirait l'essence même de notre avenir compliqué. J'ai secoué la tête.

— Non.

Quelque chose est passé de l'un à l'autre, une responsabilité que Frankie a cédée à contrecœur et que j'ai acceptée avec la même réticence.

— Bien, a-t-il dit.

Ce n'est pas le déménagement à Santa Sophia qui a transformé la nature de ma relation avec Frankie. C'est plutôt cet instant d'avant le désert, la nuit où nous avons mis le cap sur la Californie, dans cette ferme crasseuse en périphérie de Mercury, au Michigan, celle où nous avons tous deux compris que j'étais le fils de mon père, après tout.

Mon père avait beaucoup, beaucoup de mauvaises habitudes. L'une de ses bonnes consistait à garder le réservoir de la voiture rempli en tout temps. « Il faut toujours être prêt à partir loin » : telle était sa devise.

C'est ce que je retiens surtout du trajet entre le Michigan et la Californie : les arrêts pour faire le plein. Nous nous sommes principalement nourris de produits achetés dans des stations-service : Gatorade, couenne de porc frite et chips, c'est-à-dire, selon Frankie, des fruits, des protéines et des légumes. J'ai souffert d'indigestion chronique et j'ai eu des cernes noirs sous les yeux. Mes lèvres fendillées saignaient. Je crois même que j'ai failli attraper le scorbut.

— Fait chaud, disait mon père.

Puis il se taisait pendant des kilomètres, voire des journées entières.

Par chance, j'avais mes livres pour me distraire. Ils me faisaient parfois penser à la jolie bibliothécaire en chef.

Avant notre départ, un jour que Frankie et moi étions censés vider le garage, Mlle Kittle a frappé à notre porte bleue, dans Old Dewey. Lorsque Frankie s'est rué sur elle, j'ai compris qu'elle n'était pas là pour me voir, moi. Il avait sans doute raison à propos des phéromones.

Frankie, qui avait découvert à côté de mon lit une photo de Mlle Kittle, arrachée du journal local, avait jugé hilarant que je me sois entiché d'elle. Je pense que c'est ce qui l'a décidé à sortir avec elle. Quelques jours après la première visite de la bibliothécaire en chef, en rentrant, je l'ai trouvée chez nous, vêtue d'une robe sans bretelles, en train de prendre le soleil sur la chaise longue déchirée à côté de la galerie défoncée. Frankie a saisi le journal et m'a proposé de tenir compagnie à « Kitten » (le petit nom qu'il lui avait donné) pendant qu'il se livrerait à une défécation qui, nous a-t-il prévenus, risquait de durer un long moment.

Je me suis assis à côté de Mlle Kittle et j'ai fermé les yeux en faisant semblant d'aimer la caresse du soleil, moi aussi. En réalité, c'était pour ne pas céder à la tentation de la reluquer.

— Tu es excité ? a-t-elle demandé.

— Pardon ?

— À l'idée de t'établir dans le désert ? De voir la montagne ?

— J'ai très hâte de prendre le téléphérique.

— Sans parler du sommet.

— Je vais être alpiniste. Comme les types dans le livre que vous m'avez donné. Je veux escalader l'Everest comme Norgay et Hillary.

— Des hommes aventureux.

— Absolument.

— J'aime les hommes aventureux, a dit Mlle Kittle.

Je me suis sincèrement demandé ce qu'elle fabriquait avec Frankie, qui collectionnait surtout les *mésaventures*.

— Dans certaines cultures, les garçons sont considérés comme des hommes dès l'âge de treize ans.

— Mon âge, lui ai-je rappelé.

— Ton âge, a-t-elle acquiescé.

— J'ai treize ans et demi, en fait, ai-je dit en enfonçant la main dans la poche avant de mon jean.

— Tu peux faire tout ce que font les hommes, a-t-elle déclaré en se concentrant sur ma main. Que fais-tu en ce moment, par exemple ?

J'ai sorti de ma poche une pile de cartes de base-ball.

— Ce sont des cartes que j'ai échangées. Aujourd'hui, j'ai obtenu celle d'Al Kaline. Vous m'avez apporté d'autres livres ?

— J'ai ici un ouvrage sur les plantes médicinales utilisées par les autochtones, a répondu Mlle Kittle en plongeant la main dans son sac. Regarde, Wolf. Voici l'herbe rouge. C'est important. Observe bien.

Comme elle avait adopté un ton grave, j'ai pris le temps de bien examiner la photo du livre.

— Cette plante se reconnaît à ses cosses rouge vif et à ses fleurs blanches. On infuse les petites graines que renferment les cosses pour faire du thé ou encore on les fait sécher pour les fumer. Les Amérindiens s'en servaient dans les rites de passage pour les garçons. Ne t'en approche pas. Et, pour l'amour du ciel, n'en mange surtout pas.

— C'est comme le sumac vénéneux ?

— En manger, en boire ou en fumer provoque des visions.

— Super.

— Et de nombreuses défaillances d'organes, a ajouté Mlle Kittle en agitant l'index. Pendant ma dernière année au secondaire, un garçon que je connaissais en est mort. C'était le fils du chef de police. Des policiers sont partis avec des chiens pisteurs et ils ont arraché tous les buissons. Aujourd'hui, tu ne trouveras pas un seul plant dans un rayon de quatre-vingts kilomètres autour de Santa Sophia. Mais si quelqu'un t'en propose, tu dis non, d'accord ?

— D'accord.

Lorsque Mlle Kittle s'est déplacée sur la chaise, sa robe est remontée davantage et, à ma grande stupeur, j'ai aperçu le côté de sa fesse droite, entièrement nu. J'ai laissé tomber mes cartes de base-ball, qui se sont éparpillées à ses pieds. En souriant, elle en a fait une petite pile avec ses orteils nus, se découvrant accidentellement à chacun des mouvements de ses jambes. *Comment une femme adulte avait-elle pu oublier de mettre une petite culotte ?*

— Quand j'irai rendre visite à mon père, fin août, je passerai peut-être vous voir, Frankie et toi, a-t-elle dit sans se rendre compte, apparemment, des défaillances de sa garde-robe.

— Super, ai-je répondu en détournant les yeux lorsque le bouton de sa robe bain de soleil a menacé d'exploser sous la pression de ses seins.

— C'est un rendez-vous, a-t-elle dit en se penchant davantage.

Je suais à grosses gouttes. J'ai fixé les cartes de base-ball qu'elle avait empilées avec ses orteils. John Wockenfuss, receveur des Tigers de Detroit, était sur le dessus. Pour me distraire, j'ai songé à Wockenfuss et à sa position au bâton si inhabituelle, à sa façon de tourner le dos au lanceur et de faire pivoter sa tête au maximum sur ses épaules. *John Wockenfuss.*

— Wolf, a dit Mlle Kittle en se rapprochant plus encore.

Du coin de l'œil, j'ai constaté que la robe mal ajustée de Mlle Kittle, en plus d'être remontée encore plus haut sur ses cuisses, s'était ouverte sur sa poitrine et qu'un de ses mamelons roses était exposé. *Wockenfuss. Wockenfuss. Wockenfuss.*

— Wolf ?

La porte s'est ouverte et mon père est apparu. Mlle Kittle a replacé sa robe. J'ai foncé vers ma chambre et je me suis mis la tête sous un oreiller. Plus tard, j'ai été heureux d'entendre la porte claquer, signe que mon père et sa Kitten avaient décidé d'aller se soûler à l'extérieur plutôt que de rester se soûler à la maison. C'était déjà ça de gagné.

J'ai mis quelques jours à comprendre que la tenue de plus en plus révélatrice de Mlle Kittle était une invitation et non un accident. J'ai tardé encore plus à comprendre que c'était Frankie qui avait tout orchestré. Interrogé à ce sujet, plus tard, il a dit :

— Certains pères organisent une bar-mitsva pour leurs fils lorsqu'ils atteignent l'âge de treize ans.

— Je t'avais demandé une bicyclette, moi.

Bientôt, Mlle Kittle a cessé de venir nous voir. J'ignore tout des détails de la rupture. Peut-être l'a-t-il trompée, peut-être lui a-t-il volé de l'argent, peut-être lui a-t-il menti. Hélas, elle nous a bannis – c'est-à-dire qu'elle m'a banni, moi – de la bibliothèque de Mercury. L'avantage, c'est que Frankie avait plus de temps libre, même s'il le consacrait surtout à emballer le contenu de la maison bleue.

Mon père m'a suggéré de garder les livres de la bibliothèque : ceux sur Palm Springs et la montagne, ainsi que la pile de romans en retard. J'ai obtempéré, tout en sachant que c'était mal. Je les ai encore.

En route vers la Californie, j'ai feuilleté le livre consacré aux sources d'eau chaude au milieu du désert, appris avec un intérêt mitigé que, des millénaires plus tôt, des animaux préhistoriques avaient pataugé dans l'*agua caliente*, celle qui, venue du centre de la Terre, bouillonnait encore aujourd'hui à la surface. Je n'ai même pas ouvert l'ouvrage consacré à l'histoire du golf dans la région. Comme je savais peu de chose des vedettes passées et présentes, les livres traitant de la longue relation entre Hollywood et Palm Springs ne m'ont guère passionné non plus. En revanche, j'ai dévoré celui où il était question des serpents à sonnette. J'ai mémorisé les marques caractéristiques de ces créatures, et je me suis attardé sur les gros plans pornographiques de leurs crochets dégoulinants de venin laiteux.

C'est à l'ouvrage consacré à la montagne au milieu du désert que j'ai accordé le plus de temps. Je me suis ainsi familiarisé avec les zones biologiques changeantes, de la brousse désertique à la forêt alpine. J'ai été intrigué par les chapitres portant sur les Amérindiens qui habitaient les contreforts et croyaient la montagne capable de guérir tous les maux, physiques ou spirituels. Et s'ils avaient raison ? L'ouvrage renfermait un certain nombre de témoignages de naturalistes et de randonneurs qui soutenaient avoir vu Dieu sur la montagne. Frankie, quand je lui ai lu ces passages, a ri.

— C'est sûrement à cause du manque d'oxygène.

Les derniers chapitres portaient sur le téléphérique, de conception suisse. Je n'avais jamais mis les pieds dans un parc d'attractions, mais à mes yeux, aucune montagne russe n'aurait pu rivaliser avec lui. Être soulevé si haut et si vite, être catapulté d'un climat vers un autre… C'était presque une façon de voyager dans le temps.

Lorsque tombait la nuit, je devais interrompre ma lecture. Enfermé avec Frankie dans l'habitacle de la Gremlin minable, j'avais du mal à imaginer les brises fraîches de la montagne. Je me souviens d'avoir regardé par la fenêtre sans savoir quel État nous traversions. Frankie fredonnait sans arrêt en écoutant la radio, une cigarette se consumait dans le cendrier, une journée pénible après l'autre.

Cette première nuit, dans la montagne, les trois femmes et moi, frissonnant dans le noir, étions moins perdus que coincés là, avec de longues heures devant nous. Tu vas peut-être t'imaginer que nous avons parlé de nous-mêmes à tour de rôle. Tu vas peut-être t'imaginer que nous avons pris un moment pour discuter des événements récents et des suites à leur donner. Tu vas peut-être t'imaginer que l'un de nous a pleuré, paniqué, crié des reproches. Mais non. Pas au début, en tout cas. Nous sommes longtemps restés silencieux.

— Comment va votre main ? ai-je enfin demandé.

Dans le clair de lune, je venais de voir grimacer Nola, enveloppée dans son poncho rouge.

— Un peu enflée, c'est tout.

Avec sa main valide, elle a sorti la gourde jaune de son sac.

— Nous devrions boire un peu.

Bridget a tendu la main.

— Laisse-moi la déboucher.

Après s'être exécutée, elle a bu goulûment avant de rendre la gourde à Nola. Celle-ci a pris une modeste gorgée avant de placer la gourde entre les mains de Vonn, qui a pris une toute petite gorgée. Lorsque Vonn me l'a enfin passée, nos doigts se sont frôlés. Les siens étaient étonnamment tièdes.

La vue de la bouteille jaune a éveillé en moi des souvenirs de la pire soirée de toute ma vie – ce qui n'est pas peu dire –, survenue une année plus tôt, jour pour jour. Je n'ai pas pu me résoudre à poser mes lèvres sur le bec.

— J'ai beaucoup bu à la fontaine avant de partir, ai-je fini par bredouiller.

C'était en partie la vérité. J'ai rendu la gourde.

— Quelle aventure, tout de même, a lancé Nola. Sérieusement ! Je n'aurais jamais cru que la journée se terminerait de cette manière.

— Nous n'avons pas beaucoup d'eau, a dit Bridget. Seulement cette gourde.

— Nous allons trouver le sac demain matin, ai-je dit.

— Et mes jumelles.

— Et vos jumelles.

— Je suis gelée, a dit Bridget.

— Nous sommes tous gelés, a laissé tomber Vonn.

La remarque a été suivie d'un long silence. Nul besoin de voir leur expression à toutes les trois.

— Certains supportent moins bien le froid que d'autres, a dit Bridget.

— Le bouchon, Bridget, a dit Nola.

Bridget a tendu la main et a repris la gourde jaune des mains de Nola.

— Laisse-moi faire, maman.

Maman ? Elle avait bien dit *maman* ?

Dans la lueur de la lune, j'ai vu ce qui m'avait échappé auparavant : la forme de leurs mâchoires, l'inclinaison de leurs nez. Mère et fille. Je m'étais laissé déjouer par les retouches cosmétiques de Bridget. Elle avait fait supprimer le creux entre ses sourcils, qui se serait approfondi avec le temps, comme celui de Nola, et ses lèvres étaient pleines et boudeuses, tandis que celles de Nola, bien que jolies, étaient plus minces. Quoique dénaturée, Bridget était indiscutablement la fille de sa mère.

— Comment as-tu fait pour qu'on se perde comme ça, Wolf ? a demandé Bridget d'un ton plaintif en inclinant la gourde pour prendre une autre gorgée d'eau.

— Nous devrions la rationner, Bridget, a dit Vonn.

Bridget a bondi.

— Je pensais que tu refusais de m'adresser la parole, Vonn ? Qu'est-ce qui s'est passé ? Franchement, je préférais ton silence.

Autre morceau du casse-tête. Bridget et Vonn se connaissaient. Elles n'étaient pas amies.

— Ce que tu peux être têtue, a sifflé Bridget. Je n'arrive pas à le croire. Surtout dans les circonstances…

— Avec toi, je suis allée à la bonne école.

— Ta psychothérapeute ne t'a-t-elle pas suggéré de te *désengager*, Vonn ? Pourquoi t'arrêter en si bon chemin ?

Nola a fait *tss-tss*.

— Qu'elle garde le silence si c'est ce qu'elle veut, Bridget. Et qu'elle parle si elle en a envie.

Des sœurs ? me suis-je demandé.

— Te retrancher dans le silence, a dit Bridget d'un ton moqueur. Ce n'est pas ce que tu es censée faire ? Te retrancher dans le silence ?

— Il faut bien que l'une de nous se comporte en adulte. J'ai plus d'expérience que toi, a lancé Vonn.

— Tu as dix-huit ans, Vonn, a répliqué Bridget. Une adulte, toi ? Parce que tu t'encanailles dans Tin Town, peut-être ?

Tin Town ?

— Pas *maintenant*, Bridget, a ordonné Nola.

— Parce que tu fréquentes un motard de Tin Town, peut-être ?

— Quel motard ? Qui a parlé de Tin Town ? a demandé Vonn en se tournant vers Nola dans l'espoir d'obtenir une traduction.

— Je t'ai entendue parler de lui au téléphone, a lancé Bridget.

— Tu es folle, a conclu Vonn.

J'avais du mal à imaginer Vonn dans Tin Town. À Santa Sophia aussi, d'ailleurs. Pour Bridget, j'étais moins sûr.

— Tu es venue dans le désert pour donner un coup de main à Mim. Tu te souviens ? Pour lui tenir compagnie.

— Mais c'est ce que je fais.

— Vonn a été une très bonne compagne, a déclaré Nola.

— En faisant la fête dans Tin Town ?

— Qui fait la fête dans Tin Town ? a demandé Vonn. Qu'est-ce qu'elle raconte, au juste, celle-là ?

— Je sais que les motards sont de mauvaises fréquentations, a insisté Bridget.

— De quoi tu parles ? a demandé Vonn, sincèrement désorientée. Je ne sais pas ce que tu as entendu… mais tu fais fausse route.

— Les motards ne sont pas tous des criminels, Bridget, a dit Nola.

Certaines des personnes que j'aimais le plus au monde roulaient à moto. Ironiquement, Harley, l'oncle de Byrd, possédait une Honda, tandis que son oncle cool, Dantay, avait une Harley, ou plutôt toute une collection de Harley. Son cousin Juan Carlos avait un motocross. Mon cousin Yago était propriétaire d'une Shovelhead Classic, mais il était effectivement un criminel notoire.

— Vous êtes venues ensemble ? me suis-je étonné. Je ne l'aurais pas cru.

— Nous sommes les *Devine* ! s'est exclamée Nola, comme si j'aurais dû être au courant. Vonn est ma petite-fille. Bridget est sa mère.

Je me suis rendu compte que ce n'était pas moi que Vonn avait regardé fixement, plus tôt, dans la cabine du téléphérique. C'était plutôt Bridget avec sa grosse queue-de-cheval blonde détachable. Sans doute se demandait-elle ce que sa mère pouvait bien raconter à l'homme-enfant avec sa mine tragique et sa casquette des Tigers.

— Bridget a une maison à Golden Hills. Tu connais ? a demandé Nola.

— Non.

— Oh, c'est charmant.

— Près de la côte, a ajouté Bridget.

— Aussi près de la vallée que de l'océan, a précisé Vonn.

— Évidemment.

— Vonn habite dans ma copropriété à Rancho Mirage, a expliqué Nola.

— Tu es de la région ? a demandé Bridget.

— Je viens du Michigan, ai-je répondu.

— Du Michigan ? s'est étonnée Bridget. Comment as-tu fini comme guide chez nous, alors ?

Je me suis rendu compte que, à force de pécher par omission, j'avais creusé ma propre tombe.

— J'ai un ami, ici. À qui je rends visite. Je viens souvent. Nous faisons de la randonnée.

— Tu es loin de chez toi.

— En effet.

Nola a rompu une longue plage de silence en murmurant :

— Je tends encore la main pour le toucher. Vous ne trouvez pas ça curieux ?

Bridget et Vonn ont soupiré avec sympathie.

— Je suis vraiment désolé, ai-je déclaré.

C'était ce qu'on disait dans ces circonstances, mais j'étais sincère. Je sentais les vibrations de leur deuil commun.

— Il fait froid au Michigan, a dit Nola. En Ohio aussi. J'ai grandi dans l'Ohio.

— Même Malibu, c'est trop froid pour moi, a dit Bridget.

— Une fois, quand j'étais enfant, il a fait près de moins trente degrés dans le comté de Macomb, ai-je dit. Six personnes sont mortes de froid en une seule nuit.

— Pourquoi tu nous parles de ça ? a demandé Vonn.

— Tout bonnement parce qu'il fera moins froid, ici, ai-je répondu pour adoucir mes propos. J'ai passé des dizaines de nuits dans la montagne. Certaines beaucoup plus froides que celle-ci. Ça ira. Nous n'avons qu'à nous rapprocher.

Les femmes ont semblé soulagées. C'était justement le but de mon mensonge. En réalité, j'avais passé une seule nuit dans la montagne. Une nuit désastreuse.

Byrd a surgi dans mes pensées. Il faut dire qu'il n'en était jamais bien loin, en particulier quand je me trouvais sur la montagne.

Le réservoir de la Gremlin était encore rempli aux trois quarts lorsque, avant l'aube, nous avons dépassé le panneau qui proclamait *Bienvenue à Santa Sophia*.

Frankie fredonnait tout bas en écoutant les Beatles, tandis que je regardais par la fenêtre où, quelque part dans l'obscurité, se dressait la montagne. Au lieu de se diriger vers la maison de sa sœur Kriket, après huit jours de route, Frankie a repéré la station-service, qui faisait aussi office de dépanneur.

— N'oublie pas que nous allons dans la montagne, demain. Hein ? Jusqu'au sommet. Dès notre premier jour ici, ai-je dit.

Frankie a toussé sans prononcer un mot. C'était inutile.

Une cloche à vache rouillée a tinté à notre entrée dans le magasin, qui semblait désert. Personne ne se tenait à la caisse, en tout cas.

— Hou ! Hou ! a fait Frankie.

En me disant que le caissier était aux toilettes, j'ai pris un soda au raisin dans le réfrigérateur et je l'ai descendu en trois gorgées avant d'en boire deux autres et de pousser un rot retentissant. Frankie, pendant ce temps, avait découvert, au fond, un choix de magazines étonnamment complet. J'ai jeté les canettes dans la poubelle.

— J'ai bu trois sodas, Frankie. N'oublie pas de les payer.

Il a hoché la tête.

— Ils ont tout, ici, a-t-il lancé. Regarde ça ! Même des bandes dessinées. Des trucs sur les voyages. Les passe-temps. *Ascent* ? *Field and Stream* ?

Il a attrapé une bande dessinée sur les rayons et s'est mis à lire, les pieds bien ancrés au sol.

J'avais déjà compris que la maison de ma tante Kriket n'était pas le genre d'endroit où on fonçait avec impatience. Pendant que nous étions sur la route, mon père ne lui avait pas téléphoné une seule fois et je me suis demandé si elle nous attendait.

— Infernale, cette chaleur, a gémi Frankie.

Métaphore justifiée, je suppose.

Frankie s'est dirigé vers la rangée de réfrigérateurs et a pris tout son temps pour choisir six canettes de sa marque habituelle.

— S'il fait cette chaleur au milieu de la nuit, tu imagines comment c'est pendant la journée, dans ce trou à rats ? Qui a envie de sortir ?

— Les golfeurs, a répondu une voix venue de l'ombre, derrière la caisse enregistreuse.

Un garçon d'environ mon âge, assis sur une chaise de jardin dans le bureau qu'on devinait derrière le comptoir, s'est levé et s'est lentement avancé. Il était de la même taille que moi. En fait, il me ressemblait beaucoup par son physique, la structure de son visage, sa coiffure et son allure générale.

— Surtout des vieux, a-t-il ajouté.

Nous aurions pu être frères ou, à tout le moins, cousins. Son nez était légèrement plus large que le mien, ses cheveux plus foncés et plus fournis, ses yeux noirs, son teint olivâtre. Différences déterminantes dans la mesure où j'ai tout de suite compris qu'il était amérindien, tandis que lui n'aurait pu en dire autant à mon sujet.

— Des plaques du Michigan, a-t-il commenté en désignant d'un geste la vieille Gremlin dans le stationnement. Je suis né dans la région de Detroit.

— Mercury, ai-je dit. Pas mal au nord de Mount Clemens.

— J'ai grandi à Hamtramck, a-t-il dit. Tu connais le Brodski's Polish Deli ?

— Non.

— C'était à mes grands-parents. La meilleure saucisse *kiel-basa*. Les meilleurs pierogis.

— Super.

— Je vais y retourner un jour. Pour rouvrir le restaurant. Tu aimes les Tigers ?

— À ton avis ? ai-je demandé en voulant toucher la visière de ma casquette de base-ball, que, je l'ai compris alors avec regret, j'avais oubliée dans la voiture. D'habitude, je porte toujours ma casquette des Tigers.

— Je te crois, a-t-il dit.

Nous avons hoché la tête à l'unisson, comme si nous sentions que la filière du Michigan était plus qu'une simple coïncidence.

Mon père est venu nous rejoindre et a posé ses bières et un magazine sur le comptoir en fixant le garçon. Au bout d'un instant, il a déclaré :

— Cahoula ?

Le caissier a incliné la tête vers moi, s'attendant sans doute à ce que je lui serve d'interprète, mais j'étais presque certain que Frankie faisait un AVC. L'aphasie est un des premiers symptômes. J'ai eu très peur lorsqu'il a répété le mot.

— Cahoula ?

Le caissier le regardait fixement.

— Je suis en partie cri, a déclaré Frankie. C'est une tribu du Nord. Je me suis dit que, si tu étais d'ici, tu faisais peut-être partie des Cahoulas.

Pas d'AVC, donc. Quelque chose de pire, en fait. « Cahoula. » Le caissier s'est tourné vers moi en arborant un subtil sourire, l'air de dire : Qui c'est, ce type ?

— J'ai fait quelques lectures sur la région, Wolf, a expliqué Frankie. (Je haïssais mon père quand il faisait de l'esbroufe.) Dans le coin, Cahoula est le nom des Amérindiens, dont je fais moi-même partie, du moins dans une proportion de douze et demi pour cent. Je suis un huitième de Cri.

Ayant moi-même fait des lectures sur la région, je savais que le nom de la tribu en question, Cahuillas, se prononçait Ca-oui-ah. Je me suis gardé de croiser le regard du caissier.

Frankie a insisté :

— Les Indiens cahoulas sont ici depuis des millions d'années, Wolf. Ils chassent dans la montagne et pêchent dans le désert. Pour eux, la montagne est un lieu sacré.

Le garçon a hoché la tête.

— On trouve encore des peintures sur des rochers là-haut. Des mortiers qui servaient à broyer des glands. La caverne d'un chaman, a-t-il dit.

— Tu montes en téléphérique ? ai-je demandé.

— Je passe la moitié de ma vie dans cette cabine, mon vieux.

— Je ne le prends pas, a dit Frankie pour empêcher le caissier de facturer le magazine. Je voulais juste voir ce qu'on disait à propos des morsures de serpent. Leur venin change le sang en pouding.

S'il existait un remède contre les morsures de serpent, je tenais à le connaître.

— Que faut-il faire ?

D'un ton moqueur, Frankie a énuméré les conseils des spécialistes :

— Restez immobile. Enlevez vos bijoux. N'appliquez pas de pression. N'utilisez surtout pas de garrot. Ne mettez pas de glace. Par-dessus tout, ne paniquez pas !

— Parce que toi, Frankie, tu en sais plus long que les experts ?

— La première chose à faire en cas de morsure de serpent ? *Faut pisser dessus !* a répondu mon père.

— Pisser dessus ?

— J'ai lu ça quelque part.

— Ne pisse jamais sur moi, Frankie, l'ai-je prévenu.

Frankie s'est tourné vers le caissier.

— Tu permets que je boive une bière ici ?

Après avoir jeté un coup d'œil au parking désert, le caissier a détaché une bière du paquet de six tout embué, et l'a lancée à Frankie.

— Il y a un arbuste qui pousse dans la montagne, a expliqué le garçon avec lenteur. Nous fabriquons une pâte avec ses feuilles. Elle a guéri le cancer de la peau de ma grand-mère. Elle a brûlé la verrue de mon oncle. Après une seule application, ma blessure de serpent à sonnette ressemblait à une piqûre de puce.

— Tu t'es fait mordre par un serpent à sonnette ? ai-je demandé, fasciné.

Le garçon a monté sa manche et révélé un minuscule bouton sur son bras.

— Tout le monde sait la préparer, cette pâte.

Frankie a sifflé.

— Ça, c'est une plante qui pourrait rapporter gros.

— Nous n'exploitons pas la nature à des fins lucratives, a répondu le garçon en le dévisageant.

— Non, a acquiescé Frankie. Mais si j'en avais besoin pour traiter une morsure de serpent ou un cancer ? Où est-ce que je la trouverais, cette plante ?

— Je connais seulement son nom en cahoula, a répondu le garçon avant de proférer une succession de syllabes gutturales incompréhensibles.

» Je vous découpe la phrase, a-t-il proposé. Répétez après moi. *Jvé*.

Frankie s'est exécuté en soignant son intonation.

— *Jvé*.

— Pas mal, a admis le caissier. *Tlé*, a-t-il dit en laissant entendre un long et rauque gargouillis.

— *Tlé*, a répété Frankie.

Le caissier semblait impressionné par son imitation.

— Vous êtes bien sûr de n'avoir jamais parlé une langue autochtone ?

— Je le jure devant Dieu, a insisté Frankie.

— *Chéla*, a lentement énoncé le caissier.

Gonflé à bloc par les encouragements, Frankie a repris :

— *Chéla*.

— *Shatte*, a conclu le caissier. Maintenant, reprenez depuis le début.

— *Jvée tlée chéela shaatte*, a dit Frankie.

Je me suis vivement tourné vers le caissier, qui m'a adressé un signe de connivence presque imperceptible.

— C'est *phénoménal*, a-t-il dit à Frankie. (Qui emploie encore le mot *phénoménal* ?) On jurerait un vrai Cahoula.

— Recommence, ai-je dit en me retenant de pouffer de rire.

Je n'avais encore jamais été le complice d'une plaisanterie. Ce rôle me plaisait.

— *Jvée tlée chéela shaatte*, a scandé Frankie bien haut.

Le caissier a hoché la tête d'un air sagace. Même si nous étions seuls dans le magasin, il a baissé le ton avant de poursuivre :

— La vieille sorcière qui possède la boutique de souvenirs au centre touristique… Elle a cent sept ans. Elle sait tout. Elle pourra vous dire où pousse cet arbuste.

— D'accord, mon pote, a déclaré Frankie.

— Mais il faut prononcer les mots très distinctement. D'abord, dites-lui bien que vous cherchez la plante *la plus touffue* de la montagne.

— Je cherche la plante la plus touffue de la montagne, a répété Frankie avec confiance. *Jvée tlée chéela shaatte.*

J'ai dû détourner la tête.

— Il y a un journal local ? a demandé Frankie en remerciant le garçon d'un geste du menton lorsque celui-ci lui a indiqué l'endroit où se trouvaient les magazines.

— Continuez de vous exercer, a ordonné le caissier.

Saisissant le message, Frankie s'est avancé d'un pas dansant jusqu'au rayon des magazines, sans arrêter de répéter la phrase.

— Il est tordant, le vieux, a dit le garçon lorsque Frankie a été hors de portée.

— Il y a vraiment un remède miracle contre les morsures de serpent ? ai-je demandé.

Le garçon a haussé les épaules.

— Mes cousins utilisent la stérasote. De la créosote qui pousse à plus haute altitude, si on veut. Ils se servent aussi de l'éphédra, de l'ocotillo, du peuplier… De toutes sortes d'herbes, en fait.

— Et toi ? Ta morsure de serpent ressemble vraiment à une piqûre de puce.

— Parce que c'est une piqûre de puce.

Nous avons ri.

— Si tu as besoin de renseignements sur la flore et la faune locales, a-t-il dit, je vis dans l'appartement à l'arrière du magasin.

— Tu as ton propre appartement ?

Il m'a regardé fixement.

— Personne n'est au courant. N'en parle pas. Ce commerce appartient à mon oncle Harley. Il me laisse vivre là.

— Super.

— J'ai des problèmes d'intégration, a-t-il dit en souriant comme s'il avait deviné qu'il en était de même pour moi. Je m'appelle Byrd.

— Wolf.

— Byron, a-t-il précisé.

— Wilfred, ai-je dit de même.

Nous sommes donc rapidement passés en mode abrégé. Nous nous comprenions déjà à demi-mot.

À ce moment précis, la cloche à vache a tinté de nouveau pour annoncer l'arrivée d'une cliente. Pour un peu, on se serait crus dans un de ces films kitsch destinés aux adolescents : elle est entrée au ralenti, au son du heavy métal que crachait à tue-tête l'autoradio de sa voiture. C'était elle… *la femme* aux cheveux noirs soyeux, aux yeux d'un vert profond, aux lèvres rose vif. Elle m'a vu la reluquer, bouche bée, et elle a ricané d'un air méprisant avant de se glisser derrière le comptoir pour attraper un paquet de cigarettes sur une tablette au-dessus de la tête de Byrd.

Avec son maquillage théâtral – mascara épais et eye-liner violet –, on lui aurait donné quinze ans, alors qu'elle voulait en paraître vingt et un. Je lui en ai donc concédé environ dix-sept. Constatant qu'il manquait une bière dans le paquet de six resté sur le comptoir, elle a cogné Byrd sur le front.

Byrd a montré Frankie au bout de l'allée.

— Elles sont à lui.

Le parfum d'orange de la fille a persisté après qu'elle s'est éloignée – pas celui de la fleur d'oranger ni du jus, mais plutôt celui de l'huile d'agrumes amères, qui repousse les prédateurs. L'odeur piquante m'a fait cligner des yeux.

— Ma cousine, Lark, a expliqué Byrd. Elle a des démons.

Je me suis demandé si les démons de Lark étaient apparentés à ceux de Frankie : à la vue de mon père, le langage corporel de la fille s'est transformé. J'ignore si nous avons échangé des paroles, Byrd et moi, ou simplement communiqué par gestes. *Ma cousine sexy drague ton crétin de père ?* a-t-il demandé. *Ça arrive tout le temps. Regarde bien*, ai-je répondu.

Nous les avons observés encore un moment : Lark qui souriait d'un air décontracté en se déhanchant, Frankie qui arborait un sourire en coin, le bassin en avant. Lorsque Lark a pris mon père par l'avant-bras, Byrd a crié :

— Pas question que je passe la nuit ici, Lark ! Tu as intérêt à te dépêcher ! Grouille-toi et reviens vite ! Si on me trouve derrière ce comptoir, nous sommes morts tous les deux.

En passant devant nous pour se diriger vers la porte d'un pas nonchalant, Lark a gratifié Byrd d'un regard renfrogné et moi d'une grimace.

Frankie, qui la suivait en souriant, s'est arrêté devant le comptoir.

— Comment tu t'appelles ?

— Byrd, a répondu le garçon.

Nous nous sommes tous tournés vers la silhouette de Lark, découpée par les néons du parking.

— Byrd, ai-je répété à voix haute. Il a dit qu'il s'appelait *Byrd*.

— Comme… a demandé Frankie en agitant ses bras comme des ailes.

— Comme Larry, a déclaré Byrd en se fendant d'un large sourire.

— Je déteste les Celtics, a répondu Frankie. Comment dit-on « Heureux de te connaître » en cahoula ?

— En argot, c'est court et simple. Un peu comme « Quoi de neuf ? ». On dit *Té*.

J'ai baissé les yeux en entendant Frankie répéter le mot.

— La version formelle est plus longue. On la réserve aux anciens, aux instituteurs et aux policiers, par exemple. Il suffit d'ajouter *banne dante*. *Té banne dante*.

— *Té banne dante*, a dit Frankie lentement.

Après ce jour-là, nous nous sommes mille fois répété cette phrase, Byrd et moi. Elle a scellé notre amitié. Une fois, je lui ai demandé si nous avions exhumé le stupide cliché du Peau-Rouge à la sagesse séculaire qui se paie la tête de l'imbécile blanc. Après un moment de réflexion (Byrd réfléchissait toujours avant de parler), il a répondu :

— Ce n'est pas un cliché, mon frère. C'est un *classique.*

Agitée, Nola grimaçait de douleur.

— Demain, à la première heure, nous allons faire examiner votre bras, ai-je dit.

— Pas à la première heure, a corrigé Bridget. On va d'abord devoir redescendre.

À ce stade, j'étais certain de retrouver le chemin de Mountain Station.

— On va rentrer, ai-je promis.

— Nous sommes loin du Michigan, a déclaré Nola.

— Où sont tes parents ? a demandé Vonn. Ils sont venus avec toi ?

— Ils sont restés au Michigan.

— Tu es en vacances ? a demandé Nola.

— Je suis venu seul.

— Seul ?

— Je viens souvent. Du Michigan. Pour voir mon ami, ai-je balbutié.

— Depuis le Michigan ? s'est étonnée Nola. Quel âge as-tu ?

— Dix-huit ans, ai-je répondu.

Je ne leur ai pas dit que je célébrais mon dix-huitième anniversaire ce jour-là.

— Pourquoi ton ami n'est-il pas avec toi ? a demandé Bridget.

— Il est malade, ai-je répondu. C'est pour ça qu'il n'est pas venu.

— Mais il sait où tu es ? a insisté Bridget.

J'ai secoué la tête.

— Je ne voulais pas qu'il soit triste à l'idée de rater une randonnée en montagne.

— Mais il t'attend.

— Non.

— Il va se poser des questions s'il n'a pas de tes nouvelles, non ? a poursuivi Bridget.

— Je lui ai dit que je rentrais. Au Michigan.

— Oh.

J'ai essayé de changer de sujet.

— Et vous, qui vous attend ?

— Eh bien, si Pip n'était pas mort il y a quelques mois, il m'attendrait. Mais non, s'est aussitôt corrigée Nola. Il serait ici avec moi. Il ne se perdait jamais, lui.

— On vous attend sûrement.

— Tôt ou tard, quelqu'un va se rendre compte que nous avons disparu.

— Personne ne sait que nous sommes ici, Mim, a dit Bridget.

— Quelqu'un sait.

— Personne ne sait.

— Pip avait *horreur* de se perdre. Il aurait détesté cette situation.

— Ne dis pas que nous sommes perdus. Nous sommes à quelques kilomètres à peine du poste des rangers. Ce n'est pas comme si nous étions en pleine cambrousse. Palm Springs est juste là.

— Non. Bien sûr que nous ne sommes pas perdus.

— Et tes amis de l'église, les autres copropriétaires, les gens avec qui tu travailles comme bénévole ? a demandé Bridget.

— J'ai dit à tout le monde que je m'absenterais pendant quelques jours. J'ai dit que tu venais de Golden Hills et que nous allions passer du temps ensemble toutes les trois. Que nous ferions des voyages d'un jour. C'est ce qu'on avait décidé. Peu importe. On note sûrement le nombre de passagers qui empruntent le téléphérique. Combien de personnes montent et combien descendent, a dit Nola. J'en suis sûre.

Je savais sans l'ombre d'un doute que personne ne faisait ce genre de décompte.

— Et ton copain, Bridget ? ai-je demandé. Il ne va pas s'inquiéter si tu ne lui donnes pas signe de vie ?

Dans l'obscurité, Nola s'est tournée vers Bridget.

— Pourquoi ne m'as-tu pas dit que tu voyais quelqu'un ?

Bridget a gardé le silence.

— L'homme dont tu m'as parlé dans la cabine ? L'agent immobilier ? ai-je insisté. Ton silence va sûrement l'inquiéter, non ?

— Pas ce crétin de Camarillo, au moins ? a lancé Nola.

Bridget a baissé la tête.

— Il sait que tu es partie en randonnée ? ai-je demandé au bout d'un moment.

— Il est à San Francisco, a répondu Bridget.

— Avec sa femme, a précisé Vonn.

— Oh, Bridget, a dit Nola.

— Et son bébé, a encore ajouté Vonn.

— Ça suffit, a sifflé Bridget entre ses dents.

Nola Devine a plaqué sa main valide devant ses yeux.

— Je vous en prie, les filles, a-t-elle dit.

— Et toi, Vonn, ai-je dit en laissant le prénom s'attarder sur ma langue. Quelqu'un t'attend ?

— Non, a-t-elle répondu.

— Et ce type, là ? a lancé Bridget. Le motard de Tin Town ?

— Je ne vois pas du tout de quoi tu veux parler, a répliqué Vonn.

Je me suis souvenu d'avoir entendu ma tante Kriket déclarer que la nouvelle petite amie de mon cousin

Yago était une « foutue métisse de Malibu qui pète plus haut que son cul » et aussi qu'elle s'était récemment établie dans le désert. Je me suis mis en tête que la fille en question était Vonn Devine.

Yago était le plus vieux de mes cousins, mais l'un des plus jeunes voyous qui faisaient la loi à Tin Town. Il me haïssait. Je le craignais. Si Yago était le petit ami de Vonn, il me tuerait parce que nous nous étions perdus. C'était bien ma chance.

— Si tu as un petit ami, nous devrions être au courant, a déclaré Nola. Et j'aimerais le rencontrer. Même si c'est un motard.

— Personne ne m'attend, a répété Vonn.

— Tu es sûre, Vonn ? a insisté Nola. Si ton petit ami signalait que tu es perdue… ce serait bien.

— Ne dis pas que nous sommes perdus, a réitéré Bridget. Nous ne sommes pas perdus-perdus. Pourquoi es-tu venue, Vonn ? Tu devais rester à Mountain Station, tu te rappelles ? Tu devais rester là et lire un livre.

— C'était le projet, mais Mim semblait si triste que je ne vous accompagne pas…

— Elle était triste que tu n'aies pas apporté de chaussures de sport.

— C'est parce que nous nous sommes fait faire une pédicure avant, et ça m'est sorti de l'idée.

— Tu admets donc qu'il t'arrive d'oublier des choses ?

— Même ici, même maintenant, vous deux, c'est le feu et l'eau, a gémi Nola.

Dans le silence, nous avons entendu un tintement métallique contre le roc.

— C'était ma bague, a dit Nola. Ne bougez pas, vous autres.

— Je t'avais bien dit que tu avais perdu du poids depuis la mort de Pip, a lancé Bridget.

— Tu crois vraiment ?

— Tu t'occupes bien de Mim, hein, Vonn ? a demandé Bridget. Tu dois t'assurer qu'elle mange.

— Elle travaille à temps partiel, a avancé Nola à la défense de Vonn.

Bridget a trouvé la bague dans le noir.

— La voici.

— Dieu merci. Mets-la, Bridge, a dit Nola. Bon anniversaire, Patrick, a-t-elle dit au bout d'un moment.

Quelques instants plus tard – ou peut-être une heure ? – l'ululement du hibou a percé le silence. J'ai songé à une série de photos que Byrd et moi avions réalisées du grand duc en plein vol. Nous nous étions promis de nous faire un jour tatouer l'image de ce hibou sur le biceps. Après l'accident de Byrd, je m'étais rendu dans le salon de tatouage d'Indio avec une photo et j'avais demandé au tatoueur de la reproduire sur ma poitrine. Je ne voulais pas qu'on voie mon tatouage. Je ne voulais pas qu'on me pose de questions.

— Vous avez laissé votre voiture au parking ! ai-je lancé. Tôt ou tard, on va la remarquer. Tôt ou tard, on va vérifier si un permis de stationnement valable jusqu'au lendemain a été délivré pour cette plaque d'immatriculation.

— Nous avons pris la navette depuis le spa de Rancho, a expliqué Bridget d'une voix pâteuse. *Quelqu'un* a perdu les clés de la voiture.

— Quelqu'un a donné à quelqu'un les clés de la voiture, a dit Vonn.

— Parce que quelqu'un n'a pas de sac à main !

— En fait, tout est ma faute, a dit Nola. C'est moi qui tenais à aller à Secret Lake.

— Nous avons pris le minibus de l'hôtel pour arriver ici assez tôt, m'a expliqué Bridget. Nous nous sommes dit que les clés auraient été retrouvées avant notre retour.

— Si on retrouve les clés, mais pas vous, on va sûrement vous chercher, ai-je dit. Le chauffeur du minibus, peut-être ?

Sans le vouloir, Vonn a enfoncé ses talons dans ma poitrine : elle a fouillé les divers compartiments de son pantalon cargo, puis s'est soulevée pour vérifier le contenu de ses poches de derrière. Comme s'il était important de trouver les clés, au point où nous en étions.

— Si le même chauffeur travaille toute la journée, peut-être, a-t-elle dit. S'il y a seulement un minibus. Nous n'étions pas des clientes de l'hôtel, après tout.

— On va retrouver le chemin demain matin, hein ? a demandé Bridget.

— Tout ira bien, ai-je répondu. S'il n'y a pas de brouillard, nous nous orienterons sans problème. Nous remonterons jusqu'à l'endroit d'où nous sommes tombés ou nous trouverons un autre chemin.

— Et toi, Wolf ? a demandé Nola. Tu as laissé une voiture au parking ?

— J'ai fait du stop à partir du centre touristique de la grand-route.

— Tu ne devrais pas faire ça.

Je me suis représenté les gentils vieux qui, le jour où je projetais de m'enlever la vie, s'étaient arrêtés pour me faire monter à bord de leur vieille Monte Carlo blanche. Ils m'avaient déposé avant de poursuivre leur chemin. Je me suis toujours demandé ce qu'ils faisaient sur cette route, s'ils ne comptaient pas aller à Desert Station, eux aussi.

Le temps a passé. Le temps a filé. Le temps a fui. Aucun sentiment particulier ne nous a dominés, cette nuit-là. Des rochers ont continué de dégringoler et de heurter les troncs des pins, au-delà de l'éboulis. J'ai dû envisager qu'un glissement plus important suivrait peut-être celui que nous avions causé. Je me suis toutefois appliqué à chasser les pensées négatives. J'avais surtout hâte, aux premières lueurs de l'aube, de retrouver ma casquette des Tigers et le sac de Bridget avec l'eau et les provisions.

Le vent soufflait, fort et froid. Je me réjouissais du modeste abri offert par la caverne et du silence des Devine qui, croyais-je, avaient fini par s'endormir.

— Je ne suis pas du tout isolée contre le froid, a déclaré Bridget, fracassant le silence. Vingt et un pour cent de masse grasse. C'est très, très peu pour une femme.

— Mon Dieu ! a gémi Vonn. Tu veux bien me dire pourquoi nous parlons de ta graisse corporelle ?

— Je n'ai pas envie de mourir de froid, Vonn, a répondu Bridget. C'est tout.

— Je te répète que personne ne va mourir de froid, ai-je dit. Promis.

— Tu peux bien faire cette promesse, promettre n'importe quoi, a lancé Nola du haut de son col roulé. Mais quand notre heure a sonné, elle a sonné.

— Elle ne va sonner pour personne, ai-je dit.

— Tu n'en sais rien, Wolf. Pip avait l'air en pleine forme. Il a mis l'émission de Bob Costas. Je suis allée me brosser les dents. Le temps que je me couche, il était parti. Sans même m'avoir embrassée pour me souhaiter bonne nuit. *Pouf.* Personne ne sait.

Nola a soupiré.

— Moi, je saurai, a déclaré Bridget. Mon sixième sens va se réveiller.

— Et c'est parti, a dit Vonn à voix basse.

— Pourquoi ça te dérange tellement que je sois clairvoyante ?

— Tu n'es pas clairvoyante, a dit Vonn.

— Il ne faut rien tenir pour acquis, a lancé Nola. Voilà tout ce que je voulais dire. Le moment venu de tirer sa révérence, il ne faut surtout pas avoir de *regrets*. C'est tout.

— Qu'est-ce que tu pourrais bien avoir à regretter, toi, Mim ? a demandé Bridget. Quoi ? Impossible que tu aies des regrets. Une mère parfaite. Une épouse parfaite. Tu fais du bénévolat. Tu fais des dons de charité. Tu vas à l'église. Tu donnes des leçons de piano gratuites aux enfants de cet horrible endroit. Tu ramasses les déchets des autres.

— Tu chasses les araignées de la maison au lieu de les écraser ! a ajouté Vonn.

— Il y a des choses que vous ne savez pas, a répondu Nola après un silence. Des regrets, j'en ai.

— Moi, je regrette d'avoir mis des tongs, a dit Vonn.

Nous n'avons pas pu nous retenir de rire.

— Je ne crois pas aux regrets, a lancé Bridget.

— Tu crois aux horoscopes et à la numérologie, a dit Vonn. Tu crois aux fantômes. Tu te prends pour une *clairvoyante*. Mais les regrets, c'est trop dur à avaler.

Bridget n'a pas répondu. Je me suis interrogé sur son expérience des fantômes.

— Tu ne regrettes pas d'avoir dû m'élever toute seule ?

— Si tu me demandes si tu m'en as fait baver comme mère célibataire, la réponse est oui, Vonn, a répliqué Bridget.

— Tu ne regrettes pas que j'aie été privée d'un père ?

— Ça, ça va dans ta pile de regrets à toi. Il a fait ses choix.

— Tu ne lui as jamais parlé de moi, a dit Vonn.

— Pourquoi aurais-je laissé un homme comme lui gâcher ta vie ? a répliqué Bridget. Je t'ai protégée. C'est le devoir des mères.

— Et toi, Wolf ? a demandé Nola dans l'espoir d'obliger sa fille et sa petite-fille à observer une trêve. En as-tu, des regrets ? Ou tu es trop jeune ?

— J'ai un regret, madame Devine, ai-je répondu. Un gros.

— Lequel ? a demandé Nola.

— Raconte-nous, Wolf, a dit Bridget.

— Tu peux nous le confier, a ajouté Vonn.

Je me suis alors demandé – et en maintes occasions depuis – si, pour une oreille féminine, il existait quelque chose de plus satisfaisant que des regrets exprimés par un homme.

— Une Devine, c'est déjà une de trop, et je regrette en diable de m'être perdu avec vous trois !

J'avais cru qu'elles riraient. Erreur.

— Ne dis pas *perdu*, a répété Bridget.

Pendant un moment, nous sommes restés en silence à écouter le vent secouer les pins.

— J'ai faim, a déclaré Bridget. Avant, non, mais maintenant je meurs de faim.

— Tu ne meurs pas de faim, ai-je dit.

— Je suis une grignoteuse. Je prends plusieurs petits repas par jour. En particulier quand je m'entraîne. Combien de temps peut-on survivre sans nourriture ? a demandé Bridget.

— À l'école, j'ai connu une fille qui a tenu neuf jours en buvant seulement du jus de pomme, a avancé Vonn.

— Il y a ce qu'on appelle la règle de trois, ai-je dit. Je me suis imaginé Byrd en train de me l'expliquer en marchant devant moi dans le sentier.

— Jamais deux sans trois, tu veux dire ? a demandé Nola. Je pense qu'il vaut mieux rester optimiste.

— Non, il s'agit d'autre chose : la règle de trois de la survie. Il y a un peu de marge des deux côtés, mais de façon générale, on dit qu'il est possible de survivre trois semaines sans nourriture, trois jours sans eau et trois minutes sans air.

— Et trois secondes sans foi, a ajouté Nola du tac au tac.

La tension entre Vonn et sa mère ne nous a pas empêchés de nous serrer les uns contre les autres dans la petite grotte pour rester au chaud. Par accident, j'ai cogné le poignet fracturé de Nola avec mon genou.

— Pardon ! s'est-elle écriée avant moi.

— Pourquoi tu t'excuses, Mim ? a demandé Bridget.

— Simple habitude, Bridget.

— Tu t'excuses pour *tout*.

— C'est faux.

— Quand le type t'a frappée avec son chariot au supermarché ? Quand le nettoyeur a gâché ton veston ? Quand cette femme t'a éclaboussée avec son vélo ? C'est de ta génération.

— Je ne vois pas de quoi tu veux parler.

— Tu n'as même pas osé demander une cuillère pour ta soupe !

— Le serveur se sentait déjà tellement mal à cause du fiasco de la limonade, a expliqué Nola. Et puis elle était très épaisse, cette soupe.

— Tout ce que je dis, c'est que tu n'as pas à t'excuser pour les erreurs des autres. Tu es toujours trop désolée.

— Et toi, tu ne l'es jamais assez, a grommelé Vonn.

— Laisse tomber, Vonn, a soupiré Bridget.

— Comment peux-tu soutenir que tu n'as pas de regrets ? a demandé Vonn. Nous avons tous des regrets.

— Pas moi.

— Dans toute ta vie ?

— Aucun.

— Ce n'est ni le lieu ni le moment, les filles, a dit Nola avec lassitude.

— Tu ne regrettes même pas cette *opération* ?

— Non, a répondu Bridget.

Vonn s'est penchée vers moi.

— Ma mère a subi une intervention élective. Il s'agit de faire resserrer une partie de son corps qui sera *retirée de la circulation* dans quelques années, comme on *retire un brigadier*. Elle a payé avec de l'argent qu'elle m'a emprunté. Puis elle a été incapable de me rembourser et, le printemps venu, je n'ai pas pu prendre part au voyage de fin d'année.

— Simple problème de liquidités, a invoqué Bridget pour sa défense.

— Tu peux affirmer en toute sincérité ne pas regretter cet incident-là ? a demandé Vonn.

— Il fait lui aussi partie de ta pile de regrets à toi, Vonn. Tu aurais pu le faire, ce voyage. Même que tu aurais dû le faire.

— C'est toi qui ne m'as pas remboursée, a protesté Vonn.

— Mais c'est *toi* qui t'en es privée. Mim et Pip t'auraient volontiers prêté cet argent. Tu as fait ton propre malheur.

— Nous te l'aurions prêté avec plaisir, a confirmé Nola. C'est vrai. Tu aurais dû y aller.

— Tu ne t'en sortiras pas aussi facilement, Bridget ! a crié Vonn. C'est vrai, quoi. Elle ne s'en sortira pas aussi facilement.

— Et pourtant… a laissé tomber Nola.

Vonn tremblait et je la sentais faire de gros efforts pour refouler ses larmes.

— Tu maintiens donc que tu n'as aucun regret ?

Son entêtement nous servirait bien.

— Aucun.

Nola s'est éclairci la gorge et a déclaré :

— Moi, en tout cas, j'en ai.

— Mim, s'il te plaît.

— C'est vrai. Beaucoup, même.

Bridget et Vonn ont échangé un regard empreint de scepticisme.

— Une épouse parfaite. Une mère parfaite. Une grand-mère parfaite. Je te mets au défi de mentionner une seule chose que tu regrettes pour de vrai, a dit Bridget.

— J'ai creusé deux tombes, a annoncé Nola sombrement.

— Vous avez creusé deux tombes, ai-je répété, perdu.

— JFK a déclaré que celui qui se venge creuse deux tombes, a expliqué Nola.

— Je ne crois pas que JFK ait dit une chose pareille, a répliqué Bridget.

— Tu n'es tout de même pas en train de nous avouer un meurtre, hein ? a dit Vonn.

— J'ai commis une grosse erreur qui a bouleversé la vie de bien des gens.

— Laquelle ? ai-je demandé, heureux de la distraction offerte par les aveux de Nola.

— Mim ?

— Je haïssais Laura Dorrie, a répondu Nola dans l'obscurité. Durant ma dernière année de secondaire, celle où nous avons déménagé du Wisconsin à Toledo, elle était dans la même classe que moi.

— C'est là que tu es tombée amoureuse de Pip ?

— Laura Dorrie croyait qu'il lui appartenait, a expliqué Nola.

— D'où ta haine pour elle ?

— Je me plais à croire que c'est elle qui a commencé, a-t-elle répondu. Mais oui. Le premier jour de notre dernière année à l'école secondaire Harding, je suis tombée follement amoureuse de Patrick Devine. C'était un athlète hors pair. À l'époque, nous disions un « beau mâle ». Patrick était un *super beau mâle*. Toutes les filles en pinçaient pour lui. Il chantait avec la chorale de l'école sans que personne trouve ça bizarre. C'était un chanteur de charme. Il adorait Frank Sinatra, Tony Bennett, vous voyez le genre.

Transportée là-bas, Nola, vedette de ses propres souvenirs, arpentait au ralenti les couloirs de l'école secondaire.

— Il ressemblait à Warren Beatty dans *La Fièvre dans le sang*. Au cours de la première semaine, j'ai failli quitter l'orchestre pour devenir meneuse de claque. Tout pour me rapprocher de lui. C'était la première fois que j'aimais quelqu'un plus que mon violon.

— Ton *violon* ? s'est exclamée Bridget. Je ne savais même pas que tu jouais du violon, Mim. J'étais certaine que le piano était ton instrument.

— J'étais une enfant prodige, a laissé tomber Nola d'un ton neutre.

— Tu étais un *prodige du violon* ? Je ne t'ai jamais entendue jouer du violon.

— C'est Pip qui t'a forcée à arrêter ? a demandé Vonn. Tu as abandonné le violon pour lui ?

— Ne dis pas de bêtises, a répondu Nola.

— Et Laura Dorrie, dans tout ça ? ai-je insisté.

— Le père de Laura était le propriétaire du Dorrie's Steak House, un restaurant du centre-ville, pas très loin de la maison de ville où nous habitions. Les Dorrie étaient très riches.

— Vous l'avez donc tué, le bonhomme ? ai-je demandé.

Nola a fait comme si je n'avais rien dit.

— Laura était toujours bien habillée. Des petits twin-sets, des chemisiers de soie et de superbes jupes en lainage.

— Tu étais jalouse ? C'est ça, ton regret ?

— Laura était violoniste, elle aussi, a poursuivi Nola. Cet automne-là, avant même le début des classes, j'ai auditionné pour la place de premier violon de l'orchestre des élèves, et on m'a dit que c'était moi qui la remplacerais à ce poste. La décision a causé des remous et le père de Laura devait en parler avec le directeur de l'école, mais il a raté le rendez-vous. Le père de Laura Dorrie avait engagé mon père comme cuisinier à la chaîne, ce qui n'a rien arrangé.

— Mais tu disais que ton père était professeur de piano.

— Professeur de piano et cuisinier à la chaîne. Son anglais n'était pas très bon. Il avait un lourd accent hongrois.

— Et toi, tu étais un prodige du violon, a répété Bridget. Pourquoi ne jamais nous en avoir parlé ?

— À quoi bon ressasser des souvenirs pénibles ? a répondu Nola.

— Mais nous cacher que tu avais été une enfant prodige… a ajouté Vonn.

— À l'époque où je jouais du violon, rien n'était plus important. Quand j'ai arrêté, ça n'a plus été important du tout. J'ai eu Pip. Et Bridget. Puis toi, Vonn.

— Laura Dorrie ? lui ai-je rappelé.

— Oui. Le premier jour, on a demandé à Laura de me servir de guide parce qu'elle aussi jouait du violon, et elle m'a présentée à tout le monde comme la fille dont le père hongrois faisait la plonge pour son père à elle. Quand j'ai rappelé à Laura que mon père était cuisinier et non plongeur, elle a simplement répondu : « Blanc bonnet, bonnet blanc. » Puis elle a ajouté qu'elle me *tuerait* si je ne laissais pas Patrick Devine tranquille.

— Tu ne l'as pas écoutée.

— Non, en effet. Puis, quand la rumeur a couru que Patrick Devine m'avait invitée à sortir, Laura est venue me voir devant mon casier et m'a saisie par le poignet. Elle a brisé le fermoir de mon bracelet, qui avait appartenu à ma grand-mère, en Europe. J'y tenais beaucoup. Elle a dit que j'allais regretter ce que j'avais fait.

— Elle a cassé ton bracelet ? a demandé Vonn.

— Oui, et elle ne s'est même pas excusée. Elle a simplement dit : « Je n'aime pas les voleuses. »

— Et alors ?

— Alors j'ai réparé le bracelet, mais cette nuit-là, je n'ai pas réussi à dormir. J'étais sûre qu'un grand malheur se préparait.

— Une autre clairvoyante, a lancé Vonn.

— Cette semaine-là, Laura n'a rien dit, mais je voyais dans ses yeux qu'elle mijotait quelque chose.

Puis la dernière cloche a sonné et j'ai été soulagée que cette première semaine soit finie.

— Tu devais sortir avec Pip, ce soir-là ?

— Il n'était pas Pip, à l'époque. Je l'appelais Patrick. Et oui, je devais sortir avec lui. Par contre, mes parents n'étaient pas au courant. Ils ne m'autorisaient pas à fréquenter des garçons.

— Que s'est-il passé avec Laura ? ai-je demandé.

— Je rentrais chez moi à pied quand j'ai entendu ma mère crier à un demi-pâté de maisons de distance. Puis j'ai entendu la voix de mon père. En principe, il aurait dû être au travail, a dit Nola avant de prendre une profonde inspiration. Ils parlaient en hongrois. J'ai donc mis un moment à comprendre que M. Dorrie venait de congédier mon père et qu'il allait porter plainte contre lui : on avait trouvé deux caisses d'entrecôtes congelées appartenant au restaurant cachées sous son manteau, dans le panier de sa bicyclette.

Vonn et Bridget ont murmuré leur compassion.

— Ma mère n'a jamais cru que mon père volait des steaks : nous n'avions pas mangé un bon morceau de bœuf depuis des années. De toute évidence, ce pauvre brave homme était victime d'un coup monté. À cause de son accent, a-t-il dit. Ma mère gémissait : « Qui a pu faire une chose pareille ? Pourquoi ? »

— Laura Dorrie ? a laissé échapper Vonn.

Nola a hoché la tête.

— Laura Dorrie. Mon pauvre père avait été faussement accusé, humilié et mis à la porte. Tout ça à cause de moi.

— Qu'as-tu fait ?

— Le panier de lessive était posé sur la table, à côté d'une bouteille d'eau de javel. Je n'avais qu'une envie : m'emparer de la bouteille et la boire au goulot. J'étais à bout.

J'ai avalé ma salive. Cette sensation m'était familière.

— Je ne pouvais pas rester là une seconde de plus à entendre mon père pleurer dans la pièce voisine. J'ai donc saisi la bouteille et je suis sortie sans même que mes parents sachent que j'étais rentrée.

— Que comptais-tu faire ?

— Je n'en avais aucune idée. J'ai fait le tour du pâté de maisons à quelques reprises. Je me suis assise un moment dans un parc. Je n'ai pas eu le courage d'en boire. Puis j'ai eu une idée et je me suis dirigée vers le restaurant des Dorrie. Dans la rue, il y avait plus de voitures que d'habitude. Je suis allée à l'arrière, mais il y avait du monde, là aussi, des gens qui allaient et venaient par la porte du fond. Je me suis donc cachée dans une ruelle, où j'ai attendu le départ de quelques voitures. Puis je me suis avancée sur le trottoir. Devant le restaurant, il y avait un magnifique tapis rouge.

— Tu as aspergé le tapis rouge d'eau de javel ? C'est comme ça que tu t'es vengée ? a demandé Vonn.

— C'est ça, ta grande confession ? s'est écriée Bridget. J'aurais dû m'en douter.

— J'ai dévissé le bouchon et j'étais sur le point de verser de l'eau de javel lorsque j'ai entendu la voix de Laura en provenance de l'appartement au-dessus du restaurant. À l'école, j'avais entendu les autres filles dire que le logement des Dorrie était un vrai château et que le placard de Laura était plus grand que la chambre de la plupart d'entre nous. Quand j'ai aperçu l'escalier qui me conduirait à la fenêtre ouverte où voletaient de jolis rideaux blancs, j'ai remis le bouchon en place et je suis montée jeter un coup d'œil. En arrivant là-haut, j'ai constaté que Laura n'était pas dans sa chambre.

Je suis restée là, au bord de la fenêtre ouverte. Elle avait un énorme lit à baldaquin avec des rideaux de soie. La porte de sa garde-robe était ouverte.

Nola s'est interrompue un moment pour reprendre son souffle.

— Avec tous ces vêtements… on aurait pu la prendre pour une starlette d'Hollywood. Puis je me suis souvenue de ce que je tenais à la main.

— Ah ! s'est exclamée Vonn.

Bridget a inspiré.

— Ses vêtements ?

— J'ai attendu une minute avant de me pencher à la fenêtre pour m'assurer qu'elle était bel et bien sortie. C'était le cas. Mais j'ai remarqué qu'il y avait un paquet de cigarettes et un briquet sur le rebord de la fenêtre et beaucoup de mégots sur le palier, en bas. Je me suis dit qu'elle fumait comme un pompier et qu'elle risquait de venir assouvir son besoin de nicotine d'une minute à l'autre. À ce moment, j'ai entendu un bruit dans le couloir, puis mon bracelet s'est accroché au bord de la fenêtre. Il s'est cassé de nouveau et il est tombé.

— Non ! s'est exclamée Vonn.

— Il faisait déjà noir. Comme je ne voyais pas très bien, j'ai pris le briquet sur le rebord de la fenêtre. Après au moins cent essais, j'ai fini par l'allumer. Je l'ai tenu de manière à éclairer le palier. Je ne voyais le bracelet nulle part. Puis je me suis dit qu'il s'était peut-être coincé sur le rebord de la fenêtre.

Ici, Nola a marqué une très longue pause.

— Ensuite, tout s'est passé très vite.

— Quoi ? ai-je demandé.

— J'ai soulevé le briquet. Les rideaux… ils… se sont embrasés d'un coup. Pfft !

Nola a accompagné l'onomatopée d'un geste de son bras valide.

— J'ai dévalé les marches et, agrippant un passant, je lui ai montré le feu qui jaillissait de la fenêtre de la chambre de Laura. Il est entré dans le restaurant en courant pour prévenir les pompiers. Personne n'a été blessé.

Nola s'est tue un instant.

— En fait, ce n'est pas tout à fait exact.

— Quelle horrible histoire, Mim, a dit Bridget.

— C'est pour cette raison que je ne vous l'ai jamais racontée.

Nous sommes restés un long moment en silence.

— Et Pip ? a demandé Vonn.

— Nous avions rendez-vous dans un parc. Quand je suis arrivée, il était déjà là, inquiet à cause des sirènes. Je ne sais pas ce qui m'y a décidée, mais je lui ai tout raconté.

— Qu'est-ce qu'il a dit ? Qu'avez-vous fait ?

— Il m'a emmenée dans l'église qu'il fréquentait. Elle était sombre et tranquille. Ça sentait les bougies. Pendant une heure, peut-être plus, nous sommes restés assis sur le premier banc en nous tenant par la main. Sans dire un mot. Tout ce que je savais, c'est que je n'avais plus du tout envie de boire de l'eau de javel. Il faisait si bon, à cet endroit, que j'ai eu la sensation d'être arrivée chez moi.

— Votre famille n'allait pas à l'église ? ai-je demandé.

— Ma mère avait déjà été mariée. Mes parents n'y étaient pas les bienvenus.

— Pip ne parlait jamais de Dieu, a dit Vonn. Je n'aurais jamais cru qu'il avait déjà mis les pieds dans une église.

— Il s'en est détourné après notre mariage. Il a refusé de m'expliquer pourquoi. Nous avions beau être très proches, il ne m'en a pas parlé. Pour ne pas gâcher cette dimension pour moi, je suppose. J'avais trouvé un grand réconfort dans cette communauté.

— Pip t'a emmenée à l'église, puis il a cessé d'y aller. Tu ne trouves pas ça bizarre, toi ?

Nola a secoué la tête.

— Il répétait tout le temps : « Moi, je ne fanfaronne pas ; je rayonne. »

— C'est vrai, s'est souvenue Bridget.

— Le dimanche matin, il aimait jouer au golf. C'est une explication qui en vaut une autre.

— Tu as déjà avoué à quelqu'un que tu avais allumé le feu, avant aujourd'hui ? a demandé Vonn.

— En sortant de l'église, j'ai décidé de me rendre au poste de police pour parler de l'accident du briquet. Patrick m'a accompagnée. Au poste, c'était le *chaos*. Le feu avait été maîtrisé, mais pas avant d'avoir gravement endommagé un grand garage dans lequel M. Dorrie entreposait des biens volés. Il y en avait pour des dizaines de milliers de dollars. Apparemment, il était à la tête d'une vaste opération.

— Recel ?

— Recel, oui. En tout cas, les policiers n'ont pas voulu entendre ma confession. Ils m'ont renvoyée chez moi.

— Et tu n'en as parlé à personne.

— Je n'en ai parlé à personne.

— Mais c'était un accident, a conclu Vonn. Tu étais une enfant. On ne t'aurait pas poursuivie en justice. Tes aveux n'auraient rien changé. Quand je pense que tu as regretté ce geste toute ta vie… C'est terrible.

— Les regrets servent toujours à quelque chose, a répondu Nola. Tu vas voir.

Bridget dormait en laissant entendre des ronflements sonores.

— Déviation du septum, a expliqué Nola.

Appuyée sur moi, Vonn a délicatement pris la tête de sa mère et a modifié l'angle de sa mâchoire. C'était le premier geste d'intimité que je surprenais entre elles. Les ronflements se sont interrompus, mais le vent a rugi de plus belle.

— On dirait un animal. Ou un démon, a dit Nola.

— Ses ronflements ?

— Le vent. Les hurlements du vent, a répondu Nola.

— Comment va votre poignet ?

— En ce moment, il m'élance un peu, a avoué Nola. Mais c'est Bridge qui m'inquiète.

— Elle va bien, Mim, a dit Vonn. Elle va toujours bien.

— C'est ce qu'on croit, mais on se trompe.

Nous avons encore un peu écouté le vent.

— Pip répétait toujours : « Un de ces jours, elle va nous surprendre. »

— Elle me surprend tous les jours, a dit Vonn.

— Elle est seulement humaine. Comme toi. Comme moi.

— Laura Dorrie, Mim… c'est une histoire vraie ? L'incendie aussi ? L'as-tu seulement racontée pour aider Bridget à se sentir mieux ?

Nola s'est assurée que Bridget dormait avant de répondre :

— Il y a des choses que je n'ai pas dites. J'ai gardé le pire pour moi.

— Il y a pire ?

Les ronflements de Bridget ont une fois de plus envahi la grotte. Vonn a de nouveau corrigé la position de la tête de sa mère et les ronflements ont cessé.

— Le lendemain, à l'aube, j'ai entendu un bruit dans la cour et j'ai vu mon père déverrouiller la remise à outils, a continué Nola. Je suis descendue et, en plissant les yeux, j'ai regardé entre les planches disjointes : il chargeait ma vieille voiturette de petite fille de bacs de sucre et de farine, de boîtes de conserve et de gâteaux aux carottes glacés, ceux qui faisaient la renommée du restaurant. Puis, en fredonnant, il a ouvert la porte du congélateur et il en a sorti une grosse caisse de filets de porc et quatre caisses d'entrecôtes. C'était donc vrai. Il était un voleur. Il a tout casé sur la voiturette et il l'a tirée jusqu'à l'arrière d'un atelier d'électronique, où des hommes l'attendaient avec de l'argent liquide. Il leur a tout vendu.

— Eh bien…

— Après, je l'ai suivi jusqu'à l'appartement de ma prof de violon.

— Oh.

— Tu vois ?

Je voyais.

— Même si mon père avait trouvé un autre travail tout de suite après… moi, je ne pouvais plus jouer. Pensez au prix qu'il avait dû payer. Sa dignité. Son âme. Je ne me voyais pas continuer. Après ce que j'avais fait, en plus ? L'incendie ? Je ne le méritais pas.

Pendant un très long moment, personne n'a rien dit. J'aurais donné cher pour que ma pénitence s'impose à moi, comme dans le cas de Nola.

— En fermant les yeux, a dit Nola, je m'imagine encore en train de jouer mon morceau préféré.

Dans l'obscurité, nous l'avons vue soulever la main gauche et pencher la tête vers une mentonnière imaginaire. Avec effort, elle a remonté sa main droite blessée et, tenant un archet non moins imaginaire, elle nous a fait une démonstration.

— Spiccato. Legato. Marcato. Pizzicato. Détaché. Martelé.

— Du violon sans violon, ai-je dit, impressionné.

Bridget a sursauté dans son sommeil. Nola s'est penchée pour caresser la joue de sa fille.

— Taisons-nous, maintenant. Pauvre Bridge. Elle doit être épuisée. Elle s'entraîne pour un triathlon.

— Elle me l'a dit, ai-je confirmé. Dans la cabine du téléphérique.

Nola a serré son poignet blessé.

— Stupide ostéoporose, a-t-elle dit. Bois du lait, Vonn. Vous ne trouvez pas que c'est comme un rêve, être ici ?

Nous n'avons pas répondu. J'ignore pourquoi.

— Combien de temps allons-nous mettre à remonter demain matin, Wolf ? Si tu as raison et que nous pouvons retrouver Mountain Station ?

— Combien de temps ? Une heure et demie, plus ou moins, ai-je répondu en sous-estimant l'ampleur du défi qui nous attendait.

Mon estomac gargouillait.

— Vous devriez dormir, ai-je dit. Je monte la garde.

Nola a bâillé.

— Je ne suis pas du tout certaine que mon poignet va me laisser dormir.

— Je suis complètement réveillée, moi. Je ne vais pas fermer l'œil. Pas un seul instant, a promis Vonn.

Quatre minutes plus tard, elle et Bridget ronflaient à l'unisson. Nola les a suivies de peu, ajoutant un gémissement occasionnel au chœur des ronfleuses.

Je me demande bien à quoi les femmes de la famille Devine ont pu rêver au cours de cette première nuit. À Laura Dorrie ? À des motards couverts de tatouages ? À des chutes mortelles ? À des maris décédés ? À des champs vallonnés tapissés de phlox ?

Quant à moi, j'ai rejoué à l'envers le film de ma vie, des scènes du passé embrasant mon esprit.

Cette première nuit à Santa Sophia, après l'arrêt à la station-service, je me souviens de m'être trouvé mal à bord de la Gremlin puante. J'étais bilieux après tous les sodas au raisin que j'avais ingurgités, concentré sur les étoiles les plus brillantes que j'avais vues de ma vie, dans un ciel d'un noir d'encre absolu. (*Bilieux* était un mot de Byrd, un des mots démodés qu'il espérait ressusciter. *Ventre-saint-gris !* Personne de ma connaissance ne parlait comme lui.)

Je me souviens vaguement d'avoir été tiré de la voiture, d'avoir gravi des marches d'un pas chancelant et d'avoir franchi une porte à moitié défoncée qui grinçait. Quelques heures plus tard, j'ai été tiré du sommeil par une puanteur abjecte. Je me trouvais dans un sac de couchage élimé étendu à même le sol, tandis qu'un garçon de deux ans déféquait à côté de moi.

Une voix de femme aux accents métalliques a retenti dans le couloir. L'enfant a sursauté avant de s'éclipser en laissant un anneau d'excréments fumants sur le linoléum.

Me redressant, j'ai balayé des yeux la pièce minuscule et compté deux silhouettes dans chacun des lits à une place, des adultes ou des quasi-adultes comme moi. Dans des sacs de couchage, des corps plus petits – ceux de tout jeunes enfants pour la plupart – étaient éparpillés sur des matelas posés par terre. Huit en tout. La chaleur entrait par la petite fenêtre ouverte, semblable à celle d'un radiateur. L'horloge indiquait 5 h 03.

À l'époque, j'avais déjà pris l'habitude de me préparer au pire, mais les conditions de vie dans le mobile home de trois chambres à coucher où logeaient ma tante Kriket et sa progéniture dépassaient mes pires craintes. L'odeur qui y régnait, mélange de fumée de cigarette, d'alcool éventé et de bacon, m'était sinistrement familière. Dans la cuisine, mon père toussait, risquant à tout moment de cracher un de ses poumons. À une certaine époque, j'avais très peur qu'il meure d'un cancer et me laisse seul au monde.

Frankie s'était montré évasif au sujet de sa sœur parce qu'il ignorait la réponse à la plupart de mes questions. Kriket s'était établie en Californie à l'époque où elle était adolescente et mère célibataire ; depuis, sa vie était un ahurissant tourbillon de bébés hurlants et d'hommes fuyants. Lorsque nous vivions à Mercury, Frankie lui téléphonait de temps en temps quand il était soûl. Je l'entendais pleurer dans sa chambre. Je haïssais ma tante pour cette raison. Ce n'est qu'une fois parvenu en Californie que je me suis demandé si elle pleurait, elle aussi.

Les parents de mon père, du moins selon Frankie, se disputaient sans cesse, se reprochant réciproquement les tares génétiques de leurs enfants. La mère de Frankie était persuadée que son fils tenait des Trulino le gène qui faisait de lui « un menteur, un tricheur et un voleur », tandis que son père affirmait que Kriket devait sa « chatte avide de *puta* » à ses ancêtres canadiens-français.

Un soir qu'il était au bar du coin, le père de Frankie a reçu un appel de la part de Kriket, affolée. Rentré chez lui en vitesse, il a trouvé la femme qui partageait sa vie depuis vingt-cinq ans affalée sur le sol, terrassée par un infarctus. Selon le récit de Frankie, le vieux a calmement ramassé les morceaux du plat de service qui s'était fracassé lorsque sa femme était tombée, puis il s'est allongé à côté d'elle sur le linoléum moucheté, où il a succombé à un AVC.

Le frère et la sœur ont hérité des dettes de la famille. Kriket s'est enfuie en Californie, à des milliers de kilomètres, avec le père de son premier enfant, tandis que Frankie, de quatre ans son cadet, a été pris en charge par les services d'aide sociale de Mercury. « Quoi qu'il advienne, m'avait répété Frankie aux moments les moins indiqués, ne laisse pas ces gens-là t'emmener. »

Asphyxié par le gâchis qu'avait laissé le petit garçon, je suis parti à la recherche de mon père. Dès mon entrée dans la cuisine du mobile home, ma tante Kriket a commencé à me cracher son hostilité à la figure, avant même que nous ayons été présentés. Écartant sa frange graisseuse de ses yeux mesquins, elle a lancé :

— C'est le portrait de papa, tout chié.

Je pourrais affirmer que c'est pour cette raison qu'elle m'a détesté au premier regard. Mais les choses ne sont sûrement pas si simples.

— On ne fixe pas les gens, Wilfred, a-t-elle dit.

J'ai observé son sourire méprisant, son visage bouffi, ses cheveux gras et sales.

— Un bébé a chié par terre, ai-je dit en guise de bonjour.

Ma tante a saisi un rouleau d'essuie-tout et me l'a lancé.

— Austin ? a-t-elle demandé.

— Wolf.

— Non, monsieur le génie. Je veux savoir si c'est Austin qui a bou-boué ?

— Bou-boué ? Je ne sais pas.

— Il avait une dent ébréchée ?

— Je n'ai pas vu ses dents.

— S'il avait une dent ébréchée, c'est Austin. Dodge, c'est le petit gros. Z'apprennent la propreté, ces deux-là, m'a-t-elle dit en m'enfonçant son index dans la poitrine. Pigé ?

Les joues cuisantes, j'ai cherché le regard de Frankie.

— Faut pas les laisser chier par terre.

Cette femme m'adressait des reproches *à moi* ?

— Tu leur donnes une bonne claque sur les fesses, puis tu les assois sur le petit pot.

Elle a montré du doigt, dans le coin de la cuisine, une toilette en plastique qu'au moins un tout-petit avait récemment utilisée avec succès.

— Pas question que je frappe des bébés, ai-je dit.

— C'est comme ça qu'ils apprennent.

— Ils n'ont pas de couches ou quelque chose du genre ?

— Ils vont pas apprendre la propreté avec des couches, monsieur le génie.

— OK.

— Tu veux les acheter, les couches, toi, monsieur le millionnaire ?

— Pas vraiment.

— C'est ce que je me disais, aussi.

— Alors ils se promènent tout nus ? ai-je demandé.

C'était forcément contre-indiqué.

— Ils chient et pissent par terre ?

— C'est pour ça qu'il faut les taper, Wilfred.

Je suis retourné dans la chambre, la tête remplie de noires pensées envers ma tante. Je me suis mis à genoux pour nettoyer le gâchis nauséabond. Dans la pénombre, j'ai dénombré neuf corps endormis, soit un de plus qu'avant. Sur un matelas, le petit garçon qui s'était soulagé par terre faisait semblant de dormir à côté d'un blondinet avec une dent cassée. Il gémissait dans son sommeil, apparemment conscient d'avoir été faussement accusé. Austin, donc. Pauvre petit.

L'un des garçons endormis a ouvert un œil et m'a vu à genoux avec mon essuie-tout maculé de merde. Il m'a lancé un oreiller à la tête.

— Espèce de *porc* !

— Sans blague ?

Le garçon, âgé d'environ sept ans, s'est redressé sur le matelas.

— T'es qui ? a-t-il exigé de savoir.

— Wolf. Ton cousin. Toi, tu es Yago ?

Yago était le seul de mes cousins dont je connaissais le nom.

— Tu sais pas qui est Yago ? a lancé le garçon, incrédule.

J'ai secoué la tête en parcourant du regard les corps endormis. Il y avait un air de famille entre quelques-uns de mes cousins et moi, bien qu'ils soient issus de pères multiples et variés.

— Mon père a vu une photo de Yago. Il a dit que je lui ressemblais.

— Si t'avais *trente* ans, peut-être, a consenti le garçon en riant. Et si t'étais un *cholo* super intimidant.

— Et toi, comment tu t'appelles ?

— Va chier, m'a répondu mon cousin de sept ans.

Plus tard encore, j'ai trouvé la salle de bains. Après avoir revissé le pommeau de douche branlant, j'ai grimpé dans la baignoire encroûtée et j'ai laissé l'eau m'envelopper. N'ayant pas trouvé de shampooing, j'ai gratté les plaques sèches accrochées au porte-savon et je les ai frottées dans mes cheveux. Jouant à la plus fine avec moi, l'eau mêlée de rouille était tour à tour glacée et brûlante, et je devais sautiller et me jeter de côté pour éviter d'être transi ou échaudé.

En l'absence de serviette, je me suis laissé sécher à l'air libre en regardant les rigoles d'eau cuivrée disparaître entre les carreaux. Dans le salon, un dessin animé jouait à tue-tête. Le miroir de la salle de bains était brisé : la partie supérieure manquait carrément, et je distinguais à peine le reflet de mon torse rigide et des poils sombres et raides que j'avais cultivés autour de mon nombril au cours des mois ayant précédé notre départ de Mercury.

À cause du bruit de la douche, je n'avais pas entendu la moto arriver. En entrant dans la cuisine, par ailleurs déserte, je n'étais donc pas préparé à tomber sur un *cholo* super intimidant au teint foncé et à la musculature imposante, en train de retirer son casque. Nul besoin d'être un génie pour deviner qu'il s'agissait de Yago.

— Salut, trou du cul, a dit Yago.

— Salut, tête de nœud, ai-je répondu, heureux que, grâce à Frankie, la grossièreté soit ma langue maternelle.

Yago m'a étendu d'un unique et rapide coup de poing à la tête. Je n'ai rien vu venir. J'ai repris connaissance quelques secondes plus tard, au milieu du sang qui se répandait sur le sol immonde, à l'endroit où j'étais tombé. Le mien, ai-je compris. La tête m'élançait. On ne m'avait encore jamais cogné si fort.

— Tu sais qui je suis ? m'a crié Yago.

J'ai levé les yeux sur lui. Ma langue était bizarre.

— Tu sais qui je suis ?

Il a saisi ma chemise et l'a tordue à la hauteur de ma gorge, puis il m'a soulevé avant de me plaquer contre le mur. Mon crâne a heurté violemment la charpente du mobile home. Prenant mon menton dans sa main libre, il m'a obligé à le regarder dans les yeux. J'ai observé une certaine ressemblance familiale.

— Yago, ai-je répondu d'une voix pâteuse, le goût du sang dans la bouche.

— Tu sais qui je suis et tu me manques de respect ? a-t-il demandé en postillonnant.

— Cousin, ai-je articulé, en proie à une vive douleur. Wilfred.

(Pourquoi avais-je dit *Wilfred* au lieu de *Wolf* ?)

— Wilfred ? a répété Yago en souriant, tandis qu'il raffermissait sa poigne sur ma chemise et rapprochait son visage du mien. C'est comme ça que tu t'appelles ? Wilfred ?

— Wolf, ai-je dit. Wolf.

Bien que tremblant de peur, j'ai noté que Yago avait récemment mangé de l'ail, bu du whiskey et fumé des Camel.

— S'il y a une chose que je déteste plus que les cousins, Wilfred, a dit Yago, c'est les sangsues.

J'ai hoché la tête.

— T'approche pas de mes affaires.

— J'en veux pas, de tes affaires, ai-je craché.

Mon cœur battait follement. J'avais du sang plein la bouche. Jamais je n'avais eu une conscience aussi aiguë d'être vivant.

Une jeune femme est entrée dans la cuisine pour voir d'où venait le tohu-bohu.

— C'est le fils d'oncle Frankie, a-t-elle expliqué.

Yago a juré tout bas en me relâchant.

— Wilfred, non ? a dit la femme en se tournant vers moi pour valider son hypothèse. Notre cousin.

— Wolf, ai-je répondu.

— On a déjà fait connaissance, a lancé Yago avec mépris en grimpant sur un escabeau posé tout près.

Tendant les bras, il a retiré un petit panneau carré du plafond, tiré un sac en papier kraft de sa cachette et fourré le paquet de la taille d'une brique dans la poche profonde de son jean ample.

Avant de ressortir, il m'a assené une violente claque sur la joue.

— Touche pas à mes affaires.

Je n'ai jamais oublié le vrombissement de la moto qu'il a fait démarrer à quelques pas de la porte, le bruit strident, aigu et colérique qu'elle a produit.

— Tu as déjà vu un tourbillon de poussière ? a demandé la femme après le départ de Yago.

Je n'en avais encore jamais vu.

— On dirait une minitornade : ça prend naissance dans le désert, ça tournoie, ça soulève de la poussière et du sable. Puis ça passe. C'est mon frère Yago.

— Un tourbillon de poussière.

— Je m'appelle Faith, a-t-elle dit en examinant ma joue. C'est très enflé, mais il n'y a pas de coupure. Ouvre la bouche.

J'ai obéi.

— Tu t'es mordu la langue.

J'ai craché encore un peu de sang dans le linge à vaisselle qu'elle m'avait tendu.

— On n'a pas de glaçons.

Je l'ai quand même remerciée d'un geste de la tête.

— Ton père et ma mère sont sortis jouer aux machines à sous. Ils ont dit qu'ils rentreraient quand ils rentreraient.

Quand Frankie a déclaré que nous devions déménager pour nous rapprocher de la famille, il voulait dire que nous devions nous rapprocher des casinos, ai-je supposé.

Avec hésitation, les autres filles de ma tante, Patience et Charity, suivies de deux autres, Grace et Beauty, sont entrées dans la cuisine.

— Le fils de Frankie, a expliqué Faith. Wolf.

— Touche pas aux affaires de Yago, m'a prévenu Grace dans un murmure.

— Va pas là où va Yago, a renchéri Patience.

Le conseil m'a semblé rempli de bon sens.

Bientôt, l'ensemble des tout-petits et des enfants, leurs dessins animés terminés, couraient dans la cuisine en se tapant dessus, en criant, en se mordant et en se pinçant. Les adultes (et les semi-adultes, car au moins trois d'entre elles étaient des mères adolescentes) ont frappé les frappeurs, mordu les mordeurs et pincé les pinceurs dans ce qui m'a fait l'effet d'une leçon de darwinisme appliqué.

Je me souviens d'être resté assis dans la cuisine, ce matin-là, à admirer la beauté tragique de la lumière du soleil. Filtrée par les carreaux fissurés de la fenêtre, elle touchait les stratus formés par la fumée de cigarette et dessinait des halos autour de la tête des petits enfants.

Personne n'a semblé se demander si les mécontents qui hurlaient n'avaient pas simplement besoin de quelque chose à se mettre sous la dent.

Les placards étaient vides. Dans le réfrigérateur, il y avait de la bière et des boissons gazeuses, mais pas de lait ni de jus de fruits. Faith m'a vu fouiller à gauche et à droite et, dans le brouhaha, elle m'a crié que Kriket rapporterait des pizzas et des ailes de poulet. Saisissant un des bébés qui se baladaient le cul à l'air, elle a adroitement allumé une cigarette et soufflé la fumée loin de la tête de l'enfant. En surprenant mon regard, elle a pris une mine contrite.

— C'est pas terrible, ici, a-t-elle confirmé.

— Yago vit ici, lui aussi ?

— Disons qu'il se sert de la maison comme d'un entrepôt. Il lui arrive de venir se cacher. Il prétend qu'il vient voir ses enfants. Celui-ci est à lui, a-t-elle dit en en montrant un du doigt. Celui-là aussi.

— Il en a combien ?

— Cinq en tout. Mais seulement deux qui vivent ici.

Pour faire la conversation, je l'ai interrogée sur le téléphérique de Palm Springs. Faith m'a dit qu'elle l'avait pris à quelques reprises et que « c'était bien à condition de ne pas avoir le mal des transports, comme moi » et que la montagne « était pas mal à condition d'aimer les rochers et les arbres, ce qui n'est pas mon cas ».

Pendant que les membres de ma famille élargie allaient et venaient, je surveillais la porte. Je me demandais sans cesse si j'avais sous les yeux un nouveau cousin ou si un de ceux que j'avais déjà vus avait troqué un tee-shirt sale pour un autre. C'était Yago qui me préoccupait. Je tenais par-dessus tout à ne pas être là à son retour.

À Mercury, j'avais passé des heures et des jours à imaginer ma vie de famille, à convoquer l'image d'un grand frère qui me tourmenterait, d'une petite sœur que je taquinerais et que je protégerais. Je n'avais encore jamais rencontré de membres de ma parenté. Je me trouvais désormais dans un lieu étrange où s'entassaient au moins une douzaine d'entre eux et je n'avais qu'une envie : prendre mes jambes à mon cou.

— Je sors, ai-je dit à Faith.

Mon projet était le suivant : retrouver la station-service de la veille et m'arranger pour prendre le téléphérique avec mon nouvel ami.

Ma valise se trouvait toujours dans la Gremlin, que Frankie avait prise pour se rendre au casino. J'avais donc seulement mon jean, beaucoup trop chaud, mon bas de pyjama à carreaux coupé (qui, en l'absence de caleçons propres, me tenait lieu de sous-vêtement) et le tee-shirt trop grand à l'effigie de Bob Seger appartenant à Frankie qui, j'en étais sûr, couvrirait la majeure partie du pyjama à carreaux. Dans la voiture, je portais des tongs. Je devrais donc m'en satisfaire.

M'étant souvenu que l'endroit où habitait Byrd avait pour nom Santa Sophia Gas Stop, j'ai demandé des indications à Faith.

J'ai marché dans Tin Town en fredonnant un petit air. En route, j'ai croisé des maisons mobiles rouillées, salué de la main des enfants qui s'éclaboussaient d'eau saumâtre dans une piscine fissurée, vu des poussettes cassées, des poupées mutilées, des bicyclettes mangées par la rouille et un fusil (un jouet ?) appuyé sur une table à pique-nique, des déchets, des bouteilles de bière vides, des sacs de vidange et des chats en grand nombre dont je sentais les jets d'urine, où que je tourne la tête.

Il n'y avait pas d'arbres dans Tin Town et je me suis surpris à me protéger du soleil comme on le fait de la pluie. Je me souviens d'avoir pensé que le trajet d'une demi-heure entre la maison de ma tante et la station-service serait des plus faciles pour un adolescent en pleine forme, mais avant même que j'arrive à la grand-route, mes tongs, faites de mousse, commençaient à se désintégrer sous l'effet de la chaleur de l'asphalte et l'espace entre mes orteils où frottaient les brides était à vif.

J'étais si accablé par la pauvreté de mon nouveau quartier que je ne m'étais pratiquement pas donné la peine de lever les yeux. Quand je l'ai enfin fait, j'ai eu le souffle coupé par la montagne qui se dressait devant moi. Haute et large de plusieurs kilomètres, créature épineuse dont la simple existence semblait avoir pour but de défier les plus intrépides, elle surgissait du désert, *vivante*, ses dents inégales s'efforçant de mordre le ciel bleu. Je me suis arrêté pour l'admirer. J'ignore combien de temps je suis resté là, à la fixer. *Batholite*. Le mot venait du livre de la bibliothèque sur la géologie. Un magnifique batholite.

Le soleil tapait sur mon crâne. En me grattant la tête, j'ai été irrité de trouver de petites croûtes de savon dans mes cheveux. J'ai marché face au vent chaud. Jamais encore je n'avais été aussi assoiffé. Je ne me doutais pas, alors, que la soif pouvait être encore bien pire.

À l'ombre minimaliste d'un palmier, j'ai repris mon souffle. Puis, aidé par un panneau routier, je me suis orienté. J'étais rassuré de voir que j'allais dans la bonne direction. Faith m'avait dit que je trouverais la station-service à la jonction de la route principale et de l'autoroute. Elle avait évalué le temps de parcours à une demi-heure avant de confesser :

— Je peux me tromper, remarque. Personne ne se déplace à pied, ici.

Plus que quinze minutes avant d'arriver, me suis-je dit. Vingt minutes plus tard, je peinais toujours sur l'accotement, désespérément en quête de quelque chose à boire. (Frankie avait oublié de me laisser le moindre argent de poche.) La station-service n'était nulle part en vue et je ne discernais aucune source d'eau potable.

Le soleil brûlait le dessus de mes pieds, tandis que le béton, à travers la mousse, chauffait leurs plantes à blanc. À chaque pas, je m'évaporais un peu plus.

Me traînant de peine et de misère, j'ai été heureux de découvrir un sentier paysagé menant à un bosquet de rince-bouteilles, dont je n'oublierai jamais la fleur caractéristique. Je me souviens aussi des cactus que j'ai croisés parce qu'ils m'étaient totalement étrangers, aussi bien le *cholla* hérissé que l'agave tranchant comme une lame de rasoir, le cactus tonneau et le cactus queue de castor. À l'époque, je ne connaissais pas leurs noms, évidemment, mais je me méfiais de leurs épines comme de la peste.

Au loin, un banc posé à l'ombre semblait m'appeler. Je me suis dirigé vers lui, heureux à l'idée de reposer mes pieds, ces petits pains fraîchement sortis du four. Mais alors j'ai eu envie de pisser.

À quelques mètres du banc se trouvait un espace broussailleux délimité par une corde, envahi de sauge aromatique et bordé de queues de castor. Je me suis glissé sous la corde et, derrière les arbustes manucurés, j'ai trouvé un endroit où me soulager de quelques gouttes d'urine jaune.

C'est alors que j'ai trouvé un enchevêtrement d'herbe rouge montant à l'assaut d'un chêne tombé. J'ai aussitôt reconnu la plante grâce aux photos du livre que j'avais emprunté, à titre permanent, à la bibliothèque publique de Mercury : mêmes cosses rouges, mêmes branches semblables à celles d'un saule, mêmes tiges à la texture veloutée, mêmes fleurs blanches en forme de trompette. Je me suis souvenu que Mlle Kittle m'avait mis en garde contre les propriétés hallucinogènes des minuscules graines rouges : l'ingestion de l'herbe rouge était parfois mortelle. « À son sujet, chaque génération a sa propre histoire d'horreur », m'avait-elle confié.

Les bords des cosses étaient épineux et j'ai eu soin de ne pas me couper (et, du coup, de m'infecter avec leur poison) en arrachant une des sphères. Aussitôt après l'avoir portée à mon nez, j'ai eu un haut-le-cœur : une forte odeur de couche pleine s'en dégageait. Puis je l'ai léchée. J'ignore pourquoi. J'étais un enfant et il m'arrivait de faire des bêtises. La microscopique quantité d'huile libérée par la cosse rouge goûtait ce que sentent les égouts à ciel ouvert. Elle ne m'a ni donné d'hallucinations ni tué, cela va sans dire, mais jamais je n'oublierai ce goût sur ma langue. C'était celui de la mort.

Mlle Kittle avait pourtant affirmé que je ne risquais pas de voir de buissons d'herbe rouge : ils avaient tous été arrachés et brûlés. Et voilà que j'en avais trouvé un dès ma première journée à Santa Sophia. En regardant autour de moi pour bien graver l'endroit dans ma mémoire, j'ai eu la singulière sensation de ne pas être seul. Quelque chose bruissait dans le buisson. J'ai eu beau renifler, je ne sentais que le sable et la sauge.

— Il y a quelqu'un ? ai-je demandé avant de reculer d'un pas.

De retour sur le sentier, je me suis senti non pas fier, du moins pas exactement, mais j'ai senti… quelque chose. J'étais impatient de parler de l'herbe rouge à mon nouvel ami Byrd. Énergisé par ma découverte, j'ai pressé le pas, mais une de mes tongs en caoutchouc s'est accrochée à une branche et s'est déchirée en deux. Quelle cochonnerie ! Je n'ai plus jamais porté de tongs. Ainsi chaussé, on ne peut ni faire de la randonnée, ni fuir un prédateur, ni grimper au sommet d'une montagne.

Décidant que j'irais plus vite sans elles, au bout du compte, j'ai jeté les sandales dans un buisson. L'Amérindien allait pieds nus et dormait parfois à même le sol pour sentir, voir et respirer la terre. Selon Frankie, j'étais un Cri du Québec, du moins dans une proportion de un seizième. En misant sur ce sang indien (la valeur d'un dé à coudre), j'ai recommencé à arpenter le sol brûlant avec une détermination renouvelée.

À la sortie du sentier, j'ai été pris de court par l'apparition d'un vaste immeuble moderne. Un centre commercial ? Des fontaines ? Une aire de restauration rapide ? J'ai franchi une haute clôture avec une aisance surprenante (l'adrénaline fait des miracles) et, pieds nus sur l'épais gazon vert, j'ai foncé. Devant l'entrée, un panneau proclamait : *École secondaire de Santa Sophia*. Les portes étaient verrouillées à double tour et enchaînées.

J'ai aperçu mon reflet dans une fenêtre et je me suis arrêté un moment pour examiner l'inconnu qui s'offrait à ma vue : j'avais la nuque et le visage couverts de petits boutons violets, une forme d'urticaire, sans doute ; sur ma tête, les résidus de savon s'étaient mêlés à la sueur pour former une mousse jaune répugnante. Obsédé par l'idée de trouver à boire, j'ai regagné la route en maudissant la chaleur, mes pieds et mon père parce que, quand même, merde.

Le soleil montait dans le ciel et j'ai continué de marcher en évoquant dans ma tête des images repoussantes de liquides malsains (urine, eaux usées, jus de tomate) et en me demandant lequel j'ingurgiterais s'il se matérialisait devant moi comme par magie.

Je ne sais trop comment j'ai fini par tomber sur la station-service. Il me semble que, au moment précis où je me suis senti incapable de faire un seul pas de plus, j'ai aperçu son enseigne. Mes fémurs me donnaient l'impression d'être disloqués et j'avais les pieds en feu. J'étais étourdi. Bref, j'étais poussé dans mes derniers retranchements lorsque, pour mon plus grand soulagement, j'ai vu derrière la fenêtre l'éclat de la chevelure noire de Byrd. Tombant à genoux, j'ai copieusement dégueulé sur le paillasson rouge.

À bout de forces, je ne parvenais même plus à lever la tête. Comme Byrd ne s'est pas précipité vers moi, j'ai cru qu'il ne m'avait pas vu. Ce que je me rappelle ensuite, c'est sa voix à elle, la musique qui a jailli de sa bouche lorsqu'elle a fait :

— *Beurk.*

Les cheveux noirs derrière la caisse enregistreuse appartenaient donc à Lark et non à Byrd. Je me sentais trop mal pour avoir honte lorsque cette fille, qui faisait la moitié de ma taille, m'a soulevé par les aisselles et aidé à entrer dans le magasin. Aussitôt, l'air frais a facilité ma respiration.

— Ça va aller, je m'occupe de toi, a-t-elle dit.

Et je l'ai crue.

Cette fille superbe m'a entraîné dans le bureau, derrière la caisse, et installé devant un ventilateur rotatif.

— Tu as marché ? a-t-elle demandé en inclinant une paille pour me faire boire l'une des deux canettes de soda qu'elle avait attrapées dans le réfrigérateur. Pieds nus ?

J'ai réussi à hocher la tête.

— Ton père m'a dit que vous logiez dans un hôtel du centre-ville. Ça fait loin !

Malgré mon piètre état, j'ai pris note du fait que Frankie avait menti à Lark et qu'il n'avait manifestement rien dit à propos de Tin Town.

— J'ai brisé mes pieds.

Je voulais parler de mes *chaussures*.

Lark fronçait les sourcils, se concentrant sur un endroit où, à la racine de mes cheveux, la mousse de savon avait séché.

— Du pollen tombé des arbres, ai-je menti.

Tout en buvant, j'ai laissé le ventilateur souffler sur mon visage couvert de taches.

— T'as des boutons… violets… a dit Lark en désignant les plaques d'urticaire sur mes joues et ma nuque.

— Ils vont partir.

Je me suis demandé si elles avaient été causées par la chaleur ou par l'échantillon microscopique d'herbe rouge que j'avais ingurgité.

— On t'a frappé ? a-t-elle demandé en désignant la bosse sur ma joue.

— Je suis tombé, ai-je menti de nouveau.

Elle a pris un pichet plein de glaçons dans le congélateur et les a transvidés dans un seau vide avant d'y ajouter une carafe d'eau distillée, puis un autre pichet de glaçons.

— Tu sais ce qu'on dit : on a un seul coup de chaleur dans sa vie.

Je me suis demandé si Lark voulait dire qu'on meurt de son premier coup de chaleur ou que, par la suite, on est assez futé pour éviter le second. Elle a soulevé mes pieds écarlates et les a posés dans le seau d'eau glacée, brûlante. J'étais sûr qu'une nuée de vapeur surgirait.

— Là, a-t-elle dit.

Je n'arrivais pas à associer cette fille à la vamp méprisante de la veille.

— Merci, ai-je croassé.

Elle s'est relevée, ses mamelons durcis par le souffle du ventilateur. Sans doute a-t-elle remarqué mon changement d'expression, car, prise de panique, elle a demandé :

— Tu vas encore vomir ?

J'ai secoué la tête sans conviction.

Lark a posé un linge froid sur mon front et m'a souri, tel un ange de miséricorde.

— Ton père dit que tu t'appelles Wilfred. C'est vrai ?

On aurait dit qu'elle parlait une langue dans laquelle les mots *père* et *Wilfred* m'étaient inconnus.

— Wolf. Tout le monde m'appelle Wolf.

Nouveau sourire.

— Tu es canadien ? Canadien-français ou un truc du genre ?

Canadien-français ? C'était donc ça qu'il avait utilisé comme technique de drague ? Et elle avait mordu à l'hameçon ?

— Il y a cent ans, nous étions canadiens-français, ai-je répondu. Là, nous arrivons du Michigan.

— Quoi ? Ton père est une sorte de *hors-la-loi* ?

Je n'ai pas aimé l'enthousiasme que j'ai détecté dans sa voix.

— Pas exactement.

— Protection des témoins ?

Ces mots-là m'ont plu davantage. J'avais la ferme intention de mentir sur nos antécédents.

— Nous avons tout laissé derrière, ai-je dit. La maison bleue et mon école et Mlle Kittle à la bibliothèque et la remise dans la ruelle et la tombe de ma mère dans le vieux cimetière.

— C'est triste, a-t-elle admis. Vous allez retourner là-bas ?

J'ai secoué la tête.

— Vous allez vous trouver une jolie maison ici, alors.

Des larmes ont glissé sur mes joues avant que j'aie le temps de me détourner.

Puis le téléphone a sonné et, en s'excusant d'un plissement du front, Lark a couru répondre en fermant la porte du bureau derrière elle. J'ai tendu l'oreille, mais elle a parlé pendant un moment seulement, tout bas, puis elle a raccroché et composé un numéro. J'ai prié pour qu'elle ne fasse pas venir une ambulance ou la camionnette de l'asile de fous.

Elle n'est pas revenue me voir, à mon grand regret. J'ai plutôt entendu des éclaboussures et compris, avec horreur, qu'elle lavait les vomissures que j'avais laissées sur le paillasson. Puis m'est parvenu le son de sa voix soyeuse, tandis qu'elle servait un client, un autre, puis un troisième. J'enviais les yeux qui se posaient sur elle, alors que ce privilège m'était refusé, et jusqu'aux oreilles qui entendaient sa voix :

— Ça fait vingt-six dollars pour l'essence et sept dollars soixante-douze pour les deux paquets de Red Vines.

J'aimais sa façon de dire « merciii » après chaque transaction.

Si je toussais ou que je poussais un cri, reviendrait-elle en hâte auprès de moi ? En même temps, je ne voulais pas qu'elle me trouve trop pitoyable ni même trop malade, au cas où elle serait prise d'une irrépressible envie de m'embrasser. Dans une telle éventualité, j'avais le plus grand besoin d'un bonbon à la menthe.

Accomplissant à grand-peine les quelques pas qui me séparaient des toilettes, je me suis demandé comment impressionner une fille qui m'avait vu vomir et pleurer.

J'ai lavé mes cheveux dans le lavabo avec du savon à mains et je les ai séchés avec le séchoir industriel.

Je n'avais toujours pas de méthode de séduction, mais j'avais trouvé un sujet de conversation : la montagne. Je lui demanderais si elle y était déjà montée en téléphérique. Mais oui, bien sûr ! Le téléphérique ouvrirait la voie à une discussion générale sur la montagne et je connaissais de nombreux détails fascinants à ce sujet.

J'ai retenu mon souffle en ouvrant la porte. Lark avait été remplacée par Byrd.

— N'y pense même pas, a-t-il dit en se fendant d'un large sourire à la vue de mes cheveux bouffants.

— Où est-elle allée ?

— Oublie ça, a-t-il dit en riant. Sans blague. Es-tu même en troisième année du secondaire ?

— Je vais avoir quatorze ans en novembre, ai-je répondu.

C'est à ce moment que nous avons compris que nos anniversaires tombaient le même jour, bien que Byrd ait une année de plus que moi. C'était une sacrée chose à avoir en commun.

— Ta face, mon vieux… on dirait de la confiture. Et tes cheveux sont affreux.

Byrd a ri. Moi aussi.

Par la fenêtre, j'ai regardé Lark faire le plein pour un vieux monsieur. Elle m'a vu, mais elle ne m'a pas souri comme je l'espérais.

— Elle a presque dix-huit ans. Elle part pour le pensionnat à l'automne. New York. Elle ne remettra jamais les pieds ici.

— Ah bon.

— Elle va se faire des amis à New York. Une vie à New York. En plus, elle est trop vieille pour toi.

— Ça va changer, ai-je répliqué.

— C’est un bas de pyjama coupé que tu portes ?

J’ai secoué la tête.

— Un sous-vêtement. Frankie est parti avec la voiture et toutes mes affaires.

— Tu es sorti de l’hôtel en sous-vêtement ?

Je lui ai raconté le mobile home de ma tante Kriket dans Tin Town et les causes de ma fuite.

— Ton père est un drôle de numéro, a-t-il déclaré.

— Si tu voyais sa sœur, ai-je répondu en lui parlant des bébés sans couche.

— Ils pissent et chient partout ?

— Exactement.

Byrd, me regardant regarder Lark, a pris une mine grave.

— N’y pense pas, Wolf. Elle porte malheur. Ses deux derniers petits amis sont morts dans des circonstances mystérieuses.

— C’est vrai ?

— Infarctus, dans un cas.

— Ouah.

— Il avait trente-six ans, quand même.

— Son père la laisse sortir avec des hommes de trente-six ans ? Ce n’est pas illégal ?

— Son père n’était pas au courant. Il les aurait tués tous les deux.

— Et l’autre ?

— Kitz ? a craché Byrd. Ce que je pouvais le détester, ce jean-foutre obséquieux. Morsure de serpent. Un jeune serpent à sonnette… Leur venin est plus toxique.

— J’ai horreur des serpents.

— Je me suis fait mordre dans la montagne, l’été dernier.

— Tu as dit que c’était une piqûre de puce !

— Je veux parler de ça, a dit Byrd en tournant la jambe pour me faire voir les marques de crochets sur son mollet droit. Ça m'a fait super mal. Une morsure blanche. Pas de venin.

— Comment sait-on si une morsure est blanche ou non ?

— Si tu n'en meurs pas, c'est qu'elle était blanche, a-t-il répondu avec un grand sourire.

— Ce Kitz a été mordu dans la montagne, lui aussi ?

— Il promenait son chien du côté de l'école secondaire. Tu as dû passer devant le bâtiment. Derrière, au-delà du sentier, il y a des broussailles où vivent des serpents à sonnette. Personne ne va de ce côté. On publie même des avertissements dans le journal local.

— J'arrive de là !

— Évite cet endroit, a dit Byrd d'un ton sérieux.

— Que faisait Kitz là-bas ?

— Il se masturbait, peut-être, a supputé Byrd. Et toi ?

Je me suis souvenu.

— J'ai trouvé de l'herbe rouge.

Byrd m'a regardé avec sévérité.

— Tu connais l'herbe rouge ?

— Eh oui.

— Tu es sûr que c'en était ?

— Fleurs blanches, cosses rouges.

— Où ça ?

— Dans les buissons derrière l'école secondaire.

— Tu sais qu'on l'appelle aussi l'herbe de la mort ?

— Oui.

— Tu sais pourquoi ?

— Je sais, ai-je répondu. Je sais.

— Le shérif a envoyé des bénévoles à cheval, accompagnés de meutes de chiens pisteurs, et ils ont éradiqué la plante, d'ici jusqu'aux monts Santa Rosa. Mon oncle Harley a des photos de tous ces policiers armés de pelles et de binettes. Il était là.

— Je devrais retourner là-bas et arracher la plante que j'ai vue ?

— Retourner dans ce repaire de serpents à sonnette ? Non.

— OK.

— Et surtout, ne parle de ça à personne, a-t-il ajouté, solennel.

Lark, apparue sans crier gare dans l'embrasure de la porte, nous a regardés d'un air méfiant.

— Ne parle à personne de quoi ? a-t-elle demandé.

Puis, s'adressant à moi :

— Qu'est-ce que tu as fait à tes cheveux ?

— Rien, ai-je répondu.

— De quoi vous parliez ? Ne parle à personne de quoi ? a-t-elle insisté.

J'ai haussé les épaules. Elle a souri.

— Des secrets, hein ?

— Pas de secrets. Je lui ai juste demandé de ne dire à personne que je peux prendre le téléphérique sans payer, a répondu Byrd pour nous couvrir.

— OK.

Lark a haussé les épaules à son tour et s'est éloignée d'un pas décontracté. La cloche à vache a tinté et elle a disparu.

— Harley ? Parce qu'il roule en Harley ? ai-je demandé en reprenant le fil de notre conversation.

— Harley parce que c'est le prénom que lui a donné sa mère. Harley a une Honda, mais il ne s'en sert plus. Il a un entrepôt rempli de voitures, des modèles classiques. Chaque année, il en donne une à une œuvre de bienfaisance. Par ici, tout le monde connaît Harley.

— C'est grâce à lui que tu prends le téléphérique sans payer ?

— Grâce à lui et au fait que mon oncle Dantay est le patron de l'équipe de recherche et sauvetage en montagne.

— Super.

— Avant, je faisais de la randonnée avec Harley, mais plus maintenant. Il a quelque chose comme cinquante ans, a expliqué Byrd en riant. Il est bien, mais il parle trop. Pour lui, tout est matière à leçons. Cette fleur est bonne pour cela. Cet arbuste sert à ceci. Au fond, il tient juste à ce que je connaisse ma culture. C'est bien, je suppose.

— Frankie soutient que nous avons du sang cri du côté de sa mère, ai-je dit.

— J'ai grandi en pensant que j'étais polonais, a dit Byrd d'un air amusé. Et je le suis… à moitié.

— Tu ne veux pas apprendre tous ces trucs amérindiens ? Moi, ça me plairait, en tout cas.

— Quand j'étais plus jeune, oui, puis je… Je ne sais pas… Ce n'est pas comme si je rejetais ces connaissances…

Il a réfléchi un moment.

— Des fois, on veut avoir l'impression d'avoir *appris* des choses sans qu'on nous les ait *enseignées*.

Pour ma part, je n'avais aucune expérience des oncles géniaux, des professeurs intéressants ni des parents qui vous guident. Côté mentor, je n'avais eu que Mlle Kittle.

— C'est vrai, ai-je dit.

— J'ai quatre oncles, trois tantes et vingt-deux cousins en tout, a poursuivi Byrd. Mes oncles se prennent tous pour mon père. Harley est super, je suppose. Dantay, Gabriel. Ils sont tous super, au fond.

Jorge et Gabriel travaillent au casino avec mon oncle Harley. Avant de joindre l'équipe de recherche et sauvetage, Dantay était cascadeur de cinéma. Il a des tatouages complètement débiles.

— Beaucoup de gens se perdent dans la montagne ?

— Ça arrive tout le temps.

— On s'égare facilement, là-haut ?

— Pas avec moi.

— Sauveteur en montagne… C'est super, comme travail, non ?

— Dantay me laisse rouler en motocross sur sa propriété. Je t'y emmènerai, un de ces quatre.

— Et le téléphérique ?

— Après-demain. C'est mon jour de congé. Rendez-vous au pied de la station à 8 heures. Tu as un vélo ?

— Ouais, ai-je menti.

— Apporte de l'eau. Un manteau chaud. De bonnes chaussures.

— Un manteau ? ai-je répété en riant à l'idée que je venais presque de succomber à un coup de chaleur.

— Il peut faire froid, là-haut. Tu n'as pas été scout ? *Toujours prêt.*

— Au fait, tu vas à quelle école ?

— Je suis des cours par correspondance.

— Je commence à l'école secondaire en septembre.

— L'école secondaire de Santa Sophia, hein ? Dis aux gens que tu connais les Diaz.

— Je ne connais pas les Diaz.

— Je suis un Diaz. Lark aussi.

— Et dans Tin Town ? Il y a des Diaz ?

— Tu as regardé autour de toi ? On ne vit plus dans la réserve, mon pote. On occupe des postes de direction dans les casinos. On travaille dans l'immobilier. Dans la vallée de Coachella, la moitié des succursales du Roi du matelas nous appartiennent.

— OK.

— Je me paie ta tête, a dit Byrd en riant. Quelques Diaz habitent dans Tin Town. Mais la plupart de mes oncles et de mes cousins sont riches. À l'école secondaire, les Diaz font la loi.

Lark nous a fait sursauter en se penchant pour attraper un trousseau de clés suspendu à un crochet près de la porte. La chipie moqueuse de la veille semblait avoir repris possession d'elle.

— Viens, a-t-elle dit avec impatience. On va te ramener.

J'ai souri à Byrd avant de suivre Lark dans l'allée menant à la porte. Depuis la caisse, Byrd a crié :

— Ho !

Sans même que je me retourne, nous avons lancé à l'unisson :

— *Té banne dante*.

Je n'avais jamais été aussi heureux de toute ma vie.

Lorsque je suis sorti de la station-service sur les talons de Lark, l'air était chaud et le soleil trônait haut dans le ciel. Hypnotisé par le balancement de son derrière en forme de cœur, j'ai senti le tiraillement familier de flots sanguins divergents. Ne souhaitant pas lui laisser voir mon appréciation vêtu d'un simple bas de pyjama coupé, j'ai, comme je le faisais toujours dans ces circonstances, songé à John Wockenfuss.

Impossible de monter dans la voiture de Lark sans laisser voir cette marque de reconnaissance. Et si elle poussait un cri ? Et si elle me frappait ? Et si elle ne me frappait pas ? *Wockenfuss. Wockenfuss. Wockenfuss.* Mon estomac retourné n'apaisait en rien mes tourments. J'ai détourné les yeux du postérieur de Lark pour me concentrer sur mes pieds ravagés. Chair brûlée. Jolie Lark. Orteils déchirés. Splendide Lark. *Wockenfuss*. Je ne peux pas monter en voiture avec toi, ai-je songé.

Lark s'est retournée et, avec un regard noir, a lancé :

— Tu pars avec lui.

J'ai suivi la direction de son index jusqu'à une Cadillac noire au fond du parking.

— Il t'attend, a ajouté Lark avant de s'éclipser.

C'est plutôt moi qui me suis éclipsé. Comme tombé dans les pommes.

Quand j'ai rouvert les yeux, je me trouvais sur le siège du passager d'un véhicule en mouvement (une Cadillac coupe De Ville, s'il vous plaît) avec, au volant, une imposante présence masculine.

— Excusez-moi, monsieur, ai-je déclaré. Je ne suis pas moi-même, en ce moment.

L'euphémisme du siècle, en somme.

— Coup de chaleur.

— Oui.

— Tu sais qui je suis ?

Sa voix grave faisait vibrer le tableau de bord.

J'ai réalisé une série d'instantanés en gros plan du colosse. Nez aquilin sans poils apparents dans la narine (c'était la première fois de ma vie que je voyais un homme aux cheveux foncés sans poils qui dépassaient de son nez). Ongles impeccables sur le volant laqué, limés et non rongés jusqu'au sang. Pomme d'Adam massive au milieu d'une gorge très bronzée où pendait, quelques centimètres plus bas, une humble croix dorée.

— Vous êtes l'oncle de Lark ? ai-je risqué.

— Je suis le *père* de Lark, a répondu l'homme. Tu ne vas pas vomir, hein, petit ?

Sans attendre ma réponse, il s'est rangé sur l'accotement. Hélas, je n'ai pas pu attendre qu'il ait immobilisé la voiture : j'ai inondé son recouvrement en cuir souple de mucus couleur Coca.

— Désolé, ai-je dit d'une voix étranglée en enlevant mon tee-shirt pour nettoyer le gâchis.

Quand le géant a ouvert la portière côté passager, j'ai réussi à sortir les jambes de la voiture, mais pas à lever la tête. J'ai remarqué qu'il portait des chaussures de bonne qualité. C'est du moins ce qu'il m'a semblé, du seul fait qu'il ne s'agissait ni de tennis ni de bottes de cow-boy. Les plis de son pantalon étaient irréprochables. Quand il s'est accroupi et a posé ses mains sur ses genoux pour stabiliser son énorme charpente, j'ai constaté qu'il portait une bague à chacun de ses pouces. Pas de tatouages.

N'ayant encore jamais rencontré une personne aux chaussures fines, aux pouces bagués et aux narines dépourvues de poils, j'avais une conscience aiguë de ma mise débraillée. Je me suis essuyé la bouche du revers de la main. Je me suis demandé s'il allait me frapper. Il l'avait peut-être déjà fait.

— J'ai mal à la tête, ai-je dit.

— Tu as fait une vilaine chute. Ton père a une assurance médicale ?

Frankie n'avait même pas de chaussettes.

— Non, monsieur.

— Tu as mangé, ce matin ?

— Non, monsieur.

— Tu t'es dit que tu allais faire une balade de cinq kilomètres dans le désert avant d'avoir déjeuné ? Sans eau ?

— Je viens d'arriver, ai-je déclaré, dans l'espoir d'expliquer ma stupidité. Michigan.

Il m'a pris par surprise en posant ses pouces géants sur mes yeux pour soulever mes paupières.

— L'ESSS, alors ?

— Pardon, monsieur ?

— Tu es inscrit à l'École secondaire de Santa Sophia ?

— Je connais les Diaz, ai-je lâché étourdiment.

L'homme a eu un large sourire. Il m'aimait bien. J'ignore pourquoi.

— Pas de commotion cérébrale, je crois.

— Merci, monsieur.

Je n'avais pas donné mon adresse au père de Lark (du reste, je ne la connaissais pas), mais il m'a quand même emmené directement dans Tin Town où, après avoir franchi le dédale de maisons mobiles, il s'est arrêté devant la boîte aux lettres cabossée de Kriket. Ma tante, jetant un coup d'œil entre les rideaux sales de sa chambre, a reconnu la voiture et n'a pas semblé particulièrement ravie.

J'ai vu la Gremlin verte garée dans la rue, en face, et je me suis réjoui de savoir Frankie de retour. J'aurais droit à un visage aimable s'il était sobre, et à un visage familier dans l'hypothèse contraire – c'était déjà ça de gagné. J'ai remercié le gros homme et, à regret, j'ai dû acquiescer lorsqu'il m'a demandé si j'avais besoin d'aide pour me déplacer.

Kriket, qui n'était pourtant pas spécialement vive, a ouvert la porte avant qu'on arrive à la barrière brisée de la cour.

— Harley, a-t-elle dit sans chaleur.

Harley ? Le père de Lark était *Harley* ?

— Ton neveu ? a demandé Harley.

Kriket a posé les mains sur ses hanches et fait la moue.

— Wilfred.

— Coup de chaleur, a expliqué Harley. Du repos et beaucoup de liquide.

— Abruti. Qu'est-ce qu'ils ont, ses pieds ?

— Tongs, a répondu Harley.

— Crétin. Sa tête ?

— Tombé dans les pommes.

— Imbécile.

Kriket a disparu à l'intérieur.

Frankie s'est matérialisé, une cigarette non allumée pendant à sa lèvre inférieure, un verre de whiskey embué à la main.

— Harley Diaz ? Il paraît que tu as des postes à combler au casino ?

Sans hésitation, Harley a secoué la tête.

— Rien pour le moment.

Frankie a soufflé d'un air méprisant avant de disparaître à son tour. La porte moustiquaire a claqué derrière lui.

J'ai gravi très lentement les marches du mobile home. Harley m'a arrêté en posant fermement la main sur mon épaule.

— Wolf ?

J'ai cru qu'il allait m'intimer l'ordre de rester loin de sa fille, maintenant qu'il savait que je venais de Tin Town.

— Oui ?

— Tu veux devenir un vrai montagnard ? C'est bien ça ?

— Oui, monsieur, ai-je répondu. Absolument.

— Tu veux escalader des rochers ? Planter ton drapeau au sommet ?

— Je n'ai pas de drapeau, ai-je répondu.

— Ce que je veux dire, fiston, c'est que si tu es sérieux à propos de l'alpinisme, tu dois toujours te rappeler une chose.

— OK.

Il m'a regardé d'un air sévère.

— Pour faire de la montagne, il faut une sacrée paire de couilles.

LE DEUXIÈME JOUR

Juste avant l'aube de notre deuxième jour dans la montagne, je me suis désempêtré des bras et des jambes des Devine pour jeter un coup d'œil à Nola. Sa pâleur m'a aussitôt inquiété. Son poignet était caché sous le poncho rouge, mais en voyant la bosse qu'il faisait, j'ai compris que l'enflure avait pris des proportions alarmantes. La douleur défigurait Vonn. L'estomac, me suis-je dit. Bridget, elle, ronflait fort.

Debout, j'ai grelotté en regardant Nola, Bridget et Vonn Devine. Au moment où le soleil est apparu au-dessus des cimes violettes, j'ai éprouvé un sentiment soudain et intense. C'était, je l'ai compris, de l'amour, mais aussi davantage, une sensation si puissante qu'elle m'a fait monter des larmes aux yeux. Puis j'ai entendu quelque chose dans le bruit blanc de la brise. Pas exactement des mots, mais un message très net. J'avais déjà ressenti cette sensation, une fois. Je sais comment on explique ces expériences extraordinaires : afflux d'endorphines, excès d'oxygène, surcroît de dioxyde de carbone, manque de sommeil, faim, déshydratation. Je me rends compte que j'ai peut-être moi-même provoqué la manifestation en question, qu'elle a été le produit de mes propres besoins, mais tout ce que je peux dire, c'est que, en cet instant, j'ai senti la présence de Dieu. Fais-en ce que bon te semblera.

Au-delà de notre grotte, le sol était inégal, rocailleux par endroits, avec, çà et là, des bosquets d'arbres, des buissons épineux, des pins de Jeffrey, quelques chênes nains, un peuplement plus dense de pins flexibles, de manzanitas, de groseilliers cireux et quelques acajous noueux. La végétation dense m'empêchait d'estimer la superficie du secteur.

Avec prudence, j'ai manœuvré parmi les arbres perpendiculairement à l'endroit d'où nous étions tombés, cataloguant les plantes au passage, à l'affût de sources d'eau ou de nourriture, surpris d'avoir retenu plein d'éléments du savoir ancestral des Amérindiens. Je me suis souvenu du jour où, dans le canyon au pied de la montagne, Byrd et moi avions eu des haut-le-cœur en mangeant des glands crus, aliment traditionnel que les autochtones appellent *weewish* (et dont le goût provoque un « ouach ! »). Nous avions également goûté d'amères fleurs de moutarde, mâché de douces fèves de *mesquite* et failli devenir violets à force de manger des baies de montagne. S'il y avait de la nourriture sur la saillie où nous avions atterri, j'étais résolu à la trouver.

Sous l'effet du soleil, de la vapeur montait du sol, qui sentait les lombrics et les minéraux. Avançant à tâtons au milieu des broussailles, j'examinais les rochers à la recherche de flaques. À gauche et à droite, j'ai trouvé d'infimes quantités d'eau. Le roc était graveleux et l'eau très rare, mais c'était mieux que rien. Précisément, je n'avais rien bu depuis la fontaine au bec sifflant de Mountain Station. Rien. Mon ventre, parcouru de crampes, criait famine. Mon dernier repas, un sac de Cheez Doodles pris dans un présentoir à la station-service, datait de près de vingt-quatre heures. On était en novembre et les petits fruits avaient disparu. Idem pour les fèves de *mesquite*. De toute façon, ces arbres ne poussaient pas à une telle altitude. J'ai songé aux tablettes de chocolat dans mon sac à dos, accroché à la patère à côté de la porte.

Et dire que, en buvant à la fontaine de Mountain Station avant de mettre le cap vers Angel's Peak, je m'étais dit que c'était la dernière fois que j'assouvissais les besoins exaspérants de mon encombrante enveloppe charnelle. Désormais, l'envie pressante de manger que je ressentais m'allégeait, me plaisait même. Pendant longtemps, je n'avais désiré qu'une chose : le néant.

Ravivé par les quelques gouttes d'eau que j'avais récupérées sur les rochers, j'ai bientôt eu l'inconfortable sentiment d'être suivi. La saillie granitique sur laquelle nous étions tombés, de la taille et de la forme approximatives d'un gymnase d'école secondaire, était beaucoup plus grande que je l'avais d'abord cru.

J'ai humé l'odeur d'un animal – d'un gros chat, en l'occurrence. Je me suis dit que mourir mutilé par un lion de montagne serait une fin tout indiquée pour un type qui s'appelait Wolf. Puis je me suis rappelé que les gros chats n'arrosaient pas comme les chats domestiques. Les lynx ne passent à l'attaque que s'ils ont la rage. Je me suis arrêté pour humer l'air de nouveau, mais l'odeur avait disparu, et j'ai dû m'avouer que mes sens, sur lesquels je comptais énormément, commençaient déjà à me jouer des tours.

Perchés sur un bouleau mort pareil à une sculpture, deux corbeaux ont croassé. Autour de moi, les branches frissonnaient, ondoyaient, et bientôt le bois tout entier, avec ses fourches et ses coudes, s'est animé et s'est mis à gémir. Le vent soufflait en rafales violentes. Sentant mon âme s'élever à des hauteurs vertigineuses, j'avançais à grandes enjambées rapides, tandis qu'autour de moi la symphonie atteignait un crescendo. Puis le ciel a surgi entre les branches : abruptement, je me suis rendu compte que j'avais atteint les limites de la terre ferme. Un instant, mon cœur a cessé de battre. C'était donc vrai : nous étions perchés à l'embouchure du canyon du Diable.

Depuis cette énorme saillie, aucune perspective n'inspirait l'optimisme. Je me revois – garçon mûr ou jeune homme ? – plonger le regard dans les profondeurs troubles des canyons en contrebas. Ce n'était pas par là qu'on se rendrait à Palm Springs, assurément. En regardant Tin Town, au loin, prendre vie sous le soleil matinal, j'ai lancé un gros mot en direction de la lune qui s'attardait.

J'étais là, au bord de l'abîme, lorsque j'ai entendu un bruit. En me retournant, certain de trouver un spermophile en train de gratter le sol, j'ai eu la surprise de voir une main brune se glisser au milieu d'un arbuste et agripper une branche. Byrd, ai-je songé. C'était Vonn.

— Ce n'est pas très prometteur, a-t-elle dit.

— Impossible de descendre, ai-je acquiescé.

— On est pris au piège ?

— Non, ai-je menti.

— On dirait un immense balcon de pierre.

— Exactement.

— On est coincés ?

— Tout ce que je dis, c'est qu'on ne peut pas descendre par ici.

Vonn a plongé le regard dans le vide.

— Il faut remonter jusqu'à l'endroit d'où on est tombés hier soir ?

— On dirait bien, oui.
— C'était plutôt à pic.
— Ouais.
— Et les pierres sont instables.
— En effet.
— Mim ne pourra jamais grimper jusque-là. Avec son poignet… a commencé Vonn. Moi non plus, d'ailleurs. Pas comme ça.

Elle a baissé les yeux sur ses tongs.

Nous avons vu une buse à queue rousse s'élever dans le ciel et j'ai une fois de plus songé à Byrd.

— Est-ce qu'on est dans le pétrin, Wolf ?
— Explorons un peu, ai-je suggéré.

Ensemble, nous avons avancé au milieu des rochers et des arbres, parcouru de la proue à la poupe notre saillie rocheuse en forme de bateau. Nous contorsionnant pour éviter les branches, nous avons cherché de l'eau, de la nourriture, le sac de sport bleu en filet et, par-dessus tout, une issue.

Enfin, cramoisis, nous avons atteint l'escarpement rocheux d'où nous étions tombés, *le mur* (ainsi que nous allions prendre l'habitude de le nommer), qui se dressait abruptement, large d'une dizaine de mètres et haut de quinze.

— Ouah, a fait Vonn.

Nous sommes restés plantés là un bon moment. Je me suis demandé s'il valait mieux lui confier que je n'avais jamais gravi une paroi rocheuse aussi escarpée et instable. Ni aucune autre paroi rocheuse, en réalité. Malgré nos fanfaronnades, Byrd et moi nous contentions en général de faire de la randonnée plutôt que de l'escalade. Même si je maîtrisais le vocabulaire, appris dans des magazines et des livres, je n'avais ni corde d'assurage, ni mousquetons, ni habiletés particulières, ni expérience.

Des yeux, j'ai effectué l'ascension, qui se terminait par une corniche en saillie d'un ou deux mètres. Même si j'arrivais jusque-là, je ne voyais pas du tout comment je réussirais à me hisser sur la corniche.

— Facile, ai-je dit.

— Tu pourrais utiliser cette branche pour t'aider à grimper dessus ? a demandé Vonn, lisant dans mes pensées.

Elle avait vu, là-haut, une souche de bois de fer avec quelques branches longues et fines. L'ensemble avait un peu la forme d'une main. Peut-être réussirais-je à m'en servir pour monter.

— Il y a peut-être un moyen plus facile, ai-je dit en entraînant Vonn au milieu des rochers, jusqu'à l'autre bout de la saillie.

Nous avons trouvé une autre paroi à pic.

La buse volait haut dans le ciel en poussant des cris qui rappelaient irrésistiblement la voix de Bridget.

— Nous sommes peut-être près de son nid ou un truc du genre, a dit Vonn. Allons voir de l'autre côté.

Nous avons de nouveau longé le mur et découvert, au-delà de quelques arbustes, un autre balcon rocheux voisin du nôtre, rattaché à une pente qui, plus haut, semblait rejoindre la crête d'où nous étions tombés.

— Regarde ! ai-je dit. En gravissant cette pente, on pourrait retrouver la crête. Là où on était hier soir.

Seul petit hic, un gouffre d'une largeur de cinq mètres nous séparait de cette pente. En dessous, une crevasse sombre et profonde béait.

— On n'aura qu'à sauter par-dessus, ai-je dit en blaguant à moitié, les yeux rivés sur le vide.

Vonn a baissé la tête et ses joues se sont colorées.

— Toi, peut-être, a-t-elle dit. Moi, jamais de la vie. Bridget ne s'y risquera pas et Nola a *plus de soixante ans*, pour l'amour du ciel !

— La fosse des Devine, ai-je dit. Je pense que j'y arriverais.

— Et si tu n'y arrivais pas ?

— Ce ne serait pas idéal, comme situation.

— Mim, a dit Vonn d'un air triste. Elle a l'air mal en point.

— Elle était réveillée quand tu t'es levée ?

Elle a secoué la tête.

— Elle était toute blême…

Nous nous sommes rapprochés du bord pour sonder les profondeurs. Le vent soufflait dans notre dos. Une odeur de camphre m'a fait éternuer.

— Ça va ?

Il y avait un buisson de stérasote dans les environs. Je me suis donc placé dos au vent.

— Je peux remonter là d'où nous sommes tombés, ai-je promis à Vonn. Je vais escalader cette paroi, retrouver le chemin et aller chercher de l'aide. L'équipe de recherche et sauvetage aura des cordes et l'équipement qu'il faut. Ça ne devrait pas être trop long.

— Admettons que tu réussisses à remonter… Tu es sûr de retrouver Mountain Station ? a demandé Vonn.

— Sans problème.

Je comprenais son scepticisme.

— Hier, tu…

— Le brouillard était épais. Et la nuit est tombée rapidement. Regarde ce ciel. La visibilité est excellente. Je sais où est Mountain Station. Viens, ai-je dit. Essayons de trouver le sac de Bridget.

Vonn a roté derrière sa paume.

— Pardon. Le téléphérique m'a donné le mal des transports. Ça ne m'a pas quittée depuis.

— C'est peut-être à cause de l'altitude, ai-je dit. Préviens-moi si tu te sens étourdie ou sur le point de t'évanouir.

— C'est mon estomac, a-t-elle dit en se touchant l'abdomen avec délicatesse.

Dans sa chute, Vonn avait peut-être subi une blessure interne. Un nouveau sujet d'inquiétude.

Nous sommes retournés vers la grotte en cherchant le sac des yeux. En même temps, j'étais à l'affût de plantes comestibles.

— Cherche des petits fruits, ai-je dit. Mais ne mange rien avant que je te donne le feu vert.

— Autre chose ?

— Des glands. Des pommes de pin. Des fleurs. On trouve parfois des buissons d'abricots sauvages. Nous sommes nettement plus bas que Mountain Station ; les fruits ont probablement disparu, mais j'ai entendu parler d'un type qui a trouvé des abricots séchés sur des branches, par ici.

— Mim fait des confitures d'abricots.

— Pourquoi l'appelez-vous *Mim* ?

— C'est comme ça que Bridget disait *maman* quand elle était petite. Mon grand-père, lui, était Pip. C'est resté.

— Pourquoi appelles-tu ta mère Bridget ?

— Au lieu de maman ? Je ne sais pas. Selon elle, je ne sais rien du tout.

— Tu l'as toujours appelée Bridget ?

Je ne lui ai pas dit que j'appelais mon père par son prénom. Elle a haussé les épaules.

— Quand j'étais petite, je l'appelais maman. Elle ne sait rien de moi.

— Tu ne fréquentes pas vraiment Tin Town ?

J'étais persuadé qu'elle connaissait Yago. Il avait beaucoup de succès auprès des femmes et Vonn était en plein son genre. L'idée de mon cousin Yago avec Vonn Devine me rendait malade, mais je tenais à en avoir le cœur net.

— Non.

— C'est ce que je me disais aussi, ai-je répondu en essayant de dissimuler mon soulagement.

— Une fois, a-t-elle précisé. Une fête.

— Oh.

— C'était mon anniversaire. La fête du Travail. On avait perdu Pip quelques semaines plus tôt. Une amie… non, pas vraiment une amie, une fille que je connaissais à peine m'a traînée jusqu'à cette soirée dans Tin Town, puis elle est partie sans moi. Des petits feux brûlaient un peu partout. Il y avait un monde fou. J'ai bu trop de vin. Rien d'extraordinaire. Fêter ses dix-huit ans, c'est censé être génial, mais je ne me souviens pas de grand-chose.

— Ouais.

— Comment as-tu fêté tes dix-huit ans, toi ?

Je ne lui ai pas dit que je les avais célébrés la veille, ni que sa grand-mère, sa mère et elle avaient compromis mon projet de faire le grand saut.

— Rien de spécial.

Derrière moi, Vonn s'est arrêtée.

— Là ! a-t-elle murmuré, regarde.

J'espérais voir le sac en filet de Bridget accroché à une branche basse. J'ai plutôt eu droit au spectacle d'un faucon – un énorme rapace taupe et brun, à la poitrine mouchetée couleur crème, le plus gros que j'aie vu de ma vie. J'étais relativement certain qu'il s'agissait d'un faucon gerfaut, même si, à ma connaissance, on n'en avait jamais aperçu dans la montagne. J'ai regretté amèrement que Byrd ne soit pas là pour voir cette énorme créature ailée serrer la branche du pin sur laquelle il s'était posé avec un air de défi.

— Je crois que c'est un faucon gerfaut.

— Oh, a-t-elle soufflé.

— On n'en trouve pas en dehors de l'Alaska.

— L'*Alaska* ?

— Il est perdu. Je me demande bien comment il a abouti ici.

— Je ne savais pas que les oiseaux pouvaient se perdre.

À l'unisson, Vonn et moi avons lancé :

— Dommage que je n'aie pas mon appareil photo.

L'oiseau s'est envolé. Avec un sourire, nous avons poursuivi notre route parmi les rochers, les chaussettes de laine que j'avais prêtées à Vonn coincées sous les lanières de ses tongs vertes qui, heureusement pour elle, étaient faites d'une mousse résistante.

— Bridget s'est beaucoup intéressée à la photographie. Elle a un super appareil.

— Elle aurait dû l'apporter.

— Son nouvel ami le lui a emprunté. Je le déteste.

— L'agent immobilier triathlète ?

— Ces jours-ci, elle ne parle que de masse graisseuse et de la première impression que laisse une maison. Un de ses anciens amoureux organisait des concours canins. Tu ne devineras jamais…

— Elle s'est acheté un chien ?

— Elle s'est acheté un salon de toilettage pour chiens avec l'argent du règlement de la poursuite contre le chirurgien esthétique, argent qu'elle avait prévu d'utiliser pour faire des études en soins infirmiers, son obsession précédente. Pourquoi ? Parce qu'elle sortait avec…

— Un médecin ?

— Un homme riche et malade.

— OK.

— Et toi ?

— Mon père est en prison.

— Pour ?

— Pour longtemps.

— Ce n'est pas ce que je te demandais.

— Je sais.

— Depuis quand est-il en prison ?

— Depuis le soir d'Halloween.

— Il y a seulement quelques semaines ?

— Ouais.

— Désolée. Une histoire épouvantable ?

— On peut difficilement faire pire.

— Ta mère ? a-t-elle demandé.

— Morte quand j'étais petit, ai-je répondu en regrettant de ne pas plutôt avoir utilisé le mot *jeune*.

— Tu n'as personne d'autre ?

J'ai secoué la tête. Quelques employés de la station-service remarqueraient mon absence, mais je ne manquerais à personne. D'ailleurs, j'avais laissé sur la porte un horaire de travail et un mot indiquant que je partais en vacances. Depuis que je lui avais demandé de garder ses distances, même Harley ne passait plus me voir très souvent.

— Toi ? Ton père ?

— *Beau*-père. Trois en tout. Le deuxième était le chirurgien esthétique qui a tout déclenché. Le troisième a quitté Bridget pour une femme beaucoup plus jeune. Ce n'est que l'année dernière que Bridget m'a parlé de mon père biologique.

— Je me disais que je t'avais déjà vue, ai-je dit. On n'était pas ensemble dans le cours d'initiation à la misère noire ?

— Deuxième période de la journée avec M. Vou Zette Foutu.

Nous avons entendu le glapissement d'un aigle. Pas le faucon gerfaut, cette fois, mais bien Bridget.

— VONN !

Fonçant dans les broussailles, nous l'avons trouvée dans la grotte, le teint cendreux. Elle montrait du doigt le bras blessé de Nola qui, pendant la nuit, avait enflé de grotesque façon.

— C'est embêtant, a déclaré Nola.

Vonn s'est penchée pour jeter un coup d'œil.

— Laisse-moi desserrer un peu tes bandages.

C'est à peine si j'ai eu le courage de regarder.

Nola faisait preuve d'une bonne humeur étonnante, malgré les gouttes de sueur qui perlaient à son front. Nous nous sommes réunis autour d'elle pour contempler son énorme avant-bras.

— Je me sens comme Popeye, a-t-elle dit. *Je suis c'que j'suis et c'est tout c'que j'suis.*

Personne n'a ri.

— Ce n'est pas beau à voir, a déclaré Vonn.

— Pas terrible, je sais, a confirmé Mim.

— Je suis allée jeter un coup d'œil aux environs avec Wolf. L'endroit où on dirait qu'on peut descendre vers Palm Springs ? Il y a une crête. Ce n'est pas seulement à pic. On dirait plutôt un gouffre qui fait des milliers de kilomètres de profondeur.

Bridget a tapé dans ses mains pour attirer notre attention.

— J'ai de bonnes nouvelles. Il faut absolument que je vous raconte.

— C'est parti, a maugréé Vonn.

— La nuit dernière, j'ai fait un rêve on ne peut plus clair.

— Toi et tes rêves, Bridge.

— J'ai rêvé qu'on était venus nous secourir.

— Tu es absolument certain qu'il est impossible de descendre par là ? a demandé Nola en se tournant vers moi sans prêter attention à sa fille.

— Tu m'as entendue, Mim ? a demandé Bridget. J'ai eu un de mes rêves prémonitoires.

— Prémonitoires ? n'ai-je pu me retenir de demander.

— Elle est clairvoyante, m'a rappelé Vonn avant de reprendre le fil de la conversation. Le problème, c'est que, à l'endroit où nous sommes tombés, il y a un mur de rochers. C'est très à pic. Tu ne peux pas grimper là, a ajouté Vonn à l'intention de Nola. Bridget et moi non plus, d'ailleurs. Wolf va le faire, lui.

— Il va nous laisser seules ici ? a demandé Nola, inquiète.

— Il va aller chercher de l'aide.

— Écoutez, a ordonné Bridget en levant la main.

Nous distinguions tous avec netteté le rythme staccato d'un moteur et le vrombissement caractéristique des hélices. Bondissant sur nos pieds, nous avons balayé l'horizon des yeux, nous précipitant d'un côté et de l'autre, sautant sur des rochers, montant sur le toit de la grotte pour mieux voir.

— Hélicoptère ! a hurlé Bridget en sautillant sur place. Hélicoptère ! HÉLICOPTÈRE !

Au début, nous avons cru que l'appareil se trouvait tout juste derrière le sommet voisin. Comme il n'apparaissait pas, Nola a crié :

— Je pense qu'il vient de l'autre côté !

Bridget agitait le poncho rouge en direction du ciel bleu.

— Par ici ! s'est exclamée Nola.

— Non, par là ! ai-je hurlé à mon tour en agitant les bras avec les femmes et en scrutant le ciel à la recherche de l'hélicoptère de sauvetage.

Pourtant, je savais pertinemment que dans ce secteur de la montagne, les recherches en hélicoptère se révélaient souvent impossibles en raison de l'instabilité de l'air. Dantay, l'oncle de Byrd, nous avait fait le récit cru de quelques dramatiques tentatives de sauvetage dans le canyon du Diable, certaines couronnées de succès, la plupart de cuisants échecs : jamais elles ne se faisaient en hélicoptère. Dantay nous avait prévenus qu'il était dangereux d'explorer ce versant de la montagne.

Après quelques minutes, le son s'est rapproché et nous avons sauté en criant en direction de l'appareil invisible :

— Par ici ! S'il vous plaît !

Le vent s'est mué en un vortex tourbillonnant et je me suis demandé s'il ne risquait pas de nous aspirer. Puis il a cessé. Le bruit de l'hélicoptère a disparu, non pas petit à petit, mais d'un seul coup. Nous avons épié le ciel un long moment, puis Bridget a fini par laisser tomber le poncho rouge et Nola s'est assise sur une souche pour se reposer.

— C'était seulement le vent, ai-je tranché.

Bridget a de nouveau tapé dans ses mains.

— Il va revenir !

— Il n'y a pas de *il* qui tienne, a répliqué Vonn. Pas d'hélicoptère. Tu as entendu Wolf. C'était seulement le vent.

— Je me moque bien de ce que vous pensez, Mim et toi, Vonn. Je sais ce que je sais. J'ai rêvé notre sauvetage. C'est le rêve le plus réaliste que j'aie jamais fait. Je te dis que nous allons être secourus.

— Les rêves ne sont que des rêves, Bridget.

— À moins d'être moi.

— À moins d'être complètement folle.

— Quand j'étais enceinte de toi, j'ai rêvé que tu serais une fille. Et te voici.

— Une chance sur deux, a signalé Vonn.

— J'ai rêvé qu'on obtenait cette maison au bord de l'eau. Et c'est arrivé.

— Carl et toi avez été les seuls à présenter une offre.

— J'ai rêvé que Carl allait me quitter. Et il l'a fait.

— Ça, tout le monde l'avait prévu, Bridget.

— J'ai rêvé que j'allais décrocher ce poste au Four Seasons.

— Tu as aussi rêvé que Mim et Pip allaient se noyer en croisière.

— Nous avons failli ne pas partir ! s'est écriée Nola.

— Et tu as rêvé que tu allais te marier avec ce Norvégien de LensCrafters.

— C'est vrai, Bridget, a confirmé Nola. Tu te souviens du Norvégien ?

— Cette fois, c'est différent, a insisté Bridget. La sensation… c'était… J'étais là, debout, et il y avait des sauveteurs qui portaient des gilets orange et je savais, sans l'ombre d'un doute, que nous allions être sauvés et je n'avais encore jamais rien senti de tel. C'était le plus beau moment de ma vie.

— Je suis sûr que ce sera le plus beau moment de notre vie à tous, Bridget, ai-je dit. Mais, par un vent pareil, oublie les hélicoptères.

— Nous devrions poser mon poncho sur un arbuste ou l'accrocher à une branche comme un drapeau ou quelque chose du genre, a dit Nola. Au cas où un avion passerait. On le verrait peut-être… même de très haut ?

— Bonne idée.

J'ai saisi le poncho, puis Vonn et moi l'avons étendu sur un peuplier d'où, craignais-je, il risquait de s'envoler.

— Fixez-le, a ordonné Nola. Vous voyez ? Il a des poignées à l'intérieur pour qu'on puisse l'empêcher de battre au vent quand on le porte.

J'ai interrogé le ciel du regard.

— Je vais escalader ce mur et retrouver le chemin. Bientôt, les sauveteurs seront là avec des paniers et des cordes.

— J'ai un faible pour les hommes en uniforme, a plaisanté Nola.

— Pas besoin d'hélicoptère, Bridget, tu le vois bien, a dit Vonn.

— Imagine ce que ça fait d'être bouclé dans un de ces paniers, a dit Bridget.

— Des « combinaisons de crieur », disent les sauveteurs.

Bridget s'est indignée.

— Parce que les gens crient ? Ils trouvent ça drôle, peut-être ? Si les gens crient, c'est parce qu'ils ont peur. De toute façon, dans mon rêve, il n'y avait pas de combinaisons. Et je n'avais pas peur. Tout le contraire, en fait. Pas de cris. D'ailleurs, je ne les laisserais pas me ficeler dans un de ces machins. Je voudrais bien les y voir.

J'ai levé les yeux pour vérifier la position du soleil. Environ 7 heures. J'étais déterminé, sinon confiant.

— En route.

Vonn et Bridget ont aidé Nola à se lever et, tous ensemble, nous nous sommes dirigés vers l'endroit où nous avions atterri.

Nola contournait les arbres et les arbustes avec prudence. Son poignet devait la faire souffrir énormément.

Nous avons trouvé un amas de gros rochers lisses, à l'ombre de quelques pins. Nola pourrait s'y adosser et garder son bras immobile.

— Je vais bien, a-t-elle dit. Ne vous en faites pas.

— Vous devriez chercher le sac de Bridget, ai-je dit aux deux autres femmes. Soyez prudentes : les falaises ne sont pas loin.

— Tu devrais peut-être attendre un peu, Wolf, a proposé Nola. Boire un peu d'eau et manger une barre de céréales avant de grimper.

J'ai rejeté l'idée d'attendre la récupération du sac de Bridget. J'étais persuadé de pouvoir gravir le mur du premier coup et revenir avec de l'aide au bout de quelques heures à peine. Je me souviens même d'avoir pensé : avant le dîner, nous serons à bord du téléphérique.

Avançant au milieu des débris, repoussant les éboulis, me hissant sur les plus grosses pierres, j'ai enfin découvert le *mur*.

— Pas de problème ! ai-je crié pour le regretter aussitôt.

Les rochers du fond étaient les plus instables et, après quelques faux pas comiques, j'ai fini par trouver prise.

— Tout va bien ! ai-je crié.

Le mur était traversé de fractures verticales et horizontales, de bandes de feldspath blanc et de manganèse couleur rouille. On aurait dit un tableau abstrait. Je sentais les Devine retenir leur souffle, tandis que, ma lèvre supérieure se couvrant de sueur, je vérifiais du bout des doigts et des orteils la solidité de chaque rocher. Ils semblaient tous plus instables les uns que les autres, mais j'ai fini par me hisser, centimètre par centimètre, vers le haut de la paroi escarpée, en direction de la souche de bois de fer près de la corniche.

Mes pieds cherchaient maladroitement des marches, et mes mains, des prises. Je donnais des coups dans l'espoir d'ancrer mes orteils ou mes talons, cherchais à tâtons des creux où glisser mes doigts, des protubérances à empoigner, des inclinaisons auxquelles me cramponner. Je respirais de la poussière et des sédiments à pleins poumons, progressant laborieusement vers le haut.

Accablé par le soleil de plomb et l'effort qu'exigeait l'ascension, j'ai marqué une pause pour reprendre mon souffle. En levant les yeux, j'ai compris qu'il me restait encore les trois quarts du mur à parcourir. Mes mains lacérées saignaient déjà et je les ai essuyées l'une après l'autre. Malgré toutes mes précautions, j'ai perdu prise et dévalé la pente aux pierres pourries en rebondissant d'avant en arrière, emporté par les cailloux jusqu'au pied du mur. Une fois remis sur pied, j'ai secoué mes membres pour m'assurer que rien n'avait été irréparablement endommagé ou tordu.

En me retournant, j'ai vu les trois Devine mortes d'inquiétude sous les pins menaçants et j'ai crié :

— Tout va bien ! Bridget ! Vonn ! Cherchez le sac de sport !

Elles ont disparu dans le sentier que nous avions emprunté un peu plus tôt. J'ai essuyé mes mains sanglantes sur mon parka et je me suis préparé mentalement à affronter le mur une fois de plus, désespérant de boire un peu de l'eau des bouteilles contenues dans le sac en filet. Au moins, une personne serait témoin de mes efforts pénibles et sans grâce.

Des chants d'oiseaux stridents, répercutés par la jadéite présente dans le roc, m'ont pris par surprise tandis que je montais de nouveau. Cramponné au mur, j'ai aperçu, en me retournant, une douzaine d'oiseaux perchés sur les branches d'un haut cèdre mort. Ces petites créatures grises m'ont inspiré. J'ai tendu la main vers la prise suivante, que je voyais au-dessus de ma tête, sur la gauche, puis vers l'autre, et ainsi de suite. Mais les muscles de mes avant-bras étaient si gorgés d'acide lactique que mes doigts refusaient de s'accrocher. Sous l'effet de la crampe, j'ai grimacé, heureux de ne pas être monté plus haut. M'aidant d'une main, j'ai regagné la terre ferme.

— Tout va bien ! ai-je crié à Nola en attendant que la crampe se dissipe.

J'étais relativement certain désormais que nous ne serions pas secourus avant midi.

Bridget et Vonn ont surgi d'entre les arbres en applaudissant à la vue du mur désert, certaines que j'étais déjà parti chercher des secours. La tête qu'elles ont faite en me voyant à côté de Nola ? Disons simplement que, après deux tentatives avortées, mon sentiment d'échec était déjà cuisant.

— Vous n'avez pas trouvé le sac ? ai-je demandé dans l'intention de répartir également la culpabilité.

Vonn a secoué la tête.

— Je l'avais peut-être enlevé, a dit Bridget. Pendant que nous déplacions le tronc d'arbre.

— Tu te souviens de l'avoir posé ?

— Non.

— Il est peut-être accroché à un arbre. Vous devez continuer de chercher.

J'ai essuyé le sang sur mes mains et fait de nouveau face au mur, décidé à l'aborder sous un angle différent, un trajet vertigineux au terme duquel j'espérais pouvoir atteindre un rebord précis et, de là, la branche la plus longue de la souche de bois de fer. À force de souffler et de grogner, j'ai réussi à me hisser jusque-là, mais j'ai vu aussitôt que le rebord en question était trop étroit pour deux gros pieds chaussés de bottes de randonnée. La branche de la « main » à laquelle je comptais me cramponner était cassée – la seule branche cassée de toute la souche. Je suis redescendu en jurant.

En atteignant l'amas de pierres au pied du mur, j'ai crié :

— Le côté droit semble moins difficile ! Je vais essayer par là !

— Tu as besoin d'eau ! a crié Nola en agitant la gourde jaune.

Elle avait raison. Je me sentais faible. Pourtant, j'ai secoué la tête.

Mes paumes en sang rendaient les rochers glissants et ralentissaient ma progression. J'ai essayé, essayé de nouveau, d'un côté, puis de l'autre, sous tous les angles, sans jamais parvenir à rejoindre la souche. Au bout d'un moment, je me suis rendu compte que j'étais trempé de sueur et que, vêtu de mon épais parka, j'avais beaucoup trop chaud. Non sans difficulté, j'ai déniché un endroit où l'enlever. J'ai noué les manches autour de ma taille.

Je grimpais sous un soleil implacable. J'avais beau multiplier les approches, je finissais toujours par buter sur un obstacle qui m'obligeait à redescendre. Le manège a duré pendant des heures.

Je n'ai pu échapper au passé, aux voix des disparus et des quasi-disparus. Ma mère. Frankie. Byrd. M'est revenu avec force le souvenir du jour où Byrd et moi étions tombés, par hasard, sur Angel's Peak.

Peu de temps après mon arrivée à Tin Town, la montagne est devenue le refuge où je fuyais Kriket, Yago et le mobile home bruyant et enfumé. J'assistais sporadiquement à mes cours de troisième année du secondaire, préférant de loin passer mes journées dans la montagne en compagnie de Byrd. Au bout de quelques semaines, quand il est apparu clairement que j'avais gagné en force et en endurance, Byrd a décidé que j'étais prêt à entreprendre l'ascension du sommet. La montagne m'avait déjà transformé.

Byrd m'ayant rappelé qu'il faisait parfois froid, et même très froid dans la montagne dès les premiers jours de l'automne, j'avais pris un vieux manteau dans la garde-robe à l'odeur de renfermé de ma tante Kriket – un manteau dont j'étais certain qu'il n'appartenait pas à Yago – et, sachant que Byrd porterait la sienne, j'avais mis ma casquette des Tigers de Detroit.

Byrd m'avait déniché des bottes de montagne – sans vouloir me dire par quels moyens – et il transportait dans son sac à dos le matériel nécessaire pour la journée : les jumelles et l'appareil photo (le vieux Polaroid de son oncle, ridiculement gros, mais il était si agréable de voir surgir les instantanés dans sa main). Il avait également pris la gourde jaune que je lui avais offerte, deux grosses bouteilles de soda, des burritos préemballés venant de la station-service et des arachides en écale.

Le sentier du sommet était ardu et escarpé ; peu après le départ, j'étais en sueur et hors d'haleine. Au bout d'une heure d'ascension, je souffrais carrément. Je comptais sur mon ami pour m'encourager ; il s'est plutôt moqué de moi en employant des mots que je n'avais encore jamais entendus – *rossard*, *laquais*, *tire-au-flanc* –, m'a abreuvé d'insultes et a éclaté de rire quand j'ai failli vomir.

Au bout du compte, chaque pas parmi les rochers en a valu la peine, tant les points de vue étaient spectaculaires, malgré le ciel couvert. Nous sommes restés là, en silence, au-dessus de la mer dense de nuages blancs. Pour la toute première fois de ma vie, j'ai senti la présence de Dieu.

— L'air est raréfié, a dit Byrd. Tu t'en rends compte ?

Je sentais une présence aimante autour de moi, un lien profond avec toutes les créatures vivantes. Je n'ai pas osé demander à Byrd si cette sensation s'expliquait par le manque d'oxygène. Je ne voulais surtout pas rompre le charme.

— On se croirait dans une autre dimension, a dit mon ami.

— Frankie avait l'intention de monter jusqu'ici avec moi, ai-je répondu.

— Il devrait. La montagne pourrait changer sa vie.

— Comment ?

— Certains disent qu'on n'a qu'à se tenir debout au centre de ces lignes, a-t-il expliqué en montrant un point où cinq fractures dans le roc s'entrecroisaient pour former une étoile, pour avoir des réponses à des questions qu'on n'avait jamais songé à se poser. Des réponses capables de transformer notre vie.

— Super, ai-je dit en m'avançant vers l'étoile creusée dans le roc.

— Il paraît que c'est comme être frappé par la foudre. Recevoir la réponse, je veux dire.

— Tu peux me donner un exemple ?

— Mon oncle était fiancé à une fille, puis il s'est placé sur l'étoile. Il n'a pensé qu'à son ex. Alors il a rompu ses fiançailles pour se remettre avec l'autre. En toute justice, je dois préciser que ça n'a pas duré longtemps.

— C'est tout ? ai-je demandé.

— Mauvais exemple. On entend aussi parler de types qui ont vu surgir dans leur tête les numéros gagnants à la loterie. Un autre homme s'est vu projeté dans l'avenir, vêtu d'un beau costume sombre, et il a cessé de boire, puis il est retourné à l'université et il est devenu avocat. Les récits abondent.

— Les récits abondent, ai-je répété en riant, encore décontenancé par sa façon de parler. Toi, tu as connu ça ?

— Ce sont des foutaises. Je n'en crois pas un mot, a répondu Byrd en s'esclaffant à son tour. Moi, je transmets, point final.

J'ai attendu d'être frappé par la foudre. En vain.

La journée avait été presque parfaite. Du moins la première partie. Seuls au sommet pendant près d'une heure, nous avons utilisé les arachides pour inciter un gros spermophile à s'approcher à deux ou trois centimètres de la tête de Byrd. J'en ai la preuve sur des polaroids. Ces clichés me font encore sourire. Nous étions là, dans un silence complice, à appâter les rongeurs, quand Byrd a exprimé avec exactitude ce que je ressentais :

— J'ai du mal à croire qu'on vient de se rencontrer.

En redescendant, nous avons eu l'imprudence de sortir du sentier pour pourchasser des cailles. Byrd avait beau posséder un sacré sens de l'orientation, nous nous sommes égarés dans un bosquet de hauts pins. Sans soleil pour nous guider dans le ciel de plus en plus sombre, nous avons effectué trois ou quatre mauvais virages et abouti devant une immense crevasse, beaucoup plus large et plus profonde que celle devant laquelle j'allais plus tard me trouver en compagnie des Devine.

Surgie du flanc de la montagne, une longue et étroite saillie – elle devait bien faire une douzaine de mètres – surplombait le vide.

— On dirait une harpe, a dit Byrd. Ou une aile.

On aurait effectivement dit une aile géante attachée au versant de la montagne.

— Il faudrait lui donner un nom, a décrété Byrd.

Le vent, qui avait considérablement gagné en vigueur, avalait ses mots. Montrant la projection granitique, j'ai lancé :

— Eagle's Wing.

— Eagle's Peak ? a répondu Byrd.

— Angel's Peak ! ai-je crié.

Angel's Peak. Byrd et moi avons échangé un regard. Malgré ses belles paroles concernant la préparation, la prudence et le respect des limites qu'imposait la montagne, nous n'avons pas hésité un seul instant à nous engager sur cette saillie ailée, sans beaucoup plus de précautions que s'il s'était agi du plus banal des trottoirs. Nous nous sommes avancés jusqu'au bout de cette passerelle d'une affolante minceur, d'où nous avons contemplé le vide sombre. À cette seule évocation, je frissonne encore.

Il y avait assez de place pour nous deux, mais à peine, et nous nous sommes tenus tout au bout, les yeux baissés. Le vent s'est mis à souffler de tous les côtés à la fois. Nous nous sommes cramponnés en chantant *Detroit Rock City*, chanson phare de Kiss que nous connaissions par cœur, nos voix amplifiées par le feldspath et le quartz. Des vedettes du rock, des vedettes du roc.

Ayant une année de moins que Byrd, j'étais plus léger et moins musclé. Quand le vent a gagné en intensité, j'ai été secoué. J'ai feint l'insouciance quand Byrd, laissant tomber un petit caillou qu'il avait trouvé à ses pieds, a compté les secondes avant qu'il touche le fond.

— Tu connais l'équation différentielle d'une chute libre ? a-t-il demandé. Ici, on est à environ soixante ou soixante-dix mètres.

Le vent s'est de nouveau acharné sur nous. Cette fois, il charriait de minuscules particules de neige. Pendant un moment, j'ai eu le souffle coupé. Puis nous avons tous deux compris la situation : nous nous tenions sur une saillie mince comme un fil, au-dessus d'un canyon, alors que se préparait une tempête hivernale précoce.

J'ai bien vu que Byrd avait peur, lui aussi.

— Ne bouge pas, a-t-il ordonné. En moins de deux secondes, ces rochers vont être glissants comme de la glace.

— OK, ai-je répondu en voyant la neige s'accumuler rapidement.

— Ça va passer, a dit Byrd. La neige ne va pas rester.

La tempête n'est pas passée et la neige est restée. La température, elle, a continué de chuter. Nous avons grelotté, tandis que le temps s'infiltrait dans la crevasse. La relative sécurité offerte par le flanc de la montagne semblait se trouver à mille kilomètres.

— Et si ça continue jusqu'à la nuit ? ai-je demandé.

Frigorifié, secoué par le vent, je commençais à être étourdi. Pris de vertige.

— Nous allons d'abord nous asseoir, a dit Byrd. Le bruit de tes genoux qui claquent m'empêche de penser.

Lentement, prudemment, nous nous sommes tournés face à la montagne avant de nous mettre à califourchon sur le roc. Par la force des choses, j'ouvrais la marche, position qui ne me plaisait pas du tout.

— Avance.

— Sur le cul ? ai-je demandé.

— Exactement.

— Ça risque d'être long.

J'étais terrifié. Lorsque je me suis enfin résolu à me mettre en mouvement et que j'ai commencé à avancer, mes mains peinant à trouver prise sur la roche glacée, j'ai perdu l'équilibre.

— Je ne peux pas, ai-je dit. C'est trop glissant.

— Vas-y doucement, a ordonné Byrd.

— Mais je gèle.

— Personne ne gèle. Ne pense pas au froid.

— Je ne peux penser à rien d'autre, ai-je répondu. Sauf à la profondeur du précipice.

Byrd n'a pas baissé les yeux.

— Raconte-moi une histoire.

— Quoi ?

— Parle-moi.

— De quoi ?

— De ce que tu veux, a répondu Byrd, tandis que nous progressions, petit à petit. Parle, c'est tout.

— Pour quoi faire, déjà ? ai-je demandé en étirant le cou pour le voir.

— Pour nous distraire. Raconte-moi quelque chose.

— Une histoire ?

— Parle-moi de tes amis au Michigan.

Nous frissonnions sur le roc lustré par la neige.

— Je n'ai pas d'amis au Michigan.

— *Je n'ai pas d'amis au Michigan*, a répété Byrd en m'imitant à la perfection. Invente quelque chose. Parle-moi de ta vie chez tante *Kriket*.

— C'est déprimant.

— Déprimant, ça ? Mon père est mort d'une crise cardiaque à trente et un ans. Quelques années plus tard, ma mère a eu le cancer. J'ai quitté mes grands-parents qui habitaient à Hamtramck pour venir vivre ici. Voilà mon histoire. Et *ça*, c'est déprimant. Tu comprends mieux, maintenant, pourquoi je voulais que tu commences ?

— Tu inventes, là ?

— Non.

Nous avons continué d'avancer en nous tortillant, tandis que la neige tombait autour de nous. Nous avons sursauté en entendant un caillou heurter les profondeurs humides.

— Quel âge avais-tu à ton arrivée dans le désert ? ai-je demandé.

— Sept ans. Je me souviens du moment où mes grands-parents m'ont dit adieu à l'aéroport. J'étais complètement bouleversé à l'idée de les quitter.

— Pourquoi es-tu parti ?

— Leur santé n'était pas bonne. Ils n'ont pas eu le choix. Quand la femme qui allait m'escorter pendant le vol est arrivée, je me suis cramponné à eux. Elle a dû m'arracher à leurs bras. Avant d'arriver à une bifurcation, je me suis retourné pour un dernier regard, mais ils s'éloignaient déjà, appuyés l'un sur l'autre. Je ne les ai jamais revus.

— Mon père a perdu notre maison au jeu, ai-je dit dans l'intention de détendre l'atmosphère.

— Ouah.

— Après l'accident de ma mère, six de ses petites amies se sont installées chez nous.

— Les six en même temps ?

J'ai ri.

— Qu'est-il arrivé à ta mère ?

Une autre pierre est tombée dans la profonde crevasse. La crête osseuse de l'aile semblait vouloir se détacher. Je me suis arrêté.

— Continue, a ordonné Byrd. Jusqu'au bout.

— OK.

— Continue de parler. Combien de petites amies, déjà ?

— Six ! ai-je crié dans le vent.

Il neigeait de plus en plus.

— Pourquoi devaient-elles s'installer chez vous ?

— La cuisine et le ménage, peut-être ? Elles ne sont jamais restées longtemps.

Derrière, Byrd a perdu l'équilibre et il a heurté mon dos. J'ai ployé sous son poids, mais je me suis accroché jusqu'à ce qu'il se stabilise. Presque en lieu sûr, désormais, nous avons constaté qu'une des grosses pierres qui reliaient la montagne à la fine saillie avait disparu, quelque part en contrebas.

En me retournant, j'ai montré à Byrd le trou entre les deux.

— Nous devons nous lever, a dit Byrd en lisant dans mes pensées, et l'enjamber.

— Hum.

— C'est glissant, a dit Byrd. Prends ma main.

— Non, ai-je répondu.

Sous l'effet du vent, nous étions soumis au feu nourri de la neige.

— Prends ma main, je te dis !

— Si je tombe, je risque de t'entraîner avec moi !

— Tu vas tomber ?

— Je ne veux pas tomber ! ai-je crié dans le vent.

— Alors n'en parle pas !

Je me suis levé lentement, d'abord sur les genoux, les bras étirés à la façon d'un surfeur. Enfin sur mes pieds, j'ai jeté un coup d'œil par-dessus mon épaule. Byrd tendait la main pour m'aider.

— Passe par-dessus, a-t-il dit.

Refusant la main de Byrd, je me suis avancé précautionneusement sur les cailloux instables.

— Ça ira, ai-je dit.

Puis j'ai perdu pied et j'ai chuté.

Ce jour-là, Byrd a risqué sa vie en se projetant au-dessus du vide pour me sauver. Avec toutes les peines du monde, il nous a ramenés jusqu'au flanc de la montagne, où nous nous sommes écroulés sur le roc dur et froid.

— On l'a échappé belle, ai-je dit.

Puis nous avons été pris d'un fou rire absurde, dément. Nous avons ri jusqu'à en avoir mal aux côtes. Nous nous sommes finalement levés et, dans la nature sauvage enneigée, nous avons pris le chemin de Mountain Station.

— La neige est d'une beauté infernale, a dit Byrd.

Il avait raison.

Plus tard, le même après-midi, un ciel bleu clair est apparu, et je me souviens d'y avoir vu un signe de victoire. Non seulement Byrd et moi étions montés jusqu'au sommet de la montagne, mais nous avions survécu à une tempête soudaine à Angel's Peak.

Alors que je me félicitais de la nouvelle vie que je menais en Californie, j'ai aperçu la Shovelhead de Yago garée devant le mobile home de Kriket.

Je ne sais pas pourquoi Yago me détestait tellement. J'ai failli ne pas entrer. Puis, en m'approchant, j'ai constaté que la Gremlin était là aussi. Si Yago s'en prenait à moi, Frankie me défendrait.

Je suis entré à pas de loup dans l'espoir d'atteindre mon sac de couchage, posé par terre dans la chambre, sans me faire remarquer. L'air était saturé de fumée de cigarette. Un éternuement irrépressible a trahi ma présence.

— Ici, Wilfred ! a crié Yago depuis la cuisine.

Je suis entré dans la petite pièce, où il était seul.

— Tu as tapé mon petit ? a-t-il demandé.

— Quoi ? Non.

En me retournant, j'ai aperçu une demi-douzaine d'enfants qui levaient sur moi des regards absents. Je n'aurais pu dire avec certitude lequel des garçons était un rejeton de Yago.

— Je ne ferais jamais une chose pareille.

— Comment veux-tu qu'ils apprennent, autrement ? a-t-il demandé en indiquant un tas de merde de bébé sous la table.

J'ai haussé les épaules et, soulagé d'avoir été accusé de négligencc plutôt que d'agression, j'ai fait mine de m'en aller.

— Reviens ici, a ordonné Yago.

Kriket et Frankie sont arrivés de la chambre du bout du couloir, visiblement défoncés, soûls ou les deux.

— Qu'est-ce qui se passe ? a demandé Kriket en chassant les enfants d'un geste.

— Faut que Wilfred nettoie sa merde, a répondu Yago en montrant le tas torsadé.

— Nettoie ça, Wilfred, a dit Kriket en agitant la main devant son nez pour éloigner l'odeur.

Frankie n'écoutait pas. Il regardait l'horloge murale d'un air inquiet.

— C'est la bonne heure ?

— Elle retarde de cinq minutes, a répondu Kriket.

— Faut que je me sauve alors.

— Où ça ? ai-je demandé.

Frankie a pris ses clés sur le comptoir.

— Quelque part.

— Je devrais venir avec toi ?

— Non.

— T'as de la merde à nettoyer, m'a rappelé Yago.

— Frankie ?

Il savait que j'avais besoin d'aide. Il m'a entraîné à l'écart en souriant à Kriket et à Yago.

— Fais un homme de toi, m'a-t-il dit. Je peux pas mener toutes tes batailles à ta place, Wolf.

— Yago pèse vingt-cinq kilos de plus que moi, ai-je précisé. Et tu sais qu'il est armé ?

— Tu peux pas compter sur moi pour tout. Je serai pas toujours là.

— Je ne compte sur toi pour rien, ai-je répliqué. Et tu n'es jamais là.

— Où tu vas, Frankie ? a demandé Kriket, méfiante.

— J'ai rendez-vous avec un type. Je t'en ai parlé.

— Un type ?

— Une entrevue. Pour un emploi.

— Je croyais que tu allais travailler pour moi, oncle Frankie, a dit Yago.

— Ça tient toujours, a répondu Frankie. Seulement, il y a un poste au casino que…

— Bon. Mais fais entendre raison à ton fils avant de partir.

À cet instant, j'ai remarqué que Frankie avait glissé sous la taille de son jean un paquet en papier kraft de la taille d'une brique. Nous avons tous les deux fait comme si je n'avais rien vu, tandis que Frankie remontait la fermeture Éclair de son blouson. Volait-il Yago ? Probablement. D'un côté, j'applaudissais à cette initiative audacieuse. Mais que se passerait-il si mon cousin découvrait le larcin et m'en imputait la responsabilité ? J'ai songé à dénoncer Frankie pour m'épargner un passage à tabac en règle, puis j'ai rejeté l'idée.

Frankie m'a lancé un regard furieux.

— Fais-le, c'est tout.

— Je lave la vaisselle, ai-je dit. Je nettoie les toilettes. Je sors les poubelles.

— Et tu ramasses la merde, a ajouté Yago.

— Frankie !

— C'est une entrevue pour un emploi, a dit Frankie. Je ne peux pas le faire attendre, ce type.

La porte a claqué derrière lui.

J'ai dégluti avec difficulté en voyant la Gremlin s'éloigner.

Yago m'a lancé un linge sale.

— Au travail.

Je ne me suis pas laissé fléchir.

— Nettoie, Wilfred, a dit Kriket.

— Nettoie, a répété Yago calmement.

Je suis resté ferme, même quand Yago m'a agrippé par la nuque avec ses doigts boudinés, même quand il m'a forcé à m'agenouiller et même quand il a écrasé le côté gauche de mon visage dans le tas brun.

Le poste au casino était-il une pure invention ? Une chose est certaine, Frankie n'a pas été retenu.

De retour dans la montagne avec les Devine, en ce deuxième jour. Au milieu de l'après-midi, sous un soleil de plomb, je grimpais, je m'accrochais de toutes mes forces lorsque le rocher que j'avais utilisé pour me hisser jusque-là s'est détaché avant de heurter le sol avec un bruit sourd et de rouler vers un bosquet de pins. Je venais de m'assurer que Nola était en sécurité en contrebas quand je me suis rendu compte que, sans ce rocher, j'étais coincé. Pas moyen de monter ni de descendre. Je me cramponnais en tremblant, mes muscles secoués de spasmes.

Pour ralentir ma respiration, j'ai pensé à ma mère dans sa robe blanche voletante. À nous deux, tournoyant devant le miroir. Encore, encore et encore. Dans le vent, ma mère, cet ange, a crié : « À gauche, Wolf ! Pose ton pied à gauche ! »

J'ai posé mon pied à gauche, ainsi que le fantôme de ma mère me l'avait ordonné, et j'ai trouvé la marche que je n'avais pas vue avant.

Suffoqué par la poussière, je suis redescendu et je suis retourné auprès de Nola, adossée à un rocher sous les pins.

— Je ne savais pas si tu pouvais m'entendre, avec tout ce vent, a-t-elle dit en me voyant venir vers elle. Je te criais d'aller à gauche. Tu as mis beaucoup de temps à réagir.

Épuisé et irritable, j'avais grand besoin de décompresser. J'ai dénoué le parka attaché autour de mes hanches et je m'en suis servi pour frapper à répétition les roches et les arbustes jusqu'à ce qu'une couture de la manche cède et laisse exploser un nuage de plumes blanches.

Ignorant ma crise, Nola se concentrait sur l'endroit où j'avais cassé de fines branches avec mon parka. J'avais mis au jour un assemblage inhabituel de trous dans le roc.

— Ils ne sont pas d'origine naturelle, a-t-elle dit.

Elle avait raison.

— On dirait des trous de mortier.

Elle désignait les bols concaves et usés qui parsemaient la pierre plate et lisse, à côté de l'endroit où elle était assise. La douleur dans son poignet était si intense qu'elle a failli tourner de l'œil en se déplaçant pour mieux voir. Malgré tout, elle s'est écriée, à la façon d'une écolière :

— Mais oui, Wolf ! Ce sont bel et bien des mortiers ! Là ! Des métates ! Des meules amérindiennes ! Regarde ! Ici, là et encore là !

Des centaines, voire des milliers d'années auparavant, on avait préparé des repas sur ce roc. C'était insensé.

— Il n'y a pas d'eau, ici, ai-je dit.

— Il y avait peut-être un ruisseau ou une chute, à l'époque ? C'était peut-être un camp de chasse saisonnier.

L'explication m'a paru plausible jusqu'à ce que je me rappelle qu'il n'y avait aucun moyen d'accéder à cet endroit. Les Indiens n'avaient ni gravi des centaines de mètres de granit depuis les canyons en contrebas, ni franchi d'un bond la crevasse large de cinq mètres, ni sauté de la crête d'où nous étions tombés.

— Un détail nous aurait-il échappé ? a demandé Nola.

— Je n'ai pas le temps de me poser la question, ai-je répondu. Le soleil va se coucher tôt.

Nola a interrogé le ciel, tandis que je déambulais, les yeux plissés pour mieux scruter le mur.

— Tu dois boire quelque chose, a dit Nola.

— Ça va.

— J'insiste, Wolf !

— Où sont Vonn et Bridget ? ai-je demandé, surtout afin de détourner l'attention de Nola.

— Toujours à la recherche du sac, a-t-elle répondu. Nous nous sentirions tous tellement mieux si elles le trouvaient. Sans parler de mes jumelles !

— Et de ma casquette, ai-je ajouté.

— C'est ta casquette porte-bonheur ?

En guise de réponse, j'ai regardé autour de moi en levant les bras pour embrasser toute la nature sauvage.

— Ta génération a systématiquement recours au sarcasme.

Je me suis dirigé vers le mur.

— Tu as besoin de repos ! a crié Nola.

— Ça va ! ai-je répondu.

— Ton parka, Wolf ! a hurlé Nola.

— Pas besoin ! ai-je aboyé.

— Et si tu dois rester une autre nuit dehors, ici ? Tu ne peux pas te passer de ton parka ! Tu ne peux pas monter là-haut sans ton parka !

L'odeur de mon enfance – celle des hivers gris du Michigan, écœurant mélange de gaz d'échappement de la voiture, de fumée de cigarette et d'émanations de la chaudière poussiéreuse qui vrombissait toute la nuit – a inondé ma mémoire. Je me suis vu sur le chemin de l'école, mes fesses maigrichonnes gelées parce que je refusais de porter le parka que je devais supplier Frankie de m'acheter chaque année.

— Ton parka ! a crié Nola.

J'ai poursuivi ma route en feignant de ne pas l'entendre. J'interprétais son obsession pour ce parka comme un désaveu de mes capacités. Je lui en voulais, je lui en voulais sincèrement d'avoir semé dans mon esprit les germes de l'échec. Pourquoi donc aurais-je besoin d'un parka ? J'allais remonter et rallier Mountain Station bien avant la tombée de la nuit, non ?

Tenaillé par la peur, je me suis laborieusement approché d'une prise en forme de tête de mort. Nola avait raison, bien sûr. Seuls les idiots ne se préparent pas au pire. Tu n'as pas idée de l'irritation que j'ai ressentie en redescendant pour récupérer mon parka. En le prenant sur le roc, j'ai évité de croiser le regard de Nola. Je lui en voulais de se faire du souci pour moi. Je lui en voulais de me prodiguer des encouragements.

— Wolf ! a-t-elle lancé sèchement.

J'ai fait la sourde oreille.

Après avoir noué les manches du parka autour de mes hanches, j'ai recommencé à grimper, éternuant à cause des sédiments que libérait chacun de mes mouvements. En cours d'ascension, j'ai été distrait par une masse de brèches – conglomérat de roches parsemées d'autres roches – qui m'a fait penser au fromage de tête qu'un de mes camarades de première année avait l'habitude de manger au dîner. J'ai eu faim et mal au cœur en même temps. J'ai avalé ma salive, difficilement, et j'ai tendu la main vers une fissure tout juste hors de ma portée. J'ai alors été coincé de nouveau, sans autre issue que de redescendre.

Le soleil était impitoyable, et le mur, brutal. J'ai éprouvé du ressentiment envers Bridget et Vonn, qui gambadaient gaiement à l'ombre des pins, à la recherche du sac. Et envers Nola, dont l'impuissance nous entravait. Je les haïssais toutes un peu, bien qu'elles aient sauvé ma stupide vie.

J'étais donc tantôt en haut du mur, tantôt en bas, d'un côté, puis de l'autre. Après chacune de mes tentatives, je retrouvais le visage souriant de Nola. Pendant toute cette journée, assise à côté de cette ancienne meule, elle m'a à peine quitté des yeux, le bras soulevé, ainsi que je le lui avais recommandé. J'ignore à quel moment je me suis rendu compte que ses lèvres bougeaient. Elle n'avait jamais cessé de prier.

Quant à moi, je n'ai pas cessé de me retrouver échoué entre un rocher et un autre. L'énergie que je dépensais pour m'élever à une certaine hauteur était doublée par les efforts que je devais déployer pour redescendre. J'ai pensé à Byrd, moins parce que j'aurais aimé qu'il soit là que parce que j'aurais voulu être ailleurs. Le vent a sonné l'heure de la capitulation. C'est seulement en rouvrant les yeux que je me suis aperçu que je les avais fermés.

Je n'étais pas seul.

— Byrd, ai-je dit, curieusement conscient d'être victime d'une hallucination. J'hallucine, Byrd.

— C'est bien ? a-t-il demandé.

— Pas mal.

— Tu as l'air d'un étron. Allez, viens.

Tendant la main au-delà d'un rebord inégal, il a révélé la prise solide que j'avais été incapable de voir. Il a entrepris la traversée du mur, me guidant vers des endroits où poser mes pieds et mes mains.

J'avais eu de nombreuses conversations avec moi-même au sujet des apparitions de Byrd dans la montagne. À ce moment précis, je me moquais bien de savoir si la vision que j'avais de lui émanait de l'intérieur ou de l'extérieur de moi. J'étais seulement heureux de ce regain de force. Ce n'était pas la première fois que mon ami m'apparaissait dans le royaume des *esprits*. (Je croyais ma mère au paradis, mais je ne savais trop où avait abouti Byrd.) Je l'ai suivi, soudain capable d'atteindre des prises qui auraient dû être hors de ma portée.

— Merci, mon vieux, ai-je dit.

Mais il avait disparu.

— Byrd ! ai-je crié, pris de panique. Ne t'envole pas !

— Tu veux parler des corneilles ? a hurlé Nola, loin en bas. Elles sont là depuis le début de la journée !

Gauchement, j'ai étiré le cou pour voir au-delà de la crête qu'elle indiquait. La manche de mon parka s'est accrochée à un éclat de roc, puis, se détachant de ma taille, le vêtement a glissé sur mes cuisses. J'ai écarté les genoux pour le retenir, mais je n'ai réussi qu'à desserrer les manches davantage. Privé de l'usage de mes mains, j'ai vu, impuissant, mon parka flotter lentement vers le sol, où il a atterri au milieu d'un nuage de poussière. Je suis presque certain d'avoir entendu rire Dieu. Ou était-ce Byrd ?

Je suis redescendu, chaque cellule de mon corps envahie par une douleur aiguë. J'avais les poumons en feu, les yeux desséchés, la tête, les épaules et le nez calcinés, sans parler de la sensation cuisante causée par mon échec. J'aurais voulu frapper mon détestable parka contre la détestable meule jusqu'à ce qu'il ne reste que des plumes et des bouts de nylon que le vent aurait tôt fait d'emporter. Haletant, je me suis assis sur un rocher lisse à côté de Nola, qui m'a tendu la gourde jaune.

— Mon ami avait exactement la même, ai-je dit.

— Pip l'a achetée à la boutique de souvenirs, a expliqué Nola. On en voit beaucoup, par ici.

C'était le vent, bien sûr, mais, à ce moment, j'ai cru entendre Byrd qui criait dans mes oreilles : « Bois ! Bois donc, abruti ! »

J'ai porté le goulot à mes lèvres et laissé une petite quantité d'eau humecter ma bouche. Le métal froid avait pris l'odeur de Nola, de Bridget et de Vonn Devine. La gourde. La gourde jaune.

— Bois encore, a insisté Nola en poussant la gourde entre mes mains.

— Ça va, ai-je dit.

Saisissant mon parka poussiéreux, j'ai tenté vainement de me relever.

— Tu as besoin de repos, a dit Nola. Nous ne sommes pas pressés.

En réalité, nous l'étions. Déjà, l'obscurité se profilait derrière les sommets. Je me suis levé, mais mes genoux ont cédé encore une fois et mon derrière osseux est retombé sur le roc. Quand Nola a tenté de se mettre debout, des étourdissements ont eu raison de sa détermination.

— On fait une belle équipe, tous les deux, non ? a-t-elle constaté.

Des nuages s'amoncelaient à l'horizon et j'ai prié Dieu de m'accorder la miséricorde d'un peu d'ombre sur ma peau et mes yeux brûlants. Mon Dieu, ai-je pensé, aidez-moi à escalader ce mur. Il faut que je réussisse à les ramener chez elles.

J'ai dû cligner des paupières en voyant un scincidé, petit lézard à queue bleue, surgir d'un buisson à mes pieds. Était-ce un signe ? J'ai alors entendu un bruit, une sorte de tintement, et je me suis souvenu que les serpents à sonnette aimaient prendre le soleil. Attentif, soudain, j'ai balayé les rochers du regard. J'ignore si j'étais paranoïaque, hyper lucide ou simplement dupé, comme les autres, par le vent capricieux.

Quand Bridget et Vonn ont surgi du buisson, sans avoir trouvé le sac en filet, je leur ai dit :

— Par cette chaleur, les serpents à sonnette vont sortir. Soyez prudentes autour des rochers.

— Les serpents me *terrorisent*, a déclaré Bridget.

C'était aussi mon cas.

— Laisse-les tranquilles et ils te laisseront tranquille.

Après avoir vacillé un instant, Vonn s'est adossée à un arbre. Craignant qu'elle vomisse de nouveau, je me suis détourné pour lui laisser un peu d'intimité. Mais ce n'est pas arrivé. Ensuite, nos regards se sont croisés. J'ai décelé dans son expression un je-ne-sais-quoi d'étrange. Elle a haussé les épaules, vaincue.

— Continuez de chercher, ai-je dit. Avec plus d'eau, nous nous sentirons mieux. Mais soyez prudentes.

— S'il y a des serpents, je ne bouge pas d'ici ! s'est exclamée Bridget en s'allongeant sur un lit de pierres.

— Les serpents aiment beaucoup les pierres, lui ai-je rappelé.

Nola a haussé le ton.

— Je t'en prie, Bridget ! Il nous faut de l'eau !

— Nous l'avons cherché partout, ce sac de malheur, a dit Bridget.

— Continuez, ai-je lancé. Il ne faut pas abandonner.

— Pourquoi tu n'es pas en train de grimper, toi ?

À moi, Nola a dit :

— Je me demandais pourquoi personne ne t'appelait Wilfred. C'est un beau prénom.

Voyant bien que j'étais crevé, elle cherchait à me donner du temps.

— Un prénom de garçon intelligent.

— Tu veux rire, Mim ? s'est écriée Vonn. Encore ces histoires de prénoms ?

— *Wolf*... C'est un prénom de méchant. Et tu n'es pas méchant pour deux sous.

— Je peux l'être, ai-je dit.

— On m'a donné le nom de l'arrière-grand-mère de mon père, a expliqué Nola. Elle s'appelait Lonya, mais l'infirmière s'est trompée. Et quand ma mère a lu *Nola* sur mon petit bracelet, elle a été trop superstitieuse pour faire changer le nom.

Je lui étais reconnaissant de ce moment de repos.

— Bridget est nommée d'après la grand-mère de Patrick. Je voulais que Bridget donne à Vonn le nom d'une des grands-mères ou des grands-tantes du côté de ma mère. Je pense que les prénoms doivent avoir un sens.

Elle a soupiré.

— Autrefois, nous nous passions les prénoms de génération en génération, comme la vaisselle, la literie et les photos de famille. Aujourd'hui, tout est nouveau et inventé de toutes pièces. Je ne sais pas…

— Je n'aime pas *Bridget*. C'est un prénom qui gigote. J'aurais aimé quelque chose de plus calme. Quelque chose qui me convienne mieux. Autumn, peut-être. Ou Season.

Nola s'est tournée vers Vonn.

— Normalement, je n'aime pas qu'on donne à des enfants le nom d'un État ou d'une ville. Mais pour une fille, Georgia me plaît.

— J'aime les prénoms démodés, a dit Vonn.

— Millicent ? Gwendolyn ? a demandé Bridget.

— Clara. Virginia. Annabel, a répondu Vonn.

J'ai dû m'endormir puisque, l'instant d'après, Vonn m'aidait à me mettre debout.

Lorsque je me suis levé, le sang a afflué à ma tête, et j'ai eu un aperçu de mon avenir. Avant cet instant, je n'avais jamais beaucoup réfléchi à mon avenir, du moins pas au-delà des excursions en pleine nature et des expéditions d'alpinisme extrême que j'effectuerais avec Byrd, ou de mon fantasme (qui ne compte pas) où je m'imaginais roulant sur une route déserte au volant d'une Lamborghini, avec Lark toute nue à mes côtés. L'avenir. Je me souviens d'avoir tourné dans ma tête ce mot lourd de sens, de l'avoir désiré, de la même façon que j'avais envie de nourriture et de sexe. Je devais sourire parce que, en levant les yeux, j'ai constaté que Bridget me souriait en retour.

— Nous allons être secourus. Je le sais. J'en ai la ferme conviction, a-t-elle dit.

Dans la nature sauvage, les minutes durent des heures et les jours des années. Pourtant, votre monde risque d'être chamboulé en une fraction de seconde. D'après la position du soleil, il devait être environ 16 heures lorsque j'ai senti se lever un vent brutal, venu du nord. Je redescendais du mur après une neuvième tentative infructueuse. Il nous restait à peine deux heures de clarté.

Bridget, qui m'attendait au pied de la paroi, s'est mise à crier :

— Tu entends ce bruit ? Dis-moi que tu l'entends !

On ne pouvait pas ne pas le reconnaître, ce son. Et pourtant, je savais qu'il était mensonger. Nola s'est assise pour scruter le ciel. Pour ma part, je n'ai pas voulu dilapider les maigres forces qui me restaient en célébrant une nouvelle et inévitable déception. Je n'ai même pas levé les yeux au ciel lorsque Bridget a hurlé :

— L'hélicoptère !

Son optimisme était exaspérant. Le temps nous filait entre les doigts. Je n'aurais plus beaucoup d'occasions d'escalader le mur. Je n'avais aucune envie de gaspiller ma salive en lui répétant de ne pas gaspiller la sienne. C'était le vent. Seulement le vent.

J'ai trouvé un rocher sur lequel me reposer. Bridget et Vonn ont fini par cesser d'agiter la main.

— Et si, encore maintenant, personne ne sait que nous sommes perdus ? a demandé Vonn.

Cette fois, Bridget ne l'a pas corrigée.

— On aurait pourtant juré que c'était un hélicoptère.

— Ou des chutes, a dit Vonn.

Nola a acquiescé.

— Des chutes, en effet. Tu es bien certain que les chutes en question sont aussi loin que tu l'as dit ?

— Corazon Falls ? À des kilomètres et des kilomètres.

— Ce n'est donc pas elles que nous avons entendues.

— Il n'y a pas d'hélicoptère. Pas de chutes.

— Je trouve que le vent qui souffle fait un bruit de train, a dit Nola. De train de marchandises.

Chez nous, au Michigan, la voie ferrée passait juste à côté de la maison. Le vent fait parfois le même son, c'est vrai.

— Tout ce qui m'intéresse, moi, c'est l'hélicoptère, a dit Bridget en soupirant. J'ai tellement soif.

Nous l'avons vue saisir la gourde et prendre quelques gorgées.

— Tôt ou tard, quelqu'un va remarquer notre absence et envoyer l'équipe de recherche et sauvetage, ai-je dit. Ces gars-là ont tout le matériel nécessaire. Une super meute de chiens aussi.

Je me suis imaginé Dantay déroulant une longue échelle en corde jusqu'à nous. Encouragé par cette image, je me suis levé, prêt à me lancer de nouveau à l'assaut du mur.

— Tu as déjà eu des ennuis, ici ? a demandé Bridget. Tu t'es déjà perdu ?

En me retournant, j'ai vu les trois femmes Devine qui m'observaient.

— Je ne me suis jamais égaré ici, ai-je dit en toute sincérité. L'oncle de mon ami dirige l'équipe de recherche et sauvetage.

C'était encore la vérité.

— Les chiens pisteurs vont sentir notre odeur.

J'ai recommencé à grimper en chantonnant un refrain rythmé, tandis que mes pieds trouvaient des rochers et mes mains des prises. De plus en plus haut, j'ai continué de grimper en invoquant des souvenirs heureux pour me galvaniser : Glory, Byrd, *Always*.

J'étais persuadé que ce dédale de prises était celui qui me conduirait près de la souche de bois de fer, mais je me trompais. J'ai entendu la voix de Byrd, comme s'il hurlait dans mon oreille. « Quel est ton plan, monsieur le montagnard ? » J'ai souri malgré moi.

La descente a sapé le reste de mes forces. Quand je me suis effondré, en bas, les trois femmes étaient là.

— Tu y étais presque, a dit Nola en me tendant la gourde.

J'ai bu avec retenue. Vonn s'est à peine humecté les lèvres avant de la tendre à Nola, qui l'a passée à Bridget. Elle s'est arrêtée pour nous regarder la regarder.

— Vous pensez que je vais en siffler une grande quantité, comme lui ? Je ne le ferai pas. Même si j'en ai envie. Vous en avez envie, vous aussi.

Le rugissement des chutes a déchiré le silence. Nous avons tous entendu, et nous nous sommes tournés vers les arbres, comme pour être témoins de leur tromperie – les prendre en flagrant délit, en quelque sorte. Comment le vent dans les pins faisait-il pour imiter des chutes ? Ou un train de marchandises ? Ou un hélicoptère ? Quelle magie transformait l'air qui s'engouffrait dans les hauts pins à sucre, les pins de Jeffrey aromatiques, les pins tordus pratiques et les denses sapins argentés ?

— Il nous reste un peu plus d'une tasse d'eau, et rien à manger, a résumé Bridget. Qu'allons-nous faire s'il faut passer une autre nuit ici ?

Je me suis souvenu de ce que j'avais entrevu dans le sac à dos noir de Nola, la première fois qu'elles m'avaient arrêté pour me demander leur chemin.

— Le beurre d'arachides ! ai-je laissé échapper. Vous avez de quoi manger !

— Je n'ai pas de nourriture, a répondu Nola d'un air étonné. Je n'ai pas de *beurre d'arachides*.

— Pourquoi aurait-elle du beurre d'arachides ? a demandé Bridget. Elle n'aime même pas ça.

— C'était Bridget, Wolf, a corrigé Vonn. Elle avait des barres de céréales dans son sac de sport. Tu te souviens ?

— Bien sûr, ai-je dit en dévisageant les femmes une à une. Bien sûr.

J'ai alors compris qu'elles conspiraient : elles gardaient la nourriture pour elles seules. Peut-être même avaient-elles déjà trouvé le sac bleu en filet avec l'eau et mangé les trois barres de céréales ainsi que le beurre d'arachides.

Je me suis tourné vers Vonn et Bridget.

— Il nous faut ce sac.

Sans doute leur ai-je semblé désespéré ou menaçant, car Vonn a échangé un regard avec sa mère. Elles sont reparties dans les broussailles sans un mot de protestation.

— N'abandonne pas, Wolf, a dit Nola. Il y a sûrement un moyen de gravir ce mur.

— Pourquoi mentez-vous au sujet de la nourriture ?

— Pardon ?

— Vous avez un pot de beurre d'arachides dans votre sac, ai-je dit.

— Absolument pas, a-t-elle insisté.

— Vous avez aussi des craquelins, là-dedans ? Vous nous les cachez à nous tous ou seulement à moi ?

— Jamais je ne ferais une chose pareille. Jamais je ne cacherais des provisions.

Elle a regardé autour d'elle pour s'assurer que sa fille et sa petite-fille n'étaient nulle part en vue, puis, de sa main valide, elle a sorti le récipient en plastique du sac et me l'a tendu avec précaution.

Le pot ne contenait pas du beurre d'arachides. On aurait plutôt dit des cendres.

— C'est…

— Oui. L'urne qu'on m'a vendue était trop lourde, a expliqué Nola. Je n'aurais pas pu la traîner jusqu'ici. J'ai acheté quelques sacs jetables, mais à la dernière minute, je me suis rendu compte que c'étaient des formats collation. J'avais besoin d'un contenant léger, avec un couvercle étanche et…

— Pourquoi ce secret ?

— Bridget était opposée à la crémation. Toute jeune déjà, elle était… Nous avons dû l'emmener chez un psy… Elle avait des peurs et des phobies. Des superstitions. Elle se croit clairvoyante. Pauvre petite. C'est ma faute, je suppose, à force de lui passer tous ses caprices. Mais l'idée de pouvoir prédire l'avenir la réconfortait, quand elle était petite. C'est si mal que ça ?

— Non.

— On se demande toujours si on a déréglé nos enfants ou s'ils sont nés comme ça.

Elle a marqué une pause.

— Quoi qu'il en soit, Bridget tenait à savoir que le corps de Pip reposait au cimetière, où elle pourrait lui rendre visite.

— Vous avez inhumé un cercueil vide ?

— C'est plus fréquent que tu le crois. Il a passé des *mois* dans l'urne, au fond d'une armoire. J'en devenais folle. Autrefois, je pensais que c'étaient ses ronflements qui allaient me faire perdre la tête, mais ça… J'avais l'impression de l'entendre me crier de le laisser sortir.

— OK.

— Je me suis dit que notre anniversaire de mariage serait un bon moment pour saupoudrer ses cendres dans la montagne. J'avais l'intention de le faire dès que Bridget aurait le dos tourné.

Nola avait dit *saupoudrer* au lieu de *disperser*, comme si les restes de Pip étaient des décorations à gâteau.

— Il voulait que ses cendres soient… saupoudrées… à Secret Lake ?

— Ça, c'est mon idée, a-t-elle admis. Nous n'en avons jamais parlé. Nous avions à peine soixante ans. La moitié du temps, c'est nous qui élevions Vonn. Nous parlions résultats scolaires, argent de poche et couvre-feu. Parfois, il était question de golf, de cartes et de ce que nous allions manger le soir. Notre mort ne faisait pas partie de nos sujets de conversation.

Elle s'est arrêtée une fois de plus.

— Nous aurions dû en discuter. Les gens qui nous sont chers devraient être au courant de nos dernières volontés.

— Oui.

— Je ne peux pas le laisser dans ce récipient.

— Non.

— Il détestait le beurre d'arachides, a dit Nola. Nous en achetions pour Vonn.

— Oh.

— Je n'ai jamais pensé qu'il resterait si longtemps là-dedans.

— Bien sûr.

— Je n'ai pas trouvé d'autre récipient en plastique.

— Je comprends.

— Je regrette sincèrement que tu aies cru que je vous cachais des provisions.

— Désolé.

J'ai remarqué les gouttelettes de sueur qui perlaient à son front et les cernes sombres sous ses yeux. Son bras, chose que j'aurais crue impossible, semblait encore plus enflé qu'avant.

Elle a tenté de trouver une position plus confortable.

— Tu as perdu des êtres chers, Wolf ?

J'ai hoché la tête.

— Tu les sens près de toi, quelquefois ? Tu sens leur présence ?

J'ai été incapable de répondre.

— J'ai l'impression que Pip est encore ici. Je suis tout le temps sur le point de lui dire quelque chose et chaque fois ça me fait l'effet d'une gifle. Cent fois par jour.

— Il est difficile de perdre l'habitude de penser qu'une personne est vivante.

Elle a hésité.

— Pour toi, de qui s'agit-il ?

— De ma mère, ai-je menti.

— Depuis la mort de Pip, je me demande à quoi bon continuer, a dit Nola. Mais maintenant…

Inutile d'en dire davantage. Je savais qu'elle avait changé d'avis.

Lorsque j'ai une fois de plus entrepris l'ascension du mur, de longues ombres s'étiraient sur le roc en contrebas. J'avais les ongles en bouillie et les paumes en sang, mais c'était quand même mon moral qui souffrait le plus. Ce serait ma dernière tentative avant la tombée de la nuit.

À mi-chemin, je me suis arrêté pour me reposer. Malgré la distance, j'ai entendu Nola qui fredonnait tout en bas. J'ai reconnu la mélodie d'un air classique – un concerto pour violon tiré de la vieille version cinématographique de *Beaucoup de bruit pour rien*. C'était la seule chose que j'avais retenue de mon bref séjour en tant qu'élève de troisième année à l'école secondaire de Santa Sophia. La plupart des autres élèves dormaient pendant le cours d'initiation au cinéma ; personnellement, j'avais été transporté par la musique, composée par un certain Korngold.

L'air fredonné par Nola a déclenché en moi une poussée d'adrénaline et, accompagné par les sanglots du violon, j'ai emprunté un passage que je n'avais pas encore envisagé, allant plus haut et plus vite que durant toute cette journée. Bientôt, je me suis retrouvé à quelques centimètres de la souche de bois de fer. Le bras tendu, je me suis étiré au maximum et j'ai enfin réussi à agripper une branche de l'arbre mort. J'ai tiré et senti que ses racines étaient profondément ancrées dans le roc. Je me suis arrêté pour réfléchir au meilleur moyen de me hisser sur la corniche.

Le vent avait complètement cessé. Tout était immobile et j'ai pris un moment pour balayer la création du regard.

— Merci, ai-je dit à haute voix.

Puis je me suis rendu compte que Nola avait arrêté de fredonner. Baissant les yeux, je l'ai vue inconfortablement affalée sur les métates lisses où elle avait été assise. Malgré la distance, j'ai vu du sang s'accumuler dans les mortiers, où elle s'était cogné la tête. J'étais relativement certain que Nola Devine était morte.

Venant du nord, tel un train, le vent capricieux s'est levé de nouveau. J'ai appelé Vonn et Bridget, mais, au milieu des rafales, elles ne pouvaient pas m'entendre.

— Madame Devine ! ai-je crié sans obtenir de réaction de sa part. MIM !

Le vent hurlait plus fort et ma voix se perdait dans son refrain.

— NOLA ! ai-je crié quand même. BRIDGET ! VONN !

Je ne me souviens pas d'être redescendu et je ne me souviens pas d'avoir trébuché sur les pierres instables pour parvenir jusqu'à elle, mais je me souviens d'avoir saisi la main valide de Nola et, à mon grand soulagement, d'avoir trouvé son pouls. Du sang s'écoulait d'une entaille sur son front, mais j'en avais déjà trouvé davantage dans le lavabo de la salle de bains une fois où Frankie, soûl, s'y était cogné la tête. Je n'avais pas la force de soulever Nola, et pourtant je l'ai fait en remerciant Dieu.

Je l'ai transportée jusqu'à la grotte, craignant pour la première fois que l'un de nous meure en cet endroit, voire qu'on y reste tous. J'ai posé mon parka sur Nola et j'ai épongé le sang avec la manche de mon sweat-shirt. Bridget et Vonn ont surgi, épuisées et vaincues. Bridget n'a pas crié en voyant la blessure à la tête de sa mère et j'en ai eu le frisson. Vonn et moi avons échangé un regard.

Nola s'est réveillée en se demandant comment elle avait abouti là. Je sentais l'odeur de la blessure qui suppurait sous les pansements de tissu.

— On devrait jeter un coup d'œil, a dit Vonn.

Bridget s'est éloignée, tandis que sa fille a entrepris de dérouler les bandelettes brunies et encroûtées, auxquelles a succédé la couche formée par le bandana noir, imbibé de sang frais.

— Il faut nettoyer et faire un nouveau pansement. Mais avec quoi ? a demandé Vonn, qui a réprimé un haut-le-cœur en regardant autour d'elle.

— Des feuilles, a murmuré Byrd depuis le couvert des arbres.

Le vent s'est engouffré sous les arbres et s'est adressé à nous tous. « Des feuilles », a-t-il dit.

— Des feuilles, a répété Vonn, comme si elle avait entendu la voix, elle aussi. Il n'y aurait pas des plantes aux propriétés médicinales ? Antibactériennes, par exemple ?

— Tu sais quelque chose à ce sujet, monsieur le montagnard ? a demandé Bridget.

— La stérasote, ai-je répondu, conscient que si le buisson n'avait pas bloqué le sentier d'Angel's Peak, je n'y aurais peut-être pas pensé.

— Jamais entendu parler, a déclaré Vonn.

— On reconnaît cette plante à son odeur. Je l'ai sentie quelque part par ici. Après notre chute. Les Amérindiens s'en servaient pour guérir toutes sortes de maux. Nous pourrions en faire une pâte. La broyer ou un truc du genre.

— Un cataplasme, a précisé Vonn.

— Reste avec Mim, a recommandé Bridget à Vonn en me prenant la main pour m'entraîner dans les broussailles. Où ? Où est-elle, cette plante ? Il faut se dépêcher. Il fera nuit noire dans deux minutes.

Nous avons cherché dans les buissons, mes yeux fouillant à gauche et à droite. Je ne me souvenais pas de l'endroit où j'avais détecté le parfum de camphre et j'ai été pris de panique : et si je m'étais simplement rappelé l'odeur que j'avais sentie sur le chemin d'Angel's Peak et qu'il n'y avait pas de stérasote ici ?

Dans une petite clairière où des pins de Jeffrey encadraient le coucher de soleil vermeil, Bridget s'est arrêtée.

— Ma mère va mourir ?

Une infection pouvait être mortelle et la situation, pour reprendre les mots de Nola, *n'était pas idéale*. Je me suis dit que Bridget était au courant, elle aussi.

— Non, ai-je menti.

Devant l'hésitation de Bridget, je l'ai saisie par la main et entraînée à ma suite.

— Si quelque chose arrive à Mim, Vonn va m'en vouloir, a dit Bridget.

— Tu n'y es pour rien.

— J'ai fui les abeilles, a répondu Bridget. Si je ne l'avais pas fait, nous serions allées au lac et nous serions à la maison, à présent.

— Tu n'es tout de même pas responsable de ton allergie aux abeilles.

— Je suis responsable d'autres choses, a-t-elle déclaré. En plus, tout indique que je ne suis même pas allergique.

— Tu n'as peut-être pas été piquée.

— J'ai été piquée !

— OK.

— Imagine que toute ta vie tu as cru être allergique à une chose, et qu'un jour tu te rendes compte que tu ne l'es pas. Imagine qu'une chose que tu as toujours crue vraie se révèle fausse.

— Qu'aurais-tu fait autrement, Bridget ? lui ai-je demandé pendant que nous cherchions le buisson de stérasote. Si tu avais su que tu n'étais pas allergique ?

— J'aurais humé plus de fleurs, a répondu Bridget en haussant les épaules. C'est un cliché stupide et ridicule, non ? Je me serais arrêtée pour respirer le parfum des fleurs, ce que je n'ai jamais vraiment fait à cause de ma peur des abeilles. Les roses, en particulier. Tu peux être sûr que je me serais arrêtée souvent pour respirer le parfum des roses.

Le vent nous poursuivait en tourbillonnant. J'ai levé le nez en priant pour détecter le parfum de la plante, mais mon sens le plus aiguisé, vaincu par la frustration, m'avait abandonné. Le vent froid me mordait le nez et les joues. Jetant un coup d'œil aux ombres qui s'étendaient sur le visage osseux de Bridget, j'ai maudit la nuit qui tombait.

Elle a pris les devants, mais nous n'avons rien trouvé, ni parmi les pins, ni près du bouquet d'*encelia*, ni au-delà des *chamises* hérissées, ni au milieu des genévriers communs.

La nuit se refermait sur nous et j'ai été irrité lorsque Bridget a trébuché sur une pierre instable et qu'elle est tombée sur les genoux, puis j'ai été frustré de constater qu'elle pleurait. Pourtant, elle n'était pas blessée. *Nous n'avons pas de temps pour ce genre d'enfantillages*. Voilà tout ce que je me souviens d'avoir pensé.

Bridget a levé les yeux sur moi et m'a demandé de nouveau :

— Elle va mourir ?

— Elle va s'en tirer.

— C'est une sale infection.

— Ça ira.

— Je ne peux pas perdre ma mère, Wolf.

— Chut.

Je ne savais pas quoi dire pour la réconforter.

Je me suis agenouillé à côté d'elle et, agrippant ses épaules qui se soulevaient, je l'ai serrée contre moi. La chaleur de son corps m'a procuré un bien-être inédit. Nos regards se sont croisés. À ce moment précis, j'ai humé une bouffée d'air venue de l'ouest et je me suis mis à éternuer frénétiquement.

— De la stérasote, ai-je réussi à articuler.

M'étant relevé, j'ai aidé Bridget à se mettre debout et je l'ai entraînée à travers les arbres, sur les rochers, en quête du fameux buisson dont l'odeur se précisait à chacun de nos pas. Je me suis couvert le nez avec mon sweat-shirt.

— Doucement. Il est là, près du bord.

Nous avons trouvé le buisson et commencé à arracher de petites feuilles coriaces. Nous avons vite cassé des tiges sèches et fibreuses et rempli nos poches de ce qui, nous l'espérions, se révélerait une cure miraculeuse pour Nola.

Armés des feuilles et des tiges, nous avons foncé à travers les broussailles. En nous rapprochant de la grotte, nous avons été effrayés d'entendre les cris étranglés d'une bête blessée. Une sorte d'horrible hurlement différent de tous les cris d'oiseaux que je connaissais. Nous avons parcouru les arbres des yeux en pressant le pas.

C'était Nola qui produisait ces sons effroyables, tandis que Vonn, clignant des yeux pour chasser ses larmes, nettoyait la blessure suppurante avec le bord d'une carte de crédit. J'ai été impressionné par sa capacité à supporter une telle tâche.

Vonn a levé les yeux.

— Vous en avez mis, du temps.

Nous avons vidé nos poches dans les mortiers creusés dans le roc, au pied du mur. Avec une pierre ronde ramassée tout près, Bridget a entrepris de réduire les feuilles et les tiges en une bouillie visqueuse, plissant les yeux pour se protéger des vapeurs dégagées par les huiles volatiles.

— Ça pue, a-t-elle dit.

Ensemble, nous avons produit une pâte épaisse, tandis que, quelques mètres plus loin, Nola endurait le vigoureux nettoyage de sa blessure.

Je me suis avancé pour voir où en était Vonn et je l'ai amèrement regretté.

— Comment peux-tu faire ça sans vomir ? ai-je demandé.

— Il faut ce qu'il faut, a répondu Vonn. Je suis presque prête pour la pâte.

En revenant près des métates pour prélever la pommade à l'aide d'une carte de crédit propre trouvée dans le portefeuille de Nola, j'ai interrogé Bridget sur la capacité de Vonn à traiter l'ignoble blessure.

— Elle se trouve mal dans les véhicules en mouvement, mais pour le reste, rien ne l'incommode, a expliqué Bridget. Moi, j'ai le vertige, et elle, le mal des transports. Normalement, nous ne serions pas montées jusqu'ici, mais Mim nous a parlé du rituel anniversaire secret avec Pip. Nous avons bien vu qu'elle ne voulait pas venir seule.

Bridget s'est interrompue, distraite par un mouvement sur le roc à côté de moi. *S'il vous plaît, mon Dieu, faites que ce ne soit pas un serpent.*

Jetant un coup d'œil, j'ai découvert, à deux ou trois centimètres de ma tête, le gros spermophile qui nous avait effrayés, un peu plus tôt. J'aurais pu l'attraper sans mal. Et alors quoi ? L'assommer à coups de pierre ? Déchirer ses chairs avec mes doigts et mes dents, sucer son sang chaud ? Cette seule évocation me révulsait et je n'aurais jamais cru que, plus tard, j'aurais des fantasmes explicites et troublants dans lesquels je ferais précisément cela.

— Ouste, ai-je dit.

Bridget s'est tournée vers la grotte. Le matin même, elle avait été la plus optimiste d'entre nous, certaine d'entendre un hélicoptère, certaine que nous serions secourus. Le temps dans la montagne étant ce qu'il est, elle avait subi un brusque changement d'humeur.

— Et si on ne s'en sortait pas, Wolf ? a-t-elle demandé.

— Hum, ai-je répondu en accordant à la question toute l'importance qu'elle méritait. Quand j'étais petit, je passais mon temps à la bibliothèque. J'ai lu beaucoup de récits d'aventures et d'histoires vraies. Si j'essaie de dégager les facteurs déterminants, je dirais que parmi les personnes qui se trouvent dans des situations désespérées, celles qui sont certaines de s'en sortir sont aussi celles qui se tirent le mieux d'affaire. Et elles continuent de penser de cette façon, même au moment de mourir, si jamais ça arrive. Alors nous allons faire comme elles.

Nous sommes restés silencieux. Nous étions tombés d'accord.

Au loin, le hibou a ululé.

En revenant à la grotte, Bridget et moi avons trouvé Nola adossée au rocher, blême mais stoïque. Vonn a examiné la bouillie de stérasote, petit monticule de pulpe verte sur la carte de crédit posée dans ma main.

Se penchant pour la sentir, elle a grimacé, puis elle a proposé de l'appliquer directement sur la blessure.

— Nous avons besoin d'un pansement propre.

— Mon soutien-gorge ? a proposé Nola.

— Ton *soutien-gorge*, a répété Vonn en se moquant du mot. On va plutôt prendre mon *soutien-gorge* à moi.

Au moyen de quelques gestes adroits, elle a retiré son soutien-gorge et un long débardeur de sous le chandail de Noël que lui avait prêté Nola. Après avoir mis la stérasote dans un des bonnets de son soutien-gorge, Vonn l'a fixé à l'aide du débardeur, tandis que Nola se contractait sous l'effet de la douleur.

Quelque chose a attiré mon attention – un parfum dans l'air, sans doute puissant puisqu'il s'est surimposé à celui de la stérasote. Je me suis surpris à humer l'air, un large sourire se formant sur mes lèvres. Cette douce fragrance bleue était celle de la *pluie*. Je me suis senti ragaillardi.

— Il va pleuvoir ce soir, ai-je annoncé.

— Comment le sais-tu, Wolf ?

— Par l'odeur. Nous devons trouver un moyen de recueillir de l'eau de pluie.

Les paupières mi-closes, Nola a regardé autour d'elle.

— Mon poncho, a-t-elle dit. Il n'y a pas de coutures sur la capuche. Le plastique retiendra l'eau.

Vonn est allée prendre le poncho et l'a retourné, formant ainsi un grand contenant étanche, suffisant pour remplir la gourde jaune.

— Bonne idée, Mim, a-t-elle dit.

— Assure-toi que les agrafes sont bien fixées aux branches, a dit Nola en frissonnant de douleur.

Pendant que Bridget et Vonn s'affairaient autour du poncho, Nola m'a chuchoté à l'oreille :

— C'est grave, hein ?

— Ce n'est pas beau à voir, madame Devine. Il vous faut un médecin.

La tâche terminée, Bridget m'a entraîné à l'écart et frappé fort sur le bras.

— Pourquoi lui avoir dit une chose pareille ?

— Elle sait.

— Oui, mais *toi*, tu ne sais rien ! Tu as dit que tu connaissais le chemin, alors que c'était faux ! Tu as dit que tu saurais escalader le mur et tu en es incapable ! Tu as dit que des chiens pisteurs nous repéreraient ! Tu as dit que nous retrouverions les barres de céréales ! Tu ne sais rien du tout !

Je me suis éloigné sans lui permettre d'en rajouter et j'ai pris ma place dans la grotte avec Nola et Vonn.

— C'était quoi, ça ? a demandé Vonn.

J'ai haussé les épaules, soulagé que Bridget ait décidé de rester dehors pour se calmer. Elle avait raison. J'avais fait des promesses que seul Dieu pouvait tenir. Lorsqu'elle s'est glissée à l'intérieur, quelques instants plus tard, j'ai évité son regard.

Cette nuit-là, j'ai respiré des odeurs, des particules microscopiques contenant des parfums venus de très loin : des relents de friture provenant du restaurant minute situé quelques kilomètres plus loin, sur l'autoroute, du diesel, de la moisissure sèche dans une cabane en bois et une carpe koï qui se décomposait dans un étang. Sous nos yeux, les lumières de Palm Springs scintillaient dans l'obscurité, et Vonn, donnant voix à mes pensées, a dit :

— Quelle frustration ! C'est comme crever de faim et avoir une boîte de conserve dans la main, mais aucun moyen de l'ouvrir.

— Ou mourir de soif sur l'océan.

— Bientôt, a dit Bridget, on entendra un hélicoptère, et ce ne sera pas un effet du vent.

— Jamais un hélicoptère ne montera jusqu'ici, ai-je dit, plus brutalement que nécessaire. Jamais.

— Mon rêve.

— Dans cette partie du canyon, l'air n'est jamais assez stable pour permettre des recherches en hélicoptère. Même si on nous cherche en ce moment, on n'utilisera pas d'hélico dans le canyon du Diable.

— Vraiment ?

Elle ne me croyait pas. Je le sentais dans sa voix. Bridget avait une foi absolue dans son rêve.

Seule Nola a dormi. Bridget et Vonn, agitées, gigotaient, soupiraient. Il faisait froid.

— Je n'arrive pas à dormir, a dit Vonn.

— Moi non plus.

— Nous devons trouver des façons de tuer le temps, ai-je dit.

Le hibou invisible a battu des ailes au-dessus de nos têtes, tandis qu'au loin des coyotes hurlaient. À côté de nous, Nola donnait des coups de pied dans son sommeil. Je me suis tourné vers Bridget, qui avait les lèvres sèches et les yeux exorbités. Contre ma chair, les orteils de Vonn étaient brûlants. Subtilement, son visage s'était allongé.

— Une histoire, ai-je dit en songeant à Byrd. Une distraction.

— Plus d'histoires, a supplié Bridget. Déjà que je n'arrive pas à me sortir Laura Dorrie de l'esprit.

— Jouons à des jeux, alors. Des jeux pour nous aider à passer la nuit.

— Étais-tu amoureuse de mon père ? a demandé Vonn, prenant Bridget au dépourvu.

Au son de sa voix, j'ai compris que Vonn souhaitait entendre un oui.

— J'avais dix-huit ans, Vonn, a répondu Bridget d'un ton plaintif.

— Tu l'aimais ?

— Je travaillais au bar de l'hôtel tout en suivant des cours à l'université, a commencé Bridget. J'étais fiancée. Je m'ennuyais, je suppose. Il avait l'habitude de venir avec des clients. Il a flirté avec moi. Il flirtait avec toutes les filles. Il était plus âgé, beau et raffiné. Un soir, je roulais sur l'autoroute et mon moteur s'est mis à fumer. Tu ne devineras jamais qui s'est arrêté. Je venais de me raser les jambes. Je me suis dit que c'était le destin.

— Il te suivait ?

— Il retournait au travail après être allé voir son fils jouer au base-ball. Il venait de se disputer avec sa femme.

— Ils avaient quatre garçons. Ce n'est pas ce que tu m'as dit ?

— Cette idylle a duré deux ou trois mois, au maximum. Quand j'ai compris que j'étais enceinte, je lui ai téléphoné au travail, mais je n'ai pas pu lui parler de toi, Vonn. Il m'a tout de suite dit que sa femme était au courant pour nous deux et que c'était fini et qu'il préviendrait la police si je m'approchais de lui ou de sa famille. C'était un sale type.

— Mais s'il avait su pour moi… a insisté Vonn. Il aurait tenu à me rencontrer, non ?

— Sa famille était tout pour lui.

— Et pourtant, ai-je souligné.

— Sale type, peut-être, mais c'était quand même mon père. J'ai le droit de le connaître, a dit Vonn.

Bridget s'est tournée vers moi.

— Mon premier mari promettait d'être beaucoup mieux, comme père.

— Sauf qu'il n'était pas mon père.

— J'espérais qu'il me pardonnerait.

— Pas de rêve prémonitoire, dans ce cas-là ?

Vonn a toussé et, en se penchant, a tiré ses cheveux d'un côté pour vomir. Alarmé, j'ai vu des substances foncées éclabousser le roc éclairé par la lune. J'aurais parié que c'était du sang. Une lente hémorragie. Dans le registre de la malchance, tout semblait possible. J'étais terrifié à l'idée de perdre Vonn.

— Ça va ? ai-je demandé en me levant pour recouvrir les vomissures de cailloux et de terre. On devrait peut-être changer de sujet.

— Non, a insisté Vonn en avalant avec difficulté. Je vais bien. Je vais bien. Je veux entendre ça.

— Quoi donc ?

— L'histoire.

— J'ai fait de mon mieux, a dit Bridget. Il n'y a pas d'histoire.

— Je vais aller le voir. Quand nous serons redescendus. Quand nous serons de retour à la maison. Je vais aller me présenter.

— OK, a dit Bridget. Tu veux que je m'en occupe ?

— Non, a craché Vonn.

— Tu veux que je t'accompagne ? a proposé Bridget.

Vonn a hésité.

— Peut-être.

Dans notre petit refuge, le vent a soufflé fort, repoussant notre haleine chaude. Mon nez a gelé en un instant.

— Merde, ai-je dit.

C'était douloureux. Serrant les orteils de Vonn contre ma poitrine bien chaude sous ma chemise, je me suis demandé de quoi j'aurais l'air avec le nez noirci par une engelure. J'ai songé aux photos avant et après, puis je me suis dit, horrifié, que je risquais de perdre mon sens aiguisé de l'odorat en même temps que le bout de mon pif.

Je sentais encore la pluie. Pourquoi tardait-elle ?

— Film préféré ? ai-je demandé.

— Je n'ai pas envie de jouer, a dit Vonn.

— Comédie romantique ou drame ? a demandé Bridget. Il faut préciser une catégorie.

— Pour un film favori, il n'y a pas de catégories qui tiennent, a répliqué Vonn. Favori veut dire favori.

— Tu as dit que tu ne voulais pas jouer.

— Je ne joue pas.

— Plat préféré ? ai-je risqué.

— Dessert ou plat principal ? a demandé Vonn.

— Tu as dit qu'il allait pleuvoir, a jugé opportun de rappeler Bridget.

Je me suis juré de ne plus faire de promesses que je ne pourrais pas tenir.

— Je le pense encore.

Les trois femmes se décomposaient sous mes yeux, d'heure en heure, de minute en minute. Si nous restions encore longtemps dans la montagne, Nola, je le savais, succomberait à son infection. Ensuite, ce serait au tour de Bridget : avec ses faibles réserves de graisse, elle mourrait d'hypothermie, de déshydratation. Vonn les suivrait, ses orteils gèleraient après ses doigts, puis ce serait la cécité et l'adieu frissonnant, ensommeillé.

Un calme profond m'a envahi lorsque j'ai accepté la réalité de notre situation. Si je ne m'étais pas obligé à voir la vérité, je me serais peut-être laissé séduire par le rêve prophétique de Bridget à propos du sauvetage par hélicoptère, j'aurais peut-être accepté aussi les limitations de Nola et admis que Vonn ne pouvait aller nulle part avec ses tongs. Je me suis plutôt livré à des calculs et j'ai écouté mes instincts : tous me disaient que nous mourrions en restant à cet endroit.

Dans la pénombre de la grotte, je me suis tourné vers Nola, qui me regardait en souriant faiblement.

— J'ai dormi ? a-t-elle demandé.

— Un peu, ai-je répondu.

— J'ai raté quelque chose de bon ?

J'ai ri avant de secouer la tête.

— Rien de bon, madame Devine. Mais rien de mauvais non plus.

Je discernais son sourire dans l'obscurité.

— J'étais justement en train de me dire que je pourrais utiliser les courroies de votre sac à dos pour fabriquer une sorte de boucle. J'ai besoin de quelque chose pour atteindre la souche sous la corniche.

— C'est très ingénieux de ta part, Wolf.

Pendant un moment, nous avons observé le ciel nocturne en silence. Vonn a soulevé ses jambes de part et d'autre de mon corps. Sans un mot, j'ai replacé ses pieds sous ma chemise. Malgré l'épaisse couche de laine des chaussettes, j'ai senti ses orteils se réchauffer au contact de ma peau.

— Je me demande si des animaux ont trouvé mes barres de céréales, a dit Bridget. Moi, en tout cas, je me battrais contre un blaireau pour en avoir une.

Je me suis imaginé des corneilles picorant l'enveloppe en aluminium déchirée.

— Vous auriez trouvé l'emballage.

Nola a soupiré dans le noir.

— Je veux qu'on fasse jouer ma musique, a-t-elle dit. Tu connais ce morceau ? Le morceau triste que j'écoutais toujours sur le tourne-disque ?

— Pourquoi ?

— Les violons, ai-je dit.

— Comment sais-tu ça ? a demandé Nola dans sa confusion.

— La pièce de Korngold, ai-je répondu.

— Tu connais le morceau triste dont elle parle ? s'est étonnée Bridget.

— Je l'ai entendu à l'école. Nola le fredonnait pendant que je grimpais.

— Je ne fredonnais pas, a dit Nola.

Malgré la pénombre, j'ai vu ma confusion dans ses yeux.

— Vous fredonniez cet air, Nola. Je l'ai reconnu grâce à mon cours d'initiation au cinéma. C'était le morceau préféré du professeur. Je l'ai entendu au moins mille fois. J'ai oublié le film, mais je me souviens de la musique.

J'ai fredonné le passage pour lui rafraîchir la mémoire.

— C'est ça ! s'est-elle exclamée. Tu le connais vraiment !

— C'est vous qui le fredonniez, Nola. Puis vous vous êtes arrêtée et c'est ce qui m'a poussé à jeter un coup d'œil en bas.

— Je n'ai entendu personne fredonner, a dit Bridget.

Vonn a haussé les épaules.

J'ai frissonné, angoissé par ma confusion et sa signification.

Nola s'est penchée pour me serrer le bras.

— À mes funérailles, faites jouer ce morceau en boucle.

— Oh, maman, a commencé Bridget avant de se mordre la langue.

— En boucle, sans arrêt, a insisté Nola. Cinq ou six fois. Puis libérez les gens. Pas de paroles. Laissez parler la musique.

— Tiens, Mim, mets le parka, a dit Bridget en posant le sac à dos à ses pieds.

Dans la grotte, après un moment de silence, l'atmosphère s'est transformée : Bridget venait de toucher le gros pot de beurre d'arachides dans le sac. Elle l'a sorti et l'a brandi dans la lumière.

— Veux-tu bien me dire…

Nola n'était pas en état de protester ni de fournir des explications.

— Donne-moi ça, Bridget, ai-je dit calmement.

Bridget a obéi sans rouspéter.

— C'est de la nourriture ? a-t-elle demandé. On dirait des protéines en poudre. Avez-vous tous… ?

Je me suis reconnu dans son expression – paniquée, paranoïaque.

— C'est… Pip, ai-je annoncé.

— Pip ? a demandé Bridget.

— Oh, Bridget, a fait Nola. J'aurais dû t'en parler. J'aurais dû vous en parler à toutes les deux.

— Ses cendres ? s'est étonnée Vonn. Mais…

Après un long moment de silence, Bridget s'est penchée vers sa mère.

— Si j'avais eu à parier, j'aurais misé sur le huitième trou au Dorai.

— Son trou d'un coup ! Oh, Bridget, je n'y ai même pas pensé ! a croassé Nola.

— Je ne connaissais pas l'histoire de Secret Lake.

— Pour notre anniversaire, je me suis dit que ce serait bien, a dit Nola. Tu étais au courant depuis le début, pour les cendres ?

— Quand je suis venue pour l'anniversaire de Vonn, en septembre, j'ai vu le reçu du crématorium et j'ai trouvé les cendres dans le placard.

— J'ai aussi cousu un sac en plastique rempli de cendres dans tous les petits sachets, a confessé Nola.

— Les sachets de lavande ?

— C'est bizarre.

— C'est légal ? s'est interrogée Bridget.

— Pourquoi ne pas nous en avoir parlé ? a demandé Vonn.

— J'avais peur que vous le preniez mal.

— Ça me plaît, a dit Vonn. Je crois que ça aurait plu aussi à Pip.

— Pour moi, des roses, s'il vous plaît, a dit Bridget. J'adore le parfum des roses.

— Tout le monde va choisir le parfum de son sachet de cendres, maintenant ? Ça ne porterait pas malheur, des fois ?

Vonn a ri. Pendant une fraction de seconde, j'ai été incommensurablement heureux.

— Est-ce que partout en ville, les gens ont des cendres de leurs êtres chers dans des sachets et je suis le dernier à l'apprendre ?

— J'ai entendu dire que certaines personnes en mettent dans de petites fioles qu'elles portent autour du cou, a dit Bridget. Mais des sachets ? À ma connaissance, Pip est le seul.

— Quand Jack Mazlo est mort, a dit Nola, sa mère a demandé des cendres à Janice.

— Pour en faire des sachets ?

— Elle les a mises dans un sac en plastique qu'elle a cousu dans l'ourson en peluche préféré de Little Jack. Pour que son père soit toujours avec lui.

— Oh.

— Elle était maltaise. Nous nous sommes dit que c'était culturel.

— Little Jack était au courant, pour les cendres ?

Nola a hoché la tête.

— Il ne se séparait jamais de son ourson. Il l'appelait « Papa Ours ».

— J'ai horreur des histoires tristes, a dit Vonn.

— Quand tu seras plus vieille, tu verras la tristesse d'un autre œil, a dit Nola avec douceur.

— Je vais aimer être triste ?

— Il ne s'agit pas d'*aimer* la tristesse. Disons qu'on apprend à en apprécier la valeur. Alors ne la juge pas trop sévèrement.

Pour ma part, j'aurais bien aimé avoir un sachet contenant des cendres de ma mère. Avec un parfum de citron. Ou de menthe poivrée.

— Dans le voisinage, tout le monde avait une opinion sur le petit Jackie et son Papa Ours. À l'époque, je trouvais ça affreux. Maintenant, j'aime bien l'idée que mes restes servent à réconforter un pauvre petit. Mais je ne veux pas qu'on me disperse. Je ne suis pas maniaque du plein air, et je ne raffole pas de l'océan, alors pas question de me jeter dans l'eau de la poupe d'un bateau de pêche au calmar.

— Un bateau de pêche au *calmar* ? avons-nous demandé à l'unisson, Vonn et moi.

— Et surtout, ne me ramenez pas ici ! a lancé Nola avec emphase.

Nous avons tous ri.

— Je pensais plutôt à une petite urne pour le manteau de la cheminée. Peut-être même le comptoir de la cuisine, à supposer que l'une de vous garde la copropriété.

— Oh mon Dieu, Mim, a fait Vonn.

— Vous pouvez me diviser entre vous, si le cœur vous en dit. J'aime bien le climat de Golden Hills.

Je me suis gardé d'avouer que je craignais de plus en plus qu'aucun d'entre nous ne soit en vie pour exaucer les dernières volontés de Nola.

— Entendu, ai-je dit.

— Mettez-en un peu autour du buis près de mon banc, à l'église, a-t-elle ajouté après un moment de réflexion. J'y ai toujours trouvé un grand réconfort.

— Fermez les yeux, maintenant, ai-je dit. Vous devez dormir.

Je ne voulais pas que Nola voie ma peur, mais elle a dû la sentir.

— Tu t'occupes bien de nous, Wolf, a-t-elle dit.

Mon cul, ai-je songé.

Le vent s'engouffrait dans la grotte, nous mentait en nous laissant croire à la proximité d'hélicoptères de sauvetage et de chutes. Au-dessus de nos têtes, le hibou ululait toujours, désormais plus irritant que sagace.

— Des nouilles au beurre, a négligemment laissé tomber Bridget.

Vonn a ri.

— Parmi tous les plats que tu aurais pu imaginer…

— Je sais. Des nouilles au beurre et la Key lime pie que fait Mim, avec la croûte aux biscuits Graham. Il y a des années que je n'en ai pas mangé.

— Elle en a préparé une pour toi il y a trois jours, a souligné Vonn. Pour ton arrivée.

— Je ne l'ai pas mangée. Elle est dans le frigo en ce moment même, a répondu Bridget en riant frénétiquement. Aïe ! Je me suis fendu la lèvre.

— Nous devrions essayer de dormir un peu, ai-je dit.

— J'ai peur de dormir, a confessé Bridget. Je ne veux pas rêver. Et si je faisais un rêve prémonitoire dans lequel l'hélicoptère ne vient pas ? Dans lequel nous ne sommes pas secourus ?

— Sans blague, Bridget, a dit Vonn. Si tu étais vraiment clairvoyante, tu ne penses pas que dans un rêve, une vision ou je ne sais trop quoi, tu nous aurais vus nous perdre ?

— Ça ne marche pas comme ça.

— Ça ne marche pas, point final.

— Fille de peu de foi…

— Tes prétentions sont sans fondement.

— Tu crois que je te parle de tous mes rêves ? a riposté Bridget. Tu n'as jamais pensé que je gardais des choses pour moi ?

— Comme quoi, par exemple ?

— Rien.

— Comme quoi ?

— Dans un de mes rêves, ton père m'a traitée de menteuse quand nous sommes allées frapper à sa porte. Ses enfants étaient présents.

— Ce n'est pas arrivé.

— Mais ç'aurait pu arriver. C'est d'ailleurs toujours possible.

— Nous vivons dans des mondes complètement séparés, hein ? a constaté Vonn d'un ton grave.

— Nous n'allons pas passer une seule nuit de plus ici, a affirmé Bridget d'un air confiant. C'est moi qui te le dis.

— Le plus important, ai-je lancé, c'est que nous n'allons pas lâcher, d'accord ? Nous allons trouver le sac et je vais le gravir, ce mur.

Nous avons passé le reste de cette deuxième nuit dans un silence presque total. Nous avons veillé sur

Nola, honteux du bien-être que son front brûlant procurait à nos mains glacées, surpris par ses spasmes de douleur, envieux de ses épisodes de sommeil en apparence profond.

Trop gelés pour faire la conversation, nous avons suivi la métamorphose des nuages, guetté le bruit d'un hélicoptère ou les cris des sauveteurs. Par chance, mes mains raides étaient insensibles aux égratignures cuisantes de mes paumes. C'était comme si mes doigts appartenaient à quelqu'un d'autre.

Au milieu de la nuit, la grotte a été envahie par les ronflements flûtés et sifflants de Bridget. Tendant la main, Vonn a, comme auparavant, corrigé la position de la mâchoire de sa mère pour mettre fin au bruit. Le succès a été provisoire.

Lorsque Bridget a recommencé à ronfler, Vonn a une fois de plus incliné sa tête avec douceur. Puis elle a jeté un coup d'œil à sa grand-mère et ses traits se sont affaissés.

— Je pense qu'elle a arrêté de respirer.

Nous nous sommes rapprochés un peu et Nola nous a fait sursauter en toussant. Puis elle a ouvert les yeux et croisé mon regard dans l'obscurité. Elle avait peur. C'était évident. Au lieu d'éprouver de la terreur, j'ai senti ma détermination se raffermir. Je ne laisserais pas Nola Devine mourir. Il y avait forcément une issue. La présence de métates prouvait que les Amérindiens avaient trouvé un moyen d'échapper à cet horrible bateau-roc. Qu'est-ce donc qui m'échappait ?

— Tu n'as pas fermé l'œil depuis deux jours, m'a dit Vonn.

— Comment as-tu su que je ne dormais pas ?

— Tu es tellement déshydraté que j'entends tes yeux cligner.

— Il va pleuvoir, lui ai-je rappelé.

— Que tu dis, a-t-elle rétorqué en se redressant avec peine.

Au loin, des coyotes ont hurlé et Nola, dans un état entre le sommeil et la veille, a crié :

— Laisse sortir le chien, Pip !

— Elle a un chien ? ai-je demandé, pris de panique à l'idée qu'un pauvre animal soit coincé chez elle, sans eau ni nourriture.

— Non, a dit Vonn. Elle veut parler de son carlin, Brutus. Il est mort il y a deux ou trois ans.

Un peu de temps s'est écoulé. Cinq minutes ? Une heure ?

— Tu penses qu'on nous cherche, à présent ? a demandé Vonn.

— Oui, ai-je répondu, même si rien ne me le laissait croire.

— Dis, Wolf, tu crois… au destin ?

— Je ne sais pas.

— Si le fait d'être ici, dans la montagne, en ce moment, t'avait empêché de faire quelque chose d'autre, y verrais-tu la preuve que tu devrais t'abstenir d'effectuer ce geste ? Autrement dit, penses-tu que l'univers – Mim dirait Dieu – essaie de t'envoyer un message ? Peut-être même de te punir ?

— Quel message ? ai-je demandé, crispé.

Elle a poussé un profond soupir.

— Si tu t'apprêtais à effectuer un geste, je veux dire ? Sauf que tu n'as pas pu parce que tu t'es perdu en cours de route. Ce serait un avertissement ou un truc du genre ? Un signe qu'il valait mieux que tu t'abstiennes ?

— Que je m'abstienne de quoi ?

— De ce que tu t'apprêtais à faire ?

J'ai du mal à décrire mon état d'esprit à ce moment, dans la mesure où il n'existe pas de parallèle dans la vie de tous les jours. Mes sens étaient émoussés, mon temps de réaction plus lent que d'ordinaire, mon emprise sur la réalité affaiblie. La question m'a donc propulsé dans une spirale paranoïde.

Depuis deux jours, nous étions privés de sommeil, d'eau et de nourriture. Sans compter qu'au départ de cette expédition j'étais moins robuste que d'habitude, ayant adopté le comportement pernicieux des déprimés et des suicidaires (manque de sommeil, sous-alimentation, pensées négatives). Bref, j'ai cru que Vonn cherchait à me faire admettre que j'avais le projet de me jeter du haut d'Angel's Peak.

— Qui t'a parlé de ça ?

— De quoi ?

Elle a semblé désorientée, blessée par mon ton.

— Qui t'a parlé de ce que j'allais faire ?

— Wolf ?

Quelque chose lui faisait peur. J'ai compris que c'était moi.

— Qu'allais-tu faire ?

Fébrilement, mon esprit cherchait une façon de rattraper ma gaffe.

— J'allais marcher hors sentier.

— Marcher hors sentier ?

— Je suivais les empreintes d'un mouflon.

— C'est tout ?

— C'était ça, mon projet.

— Tu suivais un mouflon… Tout seul ? Ils ne sont pas dangereux, ces animaux ?

— Ils sont géniaux.

— Et s'il t'avait chargé ?

— C'était un agneau que nous suivions, ai-je dit.

J'étais conscient d'avoir de la difficulté à mettre de l'ordre dans mes idées.

— Nous ?

— Que je suivais, je veux dire.

— Qu'est-ce que tu comptais faire quand tu l'aurais trouvé ?

— Quand j'aurais trouvé l'agneau ?

J'appuyais des deux poings sur mon ventre pour contenir les spasmes musculaires.

— J'allais le prendre en photo.

— Mais tu as oublié ton appareil, non ? a raisonné Vonn.

— Ouais. Et toi, qu'est-ce que tu avais l'intention de faire ?

Je respirais avec peine.

— Pourquoi n'as-tu pas de sac à dos ? a poursuivi Vonn.

— Je n'en ai pas apporté.

— Je sais. Je te demande pourquoi.

— Je l'ai oublié à la maison.

— Tu dois te sentir tellement stupide… Tu y penses ? Il t'obsède, ce sac ? L'eau qu'il contenait ? Les provisions ? Une tente, peut-être ? Tu avais une tente ?

Oui. Oui. Oui.

— Ce n'est pas très constructif d'y penser, Vonn.

— Est-ce qu'on va mourir ici ?

— Non, ai-je répondu. Peut-être.

Je pensais à l'agneau.

Jamais je n'ai parlé de l'agneau. À personne.

En cette fin de printemps, le pré, devant Mountain Station, était une belle explosion de lupins violets et de racines de corail, de giroflées ambre et de plantes des neiges écarlates. En route vers le sommet, Byrd et moi nous étions arrêtés pour bavarder avec un couple d'ornithologues d'âge mûr en pleine randonnée matinale. Emballé, le mari nous a parlé du faucon pèlerin – un oiseau rare – qu'ils avaient aperçu dans le pré. Il a désigné le sommet en forme de selle qui se profilait au loin.

— Nous n'avons pas pu le suivre en dehors du sentier, a-t-il dit en haussant les épaules.

Byrd et moi avons échangé un regard. L'homme indiquait la direction de Secret Lake. Nous avons donc décidé de changer de plan pour consacrer la journée à la quête du faucon pèlerin. Avec Byrd devant, nous avons épié les pins, à la recherche de signes. Puis il s'est arrêté et je l'ai imité, car devant nous se tenait le plus splendide spécimen de mouflon femelle que nous ayons jamais rencontré. Marchant à sa suite, son agneau, inexpérimenté et maladroit, a foncé dans son derrière. Les deux animaux nous regardaient de travers. Nous étions, tous les quatre, dans une impasse. Quelle conduite adopter ?

Nous savions que tout mouvement brusque risquait de les faire détaler et qu'une séparation aurait des conséquences désastreuses pour le petit. Nous étions si proches que je distinguais une tique sur le mufle de la brebis. Nous sommes restés là, souriant jusqu'aux oreilles, tandis que les animaux nous humaient dans le vent.

Les corbeaux bavards qui se sont perchés dans les pins au-dessus de nous ont semblé énerver la mère, qui a posé sur nous un œil accusateur. Ses cornes étaient moins longues et recourbées que celles d'un mâle. Malgré tout, en nous empalant à la hauteur de la poitrine ou, pire, plus bas, elle pouvait nous faire très mal. La brebis a baissé la tête. Nous avons balbutié des gros mots.

Puis les corbeaux se sont mis à se chamailler avec plus d'insistance, effrayant l'agneau, qui s'est enfoncé dans les broussailles. Se retournant, la mère a détalé à sa suite.

Byrd et moi voyions bien que l'agneau fonçait vers une fissure dans le roc ; au fond, la petite prairie sur laquelle elle débouchait se terminait par une falaise profonde. La mère était partie de l'autre côté, dans une dense forêt de pins, où elle a rapidement perdu la trace de son petit. Nous nous sommes lancés aux trousses de l'agneau.

C'est alors que l'incident s'est produit. L'agneau a sauté trop près de l'abîme, a perdu pied et a atterri sur un rebord étroit. Il avait fait une chute de moins de trois mètres, mais c'était suffisant. Byrd et moi avons descendu l'escarpement rocheux pour le rejoindre. Encore maintenant, le souvenir de cet animal, allongé là, ses pattes avant cassées, saignant et bêlant, me hante. Je n'arrivais pas à déchiffrer l'expression de Byrd. Bizarrement, il semblait très calme.

— On peut le sauver, Byrd ? On peut le sauver ?

Je connaissais déjà la réponse. Il était injuste de l'obliger à la formuler à voix haute.

J'avais du mal à regarder en face la créature bêlante, mais le satané petit croisait sans cesse mon regard. Il me suppliait. Voulait-il vivre ou mourir ? Je l'ignorais. J'ai vu Byrd sortir son couteau suisse de sa chaussette. Il a déplié la lame.

Le granit répercutait les cris de l'agneau. Incapable d'assister au massacre, j'ai fermé les yeux et me suis bouché les oreilles.

— Aide-moi ! a crié Byrd en me martelant la jambe.

À contrecœur, je me suis penché pour immobiliser l'animal.

— Sa gorge, a dit Byrd.

J'ai tenu l'agneau et j'ai fermé les paupières dans l'attente du bruit de la chair qui se déchire, prêt à sentir le sang tiède jaillir, espérant le silence qui s'ensuivrait. J'ai plutôt entendu un tintement métallique et, en rouvrant les yeux, j'ai vu, à ma grande confusion, le couteau tomber sur le roc à côté de l'animal terrifié, tandis que Byrd s'éclipsait dans les broussailles. J'ai saisi le couteau et, d'un seul coup rapide, j'ai accompli cet acte de miséricorde brutal.

Dans le téléphérique, ce soir-là, nous avons remarqué que certains passagers, visiblement mal à l'aise, nous lançaient des regards de côté. Byrd a montré mon blouson éclaboussé de sang.

— Tu devrais l'enlever, a-t-il suggéré.

— Ouais, ai-je acquiescé.

— Tu es plus fort que tu le penses, je suppose, a-t-il dit en contemplant le désert blanc.

Encore aujourd'hui, je n'arrive pas à décider si Byrd m'avait mis à l'épreuve ou s'il avait lui-même flanché.

Nola dormait, la respiration sifflante. Bridget, contrairement à son habitude, ronflait tout doucement.

— On dirait des chats, a dit Vonn, comme si elle lisait dans mes pensées. Tu as dit qu'il y avait des lions de montagne, par ici, non ?

Sur cette saillie, nous n'allions trouver ni lions de montagne ni ours – j'en étais persuadé.

— C'est à peine s'il y a une douzaine de spermophiles, ici. Pas grand-chose à se mettre sous la dent pour un lion de montagne.

— Il y a nous.

— Ne dis pas ça ici, ai-je répondu en plaisantant à moitié. Ne dis pas ça en présence de l'univers.

— Tu penses que l'univers a des oreilles ?

J'ai haussé les épaules.

— C'est ce que mon ami répétait toujours.

Elle a hésité.

— Tu sais que les gens ont l'habitude de se tourner vers Dieu dans les moments les plus sombres ?

— Oui, je suppose.

J'ai songé au lever du soleil qui m'avait ébloui, ému jusqu'aux larmes.

— C'est un peu comme être partisan d'une équipe sportive, mais seulement quand elle gagne, non ? Tu penses que c'est comme ça qu'Il voit les choses, Lui, s'Il existe ?

J'ai de nouveau haussé les épaules.

— Tu penses que Dieu nous voit, en ce moment ? Qu'Il sait que nous avons échoué sur cette saillie géante ?

J'ai réfléchi un instant avant de me rendre compte que je n'avais aucune envie de spéculer. L'idée que Dieu soit conscient de nos souffrances m'était insupportable. Mais l'ignorance en la matière n'était-elle pas contraire à Sa nature même ?

— Tu es croyante ? ai-je demandé.

Ce matin-là, j'avais senti la présence de Dieu dans la montagne, mais en ce moment, Il me semblait très distant.

— J'attends un signe, a dit Vonn.

Bridget, se retournant dans son sommeil, a laissé fuser un pet qui a duré une bonne minute, semblable à un roulement de caisse claire. Puis elle s'est mise à ronfler bruyamment. Vonn et moi avons frôlé la syncope à force de rire. Ensuite, elle a replacé la tête de sa mère.

Après un moment de silence, elle a dit d'une voix tremblante :

— C'est peut-être moi qui ai perdu les clés. Je ne suis pas certaine de les avoir données à Bridget.

— Ne t'en fais pas, Vonn, ai-je dit. C'était une simple erreur.

— Si on n'était pas allées au spa pour ma stupide pédicure, parce que j'avais fait toute une histoire, on n'aurait pas perdu les clés et on serait arrivées ici plus tôt, avant que le brouillard devienne trop dense. On aurait peut-être trouvé le lac. On ne t'aurait pas rencontré. Tu ne te serais pas perdu, Wolf. Tout est ma faute. C'est Dieu qui me punit, tu crois ?

— Pour avoir égaré les clés de la voiture ?

Je voulais donner à Vonn l'assurance que je n'avais senti ni jugement ni colère dans le lever du soleil, mais je m'en suis abstenu. Même à l'époque, j'étais persuadé qu'il incombe à chacun de tirer ses propres conclusions à propos de Dieu.

— Ça n'a pas de sens.

— Pour d'autres motifs, alors ? a-t-elle ajouté.

Il me semblait absurde de tenter d'interpréter les motivations de Dieu, voire de lui en prêter.

— Nous sommes ici parce que nous sommes ici, ai-je dit. Mais quand même, quelques prières ne pourraient pas nous faire de tort.

— J'ai les orteils tout engourdis, a dit Vonn en enfonçant ses talons dans mes côtes, quelques instants plus tard. Tu m'avais demandé de te prévenir.

Sous les chaussettes, je sentais ses pieds raidis et gelés, et j'ai réprimé un haut-le-cœur à la pensée de la pathologie mortelle à l'œuvre en chacun de nous. J'ai pris son pied gauche entre mes mains glacées et je l'ai frictionné avec vigueur dans l'espoir de rétablir la circulation.

— Ça fait mal, a-t-elle chuchoté en fermant les paupières.

— Je sais, ai-je dit. Ça brûle.

— Ça brûle, a-t-elle acquiescé. J'ai des engelures, tu crois ?

Nécrodigitite. J'ai réussi à réchauffer la plante des pieds de Vonn, mais ses orteils restaient désespérément froids.

— Si tu as mal, ça veut dire que le sang circule. C'est bon signe. Laisse-moi les frotter encore, ai-je dit.

— Pourquoi c'est si long ? a demandé Vonn. Pourquoi est-ce qu'ils ne nous trouvent pas ?

J'ai prié Dieu pour qu'on nous trouve.

— J'ai tellement soif, a dit Vonn d'une voix rauque.

— Il va pleuvoir, ai-je répété.

Nola geignait dans son sommeil, et Bridget ronflait à l'unisson. Vonn a une fois de plus rectifié la position de la mâchoire de sa mère et les ronflements ont cessé.

— J'ai appris à faire ça quand j'étais petite. Pendant des années, j'ai dormi avec elle.

J'ai hoché la tête.

— Comment les chiens pisteurs vont-ils faire pour nous retrouver, s'il pleut ? a demandé Vonn. La pluie ne va pas faire disparaître notre odeur ? Et nos empreintes ?

— Tout dépend de l'importance et de la durée des précipitations, ai-je répondu. Mais nous avons besoin de boire. Nous voulons qu'il pleuve.

La montagne jouait sa musique lugubre : les hurlements du vent, les ululements du hibou, les notes de basse granitiques réverbérées par le canyon. Je sentais se ratatiner les moindres cellules de mon corps. Mes muscles étaient épuisés par les ascensions futiles de la journée. Quand je bougeais, mon cerveau me donnait l'impression de trembloter dans mon crâne. Le seul parfum que je détectais était celui de la stérasote. Les lumières de Palm Springs nous narguaient. Tin Town, semblable aux débris scintillants d'une explosion, soutenait mon regard.

Me suis-je endormi ? Je n'en suis pas sûr. Je me souviens d'avoir sursauté à la pensée que Vonn ne s'était pas plainte de ses orteils depuis un certain temps. De mes mains maladroites, j'ai donc commencé à les masser avec vigueur.

— Tu sens quelque chose ? ai-je demandé.

— Ils sont engourdis, a-t-elle répondu.

De toutes mes forces, j'ai pincé la chair de son gros orteil.

— J'ai du mal à croire qu'on vient de se rencontrer, a dit Vonn, insensible à la pression.

Je me suis souvenu que Byrd m'avait dit la même chose, quelques années plus tôt.

J'ai promené mes doigts raidis autour de ses orteils. Sous l'effort, mes mains me faisaient mal.

— Tu dois regretter de t'être laissé détourner de la poursuite du mouflon, a-t-elle dit.

— Quoi ?

— Tu dois regretter d'être tombé sur Bridget et Mim.

J'ai réfléchi.

— Non.

Elle m'a dévisagé dans le noir.

— Peu importent les conséquences ?

— Peu importent les conséquences, ai-je répondu.

Puis je me suis penché et, saisissant les bras de Vonn, j'ai posé mes lèvres gercées et glacées sur les siennes. Nous sommes restés ainsi un long moment à respirer l'odeur de l'autre. Ce n'était pas un baiser, du moins pas exactement. Nous avions trop froid et nous étions trop affamés, nos bouches et nos lèvres étaient trop sèches. C'était plus qu'un baiser ; c'était plus évolué, plus mûr, plus empreint de sagesse et plus complexe, mais je ne crois pas qu'il existe un mot pour décrire ce geste. Ce baiser lourd de détails possédait aussi une autre dimension, une chose en particulier que je n'ai pas su nommer, à cet instant du moins. J'ai seulement compris que je devrais y revenir.

À côté de nous, Nola a poussé un gémissement de douleur.

— Elle est inconsciente ou endormie ? a demandé Vonn. J'ai peur.

— Elle s'en tirera très bien. Elle est forte comme un bœuf.

— Elle est vieille, Wolf. Elle prend des pilules pour les os ! On prend ce genre de médicaments quand on a les os comme de la sciure de bois.

— Bœuf. Os. Sciure de bois. Tu veux bien arrêter de parler de nourriture ?

Elle a ri sans grande conviction.

— Des jours ou des heures ?

— Quoi ?

— Tu vois très bien. Des jours ou des heures ?

— Il ne faut pas parler comme ça. Il ne faut pas penser comme ça. Je me suis approché de la corniche, aujourd'hui. Si seulement j'avais eu une corde pour m'aider à atteindre cette deuxième branche…

— Mon parka ?

— Nous avons besoin de nos parkas.

— Et les courroies du sac de Mim ?

— Ouais. Sauf qu'elles ne sont pas assez longues pour faire une corde.

— D'accord, a dit Vonn en s'efforçant de rester positive. On va se servir des courroies. Et du reste des sous-vêtements ?

— Le *soutien-gorge* de Mim ?

— Le soutien-gorge de Mim, a-t-elle répondu en souriant.

— Nous avons un plan. Nous fabriquons une corde. Je grimpe jusqu'en haut. Je vais chercher de l'aide. Demain, nous sommes de retour à la maison.

— Nous avons un plan, a dit Vonn.

Ayant continué de pétrir la chair de ses pieds, j'ai été soulagé quand elle a commencé à gémir.

— Ça fait mal, a-t-elle dit.

— Tant mieux. C'est bon signe.

Après m'avoir observé un long moment, elle a dit :

— Tu as entendu parler des passagers qui ont survécu à un accident d'avion dans les Andes, dans les années 1970 ? Les joueurs de rugby ?

J'avais entendu parler d'eux.

— Tu as lu le livre ?

J'avais lu le livre.

— Tu te souviens de ce qu'ils ont fait ?

Ils sont devenus tristement célèbres pour avoir survécu grâce au cannibalisme. Je n'ai pas voulu prononcer les mots à voix haute.

— Je ne peux pas manger Mim, a dit Vonn avant d'éclater en sanglots.

— On ne va pas manger Mim, ai-je dit en la prenant dans mes bras. On ne va pas manger Mim.

— Promis ?

Nos regards se sont croisés. J'ai hésité.

— On va plutôt manger Bridget.

Après un moment de silence, elle a ri.

— Tu es complètement malade.

— Toi aussi, ai-je dit.

C'était un compliment.

Du haut de notre perchoir, dans la grotte, nous avons vu le hibou s'envoler à tire-d'aile en poussant un cri.

— C'est ça, va-t'en ! ai-je lancé. Bon débarras.

— Tu crois qu'il nous observait ? a demandé Vonn.

J'en étais sûr, mais je ne voulais pas qu'elle me trouve bizarre.

Le silence s'est prolongé. Quand le vent s'est levé, interrompant ma méditation, j'ai redressé la tête, contrarié.

— Mes pieds, Wolf, a dit Vonn en me donnant une bourrade dans les côtes.

— Tu crois en Dieu ? lui ai-je demandé.

— Sérieusement ? a-t-elle répondu. On ne vient pas d'avoir cette discussion ? J'y crois seulement quand tout va mal, tu te rappelles ?

J'avais eu l'intention de lui demander si elle croyait aux fantômes, car une seconde plus tôt, en me tournant face au vent, j'avais cru percevoir un mouvement. J'étais sûr que c'était Byrd, de nouveau, ou peut-être ma mère, cet ange-fantôme. J'ai jeté un coup d'œil à Nola pour m'assurer qu'elle respirait toujours. Les bois étaient silencieux, hormis les ululements lointains du hibou. Puis nous avons entendu des branches craquer.

Nous avons balayé les environs des yeux et décidé que ce n'était que le vent.

— Mes pieds sont comme des blocs de glace.

Elle disait vrai. Coinçant son pied droit sous mon aisselle, j'ai à nouveau frictionné le gauche avec vigueur à travers la laine rêche de la chaussette.

— Ça ne marche pas, a-t-elle dit.

J'ai senti la panique monter en elle. J'ai retiré la chaussette et je l'ai déroulée, comme un gant, sur ses orteils gercés et gelés. Je n'y voyais pas clair, mais suffisamment pour constater qu'ils étaient enflés et raides. Prenant son pied entre mes mains rigides, j'ai tenté d'y rétablir la circulation en commençant par masser le mollet, puis je me suis attaqué à la cheville, au talon et à la plante. Le petit orteil était si froid qu'il m'a fait peur.

— Je vais perdre mes orteils ?

— Non, ai-je répondu.

Vonn n'a pas opposé de résistance quand j'ai tiré son pied vers moi et elle a seulement fermé les yeux lorsque j'ai lentement mis ses orteils dans ma bouche. Je les ai réchauffés avec ma langue, puis je les ai sucés avec douceur pour y faire circuler le sang de nouveau. J'ai été ému par ses gémissements, qui n'avaient rien à voir avec le plaisir. Je ne pouvais lui épargner la souffrance, mais les engelures, peut-être. Dans le noir, nous nous sommes regardés, et ces étranges circonstances ont engendré l'un des plus grands et singuliers moments d'intimité de ma vie.

Puis il y a eu un mouvement dans les broussailles du côté ouest. Malgré mes sens émoussés et ma bouche occupée à autre chose, je l'ai perçu. Vite, Vonn a sorti ses orteils d'entre mes dents et a remis la chaussette.

— Un coyote, ai-je dit.

Sans doute avait-il été attiré par le sang de Nola. Ou peut-être que nos corps défaillants dégageaient une odeur qui avait attisé son appétit.

Un autre mouvement dans les arbres, du côté nord, a révélé qu'il n'était pas seul. Deux. Ils s'étaient mis à deux pour nous traquer. Nous ne rêvions pas, Vonn et moi.

J'avais emporté une branche dans l'alcôve, au cas où des bêtes se montreraient trop curieuses. Un écureuil, un rat ou une araignée, m'étais-je imaginé. Jamais je n'aurais cru avoir affaire à deux coyotes agressifs, alors que j'étais coincé sur une saillie au-dessus du canyon du Diable. J'aurais choisi une plus grosse branche.

Je me suis planté à l'entrée de la grotte, épiant les déplacements des bêtes dans les broussailles. J'agitais mon bâton en criant :

— Ouste. Ouste ! OUSTE !

Je m'efforçais de simuler une présence imposante et menaçante, mais ces canidés étaient sans doute aussi affamés que nous, car ils n'ont reculé que de quelques pas à peine.

Puis le premier chien est revenu par la gauche et le second par la droite. Ils louvoyaient entre les buissons, grimpaient sur les rochers, s'avançaient vers notre refuge. J'ai hurlé. Vonn s'y est mise aussi.

En se réveillant, Bridget a aperçu les coyotes et elle a commencé à beugler. En fait, elle criait comme une folle. Les coyotes ont battu en retraite et, à l'abri des broussailles, ont hurlé de concert avec elle. Quel trio ! Quel raffut obsédant ! Les cris, répercutés par les parois du canyon, étaient repris en chœur par le diable lui-même.

Nous avons attendu. Je les entendais – des buissons bruissaient, des brindilles craquaient –, mais je ne les voyais pas.

— Allez-vous-en ! ai-je crié.

Sans doute les coyotes ont-ils cru que je disais « Approchez », car ils sont sortis du couvert végétal en prenant des poses menaçantes.

— Lance-leur quelque chose, Wolf ! a crié Vonn.

J'ai cherché une pierre. N'en trouvant pas, j'ai saisi le gros pot de beurre d'arachides et je l'ai lancé de toutes mes forces, heurtant le coyote le plus proche en plein entre les yeux.

L'animal s'est secoué et a repris vie en grognant et en montrant les crocs. Dans le noir, il me voyait mieux que je ne le voyais. L'autre coyote a agrippé le récipient en plastique et l'a écrasé entre ses incisives, puis il s'est mis à le secouer comme pour briser le cou d'une proie. Le couvercle a sauté et l'animal a disparu dans un nuage de cendres.

La bête galeuse a éternué. De mon côté, j'ai tenu bon en criant et en brandissant la branche. Nous hurlions tous. Bridget a empoigné le sac à dos de Nola et l'a lancé. Avec une habileté impressionnante, l'animal l'a saisi au vol entre ses dents. Son compagnon l'a aussitôt rejoint. Pris d'une frénésie meurtrière, ils ont eu tôt fait de le réduire en lambeaux. D'un pas lourd, je me suis avancé en agitant ma branche de façon intimidante. Les animaux, décontenancés par ce sacrifice dépourvu de sang, ont laissé tomber le sac de toile avant de détaler.

Je les ai pourchassés, revendiquant le territoire qu'ils avaient envahi. Dans le noir, j'étais lent. Je contournais les buissons et gravissais les rochers en me laissant guider par leurs bruits. Ils se dirigeaient vers la fosse des Devine et je me suis dit que ces animaux rusés me jouaient peut-être un tour, me tendaient une embuscade. J'ai persisté, tout en sachant que c'était une erreur. Je craignais sans doute, en renonçant à les poursuivre, qu'ils ne flairent ma faiblesse.

Ils se trouvaient sur le rocher, près du buisson de stérasote. Je les ai vus s'avancer dans l'ombre. À tour de rôle, après une brève hésitation, ils ont effectué un bond prodigieux au-dessus du large fossé qui nous séparait de l'autre versant.

Le premier coyote a atterri avec grâce sous le clair de lune ; l'autre, en revanche, a trébuché. Je suis relativement certain de l'avoir vu boiter en trottinant à côté de son compagnon avant de disparaître dans l'obscurité.

— Wolf ? a appelé Vonn.

J'ai failli perdre pied en heurtant un objet. En me penchant, j'ai retrouvé les vestiges du sac de Nola. Les coyotes l'avaient passablement malmené et j'ai vu au premier coup d'œil qu'il était irrécupérable. J'ai levé les yeux au ciel en songeant : *Vraiment ?*

De retour dans la grotte, j'ai vu l'ombre de Vonn qui montait la garde, armée d'une grosse branche épineuse.

— Ils ont franchi la crevasse d'un bond, ai-je lancé. Cinq mètres. Au moins cinq mètres.

— Ils risquent de revenir.

— Ils ne reviendront pas. À quoi bon s'acharner sur nous ? On leur donne trop de fil à retordre.

Je me suis demandé combien de temps nous pourrions leur opposer cette résistance.

— Comment les Cahuillas faisaient-ils pour venir jusqu'ici ?

— À qui tu parles ? a demandé Vonn.

— À moi-même. Je ne sais pas. Les Cahuillas ne sautaient pas. Pas si loin.

En me retournant, j'ai été alarmé de constater que Nola avait continué de dormir pendant tout l'épisode des coyotes.

— Elle ne s'est réveillée à aucun moment ?

Vonn et Bridget ont secoué la tête.

— Cinq mètres, a dit Bridget. C'est beaucoup.

Je me suis agenouillé à côté de Nola. Son front était brûlant, sa respiration laborieuse. J'avais mal dans tout le corps et le moral dans les talons. J'ai récité une prière silencieuse pour les Devine. Et une autre pour que vienne la pluie.

Dans mon rêve, les orteils de Vonn étaient dans ma bouche. Mais alors Vonn s'est métamorphosée en Bridget – dans les rêves, de telles transformations sont monnaie courante, comme tu le sais – et elle a montré le bras de Nola. Le bandage constitué d'un débardeur et d'un soutien-gorge s'était défait et des feuilles de stérasote, luisant comme de minuscules joyaux verts, en tombaient et se répandaient sur le sol. Dans mon rêve, j'ai failli perdre la tête : par miracle, la blessure était complètement guérie. Bridget m'a fait signe de jeter un coup d'œil dans les arbres au-dessus de nos têtes, et j'ai attrapé mon bâton, prêt à repousser les coyotes. À la place, j'ai vu un ange qui dansait parmi les pins, m'invitait à me joindre à lui. C'était ma mère, vêtue de sa robe blanche à manches chauve-souris. Je l'ai suivie, même quand elle s'est mise à courir, et j'ai crié : « Glory. Glory ! GLORY ! »

Elle m'a entraîné dans les broussailles, au-dessus des rochers, jusqu'à l'endroit où les coyotes galeux avaient franchi la crevasse d'un bond. Là, elle s'est balancée d'improbable façon sur la cime d'un pin tordu et solitaire.

— Aie confiance, a-t-elle dit.

— En qui ? ai-je crié.

— Construis un pont, Wolf ! Construis un pont à l'aide du pin moussu.

— Quoi ? Dupont et Dupin ?

— Tu es encore là ? a lancé Byrd en riant.

Il s'est assis à côté de moi sur le rocher.

— Je rêve, Byrd. Tu as vu ma mère ? Où on est ?

— La matrice, mon vieux. Entre les rochers.

— Super.

— Ton dix-huitième anniversaire a été un ratage complet.

— Je sais.

— Tu es censé leur servir de *guide*.

— Je sais. C'est par là ? ai-je demandé en montrant l'autre côté.

— C'est par là.

— Ça va nous ramener à l'endroit d'où nous sommes tombés ?

— C'est par là, a répété Byrd.

— C'est par là que nous serons secourus ?

— Vous devez aller par là, a répondu Byrd en haussant les épaules.

Il a sorti la gourde jaune de son sac à dos et a pris une longue gorgée avant de me la tendre. L'eau du rêve, fraîche, froide, a apaisé ma gorge irritée et remonté mon moral.

Byrd a désigné la crevasse d'un geste.

— Autrefois, il y avait un pont terrestre. Effilé, comme l'aile d'Angel's Peak. Il s'est cassé. Ils empruntaient un petit pont fait d'une corde tendue.

— Qui ça, ils ?

J'ai suivi son doigt, qui montrait les vestiges d'un pont terrestre.

— Imagine le bruit qu'a fait cette pierre en tombant… a réfléchi Byrd à haute voix.

— Tu crois qu'il est possible de franchir cette distance d'un bond ?

Byrd a secoué la tête.

— C'est du suicide. Le bond, c'est une chose, mais l'atterrissage… Il faudrait que tu sois un mouflon.

— Ou un coyote.

De l'autre côté, le roc incliné semblait rejoindre l'endroit d'où nous étions tombés.

— Alors je construis un pont ? Puis je monte là-haut ? J'emmène les Devine jusque-là ? Et après ?

— Tu vas apercevoir un pin solitaire.

— Un pin solitaire ?

— Avec une *mesa* derrière. C'est par là. Va vers le pin solitaire.

Nola est apparue dans mon rêve. Se dressant sur la crête, de l'autre côté du versant, elle tenait deux gros chiens en laisse. Seulement, ce n'était pas Nola. C'était ma mère. Elle portait le poncho rouge de Nola, et non la robe blanche. Et c'étaient des coyotes, et non des chiens.

Dans mon rêve, Nola a crié :

— Écoute ta mère, Wolf !

C'est tout ce que je me rappelle du rêve, dont j'invente sûrement au moins une partie.

Je vais te raconter ce qui est arrivé à mon réveil, le lendemain matin, dans la montagne, le troisième jour depuis que nous nous étions égarés, mais pour que le reste de l'histoire ait un sens, je dois d'abord te parler de ce qui est arrivé à Byrd.

C'est la réapparition de Lark dans ma vie, juste avant mes dix-sept ans, qui a mis en branle la série d'événements qui me ramèneraient dans la montagne et me conduiraient à la rencontre des Devine.

Je pensais à Lark Diaz soir après soir, même si je ne l'avais pas revue depuis mon coup de chaleur, l'été où nous étions venus du Michigan. Elle avait été au pensionnat, puis à l'université, à New York. Byrd avait eu raison de prédire que sa cousine ne reviendrait jamais vivre à Santa Sophia, même à la belle saison. À l'occasion de ses rares apparitions, elle était le plus souvent accompagnée d'un petit ami, un dandy à lunettes titillé par la culture des casinos ou encore un monsieur Muscles décérébré, pressé d'escalader la montagne en sandales. C'est du moins ce que rapportait Byrd qui, obligé de participer aux repas de famille des Diaz, assistait au modeste défilé des prétendants.

Un vendredi, je remplaçais Byrd à la station-service : il avait été convoqué au ranch de Harley pour discuter de ses études à l'université, maintenant qu'il avait dix-huit ans. Je ne voulais pas qu'il s'en aille. J'espérais qu'il ne serait accepté nulle part. Je me moquais de l'idée même de son départ. Sans Byrd, je n'étais pas seulement seul : je n'étais plus moi-même.

Cette fois, c'est le tintement du carillon argenté – Byrd l'avait installé lorsque la cloche à vache avait rendu l'âme – qui a annoncé son entrée. Elle n'était pas maquillée, ses longs cheveux étaient dénoués. Elle portait un short de jean et des bottillons, mais j'ai tout de suite compris qu'elle n'était pas du coin. En me voyant, elle a souri largement et a lancé :

— Tu me dois encore deux sodas.

J'ai respiré le parfum d'huile d'orange.

— Aïe.

Voilà tout ce que j'ai trouvé à dire, à voix haute par-dessus le marché.

— Tu es… *Lark.*

Elle a ri – quel son magnifique ! – et j'ai été surpris de constater qu'elle me trouvait charmant.

— Tu reviens vivre ici ? ai-je demandé de ma voix la plus grave.

— On est là pour le week-end, a-t-elle dit. On a fait le voyage depuis New York pour assister au grand événement.

L'événement en question, c'était la fête que Harley organisait au ranch, le dimanche, pour célébrer nos anniversaires, à Byrd et à moi.

On ? Elle était donc venue avec un garçon ?

— Tu connais Gisele Michel ? Nous étudions ensemble à New York.

J'ai été soulagé en la voyant désigner une brune maigrichonne, mais aux seins énormes, s'extirper d'une Mercedes argentée. Pendant qu'elle s'avançait en faisant *clic-clac* sur ses talons trop hauts, Lark a expliqué :

— Son père est un avocat réputé qui représente des scénaristes de la télévision. Sa mère décore les maisons des vedettes. Elle possède une résidence sur la plage de Malibu. On l'a vue dans *People*.

Elle a haussé les épaules comme si elle-même n'était pas impressionnée, mais que moi j'aurais dû l'être.

La portière du passager s'est ouverte à son tour et j'ai été décontenancé de voir Byrd sortir de la voiture.

— Byrd connaît ton amie ?

— Depuis ce matin.

— OK, ai-je dit en me fendant d'un large sourire.

— J'ai besoin que tu me fasses une faveur, a commencé Lark.

À l'entrée de Byrd et de la jeune femme dans la station-service, mes poils se sont dressés. Derrière le parfum de grand couturier qui a suivi cette fille dans l'allée, j'ai détecté, subtile, l'odeur du sang. Une prédatrice. Voilà ce que j'ai senti.

Byrd s'est avancé vers nous en lançant :

— Tu ne lui as pas dit, hein, Wolf ?

— Non, ai-je répondu. Quoi ?

Par-derrière, Gisele Michel a enserré la taille fine de Lark et s'est léché la lèvre inférieure en me toisant de la tête aux pieds.

— Il est absolument adorable, a-t-elle déclaré d'une voix faussement rauque. J'ai toujours adoré les cow-boys et les Indiens. Ils sont si… *miam*.

— Ne leur dis rien, a ordonné Byrd.

Quoi donc ? Il y avait trois ans que je n'avais pas vu Lark en chair et en os. Et maintenant, elle se tenait devant moi. Et elle flirtait avec moi ? *Et* elle était accompagnée d'une célébrité sexy ? *Quoi ?*

J'ai examiné Gisele de plus près. Ses principaux atouts (qui n'étaient pas tout à fait naturels) étaient ses seins reconstruits. Une merveille d'architecture avec une touche de surréalisme, façon manga ou peu s'en fallait. Sa voix m'a fait penser à un poivron vert.

— Occupe-toi des présentations, a exigé Gisele. Je veux faire la connaissance du type qui sait.

— Gisele Michel, Wolf Truly, a dit Lark.

Lark avait donc retenu mon nom de famille ? J'ai été flatté.

— Qu'est-ce que je sais, au juste ?

— Ne leur dis rien, Wolf, a répété Byrd. Je leur ai dit que tu ne cracherais pas le morceau.

— Leur dire quoi ?

Gisele a entraîné Byrd du côté du réfrigérateur de boissons gazeuses.

— Je te répète que j'ai un faible pour tout ce qui concerne les Amérindiens. Billy Jack. Tu connais Billy Jack ? Je raffole de tout ce qui est *vintage*. Le cinéma. Les vêtements. Tout. J'ai la nostalgie d'une époque où la vie était, genre, plus simple.

Je voyais bien que Lark souhaitait me prendre à part. Elle se jouait de moi, mais je n'y voyais pas d'inconvénient. Pourvu que le jeu soit intéressant.

— On est amis, pas vrai ? a demandé Lark.

— Oui, ai-je confirmé.

— Quand tu as débarqué ici, ce jour-là, il y a longtemps, je t'ai entendu dire à Byrd que tu avais trouvé de l'herbe rouge, a commencé Lark en souriant largement. Je t'ai entendu, Wolf.

— De l'herbe rouge ? ai-je répété, interloqué, mais seulement un peu.

— Je voulais que Gisele m'accompagne à votre anniversaire et je lui ai parlé de cette affaire de quête de vision et de l'utilisation qu'on faisait de cette herbe dans les anciennes cérémonies, et elle a dit qu'elle voulait essayer cette herbe et je lui ai dit que je connaissais quelqu'un qui savait où en trouver, a expliqué Lark en me regardant de ses yeux énormes. Autrement, elle ne serait pas venue.

— L'herbe de la mort ? ai-je dit, pince-sans-rire.

— On peut mourir de toutes sortes de choses, Wolf. Personne n'a parlé d'en prendre beaucoup.

— De l'herbe rouge, ai-je dit en secouant la tête. C'est une mauvaise idée.

— Je t'en prie, m'a supplié Lark. Elle va me haïr si je ne tiens pas parole.

Gisele et Byrd se sont immiscés dans notre conversation.

— Alors, pérorait Gisele, je pense que les Amérindiens – les plumes, les coiffes, la peau de daim, les motifs animaliers, les imprimés totem – pourraient être sexy si seulement ils laissaient tomber, genre, toute cette histoire de grave injustice ou je sais pas quoi.

Byrd a ri, mais je ne pense pas qu'elle essayait d'être drôle.

— Quand j'ai vu ta photo, a-t-elle commencé avant de battre des cils – ils étaient d'une longueur prodigieuse – devant Byrd, j'ai dit que j'accepterais d'assister à cet anniversaire à condition de prendre de l'herbe rouge avec ce séduisant garçon.

N'ayant jamais vu Byrd interagir avec des femmes, je lui ai envié, je l'avoue, son apparente aisance. On aurait dit que des enfants célèbres de décoratrices et de grands avocats se jetaient chaque jour à son cou.

— Tu as fait ce long voyage juste pour célébrer avec nous le passage d'une *annus* déterminante ? a demandé Byrd en se fendant d'un large sourire.

Gisele a eu un faux mouvement de recul.

— Pas question que je m'approche de ton anus !

Se tournant vers moi, elle a demandé :

— Quand est-ce qu'on en prend ? La veille ? Ou ce serait cool d'être sous l'effet de l'herbe pendant la réception ?

— NON !

Byrd et moi avions crié d'une seule voix à la pensée du sort que nous réserverait Harley s'il nous surprenait en vol plané induit par l'herbe rouge.

— Qu'est-ce que vous en dites, les garçons ? a demandé Lark avec optimisme.

— Vous savez que ce truc fait tomber les cheveux ? a demandé Byrd.

— C'est pas vrai ! s'est écriée Gisele en saisissant sa crinière à deux mains.

— La plante contient une substance chimique appelée *alopéciadicide*, a insisté Byrd.

— Il fabule, a lancé Lark. Il est super bizarre. Wolf aussi. Ils *lisent*. Des *livres*.

— Tu as dit qu'ils étaient hétéros ! a répliqué Gisele en faisant la moue.

— On est hétéros ! nous sommes-nous écriés à l'unisson.

Lark s'est léché la lèvre inférieure.

— Alors, qu'est-ce que tu en dis, Wolf ?

— Je ne sais pas si le buisson est encore là.

C'était la vérité.

— On va en prendre une toute petite dose, une dose infime. Assez pour se défoncer, mais pas assez pour se ruiner la santé, a promis Gisele.

— Personne ne va mourir, a dit Lark en riant.

— Vous savez que ce truc excite terriblement les filles ? Tu es au courant, Byrd, non ? a demandé Gisele, qui s'est dressée sur ses talons hauts et l'a longuement embrassé, la langue baladeuse.

Je ne pouvais pas détourner les yeux du spectacle, jusqu'à ce que Lark se hisse sur le comptoir devant moi, me permettant d'entrevoir l'intérieur de ses cuisses.

— J'ai lu la même chose, a dit Lark en m'attirant vers elle pour chuchoter dans mon oreille. Il paraît que les filles arrachent leurs vêtements.

— Que diriez-vous d'une petite initiation, les garçons ? a demandé Gisele. Un rite de passage pour célébrer votre anniversaire. Une quête de vision. Comme c'était la coutume chez les vôtres.

— On pourrait le faire sans herbe rouge, a raisonné Byrd.

— Dix-huit ans, c'est l'âge légal, tu sais, a dit Gisele en triturant la ceinture de Byrd. Pour beaucoup de choses.

Lark a croisé les doigts sur ma nuque.

— Je vais te devoir une *grosse* faveur, a-t-elle murmuré.

J'ai perdu momentanément l'usage de la parole.

— Je ne sais pas comment préparer la tisane, ai-je fini par avouer.

— Ne me regardez pas, a dit Byrd en levant la main. Je viens de Hamtramck.

— Sans blague ? a soupiré Gisele. Il n'y a rien d'écrit ? Pas de recette ni rien ?

— Ce sont les chamans qui s'en occupaient, a expliqué Byrd, l'air plus amérindien que jamais. C'est une substance toxique.

— Un hallucinogène, ai-je dit.

— Ce truc va me transformer en actrice porno, a dit Gisele, aguicheuse.

— On en prendra très peu. À peine de quoi rendre une mouche pompette, a promis Lark. Tu vas aller nous en chercher ?

J'ai hésité.

— Je ne sais pas.

Gisele a saisi Lark par le bras. Sans se soucier que nous l'entendions, elle a sifflé :

— Je ne serais pas venue jusqu'à Santa Calientay pour faire la fête avec, genre, des gamins du secondaire si tu ne m'avais pas promis de nous procurer cette merde, Lark !

— C'est bon, je vais aller en chercher, ai-je dit pour épargner à Lark l'humiliation de décevoir son affreuse copine.

Tant de bonnes intentions sur le chemin qui allait mener à l'enfer…

— Merci, a articulé Lark tout bas.

Pour sceller l'entente, elle a posé ses lèvres nues sur les miennes. Mon premier baiser. Au goût d'orange.

Byrd et moi repérerions le buisson et préparerions une petite quantité de tisane en faisant bouillir les feuilles et les tiges. Le lendemain soir, nous en boirions l'équivalent d'un dé à coudre pour célébrer nos anniversaires et notre passage à l'âge d'homme. Secret Lake, au crépuscule : endroit et moment tout indiqués pour une telle cérémonie. Nous connaissions assez bien le chemin du lac pour y aller à la seule clarté de la lune, mais nous avons promis aux filles de nous munir de lampes de poche et de les ramener avant 22 heures.

Le lendemain matin, Byrd et moi avons enfourché nos bicyclettes et pédalé jusqu'au sentier derrière l'école secondaire. De là, nous nous sommes enfoncés dans les buissons. Nous n'avions pas évoqué les serpents à sonnette, mais Byrd s'était armé d'une branche solide pour nous défendre. Il guettait les moindres mouvements dans le dense feuillage. Je me suis rappelé le chemin jusqu'aux larges buissons de sauge au parfum vif, au-delà de l'anneau de cactus queue de castor. Nous avons trouvé l'herbe rouge foisonnant au-dessus du chêne tombé.

Byrd s'est penché et a pris une des petites cosses dans sa main, puis il a tiré le couteau suisse de sa chaussette. J'étais terrifié à la pensée des serpents et je n'avais qu'une envie : prendre mes jambes à mon cou.

— C'est stupide, a-t-il dit en touchant la cosse du bout du doigt.

— Tu rigoles ?

— Sans blague, Wolf. L'herbe de la mort ? Tu te rends compte ?

— On en prendra juste un peu.

— Tu sais que Lark te manipule, non ? a demandé Byrd.

J'étais au courant et je m'en moquais. Éperdument. J'ai baissé les yeux sur mes pieds, certain qu'un serpent à sonnette allait se faufiler sous la jambe de mon pantalon.

— Pourquoi ne pas leur raconter que nous n'avons pas réussi à trouver le buisson ? a-t-il demandé.

— Alors elles ne vont pas… tu sais… Et j'en ai envie, ai-je répondu. Pas toi ?

— Je ne veux pas mourir.

Byrd a prononcé ces mots, puis il les a répétés.

— Je ne veux pas mourir, Wolf.

— Deux cosses, Byrd, ai-je dit. On ne les fera pas bouillir longtemps. On en boira juste un peu. D'ailleurs, c'est pour une quête de vision ! Combien de fois est-ce qu'on s'est dit qu'on devrait l'essayer ? Ça va être génial !

— Tu crois ?

— Génial, je te dis. Tu as déjà réfléchi au sens de la quête de vision ? ai-je demandé. À ce que tes ancêtres ressentaient pendant le rite de passage ? Quel genre d'Indien es-tu, au juste ? Même moi, j'y ai pensé. T'es-tu demandé ce qu'ils ont vu… ce qu'ils ont senti ?

— Ça pourrait être génial, je suppose, a admis Byrd.

— Tu as lu des livres sur le sujet, non ? Les garçons avaient des révélations : ils franchissaient une sorte de rideau et se voyaient transformés en animal. Ils avaient le sentiment d'être dans la peau d'un animal.

— Super.

— En effet.

— Je sais déjà que je suis un oiseau, a dit Byrd.

— Une cama brune, ai-je dit en riant.

— Une cama brune ! Un aigle, oui.

— Un vautour.

— Un hibou.

— Voyons voir.

C'était, surgie du plus profond de mon être, la voix de mon père Frankie que j'entendais, une chaude source génétique qui remontait dans ma gorge. Peu m'importait que mon ami découvre son oiseau totem. Je voulais avoir Lark. Tout me ramenait à Lark.

Après, Byrd s'est jeté dans l'aventure à corps perdu, séduit par l'idée de voyager en esprit vers le royaume animal. De retour chez lui, dans son appartement derrière la station-service, nous avons fait bouillir les petites graines rouges que contenaient les cosses et nous avons lavé un entonnoir servant au remplissage des réservoirs d'huile à moteur pour transvider l'immonde décoction dans la gourde jaune.

— Trop, c'est comme pas assez, non ? a-t-il dit.

— Ça sent l'exsudat ! me suis-je écrié en employant un mot de Byrd.

Il a ri et claqué des doigts.

— Protection ! Nous aurons besoin de protection.

Nous nous sommes écroulés de rire, tels des gamins de deuxième année.

— Et si nous nous mettons à planer avant qu'il se soit passé quelque chose ? a demandé Byrd.

— Avant qu'on ait eu besoin de protection ? ai-je répondu en secouant la tête. On ne doit pas le permettre, Byrd.

— Ouais, je vais un peu diluer la tisane, a dit Byrd en joignant le geste à la parole. Beaucoup, en fait.

— Et si elles dégueulent ? En général, ce genre de truc fait vomir les filles. Ça pue tellement.

— J'apporterai des chewing-gums, a répondu Byrd.

— Et du papier-toilette ? ai-je suggéré. Au cas où l'un de nous aurait une diarrhée explosive.

Cet effet secondaire me préoccupait tout particulièrement.

— À ta place, je ne parlerais pas de ça, mon vieux, a dit Byrd en riant. N'évoque pas cette possibilité en présence de l'univers.

— Ouais, mais apportons-en, juste au cas. Ça va être génial de se métamorphoser, ai-je ajouté. De s'envoler.

— Ouais, a confirmé Byrd.

Il a fouillé le placard, à la recherche du matériel. Il m'a lancé d'un ton insouciant, comme s'il ne s'agissait pas de la chose la plus importante qu'il m'ait jamais dite :

— Oncle Harley pense que je devrais poursuivre mes études en dehors de l'État. Pour vivre quelque chose de différent. Retourner au Michigan, peut-être. J'y pense, des fois.

— Au Michigan ? Retourner au Michigan ? Pourquoi quitterais-tu la Californie pour aller étudier au Michigan ? C'est une blague ! Pourquoi irais-tu là-bas ? Maintenant ou même plus tard ?

Deux fois, Byrd a haussé les épaules.

— Il fait trop froid, au Michigan, lui ai-je dit sur le ton de la réprimande. Pas question que tu ailles au Michigan.

Je me suis détourné pour avaler la grosse boule que j'avais dans la gorge.

Vers la fin de l'après-midi, nous nous sommes retrouvés derrière un bosquet d'arbres voisin de Desert Station pour trinquer à notre aventure en buvant, à même une flasque argentée, du rhum de la Jamaïque, piqué par Gisele dans le bar de son hôte.

— Si mon père s'aperçoit que tu lui as chipé ça, on est mortes, a déclaré Lark.

J'ai frissonné en imaginant la tête que ferait Harley s'il découvrait la vérité à propos de l'herbe rouge.

Nous avions recommandé aux filles de s'habiller pour l'hiver et nous avons été heureux de constater qu'elles nous avaient pris au mot : elles portaient des bottes, des manteaux chauds, des bonnets pelucheux et des gants. Gisele, la plus enthousiaste, buvait du rhum en riant.

— J'adore me déguiser, a-t-elle dit. Qui me reconnaîtrait avec ces bottes de plouc ?

Lark a ri sans joie : les bottes venaient de sa garde-robe.

— Encore heureux qu'elles t'aillent. Surtout à la hauteur des mollets. Tu es courtaude, toi.

Gisele s'est redressée en disant :

— C'était méchant, ça, Lark. En gros, tu viens de dire que je suis une vache basse sur pattes avec de gros pieds.

— J'ai oublié la tisane ! me suis-je écrié, soucieux d'apaiser la tension entre les filles.

Elles ont pivoté sur leurs talons, dirigeant leur venin vers moi, tandis que je faisais semblant de fouiller dans le sac à dos. J'ai poussé un soupir de soulagement en trouvant la gourde jaune. L'ordre ainsi rétabli, nous avons crié notre joie.

Lors des transitions entre les tours, les filles ont gloussé sottement et crié. Nous avons profité de leur terreur pour amorcer les préliminaires ; nous les avons serrées dans nos bras et chatouillées, nous avons étalé notre jeunesse sous le nez des autres passagers, qui nous faisaient les gros yeux. Mais alors le conducteur nous a ordonné de modérer nos transports, faute de quoi il ne nous laisserait pas descendre à Mountain Station, et Byrd et moi avons compris que nous risquions gros. Nous étions sur le point de perdre notre virginité entre les mains de deux étudiantes universitaires, le jour de notre anniversaire commun, dans l'un des lieux les plus exceptionnels de la Terre. Il fallait à tout prix éviter de compromettre nos chances.

Il faisait une chaleur inhabituelle pour la saison et nous transpirions sous nos habits d'hiver. Nous nous sommes arrêtés devant le *Circunsisco Gigantesco* et

Byrd a pris un ton solennel pour décrire la capacité de la formation rocheuse à avoir de multiples orgasmes spontanés.

Les légendaires chevaux sauvages, dont les ancêtres avaient été les premiers à se perdre dans la montagne, auraient eu beau galoper devant mon visage hébété, je ne me serais rendu compte de rien tant j'étais obnubilé par Lark, que je poursuivais de mes assiduités. J'étais impatient de lui faire voir Secret Lake. Lorsque, au-delà des rochers, nous avons enfin dépassé le couvert des arbres, puis les buissons, et découvert l'eau lisse, j'étais fier au point d'exploser.

— Je l'imaginais plus gros, a dit Lark.

L'allusion sexuelle a fait hurler de rire Gisele.

— Je l'imaginais plus gros ! a-t-elle repris.

— C'est un lac vernal, ai-je expliqué, sur la défensive. Sa taille varie en fonction des pluies. Il est à son plus petit depuis des années. Nos précipitations sont en dessous de la moyenne. Nettement en dessous de la moyenne.

Gisele riait de plus en plus fort.

— À son plus petit depuis des années ! Nettement en dessous de la moyenne !

Les filles ont avalé d'autres rasades de rhum de la Jamaïque. Elles ne regardaient pas où elles mettaient les pieds.

— Attention au phlox ! me suis-je exclamé.

Nous nous sommes enfin assis sur le sol, en tailleur, sur la Plaque, la gourde jaune au centre de notre cercle. Il ne ventait pas. Je n'avais encore jamais connu l'air de la montagne si immobile, si paisible. Même les oiseaux perchés dans les hauts arbres, auditoire captif de notre entreprise initiatique, gardaient le silence.

— Regardez, ai-je dit aux filles en agitant les bras autour de moi, comme si je leur faisais visiter mon élégante garçonnière.

J'étais triste de les trouver si peu impressionnées par le petit lac à la surface luisante, les ombres des spectres qui dansaient sur le sol de la forêt, la façon dont la lumière caressait les rochers hérissés et faisait ressortir les éclats de métal de la brèche.

— Que faisaient les jeunes Indiens, à l'époque ? a demandé Gisele avec une solennité étonnante.

— Quoi ?

— Ils se faisaient percer quelque chose ? Ils dansaient ? Ils marchaient sur du feu ? Ils se contentaient de boire de l'herbe rouge avant de s'enfoncer dans la forêt ?

— Ils buvaient l'herbe rouge et s'enfonçaient dans la forêt, a répondu Byrd avec autorité.

— Je pense que nous devons mettre au point notre propre rituel, ai-je dit d'un ton grave. Pas question que l'un de nous s'aventure seul dans la forêt. D'accord ? Pas d'escapade en solitaire.

— D'accord, avons-nous répété en chœur.

Byrd a tendu la main vers la gourde.

— Attends ! a crié Lark au moment où il se levait.

— Un discours, a lancé Gisele en souriant jusqu'aux oreilles. *Torse nu*.

Lark a grimacé.

— C'est mon *cousin* !

— Rien ne t'oblige à regarder.

Byrd a débouché la gourde renfermant la tisane toxique.

— Je commence à croire que c'est une mauvaise idée.

Lark a froncé les sourcils, tandis que Gisele reniflait l'air.

— Ça sent les pieds ! s'est-elle écriée.

Avec un haut-le-cœur, Byrd a remis le bouchon en place.

— Pourquoi on ne s'en tiendrait pas au rhum ? ai-je proposé.

— Et toi ? a demandé Gisele à Byrd. Tu veux qu'on s'en tienne au rhum ? Tu es prêt à devenir un homme, toi ?

Auréolé d'ambre par la lumière déclinante, Byrd a brandi la gourde comme un trophée et s'est penché sur un micro imaginaire.

— Je tiens à remercier mon agent, a-t-il déclaré.

Nous avons tous pouffé de rire. Tenant toujours la gourde bien haut, Byrd a adopté une posture solennelle.

— Aujourd'hui, nous sommes des hommes.

Lark et Gisele ont poussé des cris et des acclamations.

— Aujourd'hui, nous sommes des hommes, a répété Byrd.

— Des hommes !

Les filles ont ri en battant des mains et, à ma grande surprise, je me suis joint à elles.

— DES HOMMES !

Dans l'air, je devinais l'hiver imminent ou des vestiges des hivers passés. Peut-être l'odeur de sève des pins était-elle forte. Peut-être que c'était le rhum. Byrd m'a regardé un moment. Il aurait pu devenir un grand acteur. Il avait l'art d'en dire long sans prononcer un seul mot. Je savais que c'était de l'esbroufe. J'ai quand même été étranglé par l'émotion lorsqu'il m'a demandé :

— Sais-tu, Wolf ? Sais-tu seulement ce qu'être un homme veut dire ?

Je m'en suis voulu d'être ému parce que c'était seulement Byrd qui faisait l'imbécile, mais la vérité, c'est que j'ignorais la réponse à cette question alors que j'aurais dû au moins en avoir une vague idée. J'ai senti peser sur moi les échecs de mon père et l'absence de ma mère, et je me suis demandé qui m'apprendrait ce que voulait dire être un homme ou si un garçon de mon âge avait des chances de le découvrir tout seul.

Byrd a tendu la main et m'a aidé à me lever.

— *DES HOMMES !* avons-nous hurlé.

J'ai ravalé ma morve avant d'éclater de rire.

Gisele s'est levée à son tour et a arraché la gourde à Byrd.

— *DES HOMMES QUI ESSAIENT DE GAGNER DU TEMPS !* a-t-elle lancé en dévissant le bouchon.

Après, les choses ont semblé se précipiter. Gisele a laissé tomber le bouchon, qui a rebondi sur la roche et ricoché dans les buissons. Bien que contrarié par son insouciance, j'ai ri avec les autres.

— On devrait le chercher pendant qu'il fait encore clair, ai-je dit.

Lark avait perdu son aplomb habituel.

— On ne devrait peut-être pas faire ça, Gisele, a-t-elle dit en sautant sur ses pieds.

Une volée de colins des montagnes est passée au-dessus de nos têtes et a fondu en rase-mottes sur le champ de phlox.

— On a dit qu'on allait le faire. Allez… C'est ce qu'on avait dit.

Gisele ne tenait pas un discours digne d'une universitaire. Lark non plus, du reste.

Byrd a voulu reprendre la gourde, mais Gisele la maintenait hors de sa portée.

— Tu dois être courageux, a-t-elle dit. C'est le but de l'opération.

— Ne fais pas ça, l'a suppliée Lark.

Gisele a porté la gourde à ses lèvres et a pris une petite gorgée de la décoction, qu'elle a bruyamment avalée avant de claquer des lèvres. Haletants, nous avons attendu la suite. Nous avons ri comme des fous quand Gisele s'est étranglée de façon théâtrale avant de s'essuyer la langue.

— C'est dégueu, absolument dégueu.

Elle a marqué une pause.

— Je ne sens rien. Rien du tout.

— Impression de déjà-vu, a fait Byrd en fixant la gourde. J'ai le sentiment d'avoir vécu ce moment avant.

— Toujours rien ? a demandé Lark en regardant fixement Gisele.

— Faut-il en prendre plus ? a demandé Byrd.

— Moi oui, a déclaré Gisele en laissant entendre un rot retentissant.

— Tu as besoin de ça, en tout cas, a dit Byrd en lui tendant un chewing-gum.

— Je ne devrais pas déjà sentir quelque chose ? s'est interrogée Gisele.

Elle a pris une autre petite gorgée, et nous l'avons observée, dans l'expectative.

— Toujours rien, a-t-elle commenté, mais toujours dégueu.

J'ai compris, avec un mélange de soulagement et de déception, que nous avions trop dilué la boisson.

Byrd a pris la gourde des mains de Gisele pour renifler le liquide.

— Nous devrions attendre et voir ce qui se passera.

Au même moment, Gisele, montrant l'ouest du doigt, s'est exclamée :

— Regardez-moi ce coucher de soleil ! Mon Dieu, vous autres ! C'est la plus belle chose que j'aie vue de ma vie ! Et là, regardez ! Ce nuage, on dirait le visage d'une femme. Oh mon Dieu. C'est dame Nature.

Des larmes de joie dégoulinaient sur ses joues.

— C'est tellement beau ! Oh mon Dieu. Elle est tellement belle.

Byrd a souri largement.

— Mère Nature ?

Malgré nos réticences antérieures, nous n'avions plus qu'une envie : boire à cette gourde jaune et aller dans le lieu exquis où même Gisele Michel semblait extraordinaire.

Mais alors elle s'est mise à hurler.

— Je brûle ! J'ai tellement chaud !

Elle a retiré son parka, malgré le soleil qui se couchait et le vent qui s'était levé. Elle s'est avancée vers le lac.

— Je vais me baigner, a-t-elle lancé.

Byrd et moi n'avions jamais nagé dans Secret Lake, dont les eaux étaient infestées d'insectes et envahies par les algues en été, et beaucoup trop froides le reste de l'année. Je dois avouer honteusement que je n'ai rien fait pour arrêter Gisele dans son strip-tease. Byrd, en revanche, l'a prise dans ses bras et l'a ramenée vers le rocher sur lequel Lark et moi étions perchés.

— Tu ne peux pas entrer dans le lac, Gisele, a dit Lark en essayant d'empêcher son amie de se dénuder complètement.

— OK, a dit Gisele qui, grelottant, a passé un bras autour du cou de Byrd.

J'ai été heureux de voir qu'il lui rendait ses profonds baisers. Puis Gisele a guidé la main de Byrd vers la dentelle de son soutien-gorge.

Sentant la main de Lark sur mon épaule, j'ai cru qu'elle voulait m'embrasser. En me retournant, j'ai constaté qu'elle montrait le bras de Gisele, secoué de spasmes.

— Gisele, a dit Lark.

Alarmée par son bras convulsif, Gisele a repoussé Byrd avant de tomber sur le granit poli, en proie à une crise de fou rire. Ce comportement bizarre était conforme à ce que j'avais lu sur les effets psychotropes de l'herbe rouge.

Sans nous laisser le temps de réagir, Gisele s'est redressée. Les spasmes avaient cessé sans crier gare et elle semblait redevenue elle-même lorsqu'elle s'est mise à geindre.

— J'ai besoin d'eau.

Nous avions apporté la tisane, des sacs de couchage, trois préservatifs chacun, du papier-toilette et des chewing-gums, mais pas d'eau.

— On n'a pas d'eau, ai-je avoué.

— Sans blague ? a crié Gisele. Oh mon Dieu. C'est qu'il donne soif, ce truc.

Elle a roté à répétition.

— Nous avons des chewing-gums, a dit Byrd.

Après s'être mise debout, Gisele s'est avancée vers le lac.

— Il faut que je boive. J'ai sérieusement besoin de boire.

— Tu ne peux pas boire l'eau du lac, Gisele ! a crié Lark. Tu vas être malade !

— On devrait rentrer, a dit Byrd. On devrait retourner à la station, où il y a de l'eau.

Gisele s'est mise à danser comme si elle était couverte de flammes, puis elle a couru vers nous, toujours à la recherche de quelque chose à boire.

Elle a fini par se jeter sur Byrd et lui arracher la gourde jaune des mains. La tisane au goût d'eaux usées a éclaboussé nos pieds, mais nous n'avons rien pu faire pour empêcher Gisele d'en avaler une longue gorgée.

Les toxines de la boisson avaient un effet sur sa motricité : sa démarche, semblable à celle d'un zombie, était grotesque.

— J'ai soif ! a-t-elle crié en titubant au bord de la Plaque.

Le spectacle faisait peine à voir.

— Stop ! a crié Byrd en la pourchassant. Rends-moi cette gourde !

— Gisele ! a crié Lark.

— Assez, Gisele ! a beuglé Byrd.

Elle s'est arrêtée, à trente centimètres du bord de la falaise, et nous avons tous trois poussé un soupir de soulagement. Puis elle a de nouveau porté la gourde à ses lèvres.

— NON ! a crié Lark.

Byrd s'est approché.

— Donne-moi ça, a-t-il dit calmement. Donne-moi la gourde, Gisele.

— Je ne me sens pas très bien, a-t-elle croassé.

— Éloigne-toi du bord, a dit Byrd tout doucement. Il faut que tu t'éloignes du bord.

Gisele, cependant, avait disparu. À sa place se trouvait une créature qui grognait et griffait l'air. Était-elle en quête de vision ? Qui était-elle, à présent ? Elle se cramponnait à la gourde, tandis que ses muscles se crispaient, que son visage se contorsionnait. Elle a voulu boire une fois de plus.

— Pose ça ! a hurlé Byrd en tendant la main pour l'en empêcher.

Gisele l'a frappé, fort, avec une des bottes empruntées à Lark. Chancelant, il a fait un pas en arrière.

— Laisse-la, Byrd ! ai-je crié.

— Tout va bien, Gisele, a-t-il dit. Rends-la-moi !

Il s'est de nouveau avancé vers elle en tendant la main. Elle lui a donné un autre coup de pied. Elle a perdu l'équilibre et s'est mise à vaciller, de plus en plus proche du bord.

— Pas un pas de plus, Gisele, l'a suppliée Byrd.

Elle a commencé à tousser, puis elle a regardé autour d'elle, l'air déboussolé.

— J'étouffe.

— N'essaie pas de parler, a dit Byrd.

— Où est mon chauffeur ?

— Je ne sais pas.

— Qui es-tu ?

— Byrd. Je m'appelle Byrd.

— Tu peux voler ?

— Non, a répondu Byrd.

— Et moi ? a demandé Gisele en se retournant comme pour sauter.

Byrd s'est élancé vers elle. Il a perdu pied. Et puis mon ami est tombé dans le vide. Tout est arrivé si vite.

Gisele, à quatre pattes, s'est vidé l'estomac. C'est ce qui lui a sauvé la vie. Lark sanglotait.

Byrd.

Je me revois baisser les yeux sur son corps brisé, six mètres plus bas, sur la saillie où il était tombé. Mais c'est un faux souvenir. Un buisson dense le cachait à mes yeux.

J'ai sans doute mis une dizaine de minutes à descendre jusqu'à l'endroit où il gisait. Je ne me souviens pas du trajet. Tout ce que je sais, c'est que je suis descendu et que, dans les derniers rayons du couchant, j'ai cru qu'il était mort.

Il a ouvert les yeux en m'entendant pleurer et il a réussi à esquisser un sourire de travers.

— Ça va aller, mon vieux, ai-je promis.

Mon calme, cependant, était oblitéré par les filles qui, au-dessus de nous, criaient comme des harpies. Lark la magnifique. La fille de mes rêves partageait maintenant l'affiche dans mon cauchemar.

Le regard de Byrd a croisé le mien. Il a essayé de dire quelque chose, mais c'est du sang qui a jailli de sa bouche.

— Ne parle pas, ai-je dit. Tu as une jambe cassée. Ça se voit à l'œil.

— S'il te plaît, a articulé Byrd.

C'est alors que j'ai constaté que ses bras étaient fracturés, eux aussi.

Sur le sol, il y avait une petite flaque de sang à la hauteur de sa nuque.

— S'il te plaît.

— Tiens bon, Byrd. Tiens bon. On va te remettre sur pied.

J'ai balayé des yeux l'immensité de la forêt, les rochers hérissés qui se dressaient autour de nous, la pierre polie par le vent, et prié pour que la nature et son baume guérissent mon ami. Byrd a gémi. Il avait une énorme contusion sur le crâne.

Ses yeux se sont fermés en palpitant. J'ai ôté mon parka pour l'en couvrir. J'aurais dû être à sa place. Voilà ce à quoi je pensais, surtout. J'aurais dû être à sa place. Un éclat de métal a attiré mon attention. Son couteau suisse était tombé de sa chaussette. Je l'ai ramassé.

Tandis que l'obscurité tombait sur Secret Lake, les filles, sur le bord de la falaise, ont poursuivi leur concerto désespéré. J'ai attendu auprès de mon ami paisible, tandis qu'elles hurlaient à l'aide.

Les filles criaient. La respiration de Byrd devenait de plus en plus courte. J'avais perdu tout espoir lorsque, quelques heures plus tard, l'équipe de secours, alertée par des randonneurs, est arrivée. Levant les yeux, j'ai reconnu l'homme qui descendait l'échelle de corde, une trousse de premiers soins à la main. Dantay, l'oncle de Byrd.

— Herbe rouge ? a-t-il demandé.

— Il n'en a pas bu, Dantay, ai-je répondu. Il va s'en sortir, hein ?

Dantay a ouvert la bouche, puis l'a refermée à la vue du corps tordu de Byrd, affalé sur le roc. Je ne me rappelle pas ce que Dantay m'a raconté par la suite. Son visage avait déjà tout dit.

Un peu plus tard, j'ai entendu le vrombissement d'un hélicoptère. Cette fois, c'était vraiment un hélicoptère. Une combinaison de crieur se balançait au bout d'un câble de dix mètres. Je n'aime pas me rappeler cette nuit, ce moment précis. Byrd n'a pas crié. Mon meilleur ami s'est laissé emporter par l'hélicoptère sans faire le moindre bruit.

LE TROISIÈME JOUR

La chaleur du soleil sur mon visage m'a désorienté : le dernier instant dont je gardais le souvenir était sombre et froid et rempli de terreur. Un rêve. En ouvrant les yeux, j'ai vu Bridget et Vonn qui m'observaient avec curiosité.

— Je croyais que tu venais du Michigan, a dit Bridget.

— Mais oui, je viens du Michigan !

J'ai eu la surprise de trouver Nola éveillée et alerte.

— Vous avez bien meilleure mine, madame Devine.

Nola a hoché la tête.

— L'enflure a diminué. La fièvre aussi.

— La stérasote, a dit Vonn.

— Ou les prières, a ajouté Nola. Il ne faut pas oublier les prières.

Je ne les oubliais pas.

Vonn a posé le parka sur mes épaules.

— Tu es bizarre depuis ce matin, Wolf. Ça va ?

J'ai hoché la tête, toujours dans le brouillard.

— Je me souviens d'avoir lu un article sur cette histoire d'adolescents et d'herbe rouge dans les journaux quand c'est arrivé, a dit Nola. Toute ma congrégation a prié pour vous, pauvres enfants.

— L'herbe rouge ? ai-je demandé. Quelle herbe rouge ?

Bridget a échangé un regard avec Nola et Vonn.

— Celle dont tu viens de nous parler, a répondu Vonn. Tu nous as raconté toute l'histoire.

— Ça va, Wolf ? a demandé Bridget. Vous voyez ? J'avais raison de penser qu'il n'était pas dans son assiette.

— Je vous ai parlé des événements de Secret Lake ?

— Tu ne t'en souviens pas ?

Je ne m'en souvenais pas.

— Je pense que je rêvais. J'ai fait des rêves vraiment bizarres. J'ai rêvé de ma mère.

— Je suis désolée pour ton ami Byrd, a dit Nola.

— Cette Gisele Michel m'a l'air d'une sacrée salope, a soufflé Bridget. Comment a-t-elle fait pour éviter que son nom soit rendu public ?

— Et cette Lark ? a enchaîné Vonn. Comment elle a pu s'en sortir sans une tache à son dossier ?

Pour ma part, j'étais certain que Lark était hantée, comme moi, par les souvenirs de cette nuit-là.

— Pourquoi as-tu dit que tu venais du Michigan ? a insisté Bridget. Parmi toutes les possibilités qui s'offraient à toi ?

— C'est la vérité. Je suis venu en Californie quand j'avais treize ans. Tin Town.

Vonn a tendu la main pour m'aider à me relever.

— À Thanksgiving, l'année dernière, la nouvelle était partout, a dit Nola.

— Thanksgiving. Pourquoi n'étions-nous pas là pour Thanksgiving ? a demandé Vonn en sondant sa mémoire.

— Il se passait tellement de choses. Tu te souviens ? Tu avais recommencé à faire l'école buissonnière. J'ai dû prendre rendez-vous avec le directeur, a dit Bridget.

— C'est le week-end que tu as choisi pour déménager, Bridget, a rappelé Nola à sa fille.

— C'est vrai. Tu as raison.

— C'était Thanksgiving, a rappelé Nola. Qui déménage à Thanksgiving ?

— Je me souviens, maintenant, a dit Vonn. Tu venais de rencontrer l'agent immobilier.

— Sa femme partait dans le Maine. Il est resté pour m'aider à fermer la maison de style colonial.

— Pas mal, comme euphémisme, a dit Vonn entre ses dents.

— Chut, a fait Bridget sur le ton de la mise en garde.

— Tu as pour ainsi dire mangé la dinde de cette femme, a dit Vonn.

— Tu es dégoûtante, a sifflé Bridget avant de se tourner vers Nola. Je ne savais pas que ce serait le dernier Thanksgiving de Pip.

— On ne sait jamais : voilà la morale de l'histoire, Bridge. *Carpe diem*, a lancé Nola.

Carpe diem. Mon cœur, électrocuté par ces mots, a arrêté de battre. *Carpe diem. Carpe diem. Carpe diem*.

— Wolf ?

— Ça va, ai-je répondu.

— Tu as encore cette expression, a déclaré Bridget en échangeant un nouveau regard avec Nola et Vonn.

Nous avons écouté le vent en parcourant des yeux les environs à la recherche de signes de vie.

Vonn s'est arrêtée et son regard a croisé le mien.

— On veut savoir ce qui est arrivé à ton meilleur ami, Wolf. Dis-nous ce qui s'est passé après que l'hélicoptère l'a emporté sans qu'il fasse le moindre bruit.

J'ai été surpris, mais pas nécessairement soulagé, de trouver la Gremlin garée devant le mobile home de

Kriket lorsque, le lendemain de l'accident de Byrd, la police m'a ramené dans Tin Town. Mon père ne s'était pas montré depuis des semaines.

Sans doute a-t-il aperçu la voiture depuis la fenêtre de la cuisine. Moins d'une seconde plus tard, il était sur le perron.

— Qu'est-ce que t'as fait ? m'a-t-il lancé.

— Où étais-tu ? ai-je répondu. On a essayé de te joindre toute la nuit.

Frankie s'est tourné vers les policiers.

— Qu'est-ce qu'il a fait ?

— Votre fils a trouvé de l'herbe rouge, a répondu l'agent.

— Ah bon ?

— Oui. Lui et des amis ont préparé de la tisane et sont allés dans la montagne, hier soir.

— T'as fait ça ?

— C'est moi qui ai préparé la tisane, ai-je dit.

— T'en as bu ?

— Seulement une fille en a bu, ai-je répondu.

— L'herbe rouge est pas illégale, a dit Frankie. Vous pouvez pas l'arrêter pour ça.

— On ne l'a pas arrêté. On lui a juste posé quelques questions. L'autre garçon risque de ne pas s'en tirer.

— Quel autre garçon ? T'as dit que c'était une fille qui en avait bu.

— Byrd, ai-je répondu. Il est tombé.

— Il est dans le coma, a expliqué un des policiers. On vient d'apprendre qu'il avait été transporté par avion à l'hôpital Cedars.

Moins d'une heure plus tard, j'avais bouclé mon sac à dos et j'allais partir pour la gare routière dans l'intention de faire le trajet jusqu'à Los Angeles, où on avait transporté mon meilleur ami. Dans la cuisine, j'ai trouvé Frankie en train de boire au goulot d'une bouteille de scotch graisseuse, quelques enfants abandonnés à ses pieds.

— J'y vais, ai-je dit.

— Débranche-le, a-t-il déclaré sombrement.

— Quoi ?

— Débranche-le.

— Il n'est pas…

— T'en sais rien.

— Il est seulement dans le coma.

— Si je me retrouve dans la même situation, débranche-moi, a dit Frankie.

— Compte sur moi.

— Je te rendrai la faveur. C'est le genre de chose qu'un père doit faire pour son fils.

— Il y a des tas de choses qu'un père doit faire pour son fils.

Frankie est sorti de la cuisine sur mes talons en prenant une longue gorgée de scotch.

— Tu veux que je t'emmène ?

— Toi et moi ? Jusqu'à Los Angeles ?

— Dis pas de bêtises, a grogné Frankie. Jusqu'à l'autoroute, où t'auras qu'à lever le pouce.

— Pas la peine. Je prends l'autocar.

— Je te dépose à la gare. Je vais de ce côté, de toute façon.

Il a palpé ses poches, à la recherche de ses clés de voiture. Les apercevant sur une table encombrée, je m'en suis vite emparé.

— Wolf ? a dit Frankie.

— Ouais ?

J'espérais qu'il n'avait pas vu mon geste.

— Je suis sérieux, a-t-il déclaré d'une voix pâteuse. Débranche-moi.

— Je veux bien, Frankie, ai-je répondu en lançant les clés à côté des poubelles, devant la porte d'entrée.

— Wolf ? a-t-il crié une dernière fois.

— Ouais ?

Je me suis retourné en songeant qu'il avait peut-être l'intention de me dire au revoir correctement.

— Tu me prêtes cinquante dollars ? a demandé mon père.

J'ai secoué la tête et quitté le mobile home en direction de la gare routière, le couteau suisse de Byrd dans ma poche.

L'autocar m'a déposé non loin de l'hôpital de Los Angeles. Une réceptionniste m'a indiqué l'ascenseur. En montant, j'ai prié pour que Byrd, par quelque miracle, m'attende assis dans son lit, prêt à lancer une plaisanterie.

Quand les portes se sont ouvertes, j'ai vu Harley. Dans une salle d'attente vitrée, il dominait une foule d'autres Diaz. Parmi eux se trouvaient Dantay, Juan Carlos, le cousin de Byrd, et quelques autres que j'avais entrevus au ranch. Mais pas Lark. Harley m'a aperçu en se retournant. Ses yeux furieux m'ont intimé l'ordre de déguerpir.

J'ai battu en retraite, mais il m'a rattrapé dans le couloir.

— Tu devrais t'en aller.

— M'en aller ? Et Byrd ? Que se passe-t-il ?

Il a secoué la tête, incapable de me regarder dans les yeux.

— De l'herbe rouge ? a lancé Harley. Pourquoi ne pas avoir mis le feu, tant qu'à y être ?

— Ça ne devait pas… Il n'en a même pas bu… Je… ai-je bafouillé.

— C'est toi qui as fourni l'herbe rouge, non ? C'est toi qui savais où en trouver ?

— Oui.

Il a secoué la tête d'un air dégoûté.

— Tu es bien le fils de ton père, après tout.

Ces mots m'ont atteint dans ma chair. J'ai jeté un coup d'œil dans la salle d'attente – étourdissant rassemblement de cheveux foncés et de regards angoissés –, d'où émanaient des ondes de douleur et de peur. Dantay s'est retourné et m'a vu à côté de Harley. À son expression, j'ai compris qu'il m'estimait responsable, lui aussi. Comme eux tous, peut-être. J'étais toutefois persuadé que Lark les détromperait. Sans doute était-elle encore trop ébranlée pour leur faire un compte rendu circonstancié des événements. Peut-être le père de Gisele Michel, l'avocat, lui avait-il conseillé de garder le silence.

J'ai emprunté un escalier jusqu'au hall d'entrée, où j'ai trouvé un fauteuil. Là, j'ai attendu des heures en caressant dans ma poche le couteau suisse de Byrd, jusqu'à ce que Dantay, les autres et enfin Harley s'en aillent.

En sortant de l'ascenseur, j'ai trouvé l'étage paisible. Seul le grincement de mes chaussures de sport sur le linoléum troublait le silence.

Quand je suis arrivé au coin du couloir, une infirmière s'est tournée brusquement vers moi, indignée de me trouver là. Elle m'a toisé de la tête aux pieds.

— Tu es son *ami* ?

J'ai hoché la tête.

— Tu n'es pas dans les bonnes grâces de la famille, a-t-elle déclaré.

Pour une raison que j'ignore, elle avait déjà décidé que je ne représentais pas une menace.

— Tu as de la drogue, de l'alcool ou une arme sur toi ?

J'ai secoué la tête, préférant ne pas parler du couteau. J'ai baissé les yeux sur son badge. Nancy Heard, infirmière-chef.

— Comment t'appelles-tu ?

J'ai levé les yeux.

— Wolf.

D'un geste, elle m'a invité à la suivre en disant :

— Tu as intérêt à te faire discret quand la famille sera là.

Véritable ange de compassion, Nancy, l'infirmière-chef aux cheveux blancs, m'a précédé dans le couloir où, par les fenêtres, j'ai aperçu une petite chambre toute blanche. Byrd – du moins elle m'a assuré que c'était lui – était allongé dans un lit, une jambe et les deux bras recouverts de plâtre. Sa tête, semblable à une grosse ampoule entourée de bandages blancs, était énorme. Il était intubé, et des appareils clignotaient à côté de lui.

— Ils ne veulent pas que tu le voies, a dit l'infirmière.

J'ai hoché la tête.

— De toute évidence, tu l'aimes beaucoup.

Je me suis demandé si Nancy l'infirmière se méprenait sur la nature de ma relation avec Byrd et sur les raisons qu'avaient les Diaz de m'éloigner de lui. Pourtant, je n'ai pas menti, en tout cas pas vraiment, en faisant signe que oui. Elle a approché une chaise et m'a laissé là, devant la fenêtre de sa chambre.

Je me suis réveillé, la joue contre la vitre, en entendant la grosse voix de Harley tonner dans le corridor.

Une autre infirmière m'a aidé à me lever de la chaise avant de me refiler, comme je m'enfuyais, un verre de jus d'orange et un vieux toast.

Dehors, j'ai arpenté les rues inconnues jusqu'à en avoir mal aux pieds. Je soliloquais comme les sans-abri que j'avais vus disséminés dans les parcs ou poussant un chariot sur les trottoirs. Je rejouais dans ma tête le film des événements ayant conduit à l'accident de Byrd. Lark. Quel était son rôle dans tout cela ?

Tout a continué ainsi pendant des jours. Je quittais l'hôpital à l'arrivée des membres de la famille, évitant d'être pris en flagrant délit grâce à la complicité des infirmières compatissantes. J'attendais un signe qui me prouverait que, Lark ayant rétabli les faits, Harley et les autres me pardonnaient. J'attendais que Byrd se réveille et que nous retrouvions le désert, la montagne et notre amitié. Je voulais que cesse le cauchemar.

Lark n'est jamais venue. La famille ne m'a pas pardonné. Byrd ne s'est pas réveillé. Après deux ou trois semaines, les membres de la famille faisaient le trajet entre Santa Sophia et Los Angeles seulement le week-end, puis ils ne sont plus venus que toutes les deux semaines. Après, seuls Harley et Dantay rendaient visite à Byrd. Celui-ci ne réagissait pas. Comment leur en vouloir ?

Je passais tout mon temps à l'hôpital. Les infirmières me donnaient les restes des repas de leurs patients, m'apportaient des vêtements propres appartenant à leur mari ou à leurs fils, faisaient semblant de ne pas remarquer que je passais presque toutes les nuits dans un fauteuil à côté du lit de Byrd.

Selon Nancy l'infirmière-chef, personne ne savait de façon certaine si Byrd m'entendait, mais elle m'encourageait à lui parler quand même. Je lui confiais des secrets, des choses dont je n'avais parlé à personne. J'espérais l'interroger un jour sur mes propos, persuadé que malgré son coma, il n'en perdait pas un mot. Toute une expérience visant à prouver que l'âme est sans limites.

Byrd s'était toujours montré curieux à propos de ma mère. Je ne lui avais rien dit à son sujet, hormis le fait qu'elle sentait la laque au citron et qu'elle était magnifique. Assis à côté de son corps raccordé à des machines et recouvert de draps blancs, j'ai décidé de commencer par l'histoire de ma mère.

Dans l'une des boîtes de photos vendues aux puces par accident ou simplement perdues, il y en avait une sur laquelle ma mère, âgée de cinq ans, était vêtue d'une robe de première communion en dentelle blanche très ornée. (Ma mère et ses robes blanches…) Je me demande si cette image de la petite Glory, les mains jointes en prière, les yeux levés vers le plafond en signe d'adoration, existe encore quelque part. Selon Frankie, ma mère, enfant, avait le projet de devenir religieuse.

Glory est devenue une sainte et non une religieuse, et elle a donné sa vie à Frankie et non à Dieu, du moins dans la version de leur histoire commune racontée par mon père, dans laquelle elle lui pardonne tous ses errements sans jamais élever la voix. Je n'ai jamais cru à cette version de leur mariage. Qui donc accepterait la déloyauté de son conjoint et son total manque d'ambition, sans parler de son incapacité à garder un emploi ? Quelle femme qui travaille ne se plaindrait pas de trouver chaque soir la maison en proie au chaos, ne perdrait pas la tête en voyant son mari boire du Johnnie Walker, tandis que son bébé joue dans l'armoire à céréales ?

Hormis son prénom tatoué sur le bras de Frankie et la répétition de son ADN en moi, la seule trace indélébile de Glory Truly est son histoire. Même si, à Mercury, tout le monde la connaissait déjà, Frankie la racontait volontiers à qui voulait l'entendre, dix fois plutôt qu'une, les faits variant selon son degré de sobriété. Il la racontait à des inconnus dans les bars. Il la racontait aux femmes qui défilaient dans son lit, aux petits délinquants qui prenaient place à notre table, à la belle fille au tatouage de tulipe, rencontrée dans un lave-auto du Nevada, qui avait demandé : « Il a une mère, ce garçon ? » Il la racontait à froid. Il la racontait à jeun. Il la racontait mieux quand il avait bu.

Ma mère et moi dormions sur ses oreillers au parfum de citron, la nuit où Frankie avait démoli la Mustang décapotable de sa femme. En général, c'est ainsi que Frankie commençait l'histoire de ma mère... Par la nuit où il avait réduit sa voiture en bouillie.

Sur le siège du passager, le soir où Frankie avait embouti le gros chêne d'Old River Road au volant de la décapotable, se trouvait la meilleure amie de ma mère, Pam Govay. Frankie et elle portaient leur ceinture de sécurité. Si mon père s'en était tiré sans une égratignure, Pam, elle, s'était cassé le nez sur le tableau de bord et son appendice nasal ne s'était jamais bien remis. La décapotable (cadeau des parents de Glory pour son seizième anniversaire) était bonne pour la casse, mais selon Frankie, la radio jouait toujours à tue-tête à l'arrivée des ambulanciers. Une chanson rock classique de Detroit ou un air de Motown : le titre changeait au gré de l'auditoire et de l'humeur de mon père.

Une fois, après notre établissement à Santa Sophia, je lui ai demandé pourquoi tante Kriket avait eu une centaine d'enfants et de petits-enfants, tandis que lui s'était arrêté après moi.

Frankie a penché le menton et, sur le ton d'un message national de santé publique, a entonné :

— Les préservatifs ? Les préservatifs sont efficaces. Ayant couché avec des centaines de femmes, voire mille, je suis en mesure d'affirmer qu'une seule est tombée enceinte. Les préservatifs préviennent 99,99 % des grossesses non désirées. Mettez-en un. Sinon, vous allez le regretter.

À point nommé, le tout nouveau bébé de ma cousine adolescente s'est mis à hurler dans l'autre pièce. Frankie et moi avons bien ri. Cette nuit-là et les suivantes, cependant, je suis resté éveillé, abattu à l'idée d'être un enfant non désiré. Interrogé à ce sujet, Frankie a haussé les épaules.

— Ça vaut tout de même mieux que le contraire, a-t-il lancé.

— Désiré ? ai-je demandé, perdu.

— Avorté, a-t-il précisé en me donnant un coup sur la tête.

Entre le moment où ma mère m'a ramené à la maison à sa sortie de l'hôpital, à Mercury, et celui où Frankie et moi sommes partis pour le désert, nous avons habité la même petite maison dans ce que tout le monde appelait Old Dewey Road, à ne pas confondre avec New Dewey Road, où les hypothèques étaient plus élevées, les trottoirs plus larges et les maisons dotées d'un garage attenant pour deux voitures et non d'une remise peinte accessible par la ruelle.

Beaucoup plus âgés que mes parents, les Lister – Garvin et Rayanne –, qui avaient quatre fils adultes, habitaient dans New Dewey, à deux pâtés de maisons de chez nous. Sur les photos, Garvin Lister, chauve aux yeux bruns qui dirigeait l'école catholique Sainte-Agnès, avait l'air d'un homme affamé, même s'il n'était pas maigre, bien au contraire. Il avait embauché ma mère à sa sortie de l'université, et son épouse, Rayanne, femme minuscule avec une tache de vin sur le front, s'était prise d'une affection maternelle pour Glory Elizabeth Frost, qui avait déjà perdu ses parents.

Quand Glory a rencontré Frankie, raté à la dérive de dix ans son aîné, Garvin et Rayanne ont tout fait pour décourager cette relation, pourtant sérieuse dès le début. Grâce à ses habiletés de beau parleur ou à ses phéromones surpuissantes, Frankie avait vaincu les objections du couple, et Garvin avait fini par assumer les frais de la noce et servir de père à ma jeune mère. Rayanne, seule invitée du côté de l'église réservé à Frankie, avait tenu lieu de mère au marié.

— Ils étaient les parents que nous n'avions pas eus, disait Frankie des Lister.

Je doutais toutefois que Glory ait été pareillement dépourvue de doux souvenirs d'enfance.

Dans les premiers temps, les Lister apportaient aux nouveaux mariés des pâtisseries et des plats mijotés, envoyaient leurs fils costauds donner un coup de main à Frankie dans la cour arrière. Puis, peu à peu, mes parents ont vu Rayanne de moins en moins souvent. L'hiver suivant, en proie à la dépression, elle avait carrément cessé de sortir de chez elle, du moins à en croire Garvin.

Pour ses cinquante ans, Garvin Lister s'est offert unc Corvette Stingray rouge métallique, équipée d'un toit ouvrant sur mesure. Une voiture (« C'est pas une simple voiture, ça, c'est une *automobile* », proclamait Frankie) bien au-dessus des moyens d'un directeur d'école et de ses talents de conducteur. Mon père adorait voir Garvin Lister prendre la route au volant de son magnifique bolide. Parfois, Garvin laissait Frankie aller faire un tour, tandis qu'il restait à causer avec ma mère dans la cuisine. Je me rappelle que le parfum de Garvin Lister (celui du chewing-gum Juicy Fruit) persistait pendant des jours dans notre petite maison.

Le soir où il a démoli la Mustang GT décapotable de Glory, Frankie a téléphoné à Garvin et, de sa voix empâtée d'ivrogne, lui a demandé si, le lendemain, il emmènerait Glory à l'école. Frankie n'a pas compris quand ma mère lui a dit qu'elle préférait y aller à pied.

— Pourquoi tu refuserais de monter dans la voiture de Garve ?

— J'aime mieux marcher, c'est tout. D'ailleurs, c'est le mercredi des Cendres. Nous devons arriver tôt.

— Alors Garvin t'emmènera de bonne heure. Il habite à deux coins de rue.

Ma mère a pris un air sincèrement effrayé.

— Sa façon de conduire ce bolide ! Tout le monde en parle dans la salle des instituteurs.

— Pourquoi avoir une Corvette si c'est pour rouler lentement ? À quoi ça servirait ? a demandé Frankie en riant.

— Ce n'est pas tout, a-t-elle dit.

— Accorde-lui le plaisir de ta compagnie, à ce pauvre vieux. T'es la fille qu'il n'a pas eue.

— Je sais.

— Tu le fais sourire.

— Je sais. C'est juste que dernièrement, il semble… Avec la nouvelle voiture et tout le reste…

— Bon, il roule un peu trop vite. Et alors ?

— Il n'y a pas que la vitesse. Je me fais du souci pour Rayanne.

— Du souci pour quoi ?

— Les gens parlent, Frankie.

— Ils parlent de quoi ?

— Je ne voudrais surtout pas qu'elle se fasse de fausses idées.

— À propos de Garve et toi ? a demandé mon père en riant comme une baleine. Qui pourrait croire que tu le préférerais à moi ?

Le lendemain matin, par la fenêtre de la salle de bains, j'ai remarqué que de doux flocons de neige tombaient. Cédant à la propension des enfants à prêter des motivations et des intentions à la nature, je me suis imaginé que c'était pour le mercredi des Cendres.

En principe, les enseignants de l'école Sainte-Agnès devaient assister à la messe célébrée pour marquer le début du carême. Avec son pouce, le prêtre dessinait une croix de cendres sur le front de ses ouailles pour leur rappeler – ou les prévenir – qu'ils étaient poussière et retourneraient à la poussière. Ma magnifique mère m'a tout raconté à ce sujet en vaporisant ses cheveux de laque au citron. J'avais un fort pressentiment : il vaudrait mieux qu'elle ne quitte pas la maison.

Quand il raconte l'histoire, Frankie omet toujours un détail : ce jour-là, ma mère portait une robe spéciale, achetée dans une friperie de Mount Clemens. Je le sais parce que j'étais là, caché parmi les vestons de laine rêche. Et que je l'avais vue la trouver : longue et blanche, avec des manches chauve-souris transparentes. La robe de mes souvenirs. Celle dans laquelle elle me faisait tournoyer devant les glaces de la cabine d'essayage.

Ce matin-là, Garvin – Garvin l'affamé, le hanté – s'est rangé devant la maison au volant de sa belle automobile. En fermant les yeux, je peux sentir les cheveux au parfum de citron de ma mère de même que ses lèvres roses qui murmurent « Toujours » avant de me bécoter la joue. J'ai pleuré quand elle a relâché son étreinte. Avant de monter dans la voiture sport, Glory m'a souri et a posé une jolie main sur son cœur, comme chaque matin. Quand Frankie se touchait le cœur de la même manière, j'avais envie de lui donner un coup de poing sur le nez. Cet au revoir était seulement pour moi.

Cet après-midi-là, racontait Frankie, il a senti un changement dans l'air. Mon père soutenait que j'avais commencé à me plaindre de douleurs au ventre. Puis j'avais eu de la fièvre, je vomissais, pleurais. J'étais inconsolable et Glory n'arrivait pas, elle qui n'était jamais en retard. Mon père a téléphoné au bureau du directeur de l'école. Personne. Il a téléphoné chez Garvin Lister. Pas de réponse non plus.

Frankie ne répondait jamais à ceux qui lui demandaient où était son fils de quatre ans pendant la suite de l'histoire. Il ne semblait pas se rappeler que l'enfant fiévreux, souffrant de maux de ventre, l'avait suivi d'un pas titubant, à une certaine distance, tandis qu'il remontait la rue dans l'espoir d'apercevoir la voiture de Garvin.

Je voulais trouver ma mère, moi aussi, mais je ne voyais la rutilante voiture sport de M. Lister ni dans la rue ni dans aucune entrée de voiture de New ou d'Old Dewey Road. Le soleil se couchait lorsque Frankie s'est retourné pour rentrer à la maison. C'est sans doute à ce moment qu'il a entrevu l'éclat du métal rouge à travers les lattes d'une clôture. Je l'ai suivi le long du sentier et, par le portail ouvert, je me suis efforcé d'apercevoir la Corvette rouge garée dans la ruelle.

Occupés à éventrer un sac, deux corbeaux noirs à l'aspect huileux ont fait tout un raffut pour éloigner Frankie de leur butin.

— Allez au diable, a lancé Frankie aux oiseaux.

Riant d'abord, il a semblé décontenancé quand Garvin Lister a levé les yeux sur lui sans sourire.

— Qu'est-ce qui se passe, Garve ? a lancé Frankie. Tout va bien ?

M. Lister était assis au volant de sa voiture, seul, son front toujours orné de la croix de cendres dessinée par le prêtre. Il a bu une longue gorgée à même une flasque argentée. Mon père avait exactement la même – un cadeau de ma mère.

— Garve ? a répété mon père en s'avançant. C'est ma flasque que t'as là ?

— Reste où tu es, Frankie ! a lancé Garvin Lister en guise d'avertissement.

Un instant, les corbeaux nous ont distraits en battant des ailes, comme s'ils pressentaient la suite.

— T'as vu Glory, Garve ? a demandé mon père.

Le visage de ma mère a émergé de sous le tableau de bord. Son mascara avait coulé et elle avait les yeux bouffis, les lèvres à vif et, sur le front, l'ombre d'une croix de cendres. Elle m'a découvert dans ma cachette, près des poubelles, et m'a regardé sans expression par la fenêtre de la voiture. Puis elle s'est tournée vers mon père, et moi aussi.

— Voulez-vous bien me dire… s'est exclamé Frankie, rendu quasi hystérique par ce qu'il voyait ou croyait voir. Qu'est-ce qui…

Ma mère a remonté sur ses épaules les manches de sa robe blanche et je l'ai vue articuler silencieusement le prénom de mon père avant de se tourner pour dire quelque chose à M. Lister. Je me souviens des déclics bleu et gris qu'ont produits les boutons de verrouillage des portières. Je me souviens d'avoir vu le nez du petit revolver noir qu'il brandissait.

Ma mère tentait de sortir de la voiture. M. Lister tenait les jolies boucles blondes de Glory d'une main et le petit revolver lustré de l'autre.

— Frankie ! Frankie ! a crié ma mère.

— OK, Glory, OK, bébé. Ça va. Ça va.

Il a fait mine de s'avancer vers la voiture.

— Non ! a crié Garvin.

Croisant brièvement mon regard, ma mère a articulé en silence « Wolf ».

Pas de temps pour des adieux.

— *Carpe diem !* a hurlé M. Lister avant de poser le canon de l'arme contre la tête de ma mère et d'appuyer sur la détente.

Carpe diem. J'ai scandé ces mots dans ma tête dans l'espoir d'enterrer les hurlements de mon père et, dans l'étroite ruelle, j'ai couru aussi vite et aussi loin que mes petites jambes me le permettaient. *Carpe diem. Carpe diem. Carpe diem.* Le mantra m'a porté jusqu'à la maison, que j'ai reconnue grâce au symbole de la paix vert que Frankie avait peint sur le côté du garage violet. Entré par la porte de derrière, j'ai couru vers le lit de Glory et la sécurité. Là, les yeux clos, j'ai respiré son parfum citronné sur les oreillers en imaginant les murmures de sa voix et les caresses de sa main. *C'était juste un rêve, petit Wolf. Ce n'était pas vraiment mon visage. Carpe diem. Carpe diem carpe diem.*

Le lendemain matin, je me suis réveillé dans le lit de ma mère, signe, en général, que j'avais fait un cauchemar. Sous les couvertures, j'ai cherché la peau tiède de Glory, puis j'ai été inondé de soulagement en entendant ses pas dans l'escalier.

Lorsqu'elle a tiré les couvertures, j'ai cligné des yeux pour me protéger de la lumière, inquiet de voir ses yeux meurtris et noircis ainsi qu'une attelle blanche inclinée qui redressait son nez cassé.

— Tu es réveillé ?

— Maman ? ai-je dit.

J'espérais que ma mère ne porterait pas trop longtemps l'affreuse attelle.

— Maman ?

Je n'ai pas compris pourquoi les yeux de ma mère étaient différents. Ses cheveux plus foncés.

— Il est arrivé quelque chose d'épouvantable, Wolf.

La voix était celle de Pam Govay.

— Je vais te raconter, OK ?

— OK.

— Il faut que tu sois raisonnable, OK ?

— OK.

— Il est arrivé quelque chose à ta maman.

— Ma maman ?

— Il y a eu un accident, OK ? a dit Pam Govay derrière l'attelle blanche.

Je me suis sans doute souvenu des événements de la ruelle parce que j'ai cessé de réclamer ma mère.

— Elle est partie, Wolf. Et Frankie va avoir besoin de quelqu'un pour l'aider à traverser cette épreuve, et ça va être moi, OK ?

— OK.

Erreur sur la personne. Un cas d'erreur sur la personne. C'est la seule explication qui s'est vaguement imposée à mon esprit d'enfant. Dans sa robe blanche, ma mère avait trop l'air d'un ange.

Les médias nationaux ont rapporté les événements de la ruelle, mais je n'ai jamais trouvé une seule coupure de journal à ce sujet dans la maison bleue d'Old Dewey Road. De toute façon, je doute que les dernières paroles de Garvin Lister y auraient figuré. En quatrième année, j'ai lu la microfiche sur le sujet à la bibliothèque publique de Mercury et découvert que M. Lister s'était ôté la vie après avoir tué sa passagère, Glory Elizabeth Truly, avec une arme de poing de petit calibre enregistrée au nom de sa femme, Rayanne. On laissait entendre que le meurtre suivi d'un suicide s'expliquait peut-être par une enquête du conseil scolaire sur un détournement de fonds et par l'abus de médicaments sur ordonnance.

Dans l'article, on ne précisait pas que Frankie avait été témoin de la scène. Et personne ne semblait savoir que le petit garçon de la victime, fiévreux et désorienté, n'oublierait jamais l'expression de sa mère ni les mots que l'homme avait criés avant que tout vire au rouge.

J'étais encore très jeune lorsque j'ai fait part à Frankie de mes souvenirs de Glory et de Garvin Lister criant « *Carpe diem* » dans la ruelle. Il a blêmi et j'ai compris qu'il s'agissait d'un vrai souvenir : personne, en effet, ne m'avait dit que pour le mercredi des Cendres, le jour où elle a été assassinée, elle portait une robe blanche flottante. Un jour, j'ai demandé à Frankie ce que *carpe diem* voulait dire.

— Que l'acheteur soit vigilant, a répondu Frankie d'un air solennel. Que le crétin d'acheteur soit vigilant.

Enfant, je me suis demandé ce que Garvin Lister avait voulu dire en criant « Que l'acheteur soit vigilant » quelques secondes avant de quitter la planète. Quel acheteur ? Qu'achetait-il, au juste ? De quoi devait-il se méfier ? J'en étais venu à accepter le geste de M. Lister comme un acte désespéré commis par un homme aux abois, mais je tenais à comprendre le sens de ses dernières paroles. (De quoi devenir cinglé.) Plus tard, j'ai appris que *carpe diem* signifiait en réalité « cueille le jour présent ». Je n'ai pas davantage compris ce que Garvin Lister entendait par ces mots dans la mesure où, loin de profiter de la vie, il s'apprêtait à y renoncer.

Au fil des ans, ma mère m'est parfois apparue sous la forme d'un courant d'air au parfum de citron entrant par une fenêtre. « Wolf », chuchote-t-elle.

Glory. Toujours.

Nous étions là, les Devine et moi, en cette matinée de notre troisième jour d'égarement. Je venais de leur raconter malgré moi les détails de l'accident dont mon ami avait été victime.

En silence, nous avons regardé le soleil inonder le terrain accidenté, les pins verts dentelés, la roche grise et les broussailles cassantes, priant pour que les sauveteurs viennent, nous demandant pourquoi ils ne nous avaient pas encore trouvés. Dans nos têtes, *ils* avaient pris une importance démesurée, aucun doute possible à ce sujet.

— *Ils* vont venir bientôt, a répété Bridget pour la vingtième fois. En ce moment, *ils* doivent être des dizaines à nous chercher.

— Ils vont pouvoir suivre nos empreintes, a renchéri Nola. N'est-ce pas, Wolf ?

— OK, ai-je répondu.

Je me souvenais d'un aspect de mon rêve, de ma mère qui affirmait que *personne* ne nous cherchait. D'autre chose, aussi. Un détail important. À propos d'un arbre.

— Wolf ?

Paralysé, j'essayais de me rappeler. Un pin. Un tronc d'arbre.

— Ça va, Wolf ? a demandé Vonn.

— Il faut retourner au mur, ai-je dit.

J'ai voulu me relever, mais j'avais l'estomac retourné par la faim et la déshydratation, peut-être aussi par l'histoire de Byrd.

— Hier soir, tu as dit qu'il faudrait fabriquer une corde pour grimper, m'a rappelé Vonn.

Nola a tendu à sa petite-fille les vestiges de son sac à dos.

— Tu es habile de tes mains, Vonn. Peut-être réussirais-tu à mettre les lambeaux bout à bout en les tressant ?

— Je peux essayer, a répondu Vonn. Mais il ne reste pas grand-chose.

— On pourrait peut-être trouver un autre moyen. Des plantes grimpantes ou quelque chose du genre, a suggéré Nola en se tournant vers moi. Qu'en dis-tu ?

— Chercher quelque chose comme une plante grimpante ? Bonne idée, Nola, ai-je dit.

— J'y vais, a proposé Vonn.

— OK, ai-je dit. Vous deux, vous vous reposez, d'accord ? Nola ? Bridget ?

— Je vais bien, a dit Nola.

— Tu ne vas pas bien, Mim, a répliqué Bridget. J'ai d'affreuses crampes d'estomac et c'est sûrement pareil pour toi.

— Un peu, oui.

— Suis-je en train de crever de faim ? Crevons-nous de faim, Wolf ?

— On peut vivre trois semaines sans nourriture. Tu te souviens ? Ce que tu ressens, ce sont les tiraillements de la faim, rien de plus.

— Avant, j'en avais entre l'entrée et le plat principal, a dit Bridget.

Nous avons tous réussi à rire un peu.

— J'ai mal à l'estomac, moi aussi, a admis Vonn.

— Tu avais déjà mal avant notre départ, a souligné Bridget.

— Et tu as été malade la semaine dernière, a dit Nola. On a cru que c'était à cause du poulet de la rôtisserie.

— J'ai peut-être attrapé un microbe, a dit Vonn.

Vonn et moi avons cherché partout une plante fibreuse que je pourrais transformer en corde tressée. *Le yucca ne pousse pas à cette altitude*, me suis-je dit. À Vonn, j'ai demandé :

— Il est où, ce sac en filet ?

— Elle l'a peut-être laissé là-haut, a-t-elle répondu en désignant la corniche. Elle l'a peut-être enlevé avant de pousser sur le tronc. Dans ce cas, on a cherché pour rien.

Possible, en effet.

— Il vaut mieux rentrer. Je ne peux pas perdre de temps avec cette histoire de corde.

— Attends, je dois… a commencé Vonn timidement.

— Quoi ?

— J'ai besoin d'un peu d'intimité.

— Je ne bouge pas d'ici, ai-je dit.

Sachant qu'il était exclu qu'elle ait envie d'uriner, j'ai rougi à l'idée qu'elle avait ses règles.

Vonn s'est dirigée derrière des genévriers, tout près d'un arbre tombé, où elle s'est accroupie.

Voyant sa tête disparaître derrière l'arbre, j'ai crié :

— Ça va ?

— Ouais, a répondu Vonn d'un ton incertain.

— Tu veux de l'aide ?

— Non ! a-t-elle répondu, catégorique.

Elle a fini par revenir, le visage chiffonné, preuve qu'elle avait pleuré. Je ne me suis pas demandé si ses larmes s'expliquaient par d'autres motifs que ceux qui sautaient aux yeux. J'ai voulu la prendre dans mes bras, mais elle s'est esquivée.

— Viens, a-t-elle dit. Il faut examiner le poignet de Nola. Changer son pansement. C'est miraculeux, non ? La stérasote, je veux dire ?

— Tu as bien nettoyé la plaie. Le fait d'enlever tous les tissus morts y a sûrement été pour beaucoup.

— Ne m'en parle pas, a dit Vonn en grimaçant. C'était pire que ce qu'on me fait faire au Petting Zoo. Et on me charge du nettoyage de toutes les cages.

— Le Petting Zoo ?

— Le nom de l'endroit où je travaille : une clinique vétérinaire doublée d'un refuge pour animaux.

— J'ai songé à prendre un chien, ai-je dit. J'aime bien les chiens.

— Moi aussi, a avoué Vonn. Mais je suis une telle vagabonde…

J'ai haussé les épaules.

— Je viendrai peut-être choisir un chien au refuge. Dès qu'on sera rentrés, tu sais…

— Ce serait bien. Une façon de rétablir l'équilibre universel, au moins un peu, a dit Vonn. J'ai eu un chat. En quelque sorte.

— Un chat trouvé ?

— Deux petits amis avant l'Idiot de Camarillo, ma mère sortait avec le Débile de Golden Hills. Il avait un chat. C'est pour ça que je dis que j'ai eu un chat en quelque sorte. Un vieux chat noir et gras, avec une oreille en moins. Un chat triste. Boiteux. Avec seulement une dent. Je ne me souviens pas du nom du type, mais le chat s'appelait Midnight. Quand Bridget m'a informée que le Débile s'installait chez nous, j'ai commencé à me goinfrer. Je m'apitoyais sur mon sort. Puis ce vieux chat noir et gras est entré dans la salle de télé et s'est frotté contre ma jambe. Il a voulu sauter sur mes genoux, mais il était trop vieux et trop gras. J'ai dû le soulever.

— Je n'aurais jamais pensé que Bridget était du genre à aimer les chats.

— Bridget ne savait pas que le type débarquerait avec son chat. Elle ne savait même pas qu'il en avait un. Bizarre, parce qu'il perdait une quantité ahurissante de poils. Ils sont partis en week-end et j'ai donné à Midnight des gâteries molles pour vieux chats édentés que j'avais fait livrer de l'épicerie et je l'ai laissé s'empiffrer deux jours de suite, assis sur mes genoux. De temps en temps, je le déposais dans sa litière. Je croyais lui faire une faveur.

— Le chanceux, ai-je dit.

— Moi, j'avais des gaz. À cause de toutes les cochonneries que j'ingurgitais, a-t-elle poursuivi. C'était affreux.

Comme son menton tremblait, je n'ai pas ri.

— J'étais chez Bridget, Midnight sur les genoux, puis Bridget et le Débile sont entrés avec un autre couple et ils ont heurté de plein fouet un mur d'une puanteur assassine et ils se sont mis à hurler et à avoir des haut-le-cœur. « Euh, je pense que ton chat est malade. » Voilà tout ce que j'ai trouvé à dire.

Elle a marqué une pause pour avaler sa salive.

— Le type a vu les emballages vides de gâteries pour chats, a pris Midnight sur mes genoux et l'a chassé dehors à coups de pied. Je suis sortie sur la terrasse pour m'excuser, mais le chat refusait de s'approcher de moi.

Vonn a reniflé, mais elle n'avait pas de larmes à verser.

— Tu t'en veux à cause du chat ? C'est tout ?

— Quand je suis rentrée de l'école, le lundi, Midnight avait disparu. Ma mère m'a dit que son petit ami l'avait emmené chez le vétérinaire. Je me sentais mal de l'avoir gavé et je pensais qu'on allait lui donner des pilules ou un truc du genre pour le guérir. Quand j'ai rempli le bol d'eau de Midnight, Bridget a cru que j'avais perdu la tête. Elle m'a expliqué qu'on allait l'euthanasier.

— Oh.

— Le Débile avait dit qu'un animal qui sentait aussi mauvais que son chat pourrissait sûrement de l'intérieur. Que ce serait cruel de le laisser vivre.

— Oh.

— J'ai sauté dans la voiture et foncé chez le vétérinaire, mais je suis arrivée trop tard.

Nous avons marché un moment en silence.

— Bref, j'ai tué Midnight.

— Tu ne l'as pas tué. Tu as seulement fait partie de son histoire vers la fin de sa vie, ai-je dit. D'ailleurs, il a passé tout son temps sur tes genoux. Au paradis, en somme. Je veux dire…

— Quand je suis allée vivre avec Mim après la mort de Pip, j'ai appris que le vétérinaire du coin recrutait. Je caresse les animaux pendant l'euthanasie.

Plus près de la grotte, nous avons entendu Nola fredonner le même concerto que j'avais entendu la veille. C'est à ce moment que Vonn s'est rendu compte qu'elle avait laissé le sac à dos à côté de l'arbre tombé où elle avait pleuré.

Aussitôt, j'ai fait demi-tour et détalé au milieu des broussailles en criant :

— Va rejoindre les autres !

En me retournant, j'ai vu Vonn qui me suivait tant bien que mal, avec ses chaussettes et ses tongs vertes ridicules.

— J'y vais, a-t-elle dit entre deux halètements. Je vais le récupérer !

— Je m'en occupe, ai-je insisté en faisant face au vent.

À bout de souffle, je suis arrivé à l'endroit où Vonn avait demandé un moment de solitude. J'ai tout de suite repéré le sac à dos. En me penchant pour le ramasser, j'ai vu autre chose : une bande argentée de la longueur et de la largeur d'un cure-dents qui dépassait d'une pierre bizarrement placée. J'ai su avant de la soulever que j'allais y trouver l'emballage d'une des barres de céréales provenant du sac perdu de Bridget.

Je l'ai saisi, les mains tremblantes : une demi-barre de céréales intacte, enveloppée avec soin.

Vonn avait mangé l'autre moitié. Sans avoir été témoin du geste, je l'ai compris avec certitude. La veille, quand j'avais posé mes lèvres sèches et gercées sur les siennes, j'avais détecté un très subtil parfum de cannelle. C'était donc ça, l'*autre dimension* de son baiser. Celle que j'avais remarquée, rejetée et ignorée, conscient que je devrais y revenir.

En me relevant, j'ai vu Vonn plantée près de moi, les yeux exorbités. Elle était sans mots. Comme moi, du reste. Je n'avais que des pensées, des sons et des odeurs : cannelle, avoine, cassonade. Dans les pins voisins, les corbeaux se sont mis à croasser, tandis que je fixais le petit bout de barre de céréales.

Vonn s'est agenouillée et a levé les yeux sur moi.

— J'ai trouvé la barre hier, à côté de cette souche. J'ai appelé Bridget, mais elle ne m'a pas entendue. J'ai cherché le sac partout, les autres barres, l'eau, mais il n'y avait que ça, juste là.

Ensemble, nous avons balayé du regard les hauts pins au-dessus de nos têtes. Le sac avait-il donc été projeté à cette distance, au moment de notre chute ? Possible.

— J'ai attendu que Bridget revienne, mais je n'ai pas pu… Je regardais fixement la barre de céréales, puis je l'ai déballée et je l'ai sentie et je me suis dit que divisée en quatre… ça ferait une seule bouchée chacun, trop petite pour être nourrissante… Mais quand même je savais que je ne devais pas la manger, que je ne devais pas…

— Ça ne t'a pas empêchée de le faire.

— Je me suis dit que j'allais me contenter d'une minuscule bouchée, puis j'en ai pris une autre petite et une autre et une autre.

— Et quand on s'est arrêtés ici tout à l'heure ? ai-je demandé. Encore une autre ?

— J'ai tellement peur de mourir, a-t-elle soufflé.

Au moment où des griffes poussaient au bout de mes doigts, je lui ai pardonné ; au moment où je la regardais en grognant et en déchirant l'emballage argenté, je lui ai pardonné.

J'ai ouvert la bouche et j'y ai jeté le bout de barre de céréales, puis j'ai été pris de haut-le-cœur.

— Garde-le, m'a supplié Vonn. Avale-le, Wolf, pour l'amour du ciel.

J'ai avalé le petit morceau de sucre et d'avoine. Puis, pour la première fois dans la montagne, je me suis mis à pleurer, et pour la première fois depuis la mort de ma mère, une femme magnifique m'a pris dans ses bras et bercé comme un enfant.

De retour dans la grotte, j'ai longuement regardé Bridget, émaciée et épuisée, le teint cireux. De toute évidence, elle n'avait trouvé ni les bouteilles d'eau ni les barres de céréales. Quant à Nola, je ne l'avais jamais perdue de vue. Le plus probable, me suis-je dit, c'était que des spermophiles avaient repéré et emporté les barres de céréales. Les bouteilles d'eau avaient peut-être atterri dans la végétation plus dense ; sinon, elles s'étaient coincées dans des branches de pin si hautes qu'on ne les voyait pas.

La honte que j'éprouvais à l'idée d'avoir mangé ce fragment de nourriture me pesait lourdement, en même temps qu'elle me fortifiait : le désir de rédemption est un puissant moteur.

Vonn et moi évitions de nous regarder.

La gourde jaune, dans laquelle il restait environ une tasse d'eau, se trouvait entre nous. J'étais nauséeux au souvenir de l'herbe rouge, et plus encore à l'idée d'avoir raconté l'accident de Byrd.

— J'ai tellement faim, Wolf. On peut manger de l'herbe ? Mâcher de l'écorce ? a demandé Bridget.

— Ne mange surtout pas de l'herbe, l'ai-je prévenue. Ça te ferait vomir et perdre encore plus de liquide.

— J'ai tellement soif que j'ai l'impression de me ratatiner, a dit Bridget.

J'ai humé l'air. J'y détectais encore l'odeur de la pluie imminente. Pourtant, comme je m'étais déjà trompé, je n'ai pas voulu donner de faux espoirs aux Devine. Me levant péniblement, j'ai balbutié :

— Il faut que je retourne au mur.

— Tu as des étourdissements, Wolf, a dit Vonn.

— Je vais bien.

C'était faux.

— Je me disais que je pourrais essayer d'escalader le mur si tu me prêtais tes chaussures, Bridget, a dit Vonn. Wolf pourrait se reposer un instant.

— Parce que tu m'en crois incapable ?

— Non, a répondu Vonn. Pour te donner un peu de répit.

— Tu es beaucoup plus petite que moi, Vonn. Et je n'ai pas une portée suffisante. Ce serait encore plus difficile pour toi.

— Et mes pieds sont deux fois plus petits que les tiens, a ajouté Bridget.

— Comment retrouverais-tu le chemin de Mountain Station, à supposer que tu réussisses à grimper jusque-là ? a demandé Nola.

— Je m'occupe du mur, a répondu Vonn. Bridget et toi, cherchez le reste du sac bleu.

— Comment ça, le reste ? a demandé Bridget.

— Trouvez le sac, c'est tout, ai-je supplié.

Bridget a promené son regard de Vonn à moi.

— Il s'est passé quelque chose entre vous deux ?

Sans doute affichions-nous un air coupable, Vonn et moi.

Bridget a craché à mes pieds, ce qui, compte tenu de notre état de déshydratation, n'était pas un mince exploit.

— Non ! ai-je insisté.

— Bridget, a commencé Nola d'un ton conciliant. Tu es ridicule. À un moment pareil ? Comment peux-tu penser que…

Se tournant vers le soleil matinal, Vonn a dit :

— J'ai trouvé une barre de céréales.

J'ai baissé la tête.

— Dieu merci ! s'est écriée Bridget.

— C'est merveilleux, Vonn ! a croassé Nola.

La voix de Vonn n'était plus la sienne.

— Je l'ai mangée.

Nola a cligné des yeux, tandis que Bridget disait :

— Je ne comprends pas.

— Je l'ai mangée. Je l'ai trouvée et je l'ai mangée.

— Elle ne dit pas tout, ai-je lancé. J'en ai mangé la moitié.

Le vent a rugi à ce moment précis et parlé en notre nom à tous. Dans d'autres circonstances, une telle révélation, auprès d'êtres moins fragiles, ou plus fragiles, aurait peut-être provoqué une réaction complètement différente : des coups, des cris, des bourrades, des cheveux arrachés par poignées. Dans la montagne, en ce troisième jour, seul le vent a exprimé sa fureur. Cadeau douteux aux désespérés : la clarté, la charité, la distance salutaire.

— Il reste un peu d'eau dans la gourde, ai-je dit au bout d'un moment, heureux de leur absolution tacite. Bridget et vous devriez la finir, madame Devine.

— J'ai besoin d'eau, moi aussi, a dit Vonn en grimaçant.

Bridget a saisi la gourde et, ayant dévissé le bouchon, l'a portée à ses lèvres. Après avoir bu une petite gorgée, elle l'a passée à sa fille qui, reconnaissante, a bu à son tour une gorgée, avant de la tendre à sa grand-mère qui, après en avoir pris une toute petite quantité, me l'a donnée.

— Il ne vous reste qu'à vous pardonner à vous-mêmes, nous a-t-elle dit, à Vonn et moi.

J'ai bu une petite gorgée en pensant à Byrd.

— Wolf ?

— Ça va.

— Tu as dit que Byrd était dans le coma, à l'hôpital. Tu n'as jamais raconté… a risqué Bridget.

J'ai senti mon visage rougir.

— Qu'est-ce qui lui est arrivé ? a demandé Vonn.

— Nous devons retourner au mur, ai-je répondu. Je vous raconterai la suite en cours de route.

Nola a saisi le bras que je lui tendais et nous avons avancé, lentement, sur les rochers.

Je ne voulais pas terminer l'histoire de Byrd, mais je l'ai fait quand même.

Pendant de longues semaines au chevet de mon ami, j'ai prié pour son retour, sans savoir où il était passé. Parfois, au lieu de parler au corps qui gisait sous les draps, je m'adressais à l'air ambiant ; parfois encore, au lieu de parler à haute voix, je cherchais Byrd dans quelque corridor de mon esprit vagabond. Parfois, je lui chantais des chansons. Parfois, il frissonnait.

Les paroles de Frankie me hantaient. *Débranche-le.* Je n'ai jamais songé à débrancher Byrd, mais la façon qu'avait eue Frankie de prononcer ces mots… Comme s'il aurait bien aimé, lui, être dans le coma, se délester du fardeau de sa vie, en finir une bonne fois pour toutes. *Débranche-le.* J'avais de la peine pour mon père, que je comprenais trop bien. Si la montagne m'avait transformé, rendu plus fort et apporté la paix, le désert avait achevé Frankie. Les nuits blanches, les femmes, l'alcool, la drogue, les gangs, le jeu et le reste : il avait accès à tout ça sans même devoir quitter Tin Town. Qu'avait-il dit, déjà, à propos des saines habitudes de vie ? Au bout de quelques semaines à peine, il était passé de marginal à irrécupérable. Il vendait, achetait, volait, s'offrait des cuites qui duraient des jours, traînait chez une conquête sexuelle jusqu'à ce qu'elle le fiche dehors. Ces années-là, dans le mobile home de Kriket, je croisais Yago plus souvent que Frankie. Yago y cachait sa marchandise. J'étais le fils de Frankie.

À Noël, les infirmières m'ont apporté une assiette de dinde recouverte d'une cloche et des vêtements propres appartenant au mari de l'une d'elles, et elles m'ont laissé prendre une douche chaude, tandis que les employés tenaient leur petite fête au bout du couloir. Une serviette nouée autour de la taille, encore mouillé après ma douche, j'étais dans la chambre de Byrd, où j'attendais que l'infirmière m'apporte le sac de vêtements propres, quand la porte s'est ouverte. C'était Lark. Elle n'a pas paru surprise de me voir.

— Tu ne devrais pas être là, a-t-elle dit.

— Tu vas me dénoncer à ton père ?

Elle a haussé les épaules en me tendant un sac.

— L'infirmière m'a demandé de te donner ça. Ce sont des vêtements ?

Quelques semaines à peine s'étaient écoulées depuis notre soirée à Secret Lake, mais elle avait changé, vieilli subtilement. Elle portait des vêtements de sport trop amples et des chaussures de course.

— Comment il va ? a-t-elle demandé, incapable de détacher les yeux du corps de Byrd.

— Ils vont retirer le tube la semaine prochaine.

Je suis allé m'habiller derrière un rideau.

— À quoi bon ?

— Qu'est-ce que tu veux dire ?

— Il n'est pas… tu sais bien… ?

Je voyais où elle voulait en venir.

— Non.

— Mon père dit qu'il ne sera plus jamais le même.

— C'est vrai pour chacun de nous.

— Moi, je ne le suis plus, en tout cas.

— J'aurais juré que Harley aurait voulu t'avoir à la maison pour Noël, ai-je dit en la rejoignant au chevet de Byrd.

— Je pars dans le désert cet après-midi, a-t-elle dit. Avec Gisele.

Elle s'est détournée en reniflant.

— Vous êtes encore amies ? me suis-je étonné.

— Pourquoi pas ?

— Je ne sais pas.

— Elle n'est pas responsable de l'accident, a dit Lark.

Pendant un moment, nous sommes restés en silence à écouter le bruit des machines.

— Je regrette, ai-je dit. Je regrette tellement, Lark.

Elle m'a regardé dans les yeux pour la première fois.

— J'ai cueilli l'herbe rouge. J'ai préparé la tisane.

— Pour moi. Tu l'as fait pour moi.

Elle s'est tournée vers Byrd.

— Il va guérir, ai-je promis.

Le regard qu'elle a posé sur moi… J'y ai lu beaucoup de choses. J'ai pris sa culpabilité pour du désir, sa pitié pour de l'affection, et j'y ai vu une promesse d'avenir, alors que ce regard n'exprimait que le fervent espoir de ne plus jamais me revoir.

— Je vais t'écrire, ai-je dit.

— OK.

— Tu vas me répondre ?

— Je vais être très occupée.

— Je vais t'écrire quand même. Que tu me répondes ou pas.

Si, à ce moment, j'avais décelé la vérité, jamais je ne serais allé relancer Lark à l'église lors du mariage de son amie. Jamais je n'aurais prononcé les paroles pitoyables qui ont été retransmises à tous les invités…

La goutte d'eau qui a fait déborder le vase, en somme. Pourtant, j'ai du mal à m'imaginer ce qui serait arrivé aux Devine, ce que nous serions tous devenus, si je ne m'étais pas trouvé dans la montagne le même jour qu'elles.

Un vendredi matin, peu après le jour de l'An, je suis monté jusqu'à l'étage de Byrd. Après une nuit passée à dormir, ou plutôt à ne pas dormir, sur un banc de parc, j'étais groggy et ankylosé.

On lui avait retiré son ventilateur et il respirait sans aide depuis une semaine. Harley et les autres avaient commencé à lui rendre visite plus fréquemment, à débarquer à l'hôpital à l'improviste, et il leur arrivait de rester à son chevet jusque tard dans la nuit. Je devais m'éclipser, arpenter les rues et dormir dans le parc avec les autres sans-abri. Quand la voie était libre, les infirmières accrochaient un masque chirurgical à sa fenêtre.

Chaque jour que Byrd respirait sans aide semblait moins prometteur que le précédent. Il gémissait presque sans arrêt, laissait entendre une sorte de grognement bas. Si, selon Nancy l'infirmière, ce bruit n'était pas nécessairement signe d'une quelconque souffrance, il n'en était pas moins pénible à entendre. L'état de Byrd ne s'est pas amélioré au cours de la deuxième semaine. Je me préparais au pire.

De loin, j'avais vu Harley gravir d'un pas lourd les marches de l'hôpital. Je comprenais ce qu'il ressentait. Ce jour-là, j'arpentais nerveusement le parking en guettant le signal convenu. Quand j'ai vu Nancy accrocher le masque à la fenêtre une heure seulement après l'arrivée de Harley, je me suis précipité à l'intérieur, certain que les nouvelles étaient mauvaises.

Les portes de l'ascenseur se sont ouvertes et j'ai éprouvé un choc en constatant que Harley était toujours là. J'étais pourtant sûr d'avoir vu le masque à la fenêtre. Quelque chose n'allait pas. D'autres membres de la famille Diaz s'agglutinaient dans le couloir. Dantay. Juan Carlos. Mais pas Lark. Harley s'est élancé vers moi, m'a saisi par les épaules et m'a serré dans ses bras avec affection. Puis il m'a regardé dans les yeux pour la première fois depuis l'accident.

— Lark m'a expliqué que tu n'y étais pour rien. Que c'était une idée de sa copine. Que Byrd et toi, dès le début, étiez contre l'idée de prendre de l'herbe rouge.

J'ai eu envie de lui demander pourquoi Lark avait mis tout ce temps à lui dire la vérité, mais je voyais bien qu'il voulait me confier autre chose.

— Il a ouvert les yeux, a annoncé Harley en souriant jusqu'aux oreilles.

— Byrd s'est réveillé ?

— La nuit dernière. L'infirmière dit qu'il t'a demandé.

J'ai foncé dans le corridor et fait irruption dans la chambre, où plusieurs infirmières s'affairaient autour de Byrd. Quelque chose clochait. Je l'ai compris à leurs mines sombres. Je me suis approché du lit, dans lequel Byrd clignait rapidement des yeux.

Lorsque j'ai été plus près, les clignements se sont interrompus et Byrd a fixé le plafond avec une drôle d'expression. Sa lèvre supérieure a trembloté, tandis que son regard montait puis descendait. On aurait dit un lézard qui suivait une mouche des yeux.

Me penchant sur le lit, j'ai envahi son champ de vision et constaté qu'il ne me reconnaissait pas. Je n'ai décelé aucune lueur dans son regard. Il n'a pas bronché quand j'ai prononcé mon nom. Il n'a pas réagi non plus à la mention du sien. Il ne semblait pas conscient de ma présence dans la chambre. Il ne semblait pas non plus savoir qu'il était là, lui.

Nancy m'a pris à part. Posant sa main tiède sur mon épaule, qu'elle a serrée doucement, elle m'a recommandé de modérer mes attentes. Harley est entré dans la chambre et a répété les paroles des médecins au sujet de la nature imprévisible des lésions cérébrales. La guérison serait lente ou rapide. Partielle ou nulle. Le point sur lequel les médecins s'entendaient, c'était que la survie de Byrd tenait déjà du miracle.

Dans la montagne, je regrettais d'avoir poursuivi mon récit. Les Devine semblaient démoralisées par son dénouement incertain. Une telle injustice était difficile à tolérer.

Armés de bâtons pour nous défendre, nous nous sommes dirigés vers le mur. D'en bas, la paroi rocheuse m'a donné l'impression de s'être transformée à la faveur de la nuit, d'être devenue plus haute, plus à pic et plus concave.

— Au moins, je suis heureuse que tu n'aies pas débranché Byrd, a dit Bridget. Je pensais que c'était ce que tu t'apprêtais à nous confesser.

Quelque chose a jailli des branches au-dessus de nos têtes.

— Vous avez vu ? a demandé Nola en agitant son bâton.

— Un hibou, je crois, a dit Vonn.

Notant que l'état de Nola se détériorait, j'ai dit :

— Nous devons écraser de la stérasote.

Bridget n'a pas été peu fière de sortir des feuilles de sa poche.

— J'en ai gardé quelques-unes.

Nous nous sommes assis sur les métates où Nola s'était cogné la tête, la veille, et nous avons commencé à broyer les feuilles. J'étais fasciné par l'image que formait la tache de sang sur le rocher que je voyais du coin de l'œil : c'était celle, très nette, d'un oiseau en plein vol. On aurait dit un message dont je ne saisissais pas le sens. Byrd s'efforçait-il de me faire savoir qu'il était ici, à mes côtés ? Au-dessus de nos têtes, les corbeaux croassaient en attaquant l'épervier de Cooper qui était descendu en piqué dans l'intention de piller leur nid. L'idée des œufs m'a donné faim et mal au cœur en même temps.

Une branche s'est cassée dans les broussailles derrière nous. Interdits, nous avons agrippé nos bâtons. Des coyotes. Nous avons attendu, le cœur battant, prêts à nous défendre. Mais j'ai eu beau humer le vent, je n'ai pas détecté leur odeur. Des scènes de la nuit précédente ont défilé devant mes yeux : les orteils de Vonn dans ma bouche, le coyote secouant les restes de Pip, les bêtes exécutant leur bond gracieux au-dessus de la fosse des Devine.

Le souvenir des coyotes qui sautaient a ravivé d'autres images de mon rêve et je me suis souvenu du moment où ma mère m'enjoignait de construire un pont.

— La nuit dernière, ai-je commencé, j'ai fait un rêve étrange.

— Un rêve prémonitoire ? a demandé Bridget en se penchant. De quoi as-tu rêvé ?

Impatient de vérifier que l'image vue en rêve existait dans la réalité, je me suis élancé à travers les rochers et les broussailles jusqu'à la crevasse. Sans doute ai-je eu l'air d'un illuminé en bredouillant au passage :

— Ma mère a dit de construire un pont.

— Wolf ?

— WOLF ! a crié Vonn en me pourchassant. Et la stérasote ?

Bridget a aidé Nola à se remettre debout et elles m'ont toutes suivi en m'appelant.

— Venez ! ai-je lancé, certain que mon rêve comportait un message.

Je voulais tellement y croire.

Et il était là, près du buisson de stérasote : le pin tordu sur lequel ma mère s'était juchée.

— OK, ai-je dit.

L'arbre, en partie caché par la végétation, s'appuyait sur un énorme rocher. Dans de telles conditions, c'était monnaie courante. Le pin n'était pas enraciné : il était tombé du haut de la falaise.

— Eurêka !

Les Devine se contentaient de m'observer.

Le tronc, assez long pour enjamber la crevasse, semblait solide. Si nous parvenions à le soulever et, avec huit mains (bon, sept, compte tenu de la blessure de Nola), à le pousser, il tomberait de l'autre côté de la fosse, où le retiendraient en place les deux gros rochers qui flanquaient le versant.

— Je ne sais pas à quoi tu penses, a dit Bridget, mais c'est non.

— Ce tronc m'est apparu en rêve. Ma mère m'a dit d'en faire un pont.

— Je te crois, Wolf, a dit Bridget. Mais non.

— Il n'y a pas d'autre issue, ai-je répliqué.

— Qu'as-tu vu d'autre dans ton rêve ? a demandé Bridget.

— Byrd m'a aussi dit de chercher un pin.

— Pour en faire un pont ?

— Non, un autre pin. Un pin solitaire près d'une *mesa*.

— Tu penses vraiment que c'est notre seule chance ? a insisté Vonn.

— Il a dit que c'était la Voie.

— La voie vers Secret Lake ? a demandé Nola.

Nous nous sommes tournés vers elle. Elle frissonnait. J'ai enlevé mon parka et je l'ai drapé sur ses épaules.

— Mountain Station est de ce côté, ai-je dit. Là-haut, où les crêtes se rejoignent. Vous voyez ? Si on réussit à traverser et à monter jusque-là, je suis certain de retrouver le chemin, maintenant que je me suis repéré.

Les Devine examinaient le point de rencontre des crêtes, au sommet du versant.

— À première vue, on pourrait y arriver sans trop de difficulté, a dit Vonn.

— Pas question que je rampe sur un pont, a décrété Bridget.

— La *mesa* de mon rêve ? On la verra peut-être du croisement des deux crêtes.

— Et si le brouillard se lève de nouveau ?

— Alors on attendra, mais au moins on sera là-haut. Ce serait tout de même mieux que de rester coincés ici.

— Ce truc ne roulera jamais, a dit Nola en indiquant le tronc.

— Regardez le creux formé par les deux rochers de l'autre côté. Si on pousse le tronc, il tombera juste là. Regardez bien. De ce côté-ci, il est maintenu en place par cet arbre et ce rocher.

— Comment il a abouti ici ? a demandé Vonn.

— Il est tombé de là-haut, comme nous, a répondu Bridget.

— C'est peut-être les Cahuillas, a conjecturé Nola. Ceux qui ont creusé les trous de mortier. Ils avaient peut-être le projet de construire un pont.

— Pourquoi ils ne l'ont pas fait alors ? a demandé Vonn. Et comment ils faisaient pour venir jusqu'ici, sans pont ?

— Il pourrait soutenir notre poids ? a demandé Nola.

— Le pin tordu est solide, ai-je dit.

— Je vous attendrai ici, a dit Bridget. Vous n'aurez qu'à m'envoyer les secouristes.

Nous sommes restés un moment en silence, laissant le vent apaiser nos peurs. Une prise de distance fascinante dans la mesure où notre situation commandait une action urgente, tandis que notre esprit était porté à divaguer, à faire de longs détours avant d'aboutir à la bonne réponse.

— Et si personne ne nous cherche ? ai-je enfin demandé.

Nous avons longuement fixé le tronc couvert de mousse.

— Même si nous réussissons à pousser ce tronc pour qu'il enjambe la crevasse, je ne marcherai pas dessus, a dit Bridget.

— Et moi, je n'en serai pas capable, a dit Nola.

— Je me disais qu'on allait se mettre à califourchon et qu'on avancerait sur les fesses.

Comme Byrd et moi l'avions fait à Angel's Peak.

Deux corbeaux se sont perchés plus haut sur les degrés rocheux et, en me retournant pour les observer, j'ai remarqué une profonde entaille dans le rocher à droite du buisson de stérasote. Quelques heures plus tôt, au crépuscule, je m'étais tenu dessus pour cueillir des feuilles. De ce nouvel angle, j'ai noté la profondeur de la fissure, qui semblait parcourir le rocher sur toute sa longueur.

Le temps. C'est peut-être le balancement rythmique des branches de pin qui m'a fait penser à une horloge.

Au passage des nuages, le soleil apparaissait et disparaissait, projetant des ombres et les ravalant si vite que j'en avais le tournis. J'ai tapé des mains, autant pour me tirer de ma distraction que pour obliger les Devine à se concentrer.

— On doit prendre des décisions. Je vote pour le pont.

— Je veux rester, a dit Bridget. Malgré tout le respect que j'ai pour ton rêve, Wolf, c'est trop risqué.

— Mais si personne ne nous cherche ? a lancé Vonn. Wolf l'a dit : c'est une possibilité.

— Les autorités sont sûrement au courant, à présent, a répondu Bridget sans conviction.

— Regarde là-bas, Bridget ! me suis-je écrié en montrant la pente douce de l'autre côté. On pourrait être de retour chez nous dans quelques heures. Dans quelques *heures*.

— Penses-tu vraiment que je vais me traîner sur les fesses au-dessus d'une crevasse de trente mètres de profondeur ?

— Si on ne le fait pas aujourd'hui, ai-je dit, on risque de ne pas en avoir la force demain.

— C'est oui, a dit Nola. Allez, Bridge.

— Tout le monde doit pousser, a ajouté Vonn.

Bridget a hésité, puis elle s'est tournée vers Vonn.

— Il n'y a pas de mal à essayer de mettre le tronc en place, je suppose, a dit Bridget. Question de vérifier si c'est possible.

— Alors on le pousse, a commencé Vonn. Et il atterrit exactement là et là ?

J'ai hoché la tête. Et prié.

Sans perdre un instant de plus, nous avons attrapé le tronc et, au bout de trois, comme si nous avions répété la manœuvre, comme si nous l'avions accomplie mille fois, nous l'avons soulevé, ho ! hisse, et poussé en position verticale avant de le laisser tomber, côté moussu sur le dessus, en travers de la crevasse. Il s'est posé au beau milieu du creux, coincé par les rochers, à l'endroit escompté.

Nous avons brièvement exulté avant de nous acquitter de la tâche la plus urgente : fourrer dans nos poches le maximum de feuilles et de tiges de stérasote afin de pouvoir préparer des cataplasmes pour Nola. J'ai mis les femmes en garde contre le gros rocher instable, qui pouvait aussi bien se briser d'un instant à l'autre que rester en place encore mille ans : telle était la nature de la pierre.

Enfin, nous avons abordé la question de l'ordre des traversées.

— Je passe la première, a dit Vonn, tremblante.

Sans hésitation, elle a enfourché le tronc, qui a vacillé quand elle s'est penchée pour s'y cramponner et a menacé de se retourner lorsqu'elle a positionné ses jambes de part et d'autre. Avant que la première tong verte tombe en flottant jusqu'au fond invisible de la crevasse, aussitôt suivie de la seconde, aucun de nous n'avait songé à lui suggérer de les enlever.

— Ne regarde pas en bas ! a crié Nola.

Vonn a regardé en bas malgré tout et j'ai senti mon estomac se soulever en la voyant chanceler et osciller. J'ai fermé les yeux, m'attendant à tout moment à entendre le bruit de son corps s'écrasant sur les rochers en contrebas. En les rouvrant, j'ai été stupéfié de la voir avancer en scandant :

— S'il te plaît. S'il te plaît. S'il te plaît.

Me joignant à elle, j'ai murmuré :

— S'il te plaît.

Nola et Bridget ont uni leurs voix aux nôtres et notre prière s'est transformée en chant. Les corbeaux eux-mêmes se sont tus pour l'entendre.

Lorsqu'elle est arrivée à l'autre bout, Vonn s'est levée puis s'est laissée tomber sur le sol, tel un naufragé sur une plage. Haletante, trop ahurie pour jubiler, elle nous a salués d'un geste, tandis que je serrais la main valide de Nola d'un côté et celle de Bridget de l'autre. Le courage de Vonn m'a diablement inspiré.

L'ayant vue avancer sur le tronc en s'y cramponnant, j'avais compris que Nola serait incapable de garder son équilibre avec un seul bras valide. Sans raison particulière, j'étais certain que le tronc supporterait nos poids combinés.

— Allez, Nola, ai-je lancé dans le vent. À nous. Tous les deux ensemble.

Elle a ajusté la courroie de la gourde jaune qu'elle portait autour du cou et je suis monté sur le tronc, alarmé de constater que la mousse était plus glissante que je ne l'avais escompté. Lorsque j'ai trouvé mon équilibre, Nola, mobilisant son courage, a grimpé derrière moi et s'est accrochée à ma taille avec sa main valide, comme si nous allions à moto. La gourde jaune faisait un nœud dur dans mon dos.

— OK, ai-je dit. Un, deux, trois.

Lorsque nous avons essayé d'avancer, nos forces conjuguées ont failli déloger le tronc de son ancrage rocheux.

— Je bouge d'abord ! ai-je crié à Nola pour qu'elle m'entende malgré le vent de plus en plus violent. Puis c'est à vous.

Nous avons procédé ainsi, sans grâce mais efficacement, jusqu'à ce que je m'arrête. Je ne sais pas ce qui m'a pris, mais à mi-parcours, je me suis arrêté et j'ai regardé en bas. Au fond, sur une rivière de pierres noires, j'ai vu l'une des tongs vertes de Vonn et, attaché à elle, j'en étais sûr, le corps brisé de Vonn. Ou était-ce celui de Byrd ? Que je sois conscient d'halluciner ne changeait strictement rien à l'affaire.

Perdant l'équilibre, je me suis balancé de gauche à droite et j'ai entraîné Nola dans la danse. Haletant, j'ai fini par stabiliser nos corps soudés l'un à l'autre. Ensuite, j'ai été paralysé. Pas au sens propre, naturellement, puisque j'étais encore assez maître de mes muscles pour ne pas lâcher prise, mais je n'arrivais plus à avancer, même quand Nola m'a poussé du coude. Même quand elle s'est mise à trembler et m'a serré la poitrine, si fort que j'ai cru que la gourde allait me fracturer les côtes.

— Avance, Wolf, avance ! a crié Vonn depuis l'autre côté.

J'ai croisé son regard et, brusquement, mes muscles ont recommencé à m'obéir. J'ai avancé peu à peu, le poids tremblant de Nola appuyé contre mon dos.

— Continue, Wolf ! C'est bien !

J'entendais la voix de ma mère, à présent. *Glory*. Je sentais l'odeur de sa laque au citron. Je me suis concentré sur le visage de Vonn. Quand mes pieds ont heurté le granit de l'autre côté, je lui ai crié dans le vent :

— Aide-moi à remonter Nola !

Je me suis alors tourné vers cette dernière.

— Ne bougez pas pendant un moment, lui ai-je dit. OK ? Gardez votre équilibre le temps que Vonn et moi on vous tire de là.

Nola, cependant, s'est mise à osciller dès l'instant où je suis descendu du tronc et j'ai dû me retourner vivement pour l'attraper – par le membre le plus rapproché : son poignet fracturé. Elle a poussé un cri de mort, mais j'ai tenu bon. Vonn l'a saisie par l'autre bras et nous l'avons hissée sur le versant, où elle a enfin été en sécurité.

Nola a tenté de reprendre son souffle pendant que Vonn remettait calmement en place les os de son poignet, puis resserrait le pansement et l'attelle de fortune.

Malgré la douleur, Nola n'a même pas baissé les yeux sur son poignet. Elle ne parvenait pas à détacher son regard de sa fille, seule et terrifiée de l'autre côté.

Bridget.

Nous nous sommes tous tournés vers elle. Je crois que je n'avais encore jamais eu aussi pitié d'un de mes semblables.

— À toi, Bridget ! ai-je lancé dans le vent.

— Je sais ! a-t-elle répondu.

— Assieds-toi sur le bord ! a crié Vonn.

— Je ne peux pas ! a lancé Bridget en reculant de quelques pas.

— Si, tu peux, Bridget ! Tu es la plus en forme d'entre nous !

J'étais prêt à retourner de l'autre côté pour l'aider à traverser comme je l'avais fait avec Nola, mais je dois avouer que j'ai été soulagé de la voir s'avancer bravement vers le tronc.

— Ne regarde pas en bas ! a crié Nola.

— Tu vas y arriver, Bridget ! ai-je crié.

Elle tremblait. On le voyait bien, malgré les cinq mètres qui nous séparaient.

— Pose tes jambes de chaque côté ! a crié Vonn.

Bridget s'est accroupie, suivant à la lettre les instructions de sa fille.

Le vent soufflait impitoyablement, envahissant l'espace entre les arbres et les rochers, le courage et nous.

— Passe ta jambe gauche par-dessus, a lancé Vonn. La droite, maintenant. Transfère ton poids.

— Comme si tu allais à cheval ! ai-je ajouté.

— Elle a peur des chevaux, ont lancé Vonn et Nola d'une même voix.

— Comme si tu allais à vélo ! a crié Vonn.

Bridget a soulevé ses jambes et opéré un transfert de poids, et elle a fini par se mettre à califourchon sur le tronc. Le vent la secouait, mais elle tenait bon.

— Vas-y, maintenant ! a crié Vonn. Commence lentement ! Le vent souffle de plus en plus fort !

Nous surprenant tous, Bridget, faisant fi des rafales, a commencé à avancer doucement, avec force et fermeté, les yeux rivés sur Vonn, comme les miens l'avaient été.

De partout à la fois, le vent nous secouait. Sur le versant, Nola s'est cramponnée à un pin avec sa main valide.

Nous avons retenu notre souffle, tandis que Bridget affrontait le vent et gardait son équilibre sur le tronc couvert de mousse qui enjambait l'abysse. J'avais le terrible pressentiment qu'elle allait baisser les yeux, comme moi, et voir les tongs de Vonn.

Elle s'est arrêtée.

Vonn et moi avons échangé un regard.

— Qu'est-ce qu'il y a, Bridget ? a crié Nola.

— Des fourmis, a répondu Bridget en fixant le tronc.

Puis elle a levé les yeux sur nous et j'ai vu une colonne de fourmis traverser son cou et sa joue, s'enfoncer dans ses cheveux.

Elle a porté une main à son visage. L'autre a glissé sur la mousse veloutée et Bridget a commencé à vaciller, mouvement accentué par une rafale soudaine qui a failli la désarçonner. De justesse, elle a réussi à retrouver son équilibre, et nous l'avons vue, en proie à la panique, se demander quoi faire avec les fourmis qui lui parcouraient le dos et les épaules.

— Par ici ! avons-nous crié.

Bridget, cependant, a fait marche arrière, direction qui lui semblait plus sûre. Elle a dégagé ses jambes et s'est jetée dans les broussailles, loin du bord de la falaise, où elle a entrepris d'exterminer les fourmis jusqu'à la dernière.

Le vent s'engouffrait dans le canyon, s'insinuait entre les arbres et fonçait sur nous avec une force et une rapidité alarmantes. Difficile, dans les circonstances, de ne pas avoir l'impression qu'il s'acharnait contre nous.

Bridget a levé les yeux vers le ciel gris fumée. De l'autre côté de la fosse des Devine, nous l'avons imitée. Nous avions tous entendu le bruit, le vrombissement, reconnaissable entre tous, d'un hélicoptère.

J'étais certain d'avoir aperçu le contour des hélices au milieu des nuages. Je me souviens de les avoir montrées du doigt. Vonn et Nola épiaient le ciel, tandis qu'un violent vent de dos menaçait de nous précipiter dans le vide. Bridget a ouvert la bouche vers le ciel et a laissé entendre un cri, un son primitif, pour moi inédit, une sorte de hurlement venu du plus profond de sa peur et de sa douleur, de sa rage et de ses regrets. L'un des sons les plus tristes que j'aie entendus de toute ma vie. J'ai retenu mon souffle dans l'attente du glissement de terrain, qui n'a pas eu lieu.

À la place, les cieux se sont déchirés et la pluie s'est abattue sur nous. Enfin. Un déluge sans avertissement – d'accord, il y avait eu de nombreux avertissements, mais tous n'avaient été que de fausses alertes. On aurait dit que la pluie, torrentielle, à la fois bénédiction et malédiction, répondait au cri de Bridget. Nous avons tiré la langue pour attraper au vol les grosses gouttes, avalé goulûment le liquide froid que nous recueillions dans nos paumes. J'ai montré à mes compagnes comment boire l'eau de pluie qui s'accumulait rapidement dans les creux des rochers.

De l'autre côté du gouffre, Bridget a assouvi sa soif, tandis que l'orage se déchaînait, que les coups de tonnerre résonnaient tout autour de nous, les zigzags des éclairs fracturant le ciel.

— Baissez-vous ! ai-je crié en envoyant Nola et Vonn se mettre à l'abri dans les broussailles, loin du bord de la falaise.

La dernière chose qu'il nous fallait, c'était d'être frappés par la foudre.

Tout le monde sait qu'il faut éviter de se mettre sous un arbre pendant un orage, mais sans doute l'instinct qui nous pousse à chercher un abri est-il plus fort que notre peur de la foudre, car c'est le premier réflexe de la plupart d'entre nous. Lorsque le ciel a été parcouru d'éclairs dentelés, Bridget a tout de suite couru vers le couvert d'un grand pin.

— NON ! ai-je crié.

Haletante, paniquée, elle a balayé les environs des yeux, aperçu le buisson de stérasote et décidé de trouver refuge sur la roche derrière lui. La pluie tombait à torrents et, hormis les tremblements de terre et les glissements de terrain, rien n'est plus apte à déloger un rocher instable qu'une pluie abondante. Ce n'est toutefois pas le rocher fissuré qui s'est détaché. C'est le gros, en surplomb, qui a dévalé la pente en bondissant et heurté le voisin de celui qui retenait la grosse pierre qui ancrait le tronc qui enjambait la crevasse.

J'ai compté quatre secondes avant d'entendre le tronc s'écraser au fond. Le calcul m'a donné la nausée.

Bridget. Oh, Bridget. Elle se trouvait de l'autre côté de l'espace béant. Ces cinq ou six mètres auraient tout aussi bien pu être deux kilomètres.

Vonn a crié à sa mère :

— Ne t'en fais pas, Bridge ! On va trouver un autre tronc.

L'expression de Bridget… Il me coûte trop de m'en souvenir.

Nola était muette. Elle a croisé le regard de sa fille.

— On va trouver une solution ! ai-je crié.

C'est en voyant la courroie de la gourde jaune autour du cou de Nola que je me suis rappelé que nous avions laissé le poncho rouge sang, notre dispositif pour recueillir l'eau de pluie, sur le buisson près de la grotte.

— Va chercher le poncho ! ai-je crié à Bridget.

J'ai brandi la gourde jaune.

— Je vais te la lancer pour que tu puisses la remplir.

Les éclairs en nappes m'offraient des instantanés de Vonn et Nola, trempées, frissonnantes : elles se cramponnaient l'une à l'autre en même temps qu'au rocher. Je me suis accroupi et avancé près du bord dans l'intention de lancer la gourde jaune au-dessus du vide.

J'aurais peut-être dû attendre que l'orage passe, mais nous ne savions pas combien de temps il allait durer et nous devions à tout prix recueillir de l'eau de pluie. La gourde à bout de bras, j'ai guetté la moindre accalmie.

— N'essaie pas de l'attraper au vol ! ai-je crié à Bridget sous la pluie.

Elle a hoché la tête, mais a placé ses mains en position pour attraper.

— Ne l'attrape pas au vol, Bridge ! a crié Nola.

Bridget a une fois de plus hoché la tête. Pourtant, elle a levé les mains lorsque j'ai fait le geste de lancer.

— Mets les mains dans tes poches, Bridge ! a crié Nola.

— Je vais la lancer dans les buissons, OK ? Laisse-la tomber en douceur !

Pour éviter d'être emportée par le vent, Bridget s'est accrochée à un arbre.

— Éloigne-toi du bord, Bridget ! ai-je crié dans la tempête.

— Recule ! a hurlé Nola.

— Vous lui faites peur ! a sifflé Vonn.

Il y a eu un éclair aveuglant, suivi d'un coup de tonnerre à vous retourner l'estomac. Les vents dépassaient sûrement les cent kilomètres à l'heure. J'avais déjà vu des rafales arracher les vis qui retenaient des feuilles de tôle et plier celles-ci comme du papier origami, ou encore soulever une remise en aluminium et la retourner comme une crêpe. Je ne tenais pas à voir ce que le vent ferait d'un être aussi fluet que Bridget Devine.

J'ai lancé la gourde. Suivant mes instructions, Bridget n'a pas tenté de l'attraper, même pas quand elle a dévié et a atterri à sa portée, avant d'être entraînée en direction du bord.

Nous avons laissé entendre un hoquet collectif quand la gourde est tombée dans la crevasse et poussé un « ouf » de soulagement quand la courroie s'est accrochée au rocher en forme de patte qui faisait saillie sous le bord échancré.

— Il faut que tu récupères la gourde, Bridge ! a crié Nola.

— Tu vas devoir t'*étirer*, Bridget ! Tu vas devoir t'étirer beaucoup ! ai-je lancé par-dessus les roulements du tonnerre.

La pluie cinglait le visage de Bridget pendant qu'elle s'éloignait du bord en secouant la tête d'un air théâtral.

— À plat ventre, Bridget ! a crié Nola. Ne regarde pas en bas ! Surtout, ne regarde pas en bas !

— Tu vas y arriver, Bridget ! a hurlé Vonn sous la pluie glacée.

Le vent secouait la gourde de tous les côtés, tirait la courroie sur son crochet rocheux battu par la pluie.

— Je t'en prie, Bridget ! ai-je crié. Nous avons besoin de cette gourde !

Je n'osais pas imaginer la terreur de Bridget. J'ai moi-même été terrorisé en la voyant s'agenouiller dans le petit carré boueux de l'autre côté de la crevasse et ramper sur le roc jusqu'au bord menaçant. L'ayant enfin atteint, elle a cherché à tâtons, les yeux fermés.

— Plus bas ! ai-je lancé sous la pluie.

— À gauche ! a crié Nola par-dessus le tonnerre.

— *Ta* gauche ! a hurlé Vonn dans le vent.

Bridget, étirée de tout son long, les doigts tendus, a fini par saisir entre le pouce et l'index la courroie en cuir mouillé. Aussitôt, celle-ci lui a échappé. Le manège a duré un long et pénible moment : Bridget frôlait la gourde et la perdait l'instant d'après.

— Tu vas devoir ouvrir les yeux, Bridget ! ai-je crié. Tu vas devoir regarder en bas !

Bridget s'est avancée un peu, si près du bord que de notre point de vue elle semblait sur le point de basculer dans les profondeurs. Nous avons retenu notre souffle tandis que les doigts de Bridget se rapprochaient de la courroie, qu'elle a enfin, enfin, empoignée.

Constatant que Bridget avait sauvé la gourde jaune, Nola, Vonn et moi avons poussé des acclamations en sautant de joie sous la pluie battante. Nous n'en avons donc pas cru nos yeux lorsque, regardant de nouveau de l'autre côté de la crevasse, quelques secondes plus tard, nous avons vu Bridget la laisser tomber.

La courroie était glissante. La main de Bridget était trempée. Elle croyait tenir l'objet fermement. Elle se trompait. Erreur élémentaire, aux conséquences potentiellement mortelles. Bridget a laissé échapper la courroie et la gourde jaune est tombée. Impuissants, désespérés, nous avons vu le vent avide du canyon la propulser contre le roc et l'emporter à tout jamais.

À reculons, Bridget s'est éloignée du bord, puis elle s'est relevée. Comme au ralenti, nous nous sommes regardés pendant une minute, interloqués et peut-être aussi effrayés par son calme. Et puis la pluie s'est arrêtée. Le déluge ne s'est pas apaisé, il ne s'est pas essoufflé : il a pris fin d'un coup.

Les nuages gris acier conservaient un aspect menaçant, mais nous avons été heureux du répit.

— Bridget ! ai-je crié. Cours chercher le poncho avant que le vent l'emporte ! Bois tout le contenu de la capuche !

Pendant un moment, Bridget et moi nous sommes regardés de loin, puis elle a disparu dans les broussailles. Nous en étions venus à un accord. Seulement, j'ignorais lequel.

Trempée jusqu'aux os, Vonn claquait des dents.

— J'ai encore tellement soif, a-t-elle dit.

— Regarde dans les rochers, ici et là.

J'ai montré du doigt l'eau qui s'était accumulée dans les fissures et les sillons du granit. Nola a eu besoin d'aide pour se mettre debout. Vonn et moi avons dû la soutenir pour lui permettre de se pencher et de boire.

— Buvez autant que vous pouvez. On ne sait pas quand on aura une nouvelle chance.

Nous avons poursuivi ainsi pendant un moment, lapant l'eau des rochers tels des animaux, tel un troupeau de Devine, ai-je pensé. Mon ventre se contractait à cause de l'eau graveleuse et, en la sentant remonter, j'ai prié Dieu de me permettre de la garder.

Comme Nola grelottait, je l'ai fait asseoir sur un rocher et j'ai drapé mon parka sur ses épaules. Prochaine étape : hypothermie.

Vonn n'en avait toujours que pour l'autre côté de la crevasse.

— Où elle est ?

— Bridget ! ai-je crié. BRIDGET !

Pas de réponse.

J'ai entraîné Vonn à l'écart, où Nola ne risquait pas de nous entendre.

— On n'a plus beaucoup de temps, Vonn, ai-je chuchoté. Nola doit voir un médecin.

— Je sais, a-t-elle répondu.

— Elle doit venir avec nous, ai-je dit en frottant mes bras pour les réchauffer.

— On ne peut pas laisser Bridget ici toute seule ! a crié Vonn.

— Ça ira. Les secouristes vont venir la chercher.

Je le croyais vraiment.

— Dans combien de temps ?

— Quelques heures. Tout dépend de l'endroit où les crêtes se rejoignent. Ça ne semble pas trop difficile. Deux ou trois heures pour regagner Mountain Station, je suppose, mais je vais croiser un randonneur bien avant.

Je me suis engagé sur le versant.

— Tu pars ?

— Juste pour jeter un coup d'œil là-haut. Voir où les crêtes se rejoignent. Je redescends tout de suite.

— Elle a horreur d'être seule, a dit Vonn en se tournant pour attendre le retour de Bridget. Je ne peux pas l'abandonner.

— Je vais avoir besoin de toi pour veiller sur Nola, ai-je dit. Si elle perdait connaissance ? Je n'y arriverai pas tout seul, Vonn.

De sombres nuages défilaient au-dessus de nos têtes, tandis que je parcourais les environs des yeux, inquiet de ne trouver aucun abri, au cas où la pluie reviendrait.

— Un petit tour de reconnaissance. Rien de plus. Je reviens tout de suite.

J'avais la bouche pâteuse, comme mon père.

— Dis à Nola de se préparer à partir. Et que Bridget commence à réunir des pierres.

— Pourquoi ?

Je n'ai pas répondu.

Vonn est allée se blottir dans les bras de sa grand-mère en ayant soin d'éviter son poignet cassé.

— Bridget ! a crié Vonn depuis l'autre côté du gouffre.

— Bridget ! a répété Nola. Bridge !

Les laissant là, j'ai gravi la pente, sentant les endorphines déferler en moi. Nous n'étions qu'à trois ou quatre kilomètres de Mountain Station. Bref, notre épreuve tirait à sa fin. Dans quelques minutes, j'aurais une vue imprenable du sentier de la crête et de l'endroit d'où nous étions tombés. Peut-être serait-ce une randonnée facile. Peut-être trouverions-nous un sentier balisé.

Je n'ai pas grimpé jusqu'au plateau : j'ai plutôt volé. Après la pluie, l'air avait un parfum vert et citronné. Je débordais de gratitude.

Haletant, j'ai atteint le sommet, regrettant de n'avoir ni drapeau à planter ni compagnie. La vue ? Pas de Palm Springs. Pas de Tin Town. Pas de mer de Salton. Seulement des pins épineux qui s'élevaient du granit à perte de vue et se transformaient sous mes yeux en visages gris et courroucés.

Et j'ai regardé. Un long moment. J'ai fixé les forêts sinistres et le roc blanc, changeant. J'ai fixé les branches gesticulantes de l'armée de pins. Pourquoi étaient-ils en colère ? C'est moi qui avais été dupé. Après tout le travail accompli et tous les risques courus pour franchir la fosse des Devine, je ne pouvais accepter ce que mes yeux voyaient pourtant : les crêtes ne communiquaient pas, en fin de compte.

Le pic rocheux où se trouvait le versant était séparé de celui qui abritait la grotte. Le lien entre les deux n'était qu'une illusion d'optique. Il n'y avait aucun moyen de retourner à l'endroit où s'était produit l'éboulis, aucun moyen de regagner Mountain Station, aucun moyen de rentrer à la maison. La seule solution consistait à continuer, à nous enfoncer dans la structure alvéolaire du canyon du Diable, à monter, descendre et contourner. Mais pour aller vers quoi ?

Bridget était coincée. Même si Vonn, Nola et moi poursuivions notre chemin sans elle, la seule issue donnait l'impression de nous conduire à notre perte. Nous avions risqué nos vies pour traverser la crevasse et notre situation était plus désespérée qu'avant. Beaucoup plus désespérée. J'ai commencé à rire et j'ai entendu Byrd rire avec moi. Parce que notre situation était ridicule et que nous avions toujours trouvé hilarantes les situations ridicules.

Après avoir ri tout mon soûl, je me suis accroupi et j'ai balayé l'horizon des yeux. C'est alors que j'ai repéré le pin solitaire, celui que Byrd m'avait montré dans mon rêve. Et, au-delà, l'imposante *mesa* qu'il avait décrite. Puis j'ai été dérouté par un bruit de succion. En me retournant, j'ai vu Vonn qui gravissait la pente dans ses chaussettes de laine détrempées. Je me suis hâté de lui tendre la main pour l'aider à monter sur le plateau. Sentiment de déjà-vu.

— J'ai tellement mal aux pieds, a-t-elle dit avant de s'immobiliser pour embrasser le paysage du regard.

Ses yeux se sont remplis de larmes, et j'ignorais si c'était à cause de Bridget, de ses pieds endoloris, de l'émotion induite par la beauté de la montagne ou parce qu'elle avait vu la même chose que moi.

— Elles ne se rejoignent pas, a-t-elle dit. Les crêtes ne se rejoignent pas.

— Non, mais regarde, ai-je dit en désignant avec optimisme le pin lointain. Exactement comme dans mon rêve. Le pin solitaire. Byrd a dit qu'il fallait aller par là.

Vonn a plissé les yeux.

— Il doit y avoir une centaine de pins solitaires dans cette nature sauvage.

— C'est la seule issue, Vonn, ai-je dit en montrant les autres voies, toutes plus tragiques les unes que les autres. Forcément, c'est par là. Tu comprends ?

— Et Bridget ?

Je ne savais que dire.

— Je ne peux pas l'abandonner.

— On ne peut pas rester ici. Il faut emmener Nola à l'hôpital. Elle va finir par s'écrouler.

— Pars sans nous.

Ce n'était pas une option.

— Va chercher de l'aide, a dit Vonn, tandis que, sous nos yeux, le vent caressait la cime des pins.

— On n'a pas le temps, ai-je expliqué. Je risque de mettre des heures à trouver quelqu'un et à revenir. Nola a besoin d'un médecin. Maintenant.

— Bridget est coincée là-bas. Mim est… avec son bras… Je ne peux pas, Wolf. Comment veux-tu ? Regarde mes pieds. J'ai même perdu mes stupides tongs !

Je me suis assis sur un rocher et j'ai invité Vonn à s'installer à côté de moi.

— Je hais le vent, a-t-elle dit.

M'agenouillant devant elle, j'ai déroulé les chaussettes de laine, complètement détrempées. Pour éviter qu'elle voie ses pieds, j'ai emprisonné ses yeux dans les miens en lui fredonnant *Against the Wind* de Bob Seger.

— Je hais cette chanson.

Frankie avait l'habitude de la chanter à tue-tête dans la cuisine. J'ai volontairement massacré les paroles pour la faire rire.

— Arrête, a-t-elle dit en souriant largement. Je hais sincèrement cette chanson.

J'ai essayé de ne pas regarder les orteils de Vonn. L'ayant fait malgré moi, je l'ai regretté. J'ai continué de chanter pour dissimuler mon inquiétude. Vite, j'ai ôté mes bottes chaudes et enfoncé les pieds de Vonn dans leur doublure en laine polaire. Avec mes doigts engourdis par le froid, j'ai eu du mal à les lacer.

— Et toi ? a-t-elle demandé en regardant mes pieds, tandis que j'essorais les chaussettes.

— J'ai les pieds bouillants, ai-je dit.

Elle a ri.

— Ça ira. J'ai l'habitude du froid. Je mettrai les chaussettes dès qu'elles auront séché.

— Pendant un moment seulement, d'accord ? a-t-elle dit en claquant des dents. Je te les rends tout de suite.

Marcher pieds nus sur ce terrain aurait été difficile dans les circonstances les plus favorables. Les rochers étaient durs et tranchants et froids, mes pieds déjà endoloris et meurtris. Tout ce que j'espérais, c'était qu'ils resteraient glacés afin de m'épargner la torture du dégel.

Marchant derrière moi d'un pas lourd, Vonn, dans mes bottes de randonnée, avait l'air d'un enfant portant les chaussures de son père. Pendant que nous redescendions, j'ai eu de la peine pour les enfants solitaires, les orteils gelés, pour Nola et aussi pour Bridget, seule et effrayée de l'autre côté du gouffre.

Vonn a été soulagée de constater que Bridget était réapparue. Vêtue du poncho rouge sang de Nola, elle se tenait sur un rocher, non loin du bord.

— Ça va ? ai-je demandé.

Bridget a agité la main.

— Elle a perdu la voix, a expliqué Nola.

— Tu as bu beaucoup d'eau ? ai-je demandé.

Bridget a hoché la tête, puis elle a montré la pente derrière moi, d'un air vaguement optimiste.

— Il n'y a pas de lien, ai-je dit. La pente ne rejoint pas la crête. Pas moyen de rentrer par là.

Bridget a secoué la tête en signe de protestation.

— On dirait qu'elles se rejoignent, mais c'est faux. On va devoir trouver une autre solution !

Nos regards se sont croisés au-dessus de la crevasse.

— On va te ramener chez toi ! ai-je crié. Promis, Bridget !

— Je ne te laisserai pas seule, a dit Nola. Nous allons trouver un autre tronc. Et faire un autre pont.

— Pas le temps.

Quand le regard de Nola a croisé le mien, j'ai senti la puanteur de la chair pourrissante. Nous étions certains que le cataplasme de stérasote allait lui sauver la vie, mais nous avions fait preuve de bêtise en espérant d'autres miracles.

— Allez-y, Vonn et toi, a-t-elle dit. Je reste ici avec Bridget.

J'ai pris ses joues froides entre mes mains.

— Ça ira, madame Devine. On va s'en tirer.

Trempée, frissonnante, Nola a lancé avec résolution :

— Je n'abandonnerai pas ma fille.

— Il le faudra bien.

— Je ne partirai pas sans elle.

De l'autre côté, Bridget agitait les bras. Quand elle a enfin réussi à avoir notre attention, elle s'est mise à trépigner d'un air fâché. « VAS-Y ! » a-t-elle articulé en silence en montrant la pente. « VA AVEC EUX ! »

— Je ne pars pas ! a crié Nola d'une voix rauque.

— Moi non plus ! a renchéri Vonn.

Bridget, ratatinée et grelottante, a calmement désigné la pente. « Allez-y », a-t-elle répété sans bruit. « S'il vous plaît. »

En voyant Nola porter la main à son cœur, à côté de moi, j'ai eu un vif sentiment de déjà-vu. Saisissant le signal, Vonn a à son tour mis la main sur son cœur. De l'autre côté de la crevasse, Bridget les a imitées. J'ignorais que d'autres personnes avaient l'habitude de ce geste. J'ai mis la main sur ma poitrine, plaqué ma paume à l'endroit où le hibou tatoué montait la garde sur Byrd, Glory et Frankie, et à présent, sur Nola, Bridget et Vonn Devine.

Le visage de Nola s'est éclairé tandis qu'elle désignait l'horizon d'une main tremblante.

— Un arc-en-ciel !

Vonn a poussé un soupir de ravissement, même en ce moment, même en cet endroit.

Bridget a refusé de se tourner de ce côté.

— C'est un signe ! a lancé Nola dans le vent, à l'instant où l'arc-en-ciel disparaissait.

— Je me moque de votre arc-en-ciel, a couiné Bridget d'une voix rauque.

L'idée du signe a toutefois semblé l'intriguer. Elle allait interroger le ciel du regard lorsque Vonn a montré autre chose, derrière sa mère.

Le coyote était accroupi près du buisson de stérasote, à cinq mètres de Bridget. J'ignore depuis combien de temps l'animal se tapissait là, contre le vent, où nous ne pouvions pas sentir son odeur.

— Bridget, ai-je dit calmement. Derrière toi.

Puis, bondissant sur mes pieds, j'ai brandi le poing entre le coyote et moi.

— OUSTE ! ai-je crié.

De l'autre côté de la crevasse, Bridget regardait le coyote en face.

— Ne… cours… pas, Bridget, ai-je dit d'un ton égal. Ne cours pas, sauf pour foncer *vers* lui.

Bridget ne pouvait que regarder fixement l'animal accroupi, dont les hanches tressautaient.

Je voyais bien qu'elle avait envie de détaler.

— Ne fais pas ça, Bridget !

— Ne cours pas ! a crié Nola.

— Ne cours pas ! a hurlé Vonn.

Mais Bridget a couru. Le plus vite possible, criant en silence, et le coyote s'est élancé derrière elle dans les broussailles de la saillie. Nous entendions de petites branches casser et des brindilles craquer.

Le coyote hurlait. Bridget, incapable de crier avec sa voix brisée, laissait entendre une sorte de miaulement. Ils formaient un duo obsédant.

Puis la bête s'est tue. Aucun de nous ne parvenait à respirer. Même le vent a cessé de souffler comme s'il attendait de savoir ce qui était arrivé à la femme perdue et au coyote affamé. Je me suis imaginé la bête avec le cou de Bridget dans la gueule, je l'ai vue en esprit la secouer comme une poupée de chiffon, et j'ai dû réprimer une envie de vomir. Je ne sais pas à quoi pensaient Nola et Vonn, j'ignore ce qu'elles faisaient. Incapable de les regarder, je suis resté là à jurer.

Nola s'est éclairci la gorge, cherchant sa voix.

— Bridget ? a-t-elle enfin lancé, soudain très affirmée. Réponds-moi, Bridget Devine !

Son ton disait : *Pas question que je reste ici les bras croisés, mademoiselle, pendant que tu te fais tuer et dévorer par un coyote.*

— Bridget !

Nous avons attendu. Un éclair a traversé le ciel du côté du levant. Autre signe. J'observais la saillie en priant pour que Bridget réapparaisse, mais chaque fois que je fermais les yeux, j'étais assailli par l'image du coyote qui enfonçait son museau dans les entrailles de Bridget et en ressortait avec des bouts tordus d'intestins fumants. Je sentais l'odeur du sang.

La suite est floue dans mon esprit parce que j'étais plié en deux pour vomir de l'eau graveleuse. Du coin de l'œil, j'ai vu un gros oiseau rouge éclipser le soleil. J'ai entendu des pierres s'entrechoquer derrière moi, puis, en me retournant, j'ai dû cligner des yeux plusieurs fois parce que, fait impossible pourtant, Bridget était *là*, en équilibre précaire au bord de la falaise, vêtue du poncho de Nola. De nouveau, elle a essayé en vain de dire quelque chose.

Nous sommes restés là à regarder Bridget, toute rouge, désorientée et aussi étonnée de se trouver à côté de nous que nous l'étions de la voir vivante. Difficile d'imaginer qu'elle ait pu accomplir pareil exploit sans une intervention divine.

Vonn a été la première à se ruer sur Bridget, au risque de la faire tomber, et Nola et moi l'avons suivie de près. Nous nous sommes étreints avec férocité, mêlant notre sueur, notre crasse et notre chair, mais seulement pendant un moment. Le coyote représentait toujours une menace.

— Je ne me souviens pas de ce qui s'est passé entre là et ici, a croassé Bridget en regardant de l'autre côté de la large crevasse.

Nous nous sommes tournés dans cette direction, juste à temps pour voir le coyote effectuer un bond en un arc gracieux. Je me suis avancé vers l'animal lorsqu'il a atterri sur la pente, quelques mètres devant nous, mais il a disparu sans me laisser la chance de protester.

Ce jour-là, notre troisième sur la montagne, nous n'avons pas revécu en pensée le bond prodigieux de Bridget au-dessus de la crevasse large de cinq mètres. Nous n'avons même pas discuté de sa dimension miraculeuse. Dès que Bridget nous a rejoints, nous nous sommes attaqués à la tâche suivante : gravir la pente, atteindre le plateau et trouver un chemin qui nous conduise jusqu'au lointain pin solitaire.

Tandis que nous escaladions tant bien que mal le versant, Vonn empêtrée dans mes bottes, moi transportant le poids presque mort de Nola sur mon dos, nous n'avons pas non plus évoqué la perte de la gourde jaune.

— Vous vous en sortez très bien, madame Devine, ai-je dit.

— Nola, a-t-elle dit d'une voix rauque en souriant.

— Vous vous en sortez très bien, *Nola*, ai-je dit.

— J'ai un bon pressentiment, a déclaré Bridget.

— Moi aussi, ai-je menti.

Sur le plateau, j'ai montré le pin solitaire du doigt.

— Là ! ai-je crié dans le vent. Le pin solitaire.

— Et la *mesa* ! a crié Bridget à son tour.

— Je la vois ! Elle est assez grande pour permettre à un hélicoptère de se poser, a dit Vonn en se tournant vers sa mère avec un sourire.

Bridget, toujours grisée par son saut au-dessus de la crevasse, lui a rendu son sourire et a fouillé du regard la structure alvéolée du canyon, à la recherche du meilleur moyen d'arriver à notre destin.

— N'est-ce pas miraculeux ? a soufflé Nola, ravivée par l'espoir.

Une idée me tarabustait – la vérité, je suppose –, et c'était que la présence du pin était un hasard, alors que la *mesa* n'était sans doute qu'une autre illusion d'optique. Sans compter que l'air était toujours trop instable pour permettre un sauvetage en hélicoptère.

— Qu'en penses-tu, Wolf ? a demandé Nola.

J'ai entraîné les Devine vers le pin solitaire, lieu dont un spectre m'avait parlé en rêve.

Au bout d'un moment, Nola s'est laissée choir sur une pierre longue et plate.

— Je suis gelée. Pourrions-nous nous reposer une minute ?

Nous nous sommes arrêtés.

— Gelée, a-t-elle répété.

Nous nous sommes agglutinés pour mettre notre chaleur en commun.

C'est alors que le soleil a surgi. Trop beau pour être vrai ? Je n'y peux rien. C'est ce qui s'est produit. Le soleil est apparu et, écartant le rideau de nuages, il a réchauffé nos corps glacés, sauvé nos âmes.

Nola a tourné le visage vers lui.

— Pourrions-nous rester ici un petit moment ?

— On n'a pas le choix, ai-je répondu. Plus bas, le soleil ne nous atteindra pas. Il va faire un froid de canard. On doit en profiter pour se sécher.

Nous nous sommes assis sur la pierre tiède, adossés les uns aux autres.

— Ça fait du bien, a dit Vonn en descendant la fermeture Éclair de sa vareuse pour la mettre à sécher sur un rocher.

Nola, Bridget et moi l'avons imitée.

Vonn. Je me souviens d'avoir observé à ce moment Vonn Devine, avec son visage couvert de poussière, ses cheveux emmêlés et ses yeux encroûtés. Nos journées d'errance dans la montagne n'avaient en rien diminué sa beauté. Et sa trahison, notre trahison, celle de la barre de céréales, avait créé entre nous un lien inextricable.

Elle s'est mise à émettre des sons, moins un fredonnement qu'une plainte, mais j'ai reconnu l'air de Bob Seger que je lui avais chanté. Elle m'a surpris en train de l'observer.

— Quoi ?

— Je croyais que tu détestais cette chanson.

— Pip n'a jamais été un fan de Bob Seger, a dit Nola.

— Il serait fier de vous, lui ai-je dit, surpris par mes propres mots.

— Pip ? Tu crois ?

— Vous êtes coriace, madame Devine.
— Nola, a-t-elle dit. S'il te plaît.
— Nola, me suis-je corrigé.
— C'est bon d'entendre un homme m'appeler par mon prénom. Pip me surnommait Noli.
— Celui-là, je ne peux pas l'utiliser, ai-je dit.
— Je n'ai pas saupoudré ses cendres à Secret Lake, a dit Nola.
— Ça ne fait rien, Mim, a dit Bridget.
— Pip aurait trouvé ça génial. Les coyotes et tout le reste, a dit Vonn.
— Je le pense aussi, a acquiescé Nola.
— C'est encore mieux que le lac.
— Je suppose que oui. Seulement, nous n'avons pas eu un moment avec lui. Nous aurions dû avoir un moment avec lui.

Un instant, nous sommes restés en silence à écouter le vent, puis Vonn a recommencé à chanter la chanson de Bob Seger d'une voix de fille déshydratée, murmurante. Je me suis joint à elle avec mes cordes vocales brisées et grinçantes, puis Nola a chanté à son tour, la voix sifflante, mais parfaitement juste. C'était sans doute horrible à entendre, mais à nos oreilles, nous formions un chœur gospel et nous chantions pour Patrick Devine.

Bref, nous chantions ensemble, c'était un moment privilégié, et j'ai été irrité (je crois que nous l'avons tous été) lorsque Bridget a rompu le charme en montrant le ciel pour nous intimer le silence. Cette fois, cependant, ce n'était pas un hélicoptère qu'elle entendait. Le bruit était celui d'un avion. Nous l'entendions aussi. On aurait juré qu'il s'agissait du vrombissement d'un avion à hélices.
— On dirait un avion, ai-je admis.

L'équipe de recherche et sauvetage en montagne possédait deux ou trois appareils à hélices. *Merci, mon Dieu.*

— Je me suis peut-être trompée à propos de l'hélicoptère, a dit Bridget en tendant l'oreille.

Les avions ne pouvaient pas voler aussi bas que les hélicoptères, mais l'équipage, s'il nous cherchait, avait des chances de nous apercevoir. Nous nous sommes tous mis à crier en même temps.

— À l'aide ! Par ici !

Puis j'ai eu une idée.

— Le poncho ! Étends-le !

Bridget a retiré le poncho et l'a disposé sur un rocher, à la façon d'une cible.

Le bourdonnement régulier et égal du moteur s'est rapproché et nous avons crié de plus belle.

— Hou ! Hou ! Par ici !

Nous avons persisté plus longtemps que tu pourrais le penser, étant donné le nombre de fois où nous avions été trompés par le vent. Nous avons fini par avoir mal au cou.

Nola s'est allongée sur le rocher chauffé par le soleil et a épié le ciel. Un à un, nous avons pris place à côté d'elle, formant une rangée. Ainsi, nous pouvions nous reposer tout en continuant de chercher du regard l'avion qui, nous en étions convaincus, allait bientôt apparaître derrière le pic voisin.

Le temps – impudent, insuffisant, incohérent – a passé. Le bruit de l'avion s'est estompé peu à peu, ou a changé de ton et de teneur. Je ne saurais dire combien de temps s'est écoulé entre notre exultation et notre capitulation.

— Le vent, ai-je dit stupidement.

— Le vent, a acquiescé Bridget.

— On doit se mettre en route, ai-je dit.

J'ai vu mes pieds tenter de se camper sur le sol, puis je suis retombé sur le rocher à côté des Devine. Comment allais-je marcher en montagne ? Je n'avais pas de chaussures, pas de bottes, ni même de tongs pour protéger la plante de mes pieds. Comment allais-je me détacher de ce rocher ? Il était si chaud. Nous étions si fatigués.

Je savais que nous commettrions une folie en restant là. J'étais épuisé, déshydraté, affamé, mais nous devions continuer, sinon Nola mourrait.

— Pas encore, a dit Nola.

— On est secs.

J'ai mobilisé toutes mes forces pour me redresser.

— Plus vite on gagnera le sentier, plus vite on trouvera quelque chose à manger. Et peut-être qu'on tombera sur un ruisseau.

— Je vais rester ici, a dit Nola. Je ne vois pas comment je pourrais continuer.

— Ne dites pas ça.

— Mon heure est peut-être venue, Wolf.

— Pas encore.

— Je ne pars pas sans toi, Mim, a dit Vonn.

Bridget a hoché la tête en signe d'assentiment.

— On va trouver de quoi manger, madame Devine, ai-je dit.

— Nous aurions pu manger cette barre de céréales, a laissé tomber Bridget dans un murmure tendu.

— Bridget ! a lancé sèchement Nola.

Bridget s'est ruée sur moi en décrivant des moulinets frénétiques. Je l'ai prise dans mes bras.

— Tout est ta faute ! a-t-elle sifflé.

— Bridget ! a crié Nola.

— Tout est sa faute !

J'ai reculé. Elle avait peut-être raison.

— Tu nous as égarées ! Tu l'as forcée à manger la barre de céréales !

— Non ! a crié Vonn en se levant. Il ne m'a forcée à rien du tout.

Vonn s'est plantée devant nous, dans mes bottes de randonnée trop grandes pour elle, puis elle a plongé la main dans la poche profonde de son pantalon cargo et en a tiré un petit rectangle de papier argenté. Une autre des barres de céréales. L'apparition m'a fait l'effet d'un direct à l'estomac.

Vonn a mis un moment à trouver sa voix.

— C'est la seule qui reste. L'autre, je l'ai mangée en entier, le premier jour. Et j'ai bu l'eau. Toute l'eau.

Nous fixions le papier argenté dans la paume crasseuse de Vonn. Une ombre a obscurci la pièce à conviction et, en levant les yeux, nous avons découvert trois énormes oiseaux noirs planant haut dans le ciel. Trois, alors qu'il n'y en avait jamais eu que deux. J'ignore si mes compagnes ont trouvé ce détail étrange.

Avons-nous engueulé Vonn ? Lui avons-nous fait des remontrances ? Non. Nous étions en état de choc. Vonn a poussé un profond soupir, puis elle a bredouillé quelques mots. Sans doute nous demandait-elle pardon. *Qu'avait-elle dit, au juste ?*

— J'ai dit que j'étais enceinte, a répété Vonn avant d'annoncer la même chose autrement, comme pour dissiper tout malentendu. J'attends un bébé.

Stupéfaits par la première confession, abasourdis par la seconde, nous l'avons regardée déchirer le papier argenté. J'ai senti l'odeur de la cannelle, de l'avoine et de la cassonade. Pour un peu, j'aurais arraché la barre de ses doigts de voleuse et je l'aurais enfoncée dans mon gosier.

Elle a séparé la barre en trois parties égales, une pour Nola, une pour Bridget et une pour moi.

— Je suis désolée, a-t-elle dit, incapable de soutenir nos regards. Je vomissais sans arrêt et je me faisais du souci pour le…

Nous avons tous les trois rendu à Vonn notre bout de barre de céréales. Tu vas peut-être croire qu'elle a protesté. Mais non. Elle a pris les trois morceaux et les a fourrés dans sa bouche, l'un après l'autre.

Au bout d'un très long moment, Bridget a demandé d'une voix éraillée :

— Le père est au courant ?

Une fois de plus, j'ai songé à Yago. À l'époque, déjà, il avait engendré six enfants. Ce serait bien ma chance.

Vonn a secoué la tête.

— Je n'ai pas envie d'en parler pour le moment.

— Sais-tu qui est le père ? a insisté Bridget au prix d'un gros effort.

— Tu me poses vraiment cette question ?

J'avoue que je m'étais interrogé à ce sujet, moi aussi.

— Je sais qui c'est. Seulement, j'ai oublié son nom, a dit Vonn. Je ne suis pas certaine de le lui avoir demandé.

Nola a fait *tss-tss*.

— C'est à peine si je me rappelle à quoi il ressemblait.

— Tu te moquais de son apparence ? s'est écriée Bridget avec consternation.

— J'étais déprimée, a dit Vonn. C'est pourtant facile à comprendre.

— Moi, je fais des mots croisés, a déclaré Nola d'un ton neutre. Sinon, tu pourrais essayer le crochet. Je te montrerai comment faire des mitaines.

— Ça va ? lui ai-je demandé.

Vonn s'est contentée de me regarder.

— Tout te semble normal, je veux dire ?

— Je suppose que oui, a-t-elle répondu. J'ai faim.

Nola a souri malgré la douleur.

— J'espère que c'est une fille, Vonn. Ou un garçon.

— Tu vas être arrière-grand-mère, Mim, a dit Bridget sans se rendre compte, apparemment, qu'elle allait elle-même devenir grand-mère.

Épuisée, Vonn s'est assise sur le rocher à côté de moi. J'ai tourné la tête pour l'examiner de plus près. Elle n'avait pas l'air enceinte. Soudain, j'ai compris qu'elle pouvait très bien mentir. Elle avait déjà menti à propos de l'eau et de la nourriture.

— Tu es enceinte de combien ? ai-je demandé.

— Premier trimestre, a répondu Vonn.

Je ne savais pas ce qu'elle voulait dire par là et la gêne m'a empêché de demander des précisions.

— Pouvons-nous nous reposer encore un peu ? a risqué Nola.

Étirés sur le rocher, nous avons regardé les oiseaux tournoyer au-dessus de nos têtes.

Pivotant pour me faire face, Vonn m'a demandé à voix basse :

— Et si on ne s'en sortait pas ?

— On va s'en sortir, ai-je répondu.

— Mais si on ne s'en sortait pas ?

Je n'ai pas su quoi dire.

— Trois corneilles, a constaté Nola d'un air absent. Elles étaient deux, non ? N'est-ce pas qu'elles étaient deux, avant ?

Je ne lui ai pas dit que ces oiseaux noirs n'étaient pas des corneilles.

Sans doute nous sommes-nous endormis, allongés sous le soleil, car un bruit m'a tiré du sommeil : un bruit fort et grinçant, celui du métal contre le métal, le vrombissement, le toussotement d'un moteur qui tourne, mais refuse de se mettre en marche. L'image de Yago s'efforçant de faire démarrer sa moto avait envahi ma tête. Les yeux ouverts, j'entendais toujours le bruit de son engin. Tout en sachant que mon cousin ne s'était pas perdu dans la nature sauvage, je l'entendais de façon très nette.

Autour de nous, je ne voyais que des arbres, des buissons et des rochers. Pourtant, le bruit… je devais déterminer de quoi il s'agissait. Je me suis donc levé en balayant les environs des yeux, à la recherche de coyotes. J'ai déniché quelques douzaines de grosses pierres, que j'ai posées près de Vonn en me disant qu'en mon absence, c'est elle qui saurait les lancer le plus fort. Ensuite, j'ai laissé les trois Devine profondément endormies pour partir enquêter sur la cause de ce bruit.

J'ai erré dans la forêt au sol incliné, éclairée çà et là par une lumière mouchetée, puis je m'y suis enfoncé plus avant, à la fois attiré et repoussé par l'horrible son strident. À travers les buissons, j'ai suivi le bruit de crécelle gris et noir jusqu'à une sculpture granitique spectaculaire – sorte de miche rocheuse fracturée à la verticale en parts égales qui, à mes yeux affamés, avaient tout l'air de tranches de pain frais. Mon ventre s'est serré sous l'effet du manque et j'ai dû m'ordonner de ne pas mordre dans le roc.

Sans doute le vent venait-il de changer de direction. J'ai failli vomir quand l'odeur du sang, que je n'avais pas détectée jusque-là, a assailli mes narines pour descendre jusqu'au fond de ma gorge. J'ai retenu mon souffle. Comme j'avais eu des hallucinations plus tôt, je ne pouvais pas me fier à ma vue. Lorsque j'ai risqué un coup d'œil, j'ai regretté de n'avoir personne à qui demander si j'assistais vraiment à l'éviscération de mon cousin Yago par deux des plus gros vautours à tête rouge que j'avais vus de ma vie.

Les vautours étaient bien réels, comme l'étaient les affreux bruits de moteur grinçants et rauques qu'ils produisaient en picorant la carcasse d'un coyote mort.

Était-ce le coyote qui s'était blessé à la patte ? Celui que j'avais atteint avec le pot renfermant les restes de Pip ? Celui que j'avais vu bondir au-dessus du canyon et boiter après l'atterrissage ? Peut-être. J'ai eu pitié de l'animal. Et si j'avais été en partie responsable de sa mort, je l'ai regretté.

J'ai songé un moment à essayer de sauver la viande, mais je n'étais pas certain d'avoir la force de chasser les vautours, sans parler d'avoir l'estomac assez solide pour ingurgiter les restes de leur repas. Je me suis éloigné des créatures exquisément horribles en me rappelant qu'elles étaient trois la dernière fois. Où était donc passée l'autre ?

J'ai couru dans les bois, foncé sous le soleil et franchi une crête avant d'arriver jusqu'aux Devine, toujours endormies sur leur lit de granit. Enfin, j'ai le souvenir d'avoir couru, mais c'est sans doute faux. Je n'avais pas la force de courir. Malgré ma faiblesse, toutefois, je suis certain que j'aurais attrapé et étranglé le vautour qui se pavanait autour de Vonn s'il ne s'était pas envolé de lui-même.

De l'eau. Il me fallait de l'eau. J'ai tenté de penser à tout sauf à de l'eau, et je me suis tourné pour observer les Devine dans leur sommeil.

Étant donné les odeurs qui émanaient d'elles, il était assez naturel que l'oiseau ait cru avoir affaire à au moins une morte. Le moment était venu de partir. J'étais animé par un fort sens du devoir. Je devais protéger ces femmes. Je devais les ramener indemnes chez elles.

— Vonn, Bridget, Nola, ai-je lancé. Il faut y aller.

Vonn a été la première à se réveiller.

— Mauvais rêve, a-t-elle dit, la bouche si sèche qu'elle a eu du mal à articuler les mots.

Bridget a été la suivante. Elle a essayé de dire quelque chose, mais sa voix était encore brisée. Nous nous sommes tournés vers Nola.

— Madame Devine, ai-je appelé en me penchant sur elle. Nola.

Elle a ouvert les yeux et souri légèrement. De toute évidence, son état se détériorait. À cause de la fièvre, ses yeux étaient vitreux.

— Un autre jour, a-t-elle dit.

Je ne peux pas affirmer qu'elle paraissait soulagée.

Le soleil avait disparu derrière des nuages ventrus et gris. Sans lui, impossible d'estimer l'heure.

Après avoir donné aux Devine un coup de main avec leurs parkas secs, je les ai aidées à se mettre debout, puis je les ai entraînées vers notre phare : le pin solitaire de mon rêve, celui auprès duquel l'hélicoptère du rêve de Bridget nous trouverait.

Mes chaussettes ne m'offraient aucune protection contre les rochers acérés et les broussailles épineuses. Autant aller pieds nus.

— On en a pour deux heures au maximum, ai-je dit avec enthousiasme.

Peu de temps après, j'ai cessé de penser à notre destination, tout à ma recherche du passage le plus clément pour mes pieds sans chaussures. D'ailleurs, notre point d'arrivée semblait moins important que le simple fait d'être en mouvement. En bougeant, nous avions des chances de trouver à boire et à manger. Tant et aussi longtemps que nous bougions, il y avait de l'espoir.

Loin des vautours, nous avons descendu une faible pente et traversé une forêt de jeunes sapins argentés. Je me souviens d'avoir eu le vertige en regardant en bas et d'avoir dû chercher du regard l'horizon, les pins gesticulants, les gratte-ciel de quartz veiné d'or, les plaques d'armoise et les Devine crasseuses. Nous avons escaladé un court versant, puis en avons descendu un autre, manège qui se répétait sans fin. Ensuite nous avons négocié quelques virages en lacet improvisés ; très vite, à force de revenir sur nos pas, nous avons été complètement désorientés.

Chemin faisant, je me suis remis à chercher de la nourriture, espérant quelques dérisoires pignons oubliés par des rongeurs rassasiés. J'estimais meilleures nos chances de croiser un ruisseau, un étang ou du moins une flaque ou deux, vestiges des pluies antérieures.

De haut en bas, donc, au milieu d'une forêt de chênes noirs, puis d'une *mesa* tapissée de manzanitas et de *chamises*. Au bout d'un moment, nous avons atteint un ensemble de rochers ombragés où j'ai repoussé de la poussière et des cupules de glands pour permettre à Nola, Bridget et Vonn de se reposer. Lorsque le vent s'est levé et que la température a baissé, nous nous sommes serrés les uns contre les autres.

J'avais des palpitations dans les doigts. Je ne sentais plus mes pieds, et mes petits orteils étaient aussi durs que des cailloux. Je n'ai laissé voir ni souffrance ni frayeur. Sur les deux plans, Nola donnait un exemple si inégalable que c'en était ridicule. En silence, nous épiions le ciel, imaginions le paradis. Moi, en tout cas, je soupesais mes chances d'y accéder.

Pas d'eau. Pas de sac en filet bleu à chercher, pleins d'espoir. Pas de révélations chargées d'émotions. Pas de souvenirs à garder pour soi ou à partager. Nous avions la bouche sèche et j'avais l'impression que mes pensées se desséchaient, elles aussi.

Nola a désigné l'endroit où le ciel de plus en plus sombre rencontrait la chaîne de montagnes vertes aux cimes irrégulières.

— On dirait des festons, a-t-elle dit en suivant la ligne du bout de l'index. Ta tante Louise a eu une robe de cette couleur. Louise. C'est joli, comme prénom, Vonn. Louise ?

— Tu trouves ? a répondu Vonn.

— Sam, a dit Bridget d'une voix étranglée.

— Pas de prénoms de garçon pour les filles, a décrété Nola. Avec les noms de saintes, on ne se trompe jamais. Teresa, Augusta, Sophia.

J'ai été troublé d'entendre les Devine réfléchir au prénom d'un enfant qui ne verrait jamais le jour.

— Season ? a croassé Bridget. Ce n'est pas ce que tu as proposé plus tôt, Mim ?

Nola a ri.

— Season ? Ce n'était pas plutôt une idée à toi ? Que penses-tu de Winter ?

— C'est un prénom de garçon.

Exercice morbide que je devais interrompre.

— En route, ai-je dit en essayant de me lever.

Mais nous ne pouvions pas continuer. La nuit était tombée. De façon brutale et rapide, peut-être, ou encore lentement et doucement, après un coucher de soleil rose… Je n'en sais rien. Dévoré par la douleur et la faim, la soif et la peur, je pleurais d'avance la perte du bébé sans nom de Vonn.

— C'est la nuit, a constaté Nola.

Les Devine ont semblé aussi interloquées que moi. Nous n'avions pas de grotte. Pas d'abri. J'ai levé les yeux au ciel et imploré sa miséricorde sans me rendre compte que je parlais à haute voix.

— Tu nous vois ? Tu nous vois, ici ? On est complètement perdus. On t'appelle du fin fond de la nature sauvage.

— Amen.

Nola a serré mes doigts et nous sommes restés ainsi, main dans la main, comme si c'était la chose la plus naturelle du monde. Bridget a tendu le bras vers le visage de sa fille, mais avant qu'elle ait pu le toucher, un bruit nous a fait sursauter… Un bruit métallique tonitruant que nous avons ressenti dans le roc, vu dans le tremblement des feuilles et entendu dans les arbres et dans l'air.

Nous avons retenu notre souffle en échangeant des regards, avant de tourner notre attention vers la terre. Les plaques s'étaient déplacées. Nous n'en comprenions pas les implications.

Nos dents claquaient dans nos bouches desséchées tandis que nous nous cramponnions les uns aux autres pour nous protéger du vent glacé, hurlant. Oui, hurlant comme un coyote, un loup, un homme à l'agonie, un effet sonore sorti tout droit d'un film d'horreur. Un coup bas, tout bien considéré. Le vent croyait-il vraiment que nous n'étions pas déjà assez effrayés ?

À côté de moi, Vonn a eu un haut-le-cœur et a mis une main sur sa bouche, comme si elle craignait de vomir. Au bout d'un moment, elle l'a retirée.

— Fausse alerte ?

Sans un mot, nous avons joint nos mains.

Nous avons peut-être dormi, tantôt à l'intérieur, tantôt à l'extérieur de l'espace-temps. Je me souviens d'avoir entendu un hibou ululer dans mon oreille, puis d'avoir réintégré la conscience à coups de griffes.

À un moment donné, Byrd est entré dans mes pensées et j'ai contemplé les étoiles en me demandant où diable il était passé. Le Byrd qui observait la montagne depuis le ranch de Harley n'était plus que l'ombre longue et sombre du Byrd que j'avais connu.

Les paupières closes, j'ai convoqué mon ami comme des centaines de fois auparavant. Je l'ai vu en esprit, assis là dans l'un des fauteuils jumeaux bruns installés devant la fenêtre panoramique, les yeux rivés sur le va-et-vient du téléphérique à double voie sur l'abrupte paroi rocheuse, toute la journée et une partie de la nuit. Je me suis vu au même endroit, je me suis entendu dire mon prénom, *Wolf*, souhaiter qu'il comprenne.

Puis j'ai eu la sensation d'envahir le solarium de la maison de Harley. Immatériel, je me suis assis dans l'autre fauteuil en cuir brun, face à Byrd.

— Mon vieux, lui ai-je dit. Je suis perdu. Je suis perdu avec trois femmes et j'ai bien l'impression qu'on va mourir tous les quatre.

— Tu me fais peur quand tu parles tout seul, a dit Vonn.

En me retournant, surpris de me trouver entouré de rochers, je l'ai vue à côté de moi, les yeux grands ouverts.

— J'essaie juste de mettre un plan au point, ai-je dit. On doit avoir la foi, croire qu'on va s'en tirer.

Les femmes se sont tournées vers moi.

C'est l'un des souvenirs les plus vifs que je garde de ces trois journées dans la montagne.

Effrayé par les vautours qui guettaient dans le noir, j'ai prié pour que les Devine meurent avant moi, car l'idée que l'une d'elles reste seule au milieu des cadavres me désolait.

Nous avions la bouche si sèche que nos efforts pour parler m'étonnent encore. Dans les chaussettes humides, mes orteils m'élançaient. Le vent s'approchait sournoisement, chuchotait à mon oreille, me narguait, m'accusait.

Je me suis levé en battant l'air avec mes poings. Dans mon esprit, j'affrontais Yago. Je devais avoir l'air d'un fou.

Les femmes savaient que j'avais perdu la raison, mais elles n'étaient pas en position de me juger. Le vent a fini par se calmer. Dans la forêt obscure, seule la plus douce et la plus ténue des berceuses jouait toujours. J'ai eu le sentiment d'avoir remporté une victoire.

— Chuuut ! a sifflé Nola, même si personne ne parlait.

Je ne me sentais pas la force d'encaisser une autre discussion sur l'arrivée d'un hélicoptère de sauvetage.

— Écoutez, a-t-elle dit.

Nous avons tendu l'oreille. Des vautours, ai-je pensé. Le coyote survivant, peut-être ? Il connaissait notre odeur. Ou d'autres prédateurs ? Il y avait des lions de montagne, par ici. Les lynx, nombreux, pouvaient tuer un être humain à coups de dents pointues et de griffes acérées.

Nola s'est redressée, son visage éclairé par la lune.

— Je sens une présence.

J'ai alors entendu le craquement des branches, le froissement des feuilles. On aurait dit un animal, un gros animal qui s'enfonçait lourdement dans les broussailles, comme Frankie pendant une cuite. Une lionne de montagne ? Menacions-nous ses petits ? Ou un mouflon mâle ? Ces animaux étaient capables d'éviscérer quiconque empiétait sur leur territoire pendant la saison du rut. Mais comment savoir où commençait et où s'arrêtait leur territoire ?

De l'autre côté des ténèbres, le bruit s'est interrompu. L'animal – un lion de montagne, avais-je décidé – avait été attiré par une autre proie, plus petite.

— Il est parti, ai-je dit.

Nous avons sombré dans le silence. Les femmes ont succombé à l'épuisement. Je suis resté éveillé, bercé par les ronflements flûtés de Bridget.

Autour de moi, des branches cassaient. Les feuilles bruissaient sous la brise. Nous étions de nouveau traqués, à moins que ce soit simplement le vent, ou encore un rat. J'ai tendu la main vers mon bâton et réuni d'autres pierres à mes pieds. L'air glacé me piquait les poumons.

Pour me garder éveillé, j'ai pensé à Frankie.

Mon père était un de ces hommes qu'on aime bien jusqu'à ce qu'ils se fassent détester. L'homme le plus sympathique, le plus drôle et le plus généreux qui soit jusqu'à ce qu'il vous trompe, vous vole ou vous sorte de chez vous, dans le Michigan, et vous abandonne dans un mobile home en plein désert. Je ne sais pas si sa présence dans ma vie aurait été plus ou moins pénible que son absence. Avec Frankie, c'était toujours pile ou face.

De loin en loin, au beau milieu de la nuit, il faisait irruption dans le mobile home de Kriket. Je l'entendais rire dans la cuisine, poser bruyamment ses canettes de bière sur la table, laisser tomber le cendrier par terre. Parfois, il repartait sans même me saluer. À deux reprises, il a fait irruption dans ma chambre alors que je dormais dans mon sac de couchage posé sur le sol. Une fois pour m'emprunter soixante dollars, l'autre pour m'en donner dix. J'avais toujours du mal à décider si j'étais heureux ou chagriné de le voir.

Après la première moitié de ma troisième année, je n'ai pas beaucoup fréquenté l'école secondaire de Santa Sophia. Comme Byrd, j'avais du mal à m'intégrer. Je me suis plutôt inscrit à des cours par correspondance en imitant la signature de mon père sur les documents officiels, non pas parce qu'il aurait refusé de signer, mais bien parce qu'il n'était jamais là quand j'avais besoin de quelque chose. J'ai fini le cours d'une durée de quatre ans en moins de trois, et peu avant mes dix-sept ans, à l'automne, j'ai reçu mon diplôme par la poste. Frankie n'était pas au courant. Il ne s'informait jamais de mes progrès scolaires.

Un soir, quelques semaines après mon quinzième anniversaire, qu'il avait raté, il est sorti de nulle part.

— Où étais-tu passé, Frankie ?

— Ici et là.

— Tu n'es jamais ici.

— J'ai rencontré une femme, a-t-il dit en souriant jusqu'aux oreilles. Elle vit au diable Vauvert. À Indio. Divorcée. Piscine.

— Quand même…

— Tu voudrais que je l'emmène ici ?

Je comprenais son point de vue.

— J'ai entendu dire que tu travaillais à la station-service.

— Tôt le matin. Ça fait longtemps.

Frankie n'était pas exactement un lève-tôt.

— Arrange-toi pour travailler plus tard.
— Plus tard, c'est Byrd qui est là.
— On surveille l'inventaire de près ?
Frankie était toujours en quête d'une combine. C'était peut-être dans ses gènes. Je ne l'ai pas revu avant le 25 décembre. Il est arrivé avec des cadeaux pour tout le monde, tel le père Noël. Pour moi, un autoradio haut de gamme emballé dans un blouson pour enfant, fourré dans un seau en plastique. Je l'ai encore.

Quand je suis retourné dans le désert, après l'hospitalisation de Byrd, j'ai vu Frankie beaucoup plus régulièrement parce que je me suis installé dans l'appartement de Byrd, derrière la station-service, et que j'ai commencé à effectuer des doubles quarts de travail. Frankie s'arrêtait au moins une fois par semaine. Il voulait obtenir des cigarettes et de l'essence sans payer, mais nous faisions tous deux semblant qu'il se préoccupait de son fils.

Harley avait pris Byrd avec lui dans son ranch, et mon ami y poursuivait sa convalescence : avec l'aide d'une infirmière privée et des meilleurs physiothérapeutes, ses fonctions de base – marcher, manger, aller aux toilettes – continuaient de s'améliorer. Mais il était toujours privé de langage. Personne ne savait ce qu'il pensait ou sentait, ni même s'il comprenait ce qu'on lui disait.

C'était Byrd et ce n'était pas Byrd. Comme le Lazare de la Bible ou les repoussants animaux domestiques de Stephen King, il était revenu d'entre les morts.

Au début, j'allais le voir tous les jours dans le solarium que Harley avait fait construire à son intention et d'où on avait une vue imprenable sur la montagne. Byrd passait des heures et des heures assis dans le fauteuil en cuir brun. À ressasser des souvenirs ?

À essayer d'oublier ? J'étais persuadé que si j'arrivais à lui faire prononcer mon prénom – Wolf ou Wilfred –, son cerveau redémarrerait.

Un jour, sans crier gare, il a attrapé ma main. Il m'a regardé droit dans les yeux, puis il l'a soulevée et a tapé son front avec mon index. Je jure qu'il tentait de me dire quelque chose. Ce n'est plus jamais arrivé et, chaque jour, Byrd s'éloignait un peu plus.

J'oserais affirmer que, dans les trois mois suivant notre retour dans le désert, j'ai vu Frankie plus souvent qu'au cours des années où j'ai habité chez Kriket. Nos conversations étaient brèves et empruntées.

Frankie s'est arrêté à la station-service le soir d'Halloween, quelques heures, en fait, avant de tuer le jeune couple sur la route déserte.

Personne ne connaît cette partie de l'histoire, hormis Frankie et la femme qui l'accompagnait.

Il est entré dans le magasin en boitant, coiffé d'un chapeau de pirate trop petit pour lui, l'œil gauche recouvert d'un cache-œil bon marché dont l'élastique semblait sur le point d'éclater.

— À vos ordres, mon capitaine ! a-t-il crié.

Le spectacle m'a énervé. Il m'apparaissait injuste qu'un type comme Byrd soit perdu dans l'espace, tandis qu'un homme comme Frankie se baladait avec un chapeau de pirate et un cache-œil pour enfant.

— Qu'est-ce que tu veux, Frankie ?

Il arrivait du casino, où il avait perdu tout l'argent gagné la veille. Pour faire bonne mesure, il était tombé du tabouret d'un bar et s'était fait mal à une jambe. Il empestait l'alcool et les cigares.

— J'ai besoin d'un peu de chance, a-t-il dit.

J'ai pris un paquet de ses cigarettes préférées sur la tablette, au-dessus de la caisse, et je le lui ai lancé.

Lui croyait que c'était aux frais de la maison. Je payais toujours plus tard.

— Ça roule, toi ? m'a-t-il demandé, ses yeux se posant sur la haute tablette derrière moi.

— Comme sur des roulettes, ai-je répondu sèchement en remarquant qu'il reluquait la tequila de qualité supérieure.

— Bien.

Il a parcouru le parking des yeux. Je me suis demandé s'il était suivi. Ou s'il se croyait suivi.

— J'ai du mal à dormir.

— Hum.

— Je n'ai pas d'appétit.

— Moi non plus.

Il fixait toujours le parking.

— Je fais des cauchemars à propos de Byrd, ai-je ajouté.

C'était la vérité.

Frankie ne m'écoutait pas. Il était distrait par les coups de klaxon qui retentissaient dans le stationnement et nous nous sommes tournés vers la femme assise dans la Gremlin.

— Elle n'est pas très patiente.

Il s'est engagé dans l'allée en boitant et en gémissant.

— Laisse, je m'en occupe. Qu'est-ce qu'il te faut ?

— Un paquet de six bières, des mouchoirs en papier, du baume à lèvres. Elle veut aussi de la viande séchée épicée, celle que vous avez dans le présentoir du fond.

Je suis allé au bout du magasin, où j'ai constaté que nous n'avions plus de viande séchée. En me retournant pour demander à Frankie ce que je pouvais lui offrir à la place, j'ai vu mon père dans le miroir de surveillance accroché au-dessus de la caisse. Il essayait d'attraper la bouteille de tequila sur la haute tablette derrière le comptoir. Sa tentative ayant échoué, il a saisi une bouteille de vin, qu'il a cachée sous son blouson. Puis il a ouvert le tiroir-caisse et a pris la moitié des billets de vingt dollars.

— Merci, Wolf, a-t-il dit en me voyant revenir avec ses achats.

J'ai mis les articles dans un sac, tandis qu'il feignait de fouiller ses poches. Il était minable, comme acteur.

— Alors ça va, t'es bien ici ?

— Tu es rentré au mobile home ?

Frankie a secoué la tête.

— Je dois un peu d'argent à Yago.

Je lui ai tendu le sac.

— C'est moi qui offre, Frankie.

— Merci, Wolf.

— Bonne chance avec Yago.

— Qu'est-ce que tu veux dire ?

— Rien.

Frankie a pris le sac et s'est dirigé vers la porte, mais il est revenu. Je le regrette.

— Je sais ce que tu penses.

— Je ne pense rien du tout, Frankie.

— Je vois bien comment tu me dévisages.

J'étais incapable de croiser son regard.

Il a hésité.

— Je suis désolé pour Byrd.

— Ouais.

— Une malchance, Wolf. Va pas penser que je comprends pas.

— Ouais, Frankie.

— Mais t'as pas le droit de me regarder de haut.

Il avait l'air ridicule avec son chapeau et son cache-œil.

— J'ai pas poussé Byrd en bas de cette falaise, Wolf. En fait, c'est toi qui as fourni la fameuse herbe rouge.

La suite nous a surpris tous les deux. En me retournant, j'ai grimpé sur l'escabeau et attrapé la bouteille de tequila que Frankie convoitait quelques minutes plus tôt.

— Un vrai nectar, ai-je dit en posant la bouteille sur le comptoir.

— Juste au moment où j'allais te prendre pour un trou du cul, a dit Frankie, sincèrement touché.

— On devrait éviter de se sous-estimer l'un l'autre, ai-je dit.

— Ça compte beaucoup pour moi, Wolf, a dit Frankie. Je traverse une passe difficile. Cette histoire avec Yago… Tu le connais. Je te protège, tu me protèges. Donnant-donnant.

Je me suis demandé s'il avait vu mes mains trembler lorsque je lui ai tendu une seconde bouteille de tequila.

Ai-je souhaité que Frankie se soûle et prenne le volant pour aller chercher des hamburgers, en ce soir d'Halloween ? Non. Mais j'espérais sincèrement qu'il s'étoufferait avec la tequila.

LE QUATRIÈME JOUR

En me réveillant, parcouru de frissons, j'ai avalé la moisson de frayeur qui m'obstruait la gorge et constaté que la nuit nous enveloppait toujours. Il me semblait que le jour devait s'être levé et je me suis demandé si j'étais devenu aveugle. Les rochers tremblaient sous moi, mais cette fois, je n'aurais pas parié sur le déplacement des plaques. Je me souviens d'avoir eu peur : si je fermais les yeux et reprenais le fil du rêve, je risquais de ne jamais revoir les Devine et la montagne.

L'hypothermie était une porte de sortie pour les lâches et j'avais peur de m'en prévaloir à la première occasion. Reste éveillé, andouille, me suis-je ordonné.

Jetant un coup d'œil sur les femmes pour m'assurer qu'elles dormaient toujours, j'ai paniqué en sentant Nola toute raide à côté de moi. J'ai examiné son visage dans la faible lumière.

— Nola, ai-je dit.

Ma bouche me faisait l'effet d'être gelée. Nola n'a pas bronché. Je me suis dépêtré de Vonn, de l'autre côté, et j'ai cherché le pouls de Nola sur son cou. Ne le trouvant pas, j'ai mis le bout de mon doigt sous son nez. J'étais résigné, prêt à accepter sa mort.

Mais je n'étais pas prêt à être mordu. Je suppose qu'on n'est jamais *prêt* à se faire mordre. Mon cri a dû retentir jusqu'à Palm Springs. Nola s'est réveillée en criant à son tour, déclenchant une réaction en chaîne, car Vonn s'est aussitôt mise de la partie. Bridget aurait crié si elle en avait été capable. Son visage, cependant, en disait long. Lorsque le silence est revenu, j'étais raisonnablement certain qu'aucun animal à cinq kilomètres à la ronde n'oserait défier les démons que nous avions libérés. Et s'il y avait une équipe de recherche et sauvetage dans un rayon de trois kilomètres, ses membres nous avaient forcément entendus.

— Qu'est-ce qui vous a pris, Nola ? ai-je croassé en tendant mon doigt blessé.

— Je suis navrée.

Nous nous sommes serrés les uns contre les autres dans l'espoir de trouver un peu de chaleur.

— Tout va bien. Rendormez-vous. Rendormez-vous.

— Mon cœur s'est emballé, a dit Vonn.

— Le mien aussi, a dit Bridget.

Mes yeux se sont adaptés à l'obscurité avec une rapidité étonnante et j'ai reconnu le trio de rochers qui, défiant la loi de la gravité, se cramponnaient au sommet de la haute crête. Je distinguais le peuplier du bois de fer, le pin souple du pin à gros cônes et, lorsque le chagrin sans fin de dame Nature a fondu sur nous entre les arbres, je voyais bien – dans cette lumière, comme dans toute autre lumière – que nous allions perdre Nola.

— J'ai tellement faim, a dit Bridget.

— N'en parle pas, a conseillé Nola.

Je pensais que Bridget allait revenir à la charge à propos des barres de céréales, mais elle a tenu sa langue.

— On nous cherche sûrement, a dit Vonn.

— Demain, a confirmé Bridget. J'ai un pressentiment.

— Vas-tu revenir si… a commencé Vonn au bout d'un moment.

Je savais que la question s'adressait à moi. Ayant compris qu'elle voulait parler de la montagne, j'ai deviné les mots qu'elle avait tus. *Si nous survivons*.

— Non, ai-je répondu d'un ton catégorique.

J'ai caressé le roc pour adoucir le choc. Aussitôt, j'ai changé d'idée.

— Oui.

Je ne savais pas alors si je reverrais la montagne ou pas.

Par réflexe, Vonn a porté les mains à son ventre.

— Vonn ?

— J'ai mal au ventre.

— Tu as faim, ai-je dit.

— Moi aussi, j'ai mal, a dit Bridget.

Ma faim, qui avait désormais des ailes noires, un bec crochu et acéré, me dévorait de l'intérieur, à commencer par le ventre. Nous avons tenté de laisser les sons de la nature nous bercer jusqu'au sommeil. Et nous nous serions rendormis si Bridget, en changeant de position, n'avait pas trouvé quelque chose d'humide.

— C'est du sang ? a-t-elle demandé en montrant le sol.

C'était bel et bien du sang. J'en ai reconnu l'odeur, même dans le noir. Pour m'en assurer, j'ai trempé le bout du doigt dans la petite flaque de la taille d'une pomme et je l'ai porté à mon nez. La blessure au front de Nola avait séché et commencé à cicatriser. Là où elle m'avait mordu, mon doigt ne saignait pas, du moins pas beaucoup. Le sang ne venait pas non plus de son poignet violet et enflé.

— Qui saigne ? a demandé Bridget.

Quand Vonn a serré son ventre, j'ai refusé de croire que ce sang était le sien.

— OK, ai-je dit.

Ce n'était pas une question.

— Ça va aller, Vonn.

La nature, brutale, nous sert de sombres leçons, et l'expérience m'avait appris à me préparer à tout, en particulier au pire.

Vonn a saisi mon bras.

— Ça fait mal.

J'ai frissonné.

— J'ai eu des crampes quand j'étais enceinte de toi, a dit Bridget.

— Ah bon ?

— Des saignements aussi.

— Vraiment ?

— Oui, a confirmé Nola. Et regarde-toi. Tu es parfaite.

— Loin de là, a dit Vonn.

— Sans parler des fausses couches, a dit Bridget.

— Tu ne m'en as jamais parlé.

— Ce n'est pas le genre de chose qu'on crie sur tous les toits.

— Avant ou après moi ?

— Quatre fois. Après, dans tous les cas.

— Quatre fois ?

— Quoi qu'il en soit, j'ai été enceinte cinq fois et j'ai seulement eu des saignements avec toi.

Je craignais que Bridget ne donne de faux espoirs à sa fille.

— Qu'est-ce que le docteur t'avait dit ? a demandé Vonn.

— Que je devais me reposer.

— Tu l'as écouté ?

— J'avais un emploi et j'étais toute seule, a répondu Bridget en forçant sa voix. Je n'avais pas de voiture.

— Pourquoi tu n'es pas revenue vivre ici ? Mim t'aurait donné un coup de main.

— Je ne voulais pas risquer de tomber sur lui.

— Mon père ?

— Mim et Pip venaient souvent à Golden Hills, a dit Bridget. Et c'est à cette époque que j'ai rencontré Carl.

— Sa maison était un véritable château, a concédé Vonn.

— En effet.

— Et tu as toujours rêvé d'être reine, a ajouté Vonn.

Bridget a secoué la tête.

— Je voulais que tu sois une princesse.

Vonn a caressé son ventre à travers le parka.

Nous avons alors entendu le froissement de larges ailes noires. Mon estomac s'est soulevé à la pensée des vautours qui picoraient les restes encore chauds du coyote. Me croyant seul dans mes réflexions, j'ai frissonné quand Vonn a dit :

— Des vautours.

— C'était le hibou.

— Ce n'était pas le hibou, a-t-elle soufflé.

— Je te dis que si.

— Les vautours, Wolf.

Nous nous sommes pris la main dans l'espoir de trouver un peu de réconfort. J'ai porté les doigts de Vonn à mes lèvres pour les réchauffer, en vain.

— Wolf ?

— Vonn ?

— Les vautours… ?

Elle a marqué une pause.

— Les vautours.

— Si quelque chose arrivait…

Je ne voulais pas qu'elle voie mon visage.

— Tu comprends ce que je veux dire, Wolf ?

Je comprenais.

— Ils ont faim, eux aussi, c'est tout.

Cette quatrième journée a eu la texture d'un rêve. À mon réveil, j'ai retrouvé l'odeur métallique du roc, le bruissement des pins et le poids de nos corps entremêlés, puis, à mon grand étonnement, j'ai senti des piqûres de froid se poser sur ma joue.

J'ai d'abord cru que cette moiteur était de la salive et, en ouvrant les yeux, j'ai été soulagé de ne pas découvrir quelque bête carnassière penchée sur mon visage. Seulement l'entrelacs chaotique des branches et des aiguilles dans les hauts arbres.

Un flocon blanc a frappé ma joue. De la neige. Un autre flocon a trouvé mon front, un troisième ma paupière. En me rendant compte qu'ils ne fondaient pas sur ma peau, je me suis demandé si j'étais mort.

Seuls quelques flocons avaient percé les denses pins au-dessus de nos têtes, mais en m'asseyant, j'ai constaté que les rochers environnants étaient recouverts d'une mince couche blanche. Nous devions descendre, je le savais. Autrement, d'autres engelures s'ajouteraient à celles de mes petits orteils.

— De la neige.

Vonn s'est redressée et a ouvert la bouche pour accueillir les flocons. Elle a secoué sa mère en disant :

— Il neige, Bridget.

Bridget a émergé du sommeil, déboussolée. En croisant mon regard, elle a sans doute compris le risque que nous courions en restant là. Elle s'est tournée vers sa mère, dont elle a caressé la joue froide.

— Mim ? Mim ?

J'ai été soulagé de voir Nola se réveiller en clignant des yeux et encouragé quand elle a trouvé la force de se mettre en position assise.

De ses doigts blancs, Vonn a recueilli les flocons qui s'étaient accumulés dans les plis de son parka et a porté le petit monticule à la bouche de Nola. Nous l'avons imitée en prenant des poignées de neige que nous avons laissé fondre sur notre langue, dans notre bouche sèche, gelée.

— On doit partir, s'éloigner de cette neige, ai-je dit en aidant Vonn et Bridget à se lever.

En posant le pied sur le roc, j'ai grimacé en sentant une douleur aiguë dans mon talon. Je me souviens de m'être dit que la douleur était mon amie. Les parties de mes pieds qui me faisaient mal étaient celles que je garderais si nous nous en sortions vivants.

Nous avons entendu le cri strident d'un aigle, au loin.

Avant d'échapper à la neige, nous avons descendu une longue pente rocheuse pendant près d'une demi-heure. Chaque pas nous coûtait une peine immense. Nous étions glacés jusqu'aux os.

Nous avons abouti à un embranchement dans les broussailles et j'ai été heureux de me reposer un moment. Nous avions sous les yeux le shrapnel granitique et les arbustes épineux qui conduisaient au pin solitaire. De l'autre côté, la pente était douce et le couloir d'herbe qui semblait se prolonger serait beaucoup moins pénible pour mes pieds endoloris. Ce pin solitaire me faisait désormais l'effet d'un but téméraire, arbitraire, erroné. J'ai choisi le sentier le plus facile.

— Par ici, ai-je annoncé.

— Ce n'est pas le chemin du pin solitaire, a dit Bridget.

— C'est le meilleur moyen d'y parvenir.

— En s'en éloignant ?

— Un raccourci.

Nola a été prise de vertige. J'ai eu du mal à la retenir de tomber.

— Est-ce qu'ils vont repérer notre odeur jusqu'ici ? a demandé Vonn.

— Les coyotes ?

— Non. Les chiens pisteurs.

— Comprendront-ils que nous avons franchi la crevasse ? s'est demandé Bridget. Comment ?

Je ne leur ai pas dit que les membres de l'équipe de recherche et sauvetage, à supposer qu'ils aient des chiens avec eux, à supposer qu'ils aient suivi notre piste jusqu'à la crête d'où nous étions tombés, puis sur la saillie, puis jusqu'à la grotte et à la crevasse, ne croiraient jamais que nous avions réussi à traverser l'abîme. Ils abandonneraient les recherches et déclencheraient plutôt une opération de *récupération*.

Ils auraient une grosse surprise en découvrant les tongs vertes de Vonn au fond du gouffre, mais pas de cadavres.

Nous avons continué laborieusement, choisissant les passages où le sentier était moins rocailleux et les épervières moins denses, progressant à pas de tortue dans des forêts et des éboulis, nous prélassant sur des plaques herbeuses, nous traînant dans des champs où les choux puants nous arrivaient aux genoux, Nola soutenue par Bridget et Vonn.

Nous marchions depuis un certain temps – pas de soleil pour nous aider à estimer l'heure – quand Vonn a aperçu quelque chose de singulier, droit devant.

— Qu'est-ce que c'est ? a-t-elle demandé en montrant l'objet du doigt. Ce truc turquoise ?

— Une fleur ? a risqué Nola.

— Un oiseau, ai-je dit en plissant les yeux.

— Ça ne bouge pas, a constaté Vonn.

Dans la forêt, nous nous sommes avancés lentement jusqu'à l'objet turquoise, qui semblait nous appeler. C'est seulement en arrivant à sa hauteur que nous avons compris.

Vonn a pris sur la branche le carré de tissu à carreaux.

— Une poche, a-t-elle déclaré. Arrachée à une chemise.

Une poche de chemise ? Ici ?

Vonn me l'a tendue. Impossible de préciser depuis combien de temps elle était là.

— Hou ! Hou ! avons-nous crié en balayant les arbres du regard. Il y a quelqu'un ?

En entendant des branches craquer, nous nous sommes retournés, chacun dans une direction différente, ne trouvant que des rochers, des arbres et le sol torturé par les racines. Le vent a parcouru le canyon en rugissant.

— Hou ! Hou ! ai-je fait avec hésitation. Qui est là ?

— Un sauveteur ? a conjecturé Nola avec optimisme.

Nous avons hâté le pas en soupesant les implications d'une possible présence humaine. Devions-nous nous rapprocher ou au contraire nous éloigner en vitesse ?

— Hou ! Hou ! a répété Vonn.

Nous nous sommes immobilisés pour écouter sa voix se répercuter.

— Pourvu qu'il ait de l'eau et de la nourriture, a murmuré Bridget.

— S'il vous plaît, a dit Nola.

— Et s'il en a, mais qu'il refuse de partager ? a demandé Vonn.

— Ce bout de tissu est peut-être là depuis des années, ai-je dit.

— Tu crois qu'il est venu par le même chemin que nous ? a demandé Vonn en trébuchant sur un rocher.

Puis l'odeur d'un chat m'a stoppé. Les lynx, au même titre que les chats domestiques, marquent leur territoire au moyen de jets d'urine à l'odeur âcre. Je n'ai pas songé à me demander si la présence du carré de tissu à carreaux était liée ou non à cette puanteur.

— Ça sent le chat, a dit Vonn.

— Hou ! Hou ! avons-nous fait en étudiant les rochers et les arbres, à la recherche du propriétaire de la chemise.

Nous avons entendu un bruissement dans les broussailles, sur la gauche, au sommet d'un modeste escarpement de granit recouvert de manganèse couleur rouille.

— Hou ! Hou ! ai-je crié.

— Le vent, a dit Vonn.

J'ai serré le carré de tissu dans ma main en criant :

— Il y a quelqu'un ?

Nous avons poursuivi notre progression dans la forêt, étourdis par l'implacable assaut des arbres. Mes talons, mes orteils et les plantes de mes pieds me suppliaient de m'arrêter. Une fois de plus, à la halte suivante, il y a eu un mouvement dans les broussailles.

De l'autre côté d'un épais buisson de manzanitas, nous avons entendu un fracas. Nous nous sommes arrêtés en retenant notre souffle, mais aucun animal ne s'est rué sur nous et, bientôt, le silence est retombé.

— Qu'est-ce que c'était ? a demandé Vonn.

— Le vent, ai-je lancé par réflexe.

Réponse inepte, à moins que le vent ait des pattes et soit assez lourd pour casser une branche.

— Et ça ? a-t-elle demandé en indiquant un endroit devant nous.

— Byrd, ai-je répondu en voyant la silhouette de mon ami.

— Je ne comprends pas, a-t-elle dit.

— Ça va, Wolf ? a demandé Bridget.

J'entendais le rire de Byrd et, parce qu'il me semblait on ne peut plus réel, j'ai ri aussi jusqu'à ce que je me voie dans les yeux vitreux de Nola.

— Regardez ! a fait Vonn en désignant un autre fragment bleu à moitié enfoui entre deux rochers.

C'était du denim. Me penchant, j'ai pris le bout de tissu entre mes doigts pour l'arracher à la terre. On aurait dit un tour de magie, presque comique. J'ai tiré et tiré jusqu'à exhumer de sa tombe un jean de grande taille.

— Hou ! Hou ! avons-nous recommencé à crier dans cette nature sauvage, frissonnants, entre autres parce que le jean en question était celui d'un colosse.

— Son manteau, a dit Vonn en montrant un grand imper de style camouflage accroché à la branche d'un arbre voisin, où il avait été soumis aux intempéries.

— Restez là, ai-je dit aux femmes.

Je ne voulais pas les alarmer, mais j'avais aperçu dans les broussailles une casquette de chasseur rouge et crasseuse posée sur ce qui semblait être la tête endormie d'un homme au torse nu. Il faisait un froid de canard et l'homme ne portait pas son manteau. Fou à lier, donc, ou mort.

— Oh mon Dieu, a fait Vonn en s'accrochant à sa mère et à sa grand-mère tandis que je boitais vers l'homme.

Mon état mental était tel que j'avais conscience de devoir me méfier du sien. Je me suis demandé s'il avait un fusil.

— Hé ! ai-je lancé.

En m'avançant vers lui, souffrant le martyre à chaque pas, j'ai prié pour qu'il soit mort : ainsi, je pourrais lui prendre ses bottes.

Il était mort. Il n'avait pas de bottes. En réalité, il n'avait plus de jambes. Il lui manquait aussi un bras. Des charognards l'avaient éviscéré, avaient transformé ses hanches en bols et l'avaient vidé de la moindre parcelle de ses entrailles. Pauvre homme. Pauvre homme.

Près de moi, un spermophile a détalé. J'ai sursauté. Il avait surgi du rebord de granit près de l'endroit où j'avais aperçu les restes d'une des jambes manquantes de l'homme, la droite à en juger par la forme du pied recouvert d'une chaussette brune. J'ai eu beau balayer les environs du regard, je n'ai pas trouvé la gauche. Et la botte de l'homme n'était pas non plus sur son pied.

Ayant eu une idée, je me suis dirigé vers la jambe, à la recherche du couteau de brousse que l'inconnu y cachait peut-être. J'ai tâté la peau et les muscles desséchés à travers la chaussette brune moisie. Pas de couteau.

Après un moment d'hésitation, j'ai pris l'os noirci de la jambe et je suis retourné à l'endroit où gisait le torse de l'homme, même si je n'avais plus, dans mes os à moi, la force de creuser une tombe pour les siens.

— Pourquoi il a enlevé ses vêtements ? m'a demandé Vonn, de loin, pendant que je rendais la jambe de l'homme à sa carcasse.

— Ça arrive parfois chez les personnes qui meurent de froid, ai-je répondu. Leur cerveau disjoncte. Elles pensent mourir de chaleur et alors elles se dénudent.

Se retournant, Vonn a détalé dans les broussailles voisines. J'ai craint qu'elle n'ait envie de vomir. Mais non. Au bout d'un moment, elle a réapparu avec un air triomphant en transportant le grand sac à dos rose qu'elle avait aperçu dans l'herbe. Je ne me rappelle pas si elle a couru vers nous ou si nous nous sommes élancés à sa rencontre, mais je me rappelle que nous nous sommes mis à genoux autour du sac.

— Celui de sa femme ? s'est demandé Vonn. Et si elle est encore en vie ? Et si elle est encore ici ?

Elle a vidé par terre le contenu du sac : un tee-shirt aux couleurs de Florida State University, mouillé et moisi, et une gourde jaune, réplique exacte de celle de Nola et de celle que j'avais offerte à Byrd. Vide, ai-je compris à l'instant où je m'en suis saisi.

— Ce n'est quand même pas tout ! s'est écriée Vonn en agrippant le sac. Impossible !

Elle l'a secoué de nouveau. J'ai failli pouffer de rire lorsqu'une pièce de un cent est tombée en tintant sur le roc. Vonn s'est transfigurée lorsque, dans une couture, elle a découvert un long compartiment pourvu d'une fermeture Éclair. Elle en a tiré un couteau de chasse dans une gaine en cuir.

Prenant le couteau de la main tremblante de Vonn, j'ai sorti la lame pour vérifier son état. Puis j'ai remis l'objet dans son fourreau et j'ai glissé le fourreau dans ma poche. Tenace, Vonn a poursuivi ses recherches et, dans le même compartiment, a déniché deux autres trésors : une bouteille miniature de sauce Tabasco, quelques sachets de sel et de poivre détrempés et une petite boîte métallique renfermant des bonbons à la menthe poivrée. Naturellement, j'y ai vu un signe envoyé par ma mère : ils étaient de la même marque que ceux qu'elle avait toujours dans son sac à main.

J'ai salivé en voyant Vonn l'ouvrir. À l'intérieur, il y avait une ration complète de vingt bonbons minuscules : cinq pour chacun, dont deux que nous nous sommes vite entendus pour prendre tout de suite. Nous réserverions les autres pour le coucher et le lever du soleil. Nous nous sommes regardés poser les petits trésors sur nos langues – nous n'avions jamais rien mangé d'aussi sublime.

— Et ça ? a demandé Vonn en désignant la sauce Tabasco. On peut en boire ? Une seule goutte ? S'il te plaît !

— Non ! ai-je décrété en la mettant dans la poche de mon manteau. On aurait encore plus soif.

— Je ne pourrais pas avoir plus soif, a dit Bridget.

— Juste un peu ? a supplié Vonn.

J'ai secoué la tête et j'ai fait quelques pas, écœuré de constater que je salivais à l'idée de verser quelques gouttes de sauce piquante sur de la viande de spermophile fumante.

Vonn a passé sur ses épaules les courroies du sac à dos rose tout flasque.

— C'est sûrement ça, le plus dur, a-t-elle dit. Se retrouver ici sans personne.

— Ne devrions-nous pas réciter une prière sur le corps de ce pauvre homme ? a demandé Nola.

Nous nous sommes arrêtés et avons tous jeté un coup d'œil derrière.

— C'est déjà fait, ai-je menti.

J'avais récité une prière. Pour Nola.

(Plus tard, j'ai appris que l'homme avait pour nom Pedro Rodriguez. Pendant qu'il parcourait le chemin des crêtes du Pacifique, réalisant ainsi le rêve de toute une vie, il s'est égaré et a été piégé par le canyon du Diable. L'homme a laissé dans le deuil sa femme, ses quatre filles et sept petits-enfants. Le sac à dos rose était celui de l'aînée de ses petites-filles ; il l'avait choisi comme porte-bonheur. Lorsque nous l'avons trouvé, il était porté disparu depuis trois mois.)

Les arbres ont cédé la place à une longue portion de granit ondulé. En suivant des yeux les bandes blanches de feldspath, qui ressemblaient à des flèches tracées à la craie pour nous indiquer la bonne direction, je sentais mes forces vitales se vider dans les veines du roc.

Derrière moi, Vonn a crié en montrant quelque chose dans les bois, du côté ouest.

— Regarde par là, Wolf !

Nous avons tous changé de cap pour examiner un rocher voisin et ce qui avait l'apparence d'un long lézard. C'était plutôt la jambe gauche du cadavre et, à quelques pas d'elle, une ahurissante et unique botte de randonnée en cuir, battue par les intempéries.

Au-dessus de ma tête, les branches des pins ont frissonné quand je me suis assis pour passer la botte sur mon pied gauche engourdi. Comme elle était beaucoup trop grande, je pourrais facilement la porter en alternance d'un côté et de l'autre pour soulager les plantes de mes pieds meurtries par le sol rocailleux. J'ai balayé les environs des yeux, à la recherche de la deuxième, mais en vain.

— C'est mauvais signe, a dit Bridget.

— On doit remonter, ai-je dit. Il ne neige plus, je crois, mais il ne nous reste plus beaucoup d'heures de clarté.

Derrière moi, Vonn a défait le bandage couvrant la blessure de Nola, et la stérasote noircie par le sang a libéré une sorte de pot-pourri d'infection. Bridget a eu un haut-le-cœur. Pour ma part, je me suis placé dos au vent.

— Désolée, vraiment, a dit Nola en retenant son souffle.

— Il faut que je nettoie le bras de Mim. Et je vais avoir besoin de bandages frais, a dit Vonn en ôtant son manteau.

— Non, a dit Bridget. Prends ma chemise.

— Pas maintenant, ai-je dit. On doit bouger.

— Pourquoi remonter ? a demandé Vonn. Il fait froid, là-haut.

— Je sais, mais on doit être visibles. Au cas où un avion nous chercherait.

— Ou un hélicoptère, a ajouté Bridget. On nous cherche sûrement, à présent.

En petit comité, les vautours tournaient toujours en cercle au-dessus de nous et je craignais qu'ils se fassent de fausses idées si nous restions trop longtemps immobiles.

— En route.

Vonn a secoué la tête en indiquant le bras violet de Nola, gonflé de pus. J'ai fait mine de m'approcher d'elle, mais j'avais les muscles tendus, la vision troublée et des crampes à l'estomac. Bref, mon organisme fermait peu à peu boutique. J'ai dû m'asseoir un moment avant de les rejoindre sur le rocher.

— Repose-toi, a dit Vonn. Je m'en occupe.

Elle a pansé la blessure avec des feuilles de stérasote fraîches en se donnant l'impression de faire œuvre utile.

L'un des vautours a rompu les rangs pour descendre en piqué. Il s'est juché sur un arbre émergeant d'une faille dans un rocher voisin, faucheur pressé muni d'une tête rouge qu'on aurait dite marinée dans le vinaigre et de serres énormes, évaluant l'état de Nola dans l'intention de faire un rapport à ses copains. Je déteste les espions.

— Ouste ! ai-je crié.

Il s'est envolé, mais je savais qu'il reviendrait.

— Venez, ai-je dit aux Devine. On doit se remettre en route.

En hâte, Vonn a terminé de panser la blessure de Nola et nous avons grimpé, lutté contre des rochers, des branches et des racines. Le sentier que nous suivions prenait la forme de choix multiples où alternaient des passages très difficiles à négocier et d'autres carrément infranchissables.

Je boitais devant, avec ma botte unique, mon pied endolori dans sa chaussette et le seul bâton qui me restait. Me retournant pour jeter un coup d'œil aux Devine, j'ai dû repousser des visions dans lesquelles des coyotes, des lions de montagne et Yago attaquaient par-derrière.

— Ça va ?

Bridget, vêtue du poncho, soutenait Nola d'un côté et Vonn, clopinant dans mes bottes de randonnée, l'imitait de l'autre. Personne n'a répondu.

Parmi les personnes qui se trouvent dans des situations désespérées, celles qui sont certaines de s'en sortir sont aussi celles qui se tirent le mieux d'affaire. Et elles continuent de penser de cette façon, même au moment de mourir, le cas échéant.

— Ça va ! ai-je crié de nouveau.

Vonn, reconnaissante, a levé les yeux.

— Ça va, a-t-elle dit.

Nous avons poursuivi notre progression au milieu de la forêt froide et sinistre, cherchant à prendre de l'altitude, mais nous trouvant, en réalité, à la merci du canyon.

Nous étions tour à tour glacés dans les longs segments encaissés entre les rochers et rôtis par le soleil sur les crêtes dénudées. Tous les quarts d'heure environ, nous nous arrêtions pour nous reposer, mais brièvement, car nous savions que le lieu de notre prochaine escale risquait aussi d'être celui de notre dernier repos. Nos pas étaient lents. Nos estomacs étaient vides. Notre soif était terrible. Nous avions le moral à zéro.

— La nuit dernière, j'ai rêvé, a dit Nola.

— Vous m'avez mordu.

— Oui, c'est vrai. Et je me rappelle pourquoi. Je mangeais un gâteau d'anniversaire. Dans mon rêve. C'est Pip qui me faisait manger. Nous faisions toujours un glaçage à la crème au beurre.

— Il faut bouger, ai-je dit.

— Les vautours sont de retour.

Vonn a montré l'oiseau noir accroupi sur une branche voisine.

Bridget a frissonné.

— J'ai rêvé que Pip était heureux de me voir, a chuchoté Nola.

— On va se reposer un peu, OK ? ai-je proposé en lançant une pierre pour effrayer le vautour.

Il a quitté la branche et s'est aussitôt posé sur une autre.

— Restez avec nous, Nola, ai-je dit.

— Allez, Mim.

— Je suis prête, a dit Nola en luttant pour garder ses paupières ouvertes. Ça va.

Bridget a levé la main pour nous intimer le silence.

— Chut, écoutez.

Pour un peu, je l'aurais étranglée, je le jure. En particulier parce que l'air était immobile et que la montagne était silencieuse. Lugubre et silencieuse. Pas le moindre bruit d'hélicoptère, de chutes d'eau, d'avion de sauvetage ni de chiens qui aboient.

Le seul bruit, affolant, était celui de l'eau caressant la pierre.

C'était ce bruit que Bridget avait entendu et, à présent, je sentais l'odeur de l'eau. Je me suis enfoncé entre les arbres en humant l'air pour en repérer la source et j'ai fini par apercevoir un timide ruisseau qui humectait les fractures granitiques au-dessus de nos têtes avant de tomber, goutte à goutte, sur un cairn de cailloux luisants et instables.

Nous n'avons pas poussé d'acclamations. Nous n'avons pas exulté. Nous avons aidé Nola à s'étendre et elle s'est mise en position avec peine, la tête sur un rocher, puis elle a attendu, la bouche ouverte, tel un oisillon, que l'eau sablonneuse s'accumule sur sa langue. Après quelques gorgées, elle a murmuré une prière et cédé sa place à Bridget. Cette dernière n'a mis ni plus ni moins de temps que Nola à prendre une gorgée, puis Vonn a avalé quelques gouttes et a voulu laisser sa place à Nola, qui a insisté pour que Vonn boive davantage.

Après les femmes, j'ai eu mon tour. L'eau avait un goût aigre, mais l'humidité sur mes lèvres, ma langue et ma gorge était inspirante. La tête sur le rocher, nous avons accepté, à tour de rôle, l'eau qui dégoulinait avec une lenteur effarante.

J'ignore d'où m'est venu ce besoin, mais j'ai eu envie d'écrire mon nom sur l'émail de la gourde jaune que nous avions trouvée. N'ayant pas repéré de pierre assez tranchante pour égratigner la surface, j'ai réclamé l'alliance à diamant de Nola, que Bridget portait à son index. Après, Nola m'a demandé d'écrire son nom à elle aussi, puis Vonn a gravé le sien, aussitôt imitée par Bridget. Nous étions passés par là. Merde.

— On doit la remplir, ai-je dit.

— On en a pour la journée, a fait Vonn.

En la maintenant en place à l'aide de quelques pierres, nous avons posé la gourde par terre de manière à recueillir l'eau de ruissellement. Chaque goutte était une seconde, un battement de cœur, un autre grain de sable.

Après un examen de ma troupe bigarrée, j'ai attendu un signe avant de décider de la suite des choses. *Plop, plop, plop*. Nous sommes restés tranquilles et silencieux un long moment.

Vonn a été la première à se plier en deux pour vomir. Bientôt, nous avons tous succombé à une purge à la fois embarrassante et tragique. L'eau que nous espérions salvatrice allait, en définitive, aggraver notre déshydratation.

— Oh, Wolf, a dit Nola.

Je l'ai serrée dans mes bras.

Nous avions besoin d'eau propre. J'ai déchiré la poche en nylon de mon parka et j'en ai fait un filtre que j'ai posé sur le goulot de la gourde. Nous avons observé l'eau. *Plop, plop, plop*.

Nous nous sommes alors endormis ou peut-être évanouis. Pendant toute cette quatrième journée, nous avons été tour à tour conscients et inconscients. Inconscients, surtout.

En rouvrant les yeux, j'ai été surpris par la réalité. Étais-je vraiment dans la montagne ? Perdu avec les trois Devine ? Étions-nous vraiment à quelques heures seulement de la déshydratation, de l'hypothermie ? J'ai pris un moment pour regarder autour de moi et renouer avec le roc, ému par le ciel. J'espérais que mon hallucination – trois vautours attendant notre mort – se dissiperait.

Je n'hallucinais pas. L'un des oiseaux se balançait dans un pin à gros cônes. Un autre se dandinait sur un rocher. Le troisième battait des ailes à soixante centimètres de Nola. Ce n'était pas une illusion.

— Nola, ai-je dit en la secouant.

En voyant les vautours, elle a poussé un hurlement de terreur. Tirées du sommeil, Bridget et Vonn se sont mises à crier à leur tour. Dans la confusion, j'ai renversé la gourde jaune et gâché une quantité tragique de l'eau que nous avions recueillie avec soin. Furieux, prêt à tuer, j'ai regardé l'eau répandue sur le sol.

Vonn a replacé la gourde sous le faible écoulement d'eau.

Clopinant dans ma botte unique, je me suis avancé vers le plus gros des vautours à tête rouge en hurlant :

— Fous le camp !

Le rapace a agité ses ailes crochues d'un air menaçant.

— Ouste ! a crié Nola.

J'ai foncé vers l'oiseau, chaque pas souligné par une onde de douleur dans mon crâne.

— VA-T'EN !

L'oiseau, s'envolant enfin, a plané au-dessus de nous d'un air suffisant.

Bridget a lancé une pierre vers la branche de pin où un autre vautour était perché. Elle a raté la cible et les trois oiseaux, attirés par notre odeur, ont fondu sur la pierre pour avoir un avant-goût.

— On jurerait des mouettes, a dit Bridget. Ils pensent que nous les nourrissons ?

Nola les a sermonnés.

— Où vous croyez-vous ? Au restaurant ?

Les oiseaux restaient beaucoup trop près. J'ai chargé de nouveau en criant :

— Ouste ! Ouste ! OUSTE !

Les trois ont incliné la tête. Les vautours rient-ils ?

J'ai saisi une grosse pierre et je l'ai lancée au milieu d'eux, mais ils n'ont pas été effrayés. Ils ont picoré le projectile, espérant sans doute qu'il s'agissait d'un sacrifice humain.

Vonn leur a lancé une poignée de terre suivie d'une volée d'injures.

Bridget s'est repliée sur elle-même en angles aigus, à la façon d'un papier origami.

— Chasse-les, Wolf ! a-t-elle crié en couvrant son visage crasseux de ses doigts crasseux.

— OUSTE ! ai-je hurlé en fonçant de nouveau vers les vautours.

J'ai trébuché sur un rocher et un objet dur s'est enfoncé dans ma hanche. La bouteille de sauce Tabasco trouvée dans le sac à dos du randonneur mort.

Mon premier réflexe a été de me tuer en l'avalant d'un coup. Il s'agirait non pas d'un suicide, mais bien d'un sacrifice offert aux vautours. Ensuite, je me suis dit que les Devine tenteraient peut-être de me sauver et que les choses risquaient de mal tourner. Non pas que, à ce stade, nous ayons été en droit d'espérer un dénouement particulièrement heureux.

— Vonn, ai-je dit. J'ai besoin des pansements de Nola. Donne-les-moi.

— Ils sont dégoûtants.

— Pas pour les vautours, ai-je répondu.

Elle a compris mes intentions en voyant la bouteille de sauce Tabasco dans ma main.

— OK.

Elle a retiré les pansements couverts de pus du bras de Nola et m'a tendu la masse répugnante. J'ai imbibé de sauce piquante le bout de tissu nauséabond et humecté de sang, puis je l'ai lesté d'une lourde pierre avant de jeter le tout en pâture aux vautours.

J'ai été à la fois écœuré et satisfait de les voir se jeter sur le tissu imprégné de sang et de sauce Tabasco. Ils ont picoré et déchiqueté les chiffons – oh ! les cris qu'ils ont poussés, ces cris atroces, rendus encore plus affreux par la sauce piquante – avant de s'enfuir à tire-d'aile, en proie à une confusion palpable.

— Victoire, a soufflé Vonn.

Nola et Bridget ont esquissé de grands sourires triomphants. Même les arbres ont loué notre ingéniosité douteuse en grinçant et en applaudissant dans le vent. Celui-ci a chassé les nuages et ramené le soleil, qui nous a aussitôt incendiés. Entre l'ombre et la lumière, il devait y avoir un écart de six à sept degrés. J'avais peur de transpirer et de perdre encore plus de liquide.

La blessure de Nola suppurait et j'ai compris qu'elle devait être pansée au plus vite.

— On doit s'occuper de votre blessure, ai-je dit.

— Ne perdez pas de temps avec ça, s'il vous plaît, a plaidé Nola. Nous devons continuer.

— Vonn va la nettoyer, maman, a dit Bridget avec difficulté. Elle sait y faire. Laisse-la t'aider.

— Ce n'est quand même pas comme si j'étais médecin, a dit Vonn, visiblement heureuse de la confiance de sa mère.

— Allez, Mim. Ta blessure ne peut pas rester comme ça, à l'air libre, a ajouté Bridget d'un air sévère en entreprenant de retirer son tee-shirt. Tiens, prends ça.

— C'est la seule couche de vêtements qui te reste sous ton parka, Bridget, a dit Vonn en nettoyant le bras putride de Nola. Tu vas geler.

— Je suis tout engourdie, a dit Bridget.

C'était un constat plutôt qu'une plainte.

Vonn a trouvé de nouvelles branches pour fabriquer des attelles et, faute de temps et d'endroit où les broyer, elle a posé une poignée de feuilles de stérasote sur le poignet blessé de Nola avant de l'envelopper dans le tee-shirt de Bridget.

— Vous avez un seuil de tolérance à la douleur hors du commun, Nola, ai-je dit.

— C'est un avantage de la vieillesse, je suppose, a-t-elle dit en s'efforçant de sourire.

Elle a désigné l'eau qui tombait goutte à goutte.

— On doit être patients, ai-je dit en consultant Bridget et Vonn du regard. Non ? On se sentira mieux après avoir bu un peu. Puis on pourra se remettre en route. Non ?

Plop, plop, plop.

— Il fait chaud, a dit Vonn en me voyant la regarder.

Elle ne se rendait pas compte que sa lèvre gercée saignait.

— En effet, ai-je acquiescé en remarquant une branche que le vent agitait près d'elle.

— Ça va prendre une éternité, a constaté Nola.

Plop, plop, plop. Nola avait raison. Il faudrait toute la journée pour remplir la gourde. Et alors quoi ? Lorsque le soleil disparaîtrait, la température, dans cette portion du canyon du Diable, descendrait sous le point de congélation. Sans oublier que, dans le cas peu probable où un avion nous cherchait, on ne nous verrait jamais ici.

Dans le roc à l'aspect vernissé, j'ai examiné l'étroit septum d'où l'eau s'écoulait. Pas moyen de grimper jusqu'à sa source.

— On ne peut pas rester ici, ai-je dit enfin.

— Trois jours sans eau, Wolf, a répliqué Vonn.

— Nous avons besoin d'eau, a dit Bridget. Je pense que nous devrions rester.

— Je ne pars pas sans ma fille, a dit Nola.

Je me suis tourné vers Vonn dans l'espoir d'obtenir une égalité des voix.

— Vonn ?

— Je suis d'accord avec Bridget et Mim, a-t-elle déclaré.

Les nuages se reflétaient dans ses beaux yeux. Elle avançait la bouche d'un air de défi.

— Quoi ?

J'ai cligné des yeux en voyant la branche bouger à côté d'elle et j'ai continué de le faire jusqu'au moment où j'ai enfin compris qu'il s'agissait non pas d'une branche, mais d'un serpent qui suivait une fissure dans le roc marbré sur lequel Vonn s'appuyait. Un crotale de l'Ouest, olive et brun. À en juger par sa queue jaune, un spécimen tout jeune.

Me levant avec lenteur, j'ai dit :

— C'est le moment.

Je voulais que Vonn s'éloigne du serpent à sonnette sans que les femmes remarquent sa présence. Je lui ai tendu la main en la gratifiant d'une révérence idiote.

— Pourquoi tu es si bizarre ? a demandé Vonn.

— En route, ai-je dit.

— Je ne bouge pas d'ici, a-t-elle répliqué en fixant ma main tendue.

Dans les fissures du rocher près de sa tête, le jeune serpent apparaissait et disparaissait tour à tour.

— Il faut y aller, Vonn, ai-je dit, la main en suspension dans l'air.

— C'est non.

— Fais-moi confiance, Vonn.

— Qu'est-ce qui te prend ?

— Fais-moi confiance, ai-je répété en m'ordonnant de ne pas me tourner vers le serpent.

— Je te fais confiance, Wolf, a-t-elle répondu en soutenant mon regard. Mais je reste ici.

— S'il te plaît.

Bridget s'est alors tournée vers Vonn. Apercevant le serpent à un cheveu du cou de sa fille, elle a crié d'une voix brisée :

— Serpent !

Nola a poussé un cri strident.

Vonn s'est retournée vivement, effrayant l'animal.

— Ne bouge pas, ai-je murmuré, tandis que le crotale, coincé, dressait la tête et agitait la queue.

Bridget s'est avancée et a grogné :

— Laisse-la tranquille !

— Bridget ! ai-je crié.

C'est arrivé si vite que je n'ai pas eu le temps de réagir.

Bridget s'est attaquée au serpent à mains nues.

— Non !

L'animal ondulant, cherchant celle qui le tourmentait, a plutôt trouvé le haut du bras de Vonn.

On raconte que les morsures de serpent sont horriblement douloureuses, mais Vonn n'a ni couiné ni crié.

— Il m'a eue, a-t-elle dit en retenant son souffle.

— OK, ai-je dit. Ne bouge pas. Le plus important, c'est de rester calme. Et immobile.

— Je suis désolée, tellement désolée, a pleurniché Bridget.

Vonn a souri d'un air rassurant en s'avançant vers sa mère.

— Maman, a-t-elle dit.

Puis elle s'est évanouie sans que nous puissions la retenir. En tombant, elle s'est cogné la tête sur le bord d'un rocher. Puis elle s'est affalée sur le sol, inconsciente. Tout s'était passé très vite.

— Vonn ! ai-je crié en m'agenouillant à côté d'elle, mes mains sur son visage.

— Oh mon Dieu, a fait Bridget.

— Où est le serpent ? ai-je demandé.

Je l'ai cherché du regard, en vain.

— Vonn ! Vonn ! a crié Nola en serrant la jambe de sa petite-fille.

Mû par une poussée d'adrénaline, je me suis penché pour prendre Vonn sur mon épaule. Je n'avais plus peur des serpents. Je n'avais plus peur de rien, sauf peut-être du temps. Au bout de ce qui m'a fait l'effet de trente kilomètres – plus vraisemblablement six ou sept mètres, en réalité –, j'ai découvert un carré de terre meuble où j'ai pu l'étendre.

— Elle n'a peut-être pas été mordue, a dit Nola d'un ton désespéré. Elle a peut-être seulement cru l'être. Comme Bridget avec les abeilles.

Ouvrant le blouson de Vonn, j'ai tout de suite constaté que les crochets du jeune crotale, tranchants comme des lames de rasoir, avaient traversé les couches de laine et entamé la chair de son bras. Je me suis rappelé les propos de Byrd : les morsures des jeunes serpents sont les plus dangereuses. En pensée, j'ai parcouru fiévreusement la liste des choses à ne pas faire en cas de morsure.

— Il ne faudrait pas aspirer le venin ? a demandé Bridget.

— Non.

— Lui faire un garrot ?

— Non.

— Essayer de la réveiller ?

— Non. Pas encore.

— On ne peut pas rester là à ne rien faire, a déclaré Nola.

Quelque chose à propos de l'urine. Foutaise. Une idée de Frankie. *Restez immobile. Enlevez vos bijoux. N'appliquez pas de pression. N'utilisez surtout pas de garrot. Ne mettez pas de glace. Assurez-vous que la morsure est plus basse que le cœur.*

— Il faut qu'elle reste immobile, ai-je dit. Pour éviter que son cœur pompe trop vite et que le venin se répande plus rapidement. Et il faut que la morsure soit plus basse que le cœur. Nous ne devons pas aspirer le venin. On serait malades, nous aussi, ce qui n'aiderait personne.

— C'est moi qu'il a voulu mordre, a dit Bridget.

— Il y a des morsures dites « blanches ». C'en était peut-être une, ai-je dit sans conviction.

— Sans venin ? C'est possible ?

— Comment peut-on en être sûr ? a demandé Nola.

Je me suis rappelé les paroles de Byrd. *Si c'est le cas, elle ne mourra pas.*

— Et maintenant ? a demandé Bridget.

— On avance, ai-je répondu.

Malgré le chaos causé par le serpent, Nola avait eu la présence d'esprit d'apporter la gourde jaune du randonneur et la petite quantité d'eau qu'elle renfermait. Elle avait même pensé au sac à dos rose. Pendant que je m'occupais de Vonn, Bridget s'est assurée que la gourde était bien fermée. Je n'avais pas la force de soulever Vonn. J'ai donc imploré Dieu de me la donner.

— Reprends tes bottes, m'a chuchoté Byrd à l'oreille. Elle sera moins lourde à porter.

J'ai obéi. Et elle était effectivement moins lourde. Quant à mes pieds, ils ont été reconnaissants. J'ai laissé derrière la botte du randonneur mort.

Après, l'air a semblé se transformer. Le temps s'est une fois de plus accéléré. J'étais en dehors de mon corps, je planais au-dessus de lui, je suivais des yeux l'homme-enfant qui transportait la jolie jeune mourante, gravissait les forêts en pente, les éboulis, la côte si raide que, par moments, il devait pratiquement avancer à genoux, la fille drapée sur son dos. J'ai vu ses tibias heurter le roc, ses doigts saigner, ses joues être égratignées par des épines. Je parie que c'est douloureux, me suis-je dit avant de réintégrer mon corps et de constater que j'avais raison.

Je me serais enorgueilli de ma force si, en me retournant, je n'avais pas vu que Bridget, dont les épaules étaient nettement plus petites que les miennes et les jambes minces comme des allumettes, avait soulevé sa mère épuisée et me suivait pas à pas.

Sacrée vision, en vérité. Ça, c'est de l'héroïsme.

Au bout d'un moment, nous avons débouché sur un petit plateau forestier où nous avons cru pouvoir nous orienter. Ayant trouvé un rocher érodé, j'y ai appuyé Vonn. Elle était toujours inconsciente, et sa contusion à la tête me préoccupait au moins autant que l'enflure laissée par sa morsure. Son pouls était faible, sa respiration superficielle.

Balayant les environs des yeux, j'ai été navré de constater que cette élévation ne nous fournissait aucune perspective claire, aucune idée de la direction à prendre. Que des arbres et des rochers, à perte de vue. Bridget s'est approchée en titubant et je l'ai aidée à déposer Nola à côté de sa petite-fille. Nola, victime d'une grave blessure. Vonn, mordue par un serpent. Bridget, au bord de l'effondrement.

Depuis trois jours déjà, j'escomptais à chaque heure le départ de Nola, qui trouvait toujours la force de rebondir. À présent, elle n'était pas la plus mal en point de notre petite troupe. Allez, Vonn. Résilience, ton nom est Devine. Reste avec nous, Vonn.

— Comment va-t-elle ? a demandé Nola en s'étirant pour prendre la main molle de sa petite-fille.

— Elle respire toujours, ai-je répondu.

— C'est ma faute, a dit Bridget à voix très basse. Tout est ma faute.

— C'est la faute du serpent, a dit Nola. Des abeilles. Des serpents. Nature maudite.

Nous nous sommes passé la gourde jaune, à laquelle nous avons tous pris une petite gorgée, puis Bridget et moi avons fait quelques pas pour sonder les ondulations des rochers et des arbres.

Bridget a regardé autour d'elle.

— Ce n'est pas idéal, comme situation, a-t-elle dit sans se rendre compte qu'elle avait parlé exactement comme sa mère.

— Non, ai-je concédé.

— Nous devons les conduire à l'hôpital.

— On le fera.

— Nous avons perdu le pin de vue.

— Quoi ?

— Le pin.

— C'est vrai.

J'avais complètement oublié notre phare.

Nous avons entendu un bruit. D'abord lointain. Nous avons échangé un regard, Bridget et moi. Le hibou et son ululement étaient de retour.

— Où est-il ? ai-je demandé.

Bridget l'a aperçu dans un arbre sur un versant rocailleux.

— C'est peut-être un signe, a-t-elle soufflé.

— Possible, ai-je acquiescé.

— Tu crois que la stérasote serait bonne pour la morsure de Vonn ?

— On peut toujours essayer, ai-je répondu.

Avec le couteau de chasse du mort, j'ai coupé un bout de tissu dans la capuche de mon sweat-shirt et je l'ai taillé en deux. Puis Bridget et moi avons sorti les feuilles de nos poches et divisé le reste de notre réserve : la moitié dans le ragoût putride qu'était devenue la blessure de Nola, la moitié pour la zone où Vonn avait été mordue.

Nola m'a vu remettre le couteau dans son fourreau.

— Il est plus tranchant qu'on aurait pu le croire, a-t-elle dit.

Ayant bu encore un peu de l'eau trouble contenue dans la gourde, nous nous sommes sentis plus forts, prêts à repartir. Nola a même réussi à faire quelques pas toute seule, ce qui m'a diablement impressionné. Vonn restait inconsciente.

Le hibou a ululé de nouveau et, en suivant l'index de Bridget, je l'ai vu se diriger vers le haut de la colline.

— On devrait le suivre, ai-je dit.

Je ne sais pas pourquoi.

J'ai repris Vonn sur mes épaules. Nola s'est appuyée sur Bridget. Nous avons marché sur le roc, escaladé des rochers et traîné nos pieds dans une petite prairie herbeuse avant de gravir une autre crête, toujours sur la trace du hibou.

Le choix de suivre le hibou était aussi sensé que les autres que j'avais faits dans ma vie, que les autres directions que j'avais prises. Nous avons continué ainsi pendant des heures, sans doute, alternant les descentes et les montées, perdus dans nos visions de la fin, laissant la montagne et le hibou nous guider.

— Ça ne rime à rien, a dit Bridget, quelque part en chemin.

— On va s'en sortir, ai-je répondu.

Pourtant, je n'en étais plus sûr. Elle a dû croire que j'avais perdu la raison.

Nous avons poursuivi notre route sur le sol rocailleux, Vonn de plus en plus lourde sur mes épaules fatiguées. Rien ne servait de maudire Dieu. D'ailleurs, sa maîtrise du jeu méritait d'être soulignée.

Ce soir-là, notre dernier soir, je n'ai pas été insensible à la beauté du couchant, malgré l'inconscience de Vonn et les soupirs que poussait Bridget, derrière moi, Nola appuyée sur elle. J'ai regretté l'absence de mon appareil photo.

— Je n'entends plus le hibou depuis un moment, a dit Bridget.

Elle avait raison.

Encore une nuit dans la montagne. Notre dernière, même si, à cet instant, je n'en savais rien. Avec ou sans hibou, nous allions devoir nous arrêter bientôt et trouver un abri. Il faisait froid.

— Pourquoi montons-nous ? a demandé Bridget. Le froid est plus vif. Il n'y a rien, ici, sauf des arbres et des rochers, toujours plus d'arbres et de rochers.

À ce moment précis, le hibou a ululé de nouveau. En le cherchant des yeux, nous avons aperçu une formation rocheuse, plus haut : des plaques de granit blanc qui, en tombant, avaient créé une sorte de maison, avec un toit de chalet en pente par-dessus le marché.

Soudain optimistes, nous avons mis le cap sur cet abri, même si chacun de nos pas nous enfonçait plus profondément dans une sorte de soufflerie naturelle assourdissante. Si le hibou ululait encore, impossible de l'entendre.

Sur place, Bridget m'a aidé à allonger Vonn à l'intérieur, sur un lit de granit. Nola s'est assise à côté d'elle.

— Nous sommes perdus depuis quatre jours. C'est beaucoup, a-t-elle dit.

J'ai parcouru les environs des yeux, à la recherche de pierres. J'en ai placé près de Nola et de Bridget. Je tenais à ce que nous soyons bien armés, en cas d'attaque.

— S'il te plaît, Wolf, a dit Nola. Viens ici.

— OK, ai-je dit avec lenteur.

Elle m'a fait signe de me pencher et j'ai obéi. Elle a alors chuchoté à mon oreille quelques mots que je n'ai pas saisis. Je lui ai demandé de les répéter.

— Tu as entendu parler des survivants des Andes ?

— Oui, ai-je répondu.

— *Mangez-moi*, a chuchoté Nola.

Disons que ces mots ont été suivis d'un long silence.

— Tu sais ce qu'ils ont fait, Wolf ?

— Je sais ce qu'ils ont fait.

— Dans le film, ils faisaient sécher la viande en lanières.

J'ai remercié Dieu pour le vent qui rugissait : grâce à lui, Bridget n'avait pas entendu la requête de sa mère.

— Qu'est-ce que tu dis, Mim ? a-t-elle demandé.

— Je remerciais Wolf, a répondu Nola avant de se tourner vers moi d'un air grave. Sans toi, nous ne serions pas ici.

J'ai jeté un coup d'œil aux trois Devine. Vonn avait le teint cendreux. Nola était à bout de ressources. Chez Bridget subsistait une lueur d'espoir. Elle a souri en lisant l'inquiétude sur mon visage.

— Elle respire, a-t-elle dit, la paume sur la poitrine de sa fille. Elle va s'en tirer.

Le vent était assourdissant. Plus fort qu'à tout autre endroit et qu'à tout autre moment dans la montagne. J'avais du mal à réfléchir au milieu d'une telle fureur.

— Pourquoi faut-il que le vent soit aussi bruyant ? a demandé Bridget en se bouchant les oreilles.

Le vent a soufflé ainsi toute la nuit ; à intervalles réguliers, il s'infiltrait dans notre refuge, question de montrer qui menait le jeu. J'ai dû dormir par moments. Après une longue période de veille, j'ai vu Nola, qui dormait à côté de Vonn, se mettre debout avec difficulté, comme si le vent l'avait soulevée et obligée à sortir, sous l'effet d'un charme. C'est du moins ce qu'il m'a semblé.

— Nola, ai-je lancé.

On aurait dit que le vent la guidait, une main sur le bas de son dos. Elle a pris place sous les étoiles scintillantes.

— Nola, ai-je dit.

Elle ne m'a pas répondu.

Le vent secouait ses cheveux et, sous mes yeux, sa posture a changé. Elle était jeune à nouveau, ravissante sous le clair de lune, étincelante dans la nuit.

Je me suis lentement avancé jusqu'à elle.

— Nola, ai-je répété, plus fort.

Elle ne s'est pas retournée.

J'ai trouvé un rocher où m'asseoir.

Nola a murmuré quelques mots en direction des cieux, puis elle a fait volte-face et, en me regardant sans me voir, elle s'est bien positionnée sur le roc avant de lever le bras. Sa tête a pivoté d'une drôle de façon, puis son menton s'est appuyé sur sa poitrine.

Ses bras se sont animés, comme si elle était victime d'une crise d'épilepsie. Paralysé, impuissant, je l'ai vue scier la nuit avec vigueur et rapidité, même avec son poignet blessé, une expression joyeuse et sereine sur le visage. Si c'était une crise cardiaque, ai-je enfin décidé, qu'il en soit ainsi.

Après l'avoir observée un moment, je me suis rendu compte que ses gestes n'étaient ni aléatoires ni frénétiques, comme ceux d'un épileptique. Ils étaient au contraire précis, ses mouvements rythmiques. Elle tenait en l'air un instrument fantôme, caressait une série de cordes avec son poignet cassé et ravagé par l'infection. Spiccato. Legato. Pizzicato. Détaché. Dans les airs, elle ne jouait pas du violon. Nola jouait du vent.

Je l'ai écoutée, captivé par la musique, par chaque note bouleversante.

Après, ses bras sont restés ballants le long de son corps. La forêt a demandé un rappel, mais, sur cette scène, Nola avait tout donné. Faisant comme si je n'étais pas là, elle a regagné sa place auprès de Vonn et Bridget, s'est installée sur le rocher et a fermé les yeux.

LE CINQUIÈME JOUR

Le vent, en ce matin du cinquième jour, était si froid et si violent que j'ai dû me servir de mes doigts gelés pour ouvrir mes paupières gelées. Je n'aurais pas pu parler, même si je l'avais voulu. Mes dents me semblaient branlantes. Ma bouche était une tombe.

Vonn ? Je n'ai pas eu la force de me tourner vers elle. Évidemment, j'avais peur. Pendant que le soleil se levait au-dessus de la crête, je n'ai pu que rester allongé, les paupières closes, à imaginer le réveil des esprits de Tin Town. Kriket et Yago, les légions de Truly réunies dans le mobile home. Sans oublier les Diaz. Lark. Harley. Dantay. Mon ami Byrd. Mon père en prison.

Les regrets. Évidemment, on en a, mais ce qu'on regrette, c'est moins ce qu'on a fait que tout ce qu'on n'aura jamais l'occasion de faire.

J'ai eu la singulière sensation d'être épié et, en me retournant, j'ai trouvé Nola, pâle et tétanisée, ses yeux grands ouverts rivés sur moi.

J'ai frissonné.

— Nola ?

Elle m'a fait sursauter en clignant des paupières.

— Le couteau, a dit Nola.

— Quoi ?

— S'il te plaît, a dit Nola.

Je n'ai pas saisi.

— S'il te plaît, a répété Nola.

Le couteau. Me demandait-elle de la supprimer ? De lui trancher la gorge, comme à un agneau sacrificiel ?

— On va s'en sortir.

Elle a secoué la tête.

— La foi, ai-je dit. Trois secondes… Vous vous rappelez ?

J'ai alors mobilisé le courage de faire face à Vonn, raide et immobile à côté de moi. J'ai touché son visage.

— Vonn ? ai-je murmuré. Réveille-toi.

Pas de réaction. Sur son poignet, j'ai été soulagé de détecter un pouls.

— Tu ne me quittes pas, ai-je chuchoté à son oreille.

Elle a gémi faiblement, ce que j'ai interprété comme un acquiescement.

Bridget, se réveillant, s'est étirée pour palper le front de Vonn.

— Autour de la blessure, l'enflure n'a pas augmenté, a-t-elle constaté. Mim ?

— Je suis là, a dit Nola d'une voix à peine audible.

J'ai repéré la gourde du mort.

— Les bonbons à la menthe, a lancé Bridget.

Elle a trouvé le sac à dos rose flasque sur le roc et, à l'intérieur, la petite boîte métallique renfermant les bonbons, qu'elle n'a toutefois pas réussi à ouvrir.

— Doucement, ai-je dit en voyant sa frustration s'accentuer.

Bridget a cogné la boîte contre la pierre.

— Pas comme ça.

— Ça y est, je pense.

Elle a frappé le contenant contre le roc une fois de plus, et le couvercle s'est soulevé. Seulement, nous avons vu, impuissants, les minuscules bonbons rebondir sur le roc et rouler dans la dense végétation qui le bordait.

J'ai réussi à en retrouver seulement trois.

Nola s'est efforcée de consoler Bridget.

— Un bonbon ou deux, ça ne changerait pas grand-chose.

— Tiens, ai-je dit en tendant un des minuscules bonbons à Bridget.

— Garde le mien pour Vonn, a-t-elle dit.

— Le mien aussi, a dit Nola.

Je les ai mis dans ma poche, et nous n'avons plus parlé des bonbons à la menthe poivrée ni de la faim.

Dans la gourde, il y avait à peine assez d'eau pour nous humecter les lèvres. Je l'ai donnée à Nola, qui a fait semblant de boire avant de la remettre à Bridget, qui me l'a aussitôt rendue. Je me souviens d'avoir pensé au mort en regrettant de ne pas savoir son nom. Je l'aurais gravé à côté des nôtres.

— Il faut boire, ai-je dit en redonnant la gourde à Nola. Juste un peu.

Nous avons eu soin de garder quelques gouttes pour Vonn.

— On devrait aller explorer les environs, ai-je dit en me levant et en tendant la main à Bridget.

— L'air est différent, ici, a dit Nola.

— Plus basse altitude, ai-je expliqué.

— Nous trouverons peut-être des baies, a dit Bridget.

— Écoute ce vent ! ai-je crié au moment où nous sommes sortis de notre chalet de pierre.

Comme s'il m'avait entendu, le vent m'a poussé par-derrière. Pour se prémunir contre le rugissement, Bridget s'est bouché les oreilles.

J'ai perçu un mouvement sur ma gauche… l'éclair d'un pelage fauve. Je me suis retourné avec lenteur, prêt à affronter le lion de montagne qui, je le craignais, nous traquait depuis un moment. Ce n'était pas un lion de montagne. C'était plutôt un énorme mouflon. Haut de près de deux mètres, selon mes estimations, et long d'environ deux mètres aussi, avec des taches blanches sur les flancs et d'immenses cornes recourbées.

Je n'ai pas osé alerter Bridget, qui me tournait le dos. Dans les situations requérant un grand calme, son dossier n'était pas des plus reluisants.

Quand le mouflon a grogné, je ne me suis pas senti menacé. Je peux même te dire que j'ai vu son apparition comme un augure favorable. J'ai eu l'impression qu'on me pardonnait d'avoir tué l'agneau. Cet acte, motivé par la pitié ou pas, me hantait.

Quand le mouflon en a eu assez de m'observer – pour ma part, je ne me serais jamais lassé de l'admirer –, il a bondi sur ses sabots cliquetants et a sauté de rocher en rocher avant de disparaître.

— Quel vacarme ! a tenté de crier Bridget en se retournant juste à temps pour rater le mouflon.

J'ai hoché la tête et jeté un coup d'œil à notre refuge, où Nola, assise, regardait avec émerveillement l'endroit que l'animal venait de quitter. On voyait rarement des mouflons. Nos regards se sont croisés et nous avons pris acte du privilège, de l'occasion qui nous avait été donnée de le partager. Bridget s'est retournée et m'a entraîné en tirant sur mes mains gelées.

— Allons voir.

Assaillis par le vent furieux, nous avons entrepris l'ascension de la crête, mais Bridget avait à peine la force de poser un pied devant l'autre. En la tenant par la taille, son poids en appui sur ma hanche, j'ai donc fini par la hisser jusqu'au sommet, ou presque. Tous les quelques pas, nous nous retournions pour jeter un coup d'œil à Nola. Nous n'avons ni l'un ni l'autre remarqué que le bruit du vent rappelait celui d'un hélicoptère ou d'une chute d'eau. S'agissant du vent, nous en avions assez de nous faire duper.

J'ai humé l'air, qui sentait l'eau, une fois de plus. Mirage olfactif.

— Ça sent l'eau, a dit Bridget.

Le vent a changé de direction et la douce odeur a disparu.

— Je pense sans arrêt à ce petit bébé. Au bébé de Vonn, a dit Bridget.

— Moi aussi.

C'était la vérité. Cet enfant, je le pleurais déjà.

— Le père ne sera jamais au courant, a-t-elle dit.

— Qui ça ?

— Le bébé de Vonn… Son père.

— Ça ne lui ferait peut-être ni chaud ni froid. Il a peut-être déjà une flopée d'enfants dont il ne s'occupe pas.

Je me tortillais en pensant à Yago.

— Possible, a concédé Bridget.

— Elle a dit qu'elle ne le connaissait pas très bien, de toute façon.

— Je l'ai entendue parler de lui au téléphone, a dit Bridget, une lueur d'espoir dans les yeux. C'était peut-être plus qu'une histoire sans lendemain.

— Possible.

— Il la cherche peut-être en ce moment même.

Chaque mot lui coûtait un effort inouï.

— Possible.

Nous nous rendions compte qu'elle se raccrochait désespérément à un mince espoir, mais je n'ai pu m'empêcher d'admirer sa force intérieure.

— On ne va pas renoncer de sitôt.

Nous sommes alors parvenus au sommet de la crête. Et je suis tombé à genoux. Oui, c'est ça. Je suis tombé à genoux en voyant ce que j'ai vu. En me retournant, j'ai compris que Bridget voyait la même chose que moi, cette chose dans toute sa majesté, cette chose qui rugissait, tonnait, cascadait. Ce n'était donc pas un cruel mirage. Corazon Falls.

Peu de regards se sont posés sur ces chutes. Leurs eaux sont isolées et le canyon qui les enserre se referme comme un piège mortel, même sur les randonneurs les plus aguerris. Sans compter les vents, violents et imprévisibles.

Depuis le refuge, Nola a compris aussitôt que quelque chose nous avait stoppés dans nos pas, Bridget et moi.

— Ce sont les chutes, Nola ! On a trouvé Corazon Falls !

Elle ne m'a pas entendu, évidemment. Je me suis tourné vers Bridget, debout au bord de la falaise, comme en transe.

Le parfum des eaux, à la fois si proches et si éloignées, était grisant. Nous avons inhalé les nuages d'humidité en étudiant le terrain. Les rochers déchiquetés, aussi grands que des voitures, descendaient vers les rapides peu encaissés et les chutes grondantes. Les berges de la rivière étaient elles aussi étroites et rocheuses.

Je ne voyais aucun moyen d'aller jusqu'en bas.

— Il faut descendre. L'eau attire les humains. Non ?

— Par là, près des arbres ?

J'ai secoué la tête. C'était beaucoup trop à pic.

— Et là-bas ?

— Peut-être, ai-je dit en me rapprochant du bord.

Bridget a fermé les yeux.

— Je sens la bruine.

J'ai scruté les rochers, à la recherche d'un passage.

— Là, peut-être, ai-je dit en désignant un éboulis à droite des chutes.

Au moment où je prononçais ces mots, toutefois, un des plus petits rochers s'est détaché. Nous l'avons vu rebondir vers l'eau et se fracasser sur la berge. Pris de vertige, j'ai dû fermer les yeux et me coucher sur le dos pour laisser passer le malaise.

— Ça va ?

— Vertige, ai-je répondu sombrement.

— Il y a forcément un moyen.

— Regarde par toi-même.

Luttant contre son propre vertige, Bridget, à genoux, puis rampant sur le roc tel un lézard, le poncho en plastique rouge sang grinçant sous elle, s'est positionnée à côté de moi, près des buissons, au bord de la falaise.

— Là-bas ? a-t-elle dit en se rapprochant encore un peu et en montrant une direction avec un index tremblant.

— Doucement, ai-je dit en sentant une vibration dans la saillie en granit qui nous soutenait. Peut-être.

Bridget a repoussé des branches de sauge parfumée.

— Ou peut-être là ?

— Même si je réussissais à descendre, comment je ferais pour passer de ce rocher à celui-là ?

Impossible. Elle l'a vu, elle aussi. En silence, nous avons contemplé les chutes, pris nos dernières respirations, eu nos dernières pensées, tiré les inévitables conclusions.

Émue par la beauté des chutes, les nuages épars et le ciel bleu pâle contre le roc ambre, Bridget a soupiré.

Je lui ai donné raison. L'eau vive. Le ciel de plus en plus clair. C'était un bel endroit où mourir.

Nous avons regardé autour de nous en hochant la tête, satisfaits. Un observateur aurait pu croire que nous envisagions l'achat d'une maison de vacances.

Me tournant vers Nola, restée dans l'abri, j'ai agité la main et, à mon grand soulagement, elle m'a rendu mon salut. J'avais peur qu'elle perde connaissance ou pire encore. Je ne voulais surtout pas être privé de la chance de lui dire au revoir.

— Il faut que Nola voie ça, ai-je dit. Vonn aussi. À son réveil.

J'ai mis un certain temps à redescendre jusqu'à l'abri et à transporter Nola jusqu'au bord de la falaise, où l'attendait Bridget. J'avais les genoux brûlants et les épaules en compote lorsque je suis descendu de nouveau dans l'intention de ramener Vonn. C'était un poids mort. J'ai dû la prendre comme un enfant et la serrer dans mes bras, chaque pas une torture. Enfin, j'ai atteint le sommet. Nous étions de nouveau réunis, avec vue sur les chutes rugissantes. J'ai déposé Vonn à côté de Nola, à quelques pas du bord.

Le soleil brillait, nous réchauffait. Dans le bruit blanc de l'eau, nous avons entendu des hélicoptères, des avions et les chuchotements de nos morts. Bientôt, j'ai été obsédé par cette idée : les charognards qui se partageraient le cadavre de Vonn, empoisonnée par le serpent, tomberaient malades. Nous n'avions pas réussi à trouver le chemin du retour, mais la compagnie des Devine suscitait en moi un orgueil non négligeable. Nous sommes restés là un très long moment, silencieux dans la lumière du jour.

Les paroles de Bridget m'ont tiré de ma rêverie :

— Je n'arrive pas à faire la paix avec ce qui nous arrive.

J'ai essayé de me donner une contenance, mais j'étais trop faible et déboussolé.

— Dans mon rêve, on nous sauvait, Wolf. Je me rappelle cette sensation. La meilleure des sensations, a-t-elle dit.

— Je te crois, Bridget.

— Vraiment ?

— Oui.

C'était la vérité. Je croyais qu'elle le croyait.

À quatre pattes, je me suis approché de Nola, couchée à côté de Vonn à l'ombre d'un buisson. Elle humait le sachet de lavande qu'elle avait sorti de sa poche.

— Venez. Venez près de nous. On a une sacrée vue, d'ici, ai-je dit.

Nous avons rampé, Nola sur ses coudes, jusqu'au bord de la falaise. Nola était trop épuisée pour être saisie ou émerveillée. Des larmes roulaient sur ses joues.

Nous avons admiré l'eau, fascinés, prêts à rendre notre dernier souffle – dans mon cas, à tout le moins. J'étais résigné, je suppose. J'ai prié pour que Vonn se réveille assez longtemps pour profiter de ce point de vue unique.

Dans mon souvenir, j'étais plutôt calme qu'agité. Jusqu'à ce que Bridget, me saisissant par le bras, crie :

— Qu'est-ce que c'est, ça ?

J'ai plissé les yeux dans l'espoir d'apercevoir ce qu'elle montrait d'une main tremblante.

— Là ! En bas ! Sur la berge !

— Où ça ?

— LÀ !

Et j'ai vu. Un gilet orange. C'était un gilet orange. Et ce gilet orange était sur le dos d'un homme qui en guidait deux autres, vêtus eux aussi d'un gilet orange. Sur la berge rocailleuse qui conduisait aux chutes, ils trimballaient des sacs à dos au milieu des broussailles.

— Des randonneurs, a croassé Nola en tendant le doigt.

Elle n'avait même pas eu la force de crier.

Ce n'étaient pas des randonneurs. C'étaient des membres de l'équipe de recherche et sauvetage.

— Hou ! Hou ! HOU ! HOU ! ai-je crié.

Les rugissements furieux de l'eau enterraient ma voix.

Le souffle coupé, nous avons vu les sauveteurs sortir leurs jumelles et balayer les environs du regard. Malgré la distance, nous distinguions leurs talkies-walkies et leurs cordes. Recherche et sauvetage en montagne. Les fameux *ils*, ceux que nous avions appelés dans nos prières.

— Au secours ! ai-je crié d'une voix fluette.

Paralysée, Nola regardait la scène. Bridget, elle, s'est levée.

Au bord de la falaise, la végétation était si dense qu'il y avait très peu d'endroits exposés. Bridget s'est mise à sauter sur place en agitant les bras au-dessus des buissons.

Je l'ai imitée. Devant l'échec de nos tentatives, nous avons lancé des cailloux et des branches, mais les hommes aux gilets orange étaient beaucoup trop loin et ils semblaient concentrer leurs recherches sur la berge.

Enfin, l'un d'eux a levé ses jumelles vers la crête.

— Agite tes bras ! ai-je crié à Bridget.

Et c'est ce que nous avons fait, frénétiquement, sans relâche. Nola a agité son bras valide jusqu'à ce que l'homme abaisse ses jumelles et se tourne vers un autre secteur. Il ne nous avait pas vus. C'était loin, la crête était accidentée et il était passé sur nous sans nous voir.

— Il y a de grosses pierres dans l'abri ! ai-je crié.

— Je vais les chercher, a dit Nola.

Elle a tenté vainement de se lever.

Tout en bas, l'homme au gilet orange a de nouveau braqué ses jumelles sur la crête. J'ai trépigné, agité les bras. Malgré la distance, j'ai cru reconnaître Dantay. J'étais terrifié à l'idée d'halluciner.

Bridget, se tournant vers sa mère, a vu Vonn qui tremblait.

— Elle fait une crise, a dit Nola.

Vonn s'est immobilisée, puis elle est devenue toute molle. Nous nous sommes agenouillés à côté d'elle. Un moment seulement. À ce stade, je ne savais même pas si elle respirait encore.

Quand j'ai de nouveau bondi sur mes pieds, j'ai vu que l'homme au gilet orange avait baissé ses jumelles. Il nous avait ratés. Une fois encore.

— Ils repartent !

Je sautillais sur place en hurlant. Bridget s'est jointe à moi en agitant les bras.

Je me suis tourné vers Vonn, gisant sur le sol, affalée et blême, et j'ai tremblé de peur. Nous allions la perdre. Et le bébé aussi. Avec un ultime sursaut d'énergie, j'ai crié de toutes mes forces :

— AU SECOURS !

À ce moment précis, l'un des hommes s'est arrêté, comme s'il m'avait entendu, et s'est retourné pour inspecter la rivière rocailleuse et ses berges.

— ICI ! ai-je crié. EN HAUT !

Nous agitions frénétiquement les bras.

L'homme au gilet orange regardait partout, sauf en haut.

— S'IL VOUS PLAÎT ! ai-je hurlé.

L'homme au gilet orange semblait sur le point de s'éloigner, mais il s'est ravisé.

— ICI ! ai-je hurlé.

Au bord de la rivière, il a posé un genou à terre pour se laver le visage. Puis il a sorti une gourde d'une poche intérieure de son gilet et l'a plongée dans l'eau froide et tourbillonnante.

— Le sac à dos ! a soudain crié Bridget. Mets des roches dedans. Assez pour qu'il fasse des éclaboussures !

Les deux autres sauveteurs se sont approchés du premier pour se laver le visage et remplir leurs gourdes, eux aussi.

J'ai dévalé la côte pour aller chercher le sac à dos.

— Vite ! a lancé Nola.

Le bref trajet m'a pris une éternité. Mes orteils criaient de douleur à chaque pas. Ayant enfin récupéré le sac, je me suis penché pour le remplir de grosses pierres lourdes.

Pendant que je remontais en titubant, Bridget a crié de sa voix étranglée :

— Ils s'en vont ! Dépêche-toi !

— Prends ça ! ai-je crié en brandissant le sac, tandis que je gravissais tant bien que mal les derniers centimètres.

Elle m'a arraché le sac à dos et, dans un élan de panique, l'a soulevé au-dessus de son épaule et lancé au loin. Avant même qu'il quitte ses mains, j'ai vu qu'elle n'avait ni la force ni l'énergie nécessaires pour que le sac atterrisse assez loin dans l'eau et attire ainsi l'attention des sauveteurs.

— Non ! a crié Bridget en le voyant s'accrocher à un buisson de manzanitas qui poussait sur une petite saillie sous le rebord.

En bas, les sauveteurs se sont relevés, prêts à partir. Nola s'est laissée tomber sur un rocher voisin. C'était sans espoir.

Bridget s'est tournée vers Vonn, toujours inconsciente. Puis vers Nola. Et enfin vers moi.

— Ça ne fait rien, Bridget, ai-je dit. Il n'était pas assez lourd, de toute façon.

Pivotant sur elle-même, elle s'est mise à courir.

— Pas maintenant, Bridge ! a crié Nola. Je t'en prie !

À la pensée des efforts que nous devrions déployer pour la retrouver dans les bois, où elle se perdrait assurément, j'ai été irrité, moi aussi.

— Bridget ! ai-je hurlé.

Je pense toutefois que je ne lui en voulais pas de vouloir mourir seule.

— Bridget Devine ! s'est exclamée Nola d'un ton sévère.

Bridget s'est arrêtée.

— Nous devons rester ensemble ! a crié Nola.

— Reste avec nous, Bridget !

Cette dernière, se tournant vers nous, a posé les mains sur son cœur.

— Bridget ? a fait Nola. Reviens ici tout de suite !

C'est alors que Bridget a recommencé à courir. Seulement, cette fois, elle a couru vers nous. Sans abeilles à ses trousses. Sans coyotes qui grognaient sur ses talons. Et sans autre destination possible que le bord de la falaise.

— Bridget ! ai-je hurlé en comprenant ses intentions.

Sur son visage, je n'ai pas vu de la peur. Ni de l'horreur. Avant de sauter, au moment où elle a levé les bras dans le grand poncho en plastique rouge sang, juste avant de se jeter du haut de la falaise et de s'abîmer sur les rochers en contrebas, Bridget Devine a compris qu'elle vivait le plus grand moment de sa vie.

Bel et bien clairvoyante, en fin de compte.

Nola regardait fixement le néant où son enfant se trouvait un instant plus tôt.

C'était arrivé si vite.

Bridget avait sans doute ressemblé à un grand oiseau rouge (c'est du moins ainsi que je l'imagine) qui planait vers les rochers glissants et mouillés dans l'intention de s'y poser. Le moins qu'on puisse dire, c'est qu'elle nous a tous pris par surprise.

M'approchant du bord en rampant, j'ai baissé les yeux sur la rivière. Là, j'ai vu le corps sans vie de Bridget affalé sur un rocher, à quelques mètres de l'endroit où les hommes avaient rempli leurs gourdes. Je ne sais pas si l'expression est appropriée dans les circonstances, mais c'était un sacré saut.

Même de loin, j'ai vu que le sang de Bridget avait éclaboussé les rochers blancs de la berge. On aurait dit un pétroglyphe tout neuf. Je me suis imaginé que, dans une langue encore à inventer, il disait : *Bridget Devine est passée par ici.*

Abasourdis, les trois sauveteurs en gilet orange regardaient la masse rouge sang qui, surgie de la crête, s'était posée avec un bruit mat.

Ils ont enfin levé les yeux.

J'ai agité les bras.

Je sais que les hommes m'ont fait signe, mais j'étais incapable de détacher mes yeux de Bridget et des rubans de sang rouge.

Le vent s'est apaisé et l'air, stable comme jamais aux abords de Corazon Falls, s'est changé en soie. Je me souviens d'avoir observé, tranquillement étendu sur les rochers, l'hélicoptère faire du surplace puis se poser. Le soleil était haut dans le ciel.

Nola et moi, je crois, éprouvions un certain réconfort à l'idée que Bridget aurait été ravie d'avoir eu raison.

J'ai à peine eu la force de chuchoter « merci » lorsque des hommes sont apparus avec de l'eau et du chocolat. Je soulevais sans cesse la tête pour voir où en étaient Vonn et Nola.

Dans mes souvenirs, le sauvetage est enveloppé de brouillard. Il en reste des images captées à des angles bizarres à cause des civières sur lesquelles on nous avait installés. Nola d'abord, puis Vonn et enfin moi. Dans l'hélicoptère, Nola était à côté de moi. Bien qu'elle fût à deux doigts de la mort, elle a tenu à présenter ses excuses au pilote.

— Nous devons puer *horriblement*, a-t-elle dit d'une voix enrouée.

Nola Devine et sa manie de toujours s'excuser. J'ai cherché Bridget du regard. Puis je me suis souvenu.

Baissant les yeux, j'ai vu le point rouge au bord de la rivière. Je l'ai regardé rapetisser peu à peu, jusqu'à ce qu'il ressemble à une punaise piquée sur une carte topographique. C'est la dernière fois que j'ai vu la montagne.

APRÈS

Quatre jours plus tard, je me suis réveillé à l'hôpital. J'avais perdu trois orteils, six kilos et les derniers vestiges de mon enfance.

Le premier mot que j'ai prononcé en reprenant connaissance, après notre sauvetage ? *Vonn.*

Une infirmière s'est matérialisée à côté de moi. Elle a remonté mon lit, vérifié mes signes vitaux. L'eau dans le verre qu'elle a porté à mes lèvres avait un goût de javel. J'ai songé à Nola. J'ai humé l'air, à la recherche d'odeurs familières – roc, terre, pin, neige –, mais je n'ai détecté que celles, antagonistes, de l'ammoniac et du sang.

J'ai de nouveau sombré dans le sommeil et, en en émergeant, plus tard, j'ai souri en voyant Nola Devine dans un fauteuil roulant poussé par un aide-soignant. Son bras, à présent en écharpe, était nettement moins enflé.

— Vonn ? ai-je demandé.

Nola a approché son fauteuil de mon lit.

— Ça va. Elle est déboussolée. Elle oscille entre la conscience et l'inconscience.

— Le bébé ?

— Un vrai battant. C'est ce que tout le monde répète.

Bridget, me suis-je rappelé. Nola a semblé lire dans mes pensées.

— Elle n'a pas encore posé de questions sur sa mère. Elle dort beaucoup. Elle ne se souvient pas de grand-chose.

— Est-ce qu'elle a parlé de moi ?

Nola a secoué la tête.

— Elle ne se souvient ni de l'éboulement, ni de la traversée de la crevasse, ni du serpent qui l'a mordue. Elle ne se souvient de rien du tout, en fait. Je n'ai pas trouvé les mots pour lui en parler.

— Je peux la voir ?

— L'infirmière a dit que nous pourrions monter la voir dans quelques heures. Ils lui font des tests. En attendant, les membres de l'équipe de recherche et sauvetage sont là, a dit Nola.

J'ai tenté de me redresser.

— Depuis notre arrivée, ils sont passés tous les jours. Harley Diaz, Wolf. C'est lui qui a tout mis en branle. Personne ne nous cherchait.

— Harley, ai-je dit en le voyant entrer.

Il ne faisait pas partie de l'équipe et j'avais l'esprit un peu embrouillé.

— Tu avais oublié ton sac à dos.

— Ouais.

Harley s'est penché et m'a chaleureusement serré dans ses bras.

— Tu nous as sauvés, ai-je réussi à dire. Merci.

— Remercie plutôt ce gars-là, a dit Harley au moment où un autre visiteur entrait dans la chambre.

Je savais que ce serait Dantay, que j'avais cru reconnaître de loin, au moment où il avait porté les jumelles à ses yeux pour examiner la crête.

Il m'a à son tour serré dans ses bras.

— N'essaie pas de parler.

Le troisième homme était aussi amérindien. Je l'ai reconnu sans me souvenir de son nom. Il avait un casque de moto à la main.

— Je suis le cousin de Byrd, a-t-il expliqué. Juan Carlos. On s'est vus au ranch de Harley.

— Merci, ai-je dit.

— Notre équipe compte un membre de plus, a ajouté Dantay.

Mes yeux se sont rivés sur le nouvel arrivant. Voûté, il avait une expression solennelle. En comprenant de qui il s'agissait, j'ai été un long moment sans pouvoir parler.

— Byrd, ai-je fini par dire.

Il s'est approché de mon lit d'hôpital, le sourire de guingois, la paupière gauche tombante.

— Salut, ai-je dit en souriant jusqu'aux oreilles.

— *Té banne dante*, a répondu Byrd du tac au tac.

Harley nous a raconté qu'il avait été tiré du sommeil par des bruits, très tôt, un matin. Il était allé jeter un coup d'œil à Byrd, qu'il avait trouvé dans le fauteuil en cuir près de la fenêtre, d'où il regardait l'aube se lever sur la montagne. Harley s'apprêtait à raccompagner Byrd jusqu'à son lit quand celui-ci avait dit :

— Wolf.

C'était le premier mot qu'il prononçait depuis son accident, un an et quatre jours plus tôt. Harley avait dû le prendre au sérieux.

Byrd a suivi Harley jusqu'à sa voiture et ils ont foncé à la station-service. Byrd a montré les journaux accumulés devant ma porte. L'inquiétude de Harley a grandi quand ils sont entrés dans le petit appartement et qu'ils ont découvert mon sac à dos sur la patère près de la porte. Moins d'une heure plus tard, une équipe de recherche et sauvetage était dépêchée dans la montagne.

— Bridget, ai-je dit en retournant en pensée là-haut, à ce moment-là. Vonn n'est pas au courant.

— Je comprends, a dit Harley.

Nola a fait signe à Harley, Dantay et Juan Carlos de nous laisser seuls un moment, Byrd et moi. Ils ont obéi.

— Wilfred, a dit Byrd en souriant largement.

Une faible lueur de l'ancien Byrd.

Son visage s'est transformé et j'ai eu le sentiment que mon ami était parti, qu'il surfait sans planche dans un univers parallèle.

— Byrd ?

Il a cligné vigoureusement des yeux.

— Wolf, a-t-il répondu en s'asseyant près de la fenêtre.

Près d'un mois s'écoulerait avant qu'il prononce un autre mot.

Il était comme un frère pour moi, mais parfois comme un fils et même, de façon on ne peut plus irritante, comme un père. C'est là toute la beauté de Byrd : on ne sait jamais où il sera ni qui il sera.

Quand il incline la tête d'une certaine manière, je me doute qu'il se trouve dans la montagne, qu'il admire la vue depuis le sommet. Quand il se parle à lui-même, quand il est incohérent, je l'imagine au croisement des cinq fissures qui forment une étoile, où il obtient des réponses à des questions qu'il n'avait jamais songé à se poser.

Ce jour-là, après le départ de Byrd, une infirmière est enfin venue nous annoncer que Vonn était prête à nous recevoir. En me voyant devant sa chambre dans mon fauteuil, une autre infirmière a déclaré :

— Les membres de la famille seulement.

Nola avait tout prévu.

— C'est le père du bébé, a-t-elle dit.

On aurait dit que nous étions séparés depuis dix ans et non depuis quelques jours, et que nous nous connaissions depuis toujours, et non depuis moins d'une semaine. À côté du lit de Vonn, le moniteur fœtal faisait *bip* avec régularité. J'ai joué le rôle du père attentionné, mais, déjà, c'était plus qu'une simulation.

— Vonn, ai-je dit en constatant qu'elle avait les yeux ouverts.

Je me suis approché d'elle et elle a posé sur moi un regard absent. Enfin, les commissures de ses lèvres se sont soulevées. Bref, elle a souri.

Comme nous étions des inconnus ayant partagé un moment d'intimité, je ne savais pas si je devais la serrer dans mes bras, et j'ai été soulagé quand elle a pris ma main et celle de Nola à côté de moi. Elle s'est tournée vers la porte.

— Où est ma mère ? a-t-elle demandé.

Nola et moi avons échangé un regard. Nous étions sans voix, l'un et l'autre.

— Elle va venir ?

— Que te rappelles-tu à propos de la montagne, Vonn ? ai-je demandé.

— Pas grand-chose.

— L'éboulement ? Le poignet de Nola ?

— Je me rappelle que nous nous sommes perdus, qu'il faisait froid et que j'avais très mal aux orteils.

— Tu te souviens de la crevasse ?

Vonn a secoué la tête.

— Le médecin a dit que j'avais été mordue par un serpent à sonnette. Je ne me souviens pas de lui. Je l'ai vu ?

Nola et moi avons échangé un autre regard.

— Nous devrions peut-être en parler plus tard.

— Tu m'as laissée mettre mes pieds sous ta chemise, s'est rappelé Vonn.

— Oui.

— Tu m'as laissée porter tes bottes.

— Oui.

— Où est ma mère ? a-t-elle répété.

J'ai hésité.

— Bridget est morte dans la montagne.

Vonn s'est tournée vers sa grand-mère, qui n'a pu que confirmer la nouvelle d'un mouvement de la tête.

— Nous nous sommes rendus à Corazon Falls, ai-je poursuivi.

Vonn m'a interrompu.

— Non.

— Bridget nous a sauvés, Vonn, a dit Nola.

— Non, a répété Vonn.

— Elle a été extraordinaire, ai-je dit.

— Ne me dites rien, a insisté Vonn.

— J'ai été si fière, a dit Nola.

— S'il vous plaît.

— Exactement comme dans son rêve, a ajouté Nola.

Une infirmière est entrée en coup de vent, alertée par un changement subit des signes vitaux de ses deux patients.

— Elle doit rester calme et paisible, a-t-elle expliqué.

— Tu veux qu'on s'en aille ?

— Non, a répondu Vonn.

Nous sommes demeurés silencieux un long moment. Tendant son bras valide, Nola a serré la jambe de Vonn.

— Le médecin dit que tu finiras par recouvrer la mémoire.

— Et si je n'en ai pas envie ?

Vonn a posé la main sur le léger renflement de son ventre.

— On t'aidera à remplir les blancs, ai-je dit.

— On ne parle plus de la montagne, OK ? Je ne veux pas me souvenir. Je ne veux pas savoir.

— D'accord, ai-je dit.

— Si c'est ce qu'il te faut, Vonn, a acquiescé Nola.

En silence, nous avons écouté un homme qui sifflait dans le couloir.

— Nous allons faire des sachets à la rose, a dit Vonn.

Je me débrouillais plutôt bien avec les béquilles, et le bras de Nola allait beaucoup mieux. Environ une semaine plus tard, nous avons tous les deux quitté l'hôpital, à un ou deux jours d'intervalle. À cause de notre épreuve, Vonn a eu quelques complications. Le bébé courait des risques. Chaque jour apportait son lot de nouvelles inquiétudes pour Vonn, de nouvelles menaces pour le bébé. Grâce à la générosité de Harley, elle a eu droit aux meilleurs soins et est restée à l'hôpital pour la durée de sa grossesse.

C'est moi qui passais la matinée à son chevet. Elle était agitée et irritable, mais je parvenais en général à la distraire en lui racontant une histoire, un truc que j'avais vu ou lu, ou dont je gardais le souvenir. Vonn racontait au moins autant d'histoires, mais la plupart des siennes étaient des souvenirs. Pas de la montagne, cependant, jamais de la montagne. Elle évoquait d'heureux souvenirs familiaux et appelait Bridget « ma mère » ou « maman ». Elle avait complètement réinventé l'histoire de leur relation difficile.

J'aurais tellement voulu pouvoir faire de même avec Frankie.

Je l'ai vu seulement une fois depuis qu'il est en prison et c'était il y a près de vingt ans. Peu avant Pâques. Il était au courant de ce que j'avais vécu avec les Devine dans la montagne en novembre, mais il a attendu la fin mars pour tenter d'entrer en communication avec moi à la station-service. Il ne pouvait pas savoir que j'occupais la chambre d'amis de la copropriété de Nola, commodément située non loin de l'hôpital où Vonn et le bébé faisaient l'objet d'une surveillance constante.

Frankie a fini par laisser un message à la réception du service de physiothérapie. Il me priait de passer le voir en prison le plus vite possible. Lui qui était resté silencieux pendant quatre mois me sommait de lui rendre visite sur-le-champ.

Je me suis acheté une chemise neuve.

Pendant le long trajet en autobus jusqu'aux portes de la prison, je n'ai pensé qu'à Vonn. Ma vie durant, j'avais cherché à attirer l'attention de Frankie. J'étais sur le point de l'obtenir, mais je ne voulais plus qu'une chose : retourner près de Vonn. J'avais peur qu'elle ait besoin de moi pendant mon absence. Quelques mois à peine s'étaient écoulés depuis la dernière fois que j'avais vu mon père, mais on aurait dit une vie entière. Quand je suis entré dans la salle des visiteurs de la prison, qui sentait le renfermé, j'avais le cœur qui cognait dans la poitrine. J'ai trouvé Frankie derrière la vitre déformée, au bout d'une longue rangée de chaises. En me voyant, mis en face de sa mortalité et de la mienne, il a grimacé. Pendant les cinq interminables journées où j'avais été perdu, j'étais devenu un homme. Il l'a compris.

J'ai laissé tomber mes béquilles en m'asseyant. Nous ne nous sommes pas souri. L'heure n'était pas à l'insincérité.

Frankie avait vieilli au cours des derniers mois, lui aussi. Toujours fournis, ses cheveux étaient désormais parcourus de fils blancs. Ses yeux semblaient d'un bleu plus pâle. Il a décroché le combiné en m'indiquant de faire de même.

J'ai remarqué son cou et ses pectoraux plus développés, l'arête de son trapèze quand il s'est gratté la tête.

— Poids et haltères, ai-je dit en mimant une flexion du biceps.

— Merci, a-t-il répondu. Fallait que j'assure mes arrières.

— Je vois bien, ai-je dit en souriant largement. Tu as les cheveux gris.

— Depuis environ quinze ans, a-t-il dit en riant.

Il les teignait donc ? Je n'en savais rien.

— Ça va t'arriver aussi.

Je l'ai vu ravaler les mots qu'il s'apprêtait à ajouter et j'ai été incapable de les imaginer. *Je t'aime, fiston* ? *Excuse-moi* ?

J'ai meublé le silence.

— Je serais venu toutes les semaines, si tu me l'avais demandé.

— Pour qu'on se parle à travers ce truc ?

Il a cogné sur la vitre, puis il est resté un moment silencieux.

— Merde, Wolf, a-t-il lancé. Qu'est-ce qui s'est passé ?

— Entre nous ? ai-je demandé stupidement.

— Dans la montagne.

Il a ri d'une façon qui aurait dû me mettre la puce à l'oreille.

— Je me suis perdu, ai-je dit.

— Mais qu'est-ce qui s'est *passé* ? Les gens posent toutes sortes de questions.

J'en avais, moi aussi. Par exemple, je voulais savoir ce qui diable s'était passé le soir où nous avions quitté Mercury. Je voulais savoir si Frankie était là, tapi dans l'ombre, à contempler son moi agonisant dans la chambre crasseuse de Warren. Je voulais savoir si Frankie m'avait vu lui donner un coup de pied. S'il m'en voulait de l'avoir empêché d'avancer vers la lumière. S'il lui arrivait de voir ma mère sous les traits d'un ange. Je me demandais s'il regrettait de m'avoir pratiquement abandonné dès notre arrivée dans le désert. S'il croyait au ciel.

— OK, ai-je plutôt répondu.

Il a regardé mes mains.

— Pendant un bout de temps, ta photo a paru dans le journal. Tous les jours.

— Je sais.

— Quel effet ça fait d'être célèbre ?

— Qu'est-ce qui se passe, Frankie ?

— Rien. Je voulais juste m'assurer que tu allais bien.

Touché, j'ai regretté de l'avoir mal jugé.

— Ça va bien.

— Mon fils, ce héros.

— N'exagérons rien.

— J'ai gardé toutes les coupures de journal. Elles sont collées sur mon mur.

— En gros, c'est un tissu de mensonges, tu sais.

— Pourquoi t'en parles pas, alors ?

J'avais refusé les interviews. Je n'avais fait aucun commentaire dans les médias. En parlant de notre épreuve, j'aurais eu le sentiment d'insulter l'univers.

— Il paraît que tous les talk-shows veulent que tu racontes ton histoire, a dit Frankie.

— Ouais.

— Pourquoi tu le fais pas ?

— Pourquoi je le ferais ?

— C'est une occasion en or, Wolf !

— Qu'est-ce que je fais ici, au juste, Frankie ? ai-je demandé, même si je connaissais déjà la réponse. Pourquoi m'as-tu demandé de venir ?

Frankie s'est penché vers moi.

— Je suis en contact avec un agent qui croit pouvoir vendre ton histoire. Je pense surtout à ta réputation, tu sais.

— À ma réputation ?

— Tout ce que je dis, c'est que les gens se posent beaucoup de questions.

— Il faut que j'y aille, ai-je dit.

— Penses-y, a dit Frankie en caressant le tatouage sur son bras.

Glory Toujours.

— C'est tout réfléchi, Frankie.

— Même pas un petit détail ? Quelque chose pour piquer sa curiosité, le temps que tu y penses ?

Je me suis immobilisé. J'ignore ce que j'attendais.

— Je n'ai rien du tout à dire, Frankie, ai-je lâché.

— Désolé de l'entendre, a-t-il répliqué.

Il m'a regardé dans les yeux un long moment, puis il a indiqué au gardien qu'il avait terminé.

Quand il s'est levé, j'ai remarqué qu'il avait du mal à garder son équilibre, son dos ne s'étant pas tout à fait remis de son accident de voiture, ses genoux encore mal en point. Il s'est éloigné en boitant et il a levé le bras, celui sur lequel étaient tatoués les mots *Glory Toujours* et l'arc-en-ciel, mais il ne s'est pas retourné.

Dans les mois suivant notre sauvetage, Nola et moi nous retrouvions plusieurs fois par jour sur le parking de l'hôpital, d'où nous avions une vue imprenable sur la montagne. Nola se tournait chaque fois pour admirer le magnifique batholite. Moi, jamais. Nous ne parlions pas de notre épreuve. Nous étions trop occupés à affronter ses conséquences, trop préoccupés par Vonn et le bébé à naître. Vonn dévorait des livres sur l'art d'élever les enfants, tandis que Nola crochetait des chaussons. Moi, agité, je faisais les cent pas sur mes béquilles.

Je supposais que Nola, comme moi, avait la nostalgie de certains aspects de la montagne. La nature offre un miroir d'une grande précision et je regrettais parfois la lucidité que la montagne avait suscitée en moi, voire la raison d'être que notre calvaire nous avait fournie. Je regrettais la beauté hypnotique de la pierre humide, l'air frais, parfumé. Et Bridget. Bridget me manquait.

J'étais au service de physiothérapie de l'hôpital, trois étages en dessous de la chambre de Vonn, lorsqu'une aide-soignante est venue me dire que Vonn avait besoin de moi, tout de suite. À ce stade, j'avais abandonné les béquilles au profit de cannes et j'avançais très lentement. La douleur fantôme dans mes orteils me rendait irritable. J'ai attendu longtemps devant les ascenseurs, et le trajet jusqu'à la chambre de Vonn a été encore plus long.

Je l'ai trouvée seule, affalée dans un fauteuil roulant, débranchée du moniteur.

— Daniel, ai-je dit en m'agenouillant devant elle, mes mains de part et d'autre du renflement sous sa blouse d'hôpital.

— On m'emmène à un autre étage pour l'intervention, a expliqué Vonn, très émue.

Je ne comprenais pas. Je croyais que le débranchement voulait dire que…

— Une césarienne, a dit Vonn en prenant mon menton dans ses mains. Comment l'as-tu appelé ?

— Daniel.

— Comment savais-tu que c'était un garçon ? Je ne l'ai appris qu'aujourd'hui.

Je ne savais pas. Lorsque j'avais placé mes mains sur le ventre de Vonn, le prénom m'était venu à la façon d'un souvenir. *Daniel.*

— Le deuxième prénom de Bridget était Danielle, a dit Vonn.

J'ai alors embrassé Vonn. Et elle m'a rendu mon baiser. Lorsque nous avons levé les yeux, nous avons vu Nola et deux infirmières appuyées contre la porte, subjuguées par notre amour.

Le jour où tu es né, on m'a laissé te tenir dans mes bras pendant que ta mère dormait, même si tu étais minuscule. J'ai regardé ton visage d'ange, ce visage que j'aimais déjà si profondément. Je n'ai pas pu m'empêcher de dire :

— On jurerait Yago.

La ressemblance était saisissante : cheveux noirs, mâchoire carrée, yeux écarquillés.

Assise à côté de moi, Nola a dit :

— Il faut que tu arrêtes.

— Je sais.

— Ne pourrions-nous pas juste profiter de la journée ? De la naissance de notre beau petit garçon en pleine santé ?

Nous nous sommes tus pour sourire à ton visage endormi.

— Avez-vous déjà songé à aller vivre au Michigan, Nola ?

— Au Michigan ? Qui quitte la Californie pour le Michigan ?

— Une occasion se présente, une occasion en or que m'offre Harley. À Vonn et moi, en fait.

— De déménager au Michigan ?

— Les grands-parents de Byrd avaient un restaurant. Il est fermé depuis des années, mais le quartier est en pleine revitalisation. On pourrait tous partir là-bas, Byrd, vous, Vonn, Danny et moi. Pour lancer une entreprise familiale.

— Au Michigan ? a répété Nola. Nous irions tous au Michigan ?

— Ce serait peut-être bon pour la guérison de Byrd. Pour nous tous.

— De quoi s'agit-il vraiment, Wolf ?

Je me suis assuré que Vonn dormait encore.

— D'une occasion.

— Au Michigan ?

— Oui.

— C'est à cause du père du bébé, hein ? a dit Nola.

— Oui.

— Pose-lui la question, Wolf.

— Elle ne se souvient pas. Elle ne veut pas se souvenir.

— C'est fou que tu t'imagines qu'il s'agit de ton cousin. Ce n'est pas ton cousin.

— OK, admettons que ce n'est pas Yago. Mais si c'était quelqu'un *comme* Yago ?

— Que veux-tu dire ?

— Vous ne connaissez pas les types de Tin Town, Nola.

— Nous ne sommes même pas certains qu'il venait de Tin Town.

— Et si le type découvre l'existence de Danny ? Et s'il nous l'enlève ?

— Je n'y avais pas pensé.

— Et s'il l'emmène en dehors du pays ?

— Où ça ?

— Je ne sais pas, moi. En Europe. Au Mexique. En Amérique du Sud.

Nola a secoué la tête.

— Pourtant, le père n'était pas européen.

— Qu'est-ce que vous racontez ?

— Je ne sais pas. J'ai rêvé ça ?

— Quoi donc ?

— Quand Bridget m'a parlé de la conversation téléphonique de Vonn, celle qu'elle avait entendue sans le vouloir, je n'ai pas fait très attention, mais… À bien y réfléchir, je ne crois pas qu'il était européen. Ni mexicain. Il est autre chose.

— Autre chose ?

— Autre chose. Qu'est-ce qu'elle a dit, déjà ?

Les possibilités se bousculaient dans ma tête.

Nola a claqué des doigts.

— Canadien français !

Je me suis pétrifié.

— C'est ça ! Canadien français ! s'est écriée Nola. Tu vois ? Ce n'est donc pas ton cousin, le père.

— Canadien français ?

— Canadien français.

Elle a souri largement.

— Tu te sens mieux, maintenant ?

Je ne respirais plus.

— Il était canadien français. Il portait un tee-shirt avec un arc-en-ciel ou quelque chose comme ça. Ce sont les deux détails que je me rappelle. Quand je pense que nous nous faisions du souci…

— Un arc-en-ciel ?

— Il s'intéressait à la religion, en fait. Je me trompe peut-être, mais il y a aussi un truc qu'il a dit ou fait… Glory ceci ou cela… a dit Nola.

Glory *Toujours*.

Nola a tiré sur la laine de son écheveau.

— Le Michigan, hein ?

J'ai senti ton cœur minuscule battre contre le mien.

— Accroche-toi bien, Daniel Truly, ai-je dit. Ça va donner un grand coup.

J'imagine sans mal ce que tu ressens et je regrette d'être la cause de ce malaise, le messager ou ce que tu voudras. Je te laisse le choix de l'étiquette, si vile soit-elle. J'ai senti la même confusion que toi en faisant le rapprochement, le jour où tu es né.

Tu comprends maintenant pourquoi j'ai eu tellement de mal à te raconter cette histoire et pourquoi j'ai jugé utile de vous épargner, ta mère et toi, pendant toutes ces années. L'instinct paternel nous pousse à protéger notre enfant et tu es bel et bien mon fils, de la première cellule de ton corps à la dernière. D'ailleurs, grâce à Frankie, je sais que les personnes mystérieuses se tirent mieux d'affaire dans des climats rigoureux.

Nous avons quitté le désert quand tu avais trois mois, avec Nola et Byrd sur la banquette arrière de la fourgonnette Dodge que Harley nous avait prêtée pour le voyage. Assise à côté de moi, Vonn prenait le volant quand j'étais fatigué. Quand je ne conduisais pas, je m'installais à côté de toi dans ton petit siège. Je t'observais pendant des heures, sans jamais me lasser.

Nous avons mis le cap sur le nord-est, vers le Michigan, et pris possession de la vieille maison victorienne aux fenêtres condamnées où Byrd avait passé son enfance. Nous avons rouvert le Brodski's Polish Deli et nous t'avons acheté des patins et nous t'avons appris à aimer l'hiver. Kriket et Yago, Tin Town et le désert, la montagne et, surtout, Frankie... Tout cela était à des années-lumière.

Personne n'a jamais posé de questions sur l'identité de ton père, toi non plus, je le sais. De temps à autre, ta mère et moi discutions du moment de te dire la vérité, mais chaque fois que le sujet revenait sur le tapis, j'étais sûr que tu n'étais pas prêt. Ta mère n'était pas non plus pressée de t'expliquer dans quelles circonstances tu avais été conçu et elle se demandait même si la découverte de l'existence d'un père biologique dont tu ignorerais toujours le nom ne te porterait pas un coup trop cruel.

Si j'ai attendu si longtemps, c'est, je suppose, parce que je ne voulais pas que Frankie gâche notre paradis à Hamtramck. J'ai essayé de t'en parler, je voulais t'en parler et j'ai failli le faire, mais je voyais en pensée les visites à la prison, j'imaginais ton visage pendant que tu courrais vers la boîte aux lettres dans l'espoir de recevoir une lettre. Je t'imaginais qui pleurais le soir parce que Frankie t'avait une fois de plus déçu. Plus encore, je savais qu'il finirait un jour par être remis en liberté. Et si, d'une manière ou d'une autre, il apprenait la vérité ? Et s'il venait t'enlever, te prendre ? J'ai toujours pensé qu'il était plus facile de ne rien dire. Je me demande à présent si mon silence, pendant toutes ces années, n'a pas été le véritable fardeau.

Je me réjouis que tu saches enfin la vérité sur Bridget. Il est temps que ta mère sache la vérité, elle aussi. Toute la vérité. Sa mère est une héroïne. Tu devrais être fier de savoir que son sang coule dans tes veines. Il devrait y avoir une plaque portant son nom à Mountain Station, un monument en son honneur dans la Wide Valley. Les gens devraient savoir ce que Bridget Devine a fait par amour.

Je me souviens d'une journée en particulier, Danny. Tu avais six ans et tu venais de commencer l'école primaire. Tu es descendu au sous-sol pour m'aider à trier tes articles de bébé en prévision d'une vente-débarras et, pendant que j'exhumais la chaise haute, tu as déniché quelques vieilles boîtes.

— Regarde, as-tu dit.

Mes genoux ont failli fléchir quand j'ai constaté que tu tenais la gourde jaune à la main. La dernière fois que j'avais vu cet objet, j'avais dix-huit ans. Je suppose que je l'avais fait disparaître au lendemain de notre épreuve dans la montagne.

— Eh bien, ça fait longtemps, ai-je murmuré.

Je ne voulais pas que ta mère nous entende.

— C'est une gourde, as-tu déclaré.

Puis, intrigué, tu as retourné l'objet, arraché des fragments de boue séchée de la surface jaune bossée, exposant les lettres gravées dans le métal.

Tu as articulé les sons.

— No-la. Brid-get. Vonn. *Wolf.*

— Bravo, ai-je dit.

— Tu ne l'as pas lavée, la gourde.

— Je voulais seulement la ranger.

— Tu voulais la garder, mais pas la laver.

— Ouais.

— Vous vous en êtes servis quand vous étiez perdus dans la montagne ?

— Hum.

— C'est mal écrit.

— On était fatigués.

— Et vous aviez faim.

Tu as fait semblant de te manger le bras et j'ai ri.

— Oui, Danny. Faim et soif et tout le reste.

— Comment vous vous êtes perdus dans la montagne ?

— Comme tout le monde, ai-je répondu.

— Vous êtes partis dans la mauvaise direction ?

— Oui.

— Tu avais peur ?

— Des fois. J'ai eu peur des fois.

— De quoi ?

— Il y avait beaucoup de choses effrayantes.

— Tu m'as dit que tu m'en parlerais.

— Pas maintenant.

— Ce soir ?

— Non, pas ce soir.

— Demain ?

— Quand tu seras plus vieux. Quand tu auras vécu un peu.

— Quand ?

— Quand tu seras prêt.

— Dix ans ?

— Douze.

— Tu vas m'emmener dans la montagne, un jour ?

— Non.

Catégorique.

— Tu regrettes de t'être perdu ?

Si, en ce jour de novembre, je n'avais pas croisé le chemin des Devine, je n'existerais plus. Si nous ne nous étions pas égarés dans la nature sauvage, je n'aurais pas la fierté d'être ton père. Je n'aurais pas rencontré Nola, que je n'ai toujours pas perdu l'habitude de considérer comme vivante. Je ne serais pas tombé amoureux de ta mère si belle, et je n'aurais pas été témoin de l'acte courageux de Bridget.

J'ai dit que je ne remettrais jamais les pieds là-bas ; pourtant, au cours des dernières semaines, j'ai décidé que je *devais* y retourner, prendre de nouveau le téléphérique, humer les pins de la Wide Valley au parfum de caramel au beurre, caresser le granit moucheté et frais, écouter les fauvettes, sentir le mouvement des plaques tectoniques.

Peut-être pourrais-tu m'accompagner, Danny. Nous pourrions grimper jusqu'au sommet et admirer le désert blanc et sec, observer les éoliennes et le chatoiement de Tin Town, au loin. Frankie avait raison de dire que c'est le genre de chose qu'un père devrait faire avec son fils. On a une sacrée vue, de là-haut.

Pour toujours,

Papa

REMERCIEMENTS

Je comprends qu'on puisse tomber amoureux par Internet. J'ai moi-même craqué pour mon éditrice de Knopf Canada, Anne Collins, au gré des « gribouillis » que nous avons échangés sur les nombreuses versions du manuscrit. J'ai aimé chaque demande d'éclaircissement, savouré chaque remarque, approuvé tous les paragraphes biffés, adoré les flèches. Sans s'essouffler une seule fois, Anne a grimpé ; elle a bonifié et éclairé chaque page, du début jusqu'à la fin. Elle a été un cadeau pour moi et pour mon roman.

Je suis également reconnaissante à Alison Callahan, mon éditrice chez Simon & Schuster. Arrivée en cours de route, elle a apporté une perspective nouvelle, essentielle au dénouement. Ses observations et ses commentaires toujours opportuns ont amélioré le livre et son enthousiasme a été pour moi une source d'inspiration. Je remercie également Alison et l'équipe de Simon & Schuster pour leur accueil et leurs vaillants efforts dans tous les domaines.

Et, comme toujours, merci à Knopf Canada, qui a publié mon premier roman et les suivants. J'apprécie au plus haut point votre confiance en moi et vos efforts. Merci en particulier à Louise Dennys, Brad Martin,

Marion Garner, Sharon Klein, Deirdre Molina, Michelle Roper et aux autres artisans talentueux et dévoués réunis derrière cette prestigieuse enseigne. Merci, Diane Martin, d'avoir guidé mes trois premiers romans et d'être un phare scintillant et généreux.

Je suis très reconnaissante à Arve Juritzen, mon éditeur norvégien, des efforts extraordinaires qu'il déploie pour promouvoir mes livres. Je n'oublierai jamais mon voyage à Oslo, non plus que les personnes remarquables – libraires, journalistes et lecteurs norvégiens – que mon mari et moi avons rencontrées chez Juritzen Forlag. C'est l'un des faits saillants de ma carrière et l'un des moments qui m'ont donné le courage d'entreprendre ce roman-ci.

Merci à Jo Dickinson et Suzanne Baboneau chez Simon & Schuster au Royaume-Uni. Je suis honorée de faire partie de votre tribu et j'espère que nous aurons une longue relation.

Denise Bukowski est mon agente littéraire et mon amie depuis mes débuts. C'est une guerrière et je l'admire énormément. Je dois beaucoup à Denise en raison de sa foi dans mon premier roman, *La Ballade des adieux*, et de sa présence au premier rang des femmes et des hommes dynamiques qui s'emploient à rendre mes livres meilleurs. Denise, qui a été la première lectrice des *Égarés*, m'a fourni des notes qui m'ont aidée dans la construction de ce roman – ce fut également le cas pour les précédents. J'apprécie nos longues conversations téléphoniques, ses sages conseils, sa franchise et son sens de l'humour.

Depuis des années, Bill Hamilton, mon agent au Royaume-Uni, travaille d'arrache-pied pour moi et je lui suis très reconnaissante de tous ses efforts. Bill compte aussi parmi mes lecteurs de la première heure et j'apprécie beaucoup son point de vue.

Claire Cameron, auteure de *L'Ours*[1], roman porté par une merveilleuse tension, a pris le temps de lire un long premier jet et de m'envoyer un délicieux mot par courriel, du genre de ceux qu'une écrivaine aime recevoir de la part d'une collègue. Venant d'une mordue de plein air doublée d'une romancière hors pair, ses précieux commentaires ont été appréciés.

Des réviseurs des deux côtés de la frontière ont mis leur perspicacité et leurs talents narratifs au service du roman. Merci à Doris Cowan au Canada, et en particulier à Erica Ferguson d'avoir rattrapé quelques bévues et soigné tous les détails.

Un merci empreint de tendresse et de respect à Michael, Judy et Lennie.

Avant d'écrire la première phrase du roman, j'ai passé du temps sur le mont San Jacinto avec mon mari et mes enfants, et j'y suis retournée seule pendant que j'y travaillais. Depuis un certain temps déjà, Wolf Truly et les autres attendaient dans la queue que forment les personnages dans mon esprit, et le récit a pris vie, chapitre par chapitre, dans le téléphérique. Lorsque j'ai eu défini les grandes lignes de l'intrigue, j'ai eu besoin de quelqu'un qui connaissait bien la montagne, les environs de Palm Springs et la vallée de Coachella. J'ai trouvé Matt Jordon, membre de la Riverside Mountain Rescue Unit. Il m'a guidée au cours de nombreuses randonnées et a répondu patiemment à mes questions. « Serait-il possible que… » « Est-il exact de dire que… » « Serait-il concevable que… » Je remercie Matt de m'avoir fait partager ses connaissances

1. *L'Ours*, 10/18, n° 5160.

et de m'avoir protégée dans la montagne, même dans l'obscurité et la neige profonde. Je suis reconnaissante à Matt et à Kim, sa femme, autre passionnée de plein air, d'avoir lu la version finale et fait des commentaires pertinents à son sujet. Leur approbation a beaucoup compté pour moi.

Les équipes de recherche et sauvetage du monde entier : ces personnes extraordinaires, pour la plupart bénévoles, risquent leur vie pour sauver des inconnus perdus, coincés ou en danger. Ce sont des héros dans tous les sens du terme. Consultez le RMRU.org pour lire le compte rendu de vraies missions de sauvetage sur le mont San Jacinto et prendre connaissance des pratiques de plein air sécuritaires.

Le mont San Jacinto. La montagne sans nom du roman est une projection romancée de la vraie montagne qui domine Palm Springs. J'ai modifié légèrement sa géographie et créé Santa Sophia et Tin Town dans ses environs immédiats.

J'ai une profonde affection pour la nature, la montagne, Palm Springs et le désert environnant. En faisant des recherches pour le livre, j'en suis venue à m'intéresser aux Cahuillas, habitants du désert et des contreforts. Parmi les nombreux ouvrages consacrés aux Cahuillas et à leur culture, j'ai particulièrement aimé *Mukat's People* de Lowell John Bean, *Not for Innocent Ears* de Ruby Modesto et Guy Mount ainsi que *Temalpakh* de Katherine Siva Saubel et Lowell John Bean, qui m'ont beaucoup appris. Je suis reconnaissante aux Cahuillas de ce que j'ai découvert sur eux. De mystérieuse façon, ils ont influencé ma voix pendant que j'écrivais *Les Égarés*.

Merci à ma mère et à mon père, deux des humains que je préfère, dont l'humour et la compassion